INTERVENÇÃO

ROBIN COOK

INTERVENÇÃO

Tradução de
Celina Cavalcante Falck-Cook

EDITORA RECORD
RIO DE JANEIRO • SÃO PAULO

2013

CIP-BRASIL. CATALOGAÇÃO NA FONTE
SINDICATO NACIONAL DOS EDITORES DE LIVROS, RJ

C787i Cook, Robin, 1940-1995
Intervenção / Robin Cook; tradução de Celina Cavalcante Falck-Cook.
– Rio de Janeiro: Record, 2013.
Tradução de: Intervention
ISBN 978-85-01-08971-7

1. Romance americano. I. Falck-Cook, Celina Cavalcante, 1960- II. Título.

13-9043 CDD: 813
CDU: 821.111(73)-3

Título original em inglês:
Intervention

Texto revisado segundo o novo Acordo Ortográfico da Língua Portuguesa.

Editoração eletrônica: Ilustrarte Design e Produção Editorial

Direitos exclusivos de publicação em língua portuguesa somente para o Brasil adquiridos pela
EDITORA RECORD LTDA.
Rua Argentina, 171 – Rio de Janeiro, RJ – 20921-380 – Tel.: 2585-2000,
que se reserva a propriedade literária desta tradução.

Impresso no Brasil

ISBN 978-85-01-08971-7

Dedico este livro às famílias, às vítimas e aos pesquisadores que contribuíram para os extraordinários avanços no tratamento do câncer infantil.

Ora, havia ali um homem, por nome Simão, que exercia magia na cidade, maravilhando o povo de Samaria, e fazia-se passar por um grande personagem. Todos lhe davam ouvidos, do menor até o maior, comentando: "Este homem é o poder de Deus, chamado o Grande." Eles o atendiam, porque por muito tempo os havia deslumbrado com as suas artes mágicas. Mas, depois que acreditaram em Filipe, que lhes anunciava o Reino de Deus e o nome de Jesus Cristo, homens e mulheres pediam o batismo. Simão também acreditou e foi batizado. Ele não abandonava Filipe, admirando, estupefato, os grandes milagres e prodígios que eram feitos.

Os apóstolos que se achavam em Jerusalém, tendo ouvido que a Samaria recebera a palavra de Deus, enviaram-lhe Pedro e João. Estes, assim que chegaram, fizeram oração pelos novos fiéis, a fim de receberem o Espírito Santo, visto que não havia descido ainda sobre nenhum deles, mas tinham sido somente batizados em nome do Senhor Jesus. Então os dois apóstolos lhes impuseram as mãos e receberam o Espírito Santo.

Quando Simão viu que se dava o Espírito Santo por meio da imposição das mãos dos apóstolos, ofereceu-lhes dinheiro, dizendo: "Dai-me também este poder, para que todo aquele a quem impuser as mãos receba o Espírito Santo." Pedro respondeu: "Maldito seja o teu dinheiro e tu também, se julgas poder comprar o dom de Deus com dinheiro! Não terás direito nem parte alguma neste ministério, já que o teu coração não é puro diante de Deus."

Atos dos Apóstolos 8, 9-21

1

4H20, SEGUNDA-FEIRA, 1º DE DEZEMBRO DE 2008
CIDADE DE NOVA YORK

A transição de Jack Stapleton do sono agitado para o estado de vigília completa foi instantânea. Ele estava em um carro desgovernado, descendo desabalado por uma ladeira íngreme e se aproximando rapidamente de uma fila de criancinhas em idade pré-escolar que atravessavam a rua em pares, de mãos dadas, sem perceber a calamidade que estava para acontecer com elas. Jack tinha pisado fundo no pedal do freio, em vão. A velocidade do carro parecia até ter aumentado. Ele gritou, avisando às crianças para que saíssem da frente, mas se conteve quando percebeu que estava de olhos fixos no teto do seu quarto, salpicado de feixes de luz projetados dos postes de iluminação, na sua casa da rua 106 Oeste, na cidade de Nova York. Não havia carro, nem ladeira, nem crianças. Era só mais um dos seus pesadelos.

Sem saber se tinha gritado ou não, Jack se virou para sua mulher, Laurie. À luz tênue da janela sem cortinas, viu que ela dormia profundamente, e isso lhe indicou que conseguira suprimir o grito de terror. Quando voltou a atenção para o teto, estremeceu ao se lembrar do sonho, um pesadelo recorrente que sempre o apavorava. Tinha começado no início da década de 1990, depois que a sua primeira esposa e as duas filhas, uma de 10 e outra de 11 anos, morreram em um desastre com um voo de ponte aérea, após uma visita a Jack em Chicago, onde ele fazia um curso de patologia forense. Originalmente um cirurgião oftalmológico, Jack tinha decidido mudar de especialidade para fugir do que via como uma progressiva invasão dos quatro cavaleiros do apocalipse médico: planos de saúde, programas de redução de custos de assistência médica, governo desinformado e público aparentemente indiferente. Esperava que, ao deixar de ser clínico, seria paradoxalmente capaz de recuperar o altruísmo e a dedicação que o haviam motivado a estudar medicina, antes de mais nada. Embora tivesse conseguido atingir o objetivo, acabou sentindo que, sem querer, destruíra sua adorada família no processo, o que o deixou envolto em uma espiral de culpa, depressão e ceticismo. O pesadelo do carro desgovernado tinha sido um dos sintomas. Embora os sonhos houvessem desaparecido inteiramente vários anos antes, tinham voltado nos últimos meses, com intensidade ainda maior.

Jack se concentrou nas luzes que se movimentavam no teto, projetadas pelo poste de iluminação diante do seu prédio, e voltou a estremecer. Ao penetrarem pela janela, os raios de luz passavam pelos galhos sem folhas da árvore entre sua casa e o poste. Quando a brisa noturna os balançava, a luz ficava intermitente, projetando uma série de manchas hipnóticas, como no teste de Rorschach. Isso o fazia sentir-se sozinho em um universo frio e impiedoso.

Jack levou uma das mãos à testa. Não suava, mas depois tomou seu próprio pulso. Estava acelerado e forte, mais ou menos a 150 por minuto, sinal de que seu sistema nervoso simpático havia iniciado uma reação completa de lutar ou fugir, uma resposta já habitual após o sonho com o carro sem freio.

O que diferenciava o pesadelo de hoje dos demais era as crianças. Em geral, o objeto do seu temor era puramente pessoal, como uma cerca de proteção frágil ao longo de um precipício, um muro de tijolos ou um braço de mar profundo e infestado de tubarões.

Ele virou a cabeça para conferir o relógio. Já passava de quatro horas. Com o coração acelerado, Jack sabia instintivamente que não conseguiria dormir de novo. Delicadamente, afastou as cobertas para não acordar Laurie e saiu da cama. O piso de carvalho estava frio como mármore.

De pé, ele espreguiçou, alongando os músculos contraídos. Apesar de estar na casa dos 50 anos, Jack ainda jogava basquete na quadra aberta, na rua, sempre que o tempo e a agenda permitiam. Na tarde anterior, para controlar a ansiedade do momento, ele havia jogado até quase cair de cansaço. Sabia que de manhã estaria se sentindo um caco, e tinha razão. Esforçou-se para superar as dores e o desconforto, abaixando-se e tocando o chão com as palmas das mãos. Depois foi ao banheiro, ainda pensando nas crianças do seu pesadelo. Não tinha se surpreendido por aquela recente tortura. Aliás, a fonte da sua angústia atual, culpa constantemente renovada e depressão ameaçadora, era uma criança, o seu próprio filho, John Junior, o JJ, como ele e Laurie o chamavam. O bebê nascera em agosto, algumas semanas antes do esperado. Mas eles já estavam com tudo preparado, principalmente Laurie. Ela encarara a situação com muita calma. Ao contrário dela, porém, quando o parto terminou, cerca de dez horas depois, Jack estava tão exausto como se ele é que tivesse dado à luz. Embora tivesse ajudado no nascimento de duas filhas, tinha se esquecido de como essa experiência era emocionalmente cansativa. Ficou aliviado ao ver que mãe e filho estavam bem e descansando confortavelmente.

As coisas permaneceram razoavelmente tranquilas durante o primeiro mês. Laurie havia tirado licença-maternidade e estava gostando da nova experiência de ser mãe, apesar de JJ ficar sempre agitado durante a noite. Os temores de Jack, de que o bebê nasceria com algum problema genético ou congênito, se dissiparam. Jack nunca admitiria para Laurie que, depois do parto e das tranquilizadoras garantias de que ela estava bem, ele foi correndo espiar por cima do ombro do pediatra.

Apavorado, Jack havia examinado as faces do bebê e contado seus dedos das mãos e dos pés. Não sabia se seria capaz de criar um filho deficiente, tão culpado se sentia pela morte de suas duas filhas. Já tinha sido difícil pensar em ter outro filho e se conseguiria se submeter à vulnerabilidade e à responsabilidade que era ser pai, principalmente se a criança fosse deficiente. Se não fosse pela paciência inflexível de Laurie e seu apoio incansável, ele não se arriscaria. Bem no fundo, Jack não tinha conseguido se livrar da sensação de que estava destinado a causar catástrofes na vida de todos que amava.

Apanhou seu roupão no gancho atrás da porta do banheiro e foi pé ante pé até o quarto do JJ. Mesmo no escuro, Jack podia apreciar a decoração exagerada do cômodo do bebê que ele e Laurie deviam a sua sogra, Dorothy Montgomery. Ela não havia poupado despesas para dar tudo do bom e do melhor ao neto, que ela já temia nunca ter.

O quarto do bebê era suavemente iluminado por várias luzinhas noturnas na altura do rodapé. Hesitante, Jack se aproximou do berço forrado com bordado inglês. A última coisa que queria era acordá-lo. Fazê-lo adormecer de novo depois da última mamada tinha sido uma luta. Jack não pôde enxergar direito o interior do berço porque as luzinhas noturnas mal o iluminavam, mas o bebê estava deitado de barriga para cima, as mãozinhas esticadas para os lados do corpo num ângulo de 45 graus. Os dedos de ambas as mãos estavam flexionados, envolvendo o polegar. Um pouco de luz fazia a testa da criança reluzir. Seus olhos estavam imersos na escuridão, mas Jack sabia que tinham olheiras, um dos primeiros sintomas do problema de JJ. A pele havia se escurecido gradativamente com o passar das semanas, e nem Jack nem Laurie haviam notado a mudança. Tinha sido Dorothy quem chamara a atenção dos dois para o fato. Outros sintomas começaram também a manifestar-se, pouco a pouco. O que inicialmente o pediatra tinha chamado de "agitação" rapidamente se transformou em noites de insônia para toda a família Stapleton.

Quando finalmente diagnosticaram a doença, Jack sentiu como se tivessem lhe arrancado o fôlego, como se alguém o tivesse acertado no estômago com um bastão de beisebol. O sangue fugiu de seu cérebro tão subitamente que ele precisou agarrar os braços da poltrona onde estava sentado para não cair no chão. Todos os seus piores temores haviam se concretizado. O medo de que uma maldição pairava sobre os seus entes queridos, especialmente as crianças, não era uma ilusão. John Junior tinha neuroblastoma, doença responsável por 15 por cento das mortes por câncer em crianças. O pior é que o câncer já estava amplamente em metástase, tomando todo o corpo de JJ, inclusive os ossos e o sistema nervoso. O câncer de John Junior fora classificado como *neuroblastoma de alto risco*, o pior tipo que existe.

Os meses seguintes foram um verdadeiro inferno para os pais do recém-nascido, à medida que o diagnóstico ficava mais lúgubre e se planejava o tratamento. Felizmente, Laurie se conservara notavelmente lúcida durante todo o período, especialmente nos primeiros dias, que foram cruciais, enquanto Jack lutava para não afundar na mesma fossa que tinha caído anos antes. Saber que John Júnior e Laurie precisavam muito dele havia sido a salvação. Com grande esforço, Jack combateu a culpa arrasadora que sentia e conseguiu exercer uma influência razoavelmente positiva.

Não tinha sido fácil, mas os Stapleton tiveram a sorte de serem admitidos no programa de tratamento do neuroblastoma, no Centro de Tratamento de Câncer Memorial Sloan-Kettering, onde rapidamente passaram a confiar no profissionalismo, na experiência e na empatia daqueles médicos talentosos. Durante meses, JJ foi submetido a várias sessões de quimioterapia individualizada, cada uma exigindo internação hospitalar devido a problemáticos efeitos colaterais. Quando o efeito esperado pelos médicos foi alcançado, JJ começou um tratamento novo e promissor que consistia em injeções intravenosas contendo um anticorpo monoclonal gerado por camundongos para combater as células do neuroblastoma. O anticorpo, chamado 3F8, localizava as células cancerosas e ajudava o sistema imunológico do paciente a destruí-las. Pelo menos teoricamente.

O protocolo de tratamento original recomendava submeter o bebê a ciclos de duas semanas de infusões diárias durante vários meses, ou talvez um ano, se possível. Infelizmente, depois de apenas alguns ciclos, o tratamento precisou ser suspenso. O sistema imunológico de John Junior, apesar da quimioterapia anterior, tinha desenvolvido uma alergia à proteína de camundongo, causando um efeito colateral perigoso. O novo plano foi esperar um mês ou dois, depois voltar a verificar se ele continuava alérgico à proteína de camundongo. Se a reação não fosse mais tão intensa quanto antes, o tratamento recomeçaria. Não havia outra opção. A doença de John Junior já havia se disseminado demais pelo organismo para que tentassem terapia com células-tronco autólogas, cirurgia ou radiação.

— Ele fica uma gracinha assim dormindo, sem chorar — disse uma voz na escuridão.

Jack se assustou. Distraído com seus pensamentos, não tinha percebido que Laurie se aproximara dele, colocando-se ao seu lado.

— Desculpe se te assustei — acrescentou Laurie, erguendo os olhos para o marido.

— Desculpe por acordá-la — disse Jack, compreensivo. Dadas as circunstâncias difíceis do tratamento do JJ, sabia que ela vivia cansada.

— Eu já estava desperta quando você acordou de repente. Temia que estivesse tendo outro pesadelo, porque você estava com a respiração muito acelerada.

— Eu estava. Era meu velho sonho do carro desgovernado, só que dessa vez quase atropelei um grupo de crianças em idade pré-escolar. Foi um horror.

— Imagino que sim. Pelo menos esse sonho não é difícil de interpretar.

— Você acha mesmo? — perguntou Jack, com um ligeiro sarcasmo. Não gostava de ser analisado.

— Calma, não se zangue — disse Laurie. Pegou o braço de Jack e continuou: — Pela centésima vez, JJ não está doente por sua culpa. Precisa parar de se torturar assim.

Jack inspirou e soltou o ar com força. Depois meneou a cabeça.

— É fácil para você dizer isso.

— Mas é verdade! — insistiu Laurie, apertando o braço do marido afetuosamente. — Sabe o que os médicos do hospital disseram quando os pressionamos para nos dar a etiologia. Droga, é muito mais provável que tenha sido eu, considerando os produtos químicos aos quais nos expomos ao trabalhar com patologia forense. Quando estava grávida, tentei evitar todos os solventes, mas foi impossível.

— Ninguém provou ainda que solventes podem causar neuroblastoma.

— Não provaram, mas é muito mais plausível que essa seja a causa do que a maldição sobrenatural com a qual você vive se torturando.

Jack concordou, relutante. Tinha medo do rumo que a conversa tomava. Não gostava de falar da maldição, uma vez que não acreditava em nada sobrenatural nem era realmente religioso, duas crenças que ele pensava estarem ligadas uma à outra. Preferia se ater à realidade imediata, coisas que podia tocar e sentir e, geralmente, apreciar com seus próprios sentidos.

— E meus medicamentos para aumentar a fertilidade? — disse Laurie. — Também foram uma sugestão dos médicos. Lembra?

— Claro que me lembro — admitiu Jack, impaciente. Ele não queria falar sobre o assunto.

— A verdade é que ninguém sabe por que o neuroblastoma surge, ponto final! Vamos voltar para a cama, que tal?

Jack sacudiu a cabeça.

— Eu não ia conseguir dormir de novo. Além disso, já devem ser quase cinco horas. É melhor eu tomar banho e fazer a barba, e ir para o trabalho mais cedo. Preciso ocupar minha cabeça com alguma coisa.

— Excelente ideia. Gostaria de poder fazer o mesmo.

— Já conversamos sobre isso, Laurie. Você pode voltar a trabalhar. Contrataremos enfermeiras. Talvez isso fizesse bem a você.

Laurie fez que não com a cabeça.

— Você me conhece, Jack. Eu não conseguiria. Preciso ir até o fim, seja lá qual for o resultado. Eu nunca me perdoaria. — E voltou a olhar para o bebê, que aparentemente dormia, tranquilo, seus olhos ligeiramente salientes felizmente escondidos pela sombra. Ela prendeu a respiração quando sentiu uma onda súbita de emoção dominá-la, como acontecia de maneira imprevisível de vez em quando. Ela queria tanto ter um filho. Nunca imaginara que teria um que sofreria tanto quanto JJ, e com apenas 4 meses. Ela também precisava fazer força para não se sentir culpada, mas, ao contrário de Jack, pelo menos encontrava um pouco de consolo na religião. Tinha sido criada como católica, mas agora não era mais praticante. Mesmo assim, queria acreditar em Deus e acreditava, vagamente, conseguindo considerar-se cristã. Secretamente, orava por JJ, porém, ao mesmo tempo, não podia entender como um ser supremo permitia que existisse um mal como o câncer infantil, especialmente o neuroblastoma.

Jack percebeu a mudança no estado de espírito de Laurie pelo som da sua respiração. Procurando também controlar as lágrimas, ele abraçou os ombros da esposa e acompanhou seu olhar, voltado para John Junior.

— A pior coisa para mim a essa altura — disse Laurie, com esforço, enxugando as lágrimas — é a sensação de que estamos marcando o passo. Neste momento, enquanto esperamos a alergia dele à proteína de camundongo diminuir, JJ não está recebendo tratamento algum. A medicina convencional, de certa forma, nos abandonou. É tão frustrante! Quando ele começou o tratamento com anticorpos monoclonais, eu me senti otimista. Fazia muito mais sentido para mim do que aquele tratamento violento com quimioterapia, ainda mais para um bebê que cresce rápido. A quimioterapia ataca todas as células em crescimento, enquanto o anticorpo só ataca as células cancerosas.

Jack quis responder, mas não pôde. Só conseguiu concordar com o que Laurie tinha dito, balançando a cabeça. Além do mais, sabia que engasgaria nas palavras caso tentasse falar naquele momento.

— A ironia é que este é um dos problemas da medicina convencional — disse Laurie, recuperando um pouco de controle emocional. — Quando a medicina baseada em provas chega a um beco sem saída, o paciente e a família é que sofrem, ficando a deus-dará, como dizem.

Jack tornou a concordar. O que Laurie estava dizendo, infelizmente, era verdade.

— Alguma vez já pensou em procurar algum tratamento alternativo ou complementar para o JJ? — indagou Laurie. — Quer dizer, só enquanto estamos com as mãos atadas esperando o tratamento com anticorpos monoclonais?

Jack ergueu as sobrancelhas, fitando Laurie, espantado.

— Está falando sério?

Laurie deu de ombros.

— Não sei muito sobre o assunto para dizer a verdade — respondeu ela. — Nunca tentei usar nenhum tratamento alternativo, fora os suplementos vitamínicos. Nem li muito sobre o tema. Pelo que sei, é tudo feitiçaria, exceto por algumas plantas farmacologicamente ativas.

— É assim que penso também. Até onde eu sei, tudo se baseia no efeito placebo. Também nunca me interessei em ler a respeito, muito menos tentar. Sei que é para quem tem mais esperança do que juízo ou para quem está querendo ser enganado. Além disso, acho que também é para os desesperados.

— Nós estamos desesperados — falou Laurie.

Jack fitou o rosto de Laurie, na escuridão. Não conseguiu discernir se ela estava falando sério ou não. Mas estavam mesmo desesperados. Isso era óbvio. Mas tanto assim?

— Não espero por uma resposta — acrescentou Laurie. — Só estou pensando em voz alta. Gostaria de fazer agora algo pelo nosso filho. Não gosto de pensar que vamos ter que deixar as células do neuroblastoma se desenvolverem sem tratamento durante tanto tempo assim.

2

12H, SEGUNDA-FEIRA, 1º DE DEZEMBRO DE 2008
CAIRO, EGITO
(5H, CIDADE DE NOVA YORK)

Shawn Daughtry pediu ao motorista do táxi que parasse no mausoléu al-Ghouri, o túmulo do líder mameluco que entregou o governo do Egito aos otomanos no início do século XVI. A última visita de Shawn àquele lugar tinha sido dez anos antes, com sua terceira esposa. Agora, ele estava de volta com a quinta esposa, cujo nome de solteira era Sana Martin e quem estava gostando daquela visita mais do que a primeira gostara. Sana recebera um convite para participar de uma conferência internacional sobre investigação genealógica. Como famosa bióloga molecular especializada em genética mitocondrial, tema, aliás, de sua tese de doutorado, Sana era uma das conferencistas de destaque do evento. Entre as mordomias havia uma viagem com todas as despesas pagas para ela e Shawn. Ele havia aproveitado a oportunidade para ir a uma conferência sobre arqueologia que ocorreria ao mesmo tempo que a de Sana. Como era o último dia do evento, ele faltara ao almoço de encerramento para atender um compromisso muito específico.

Shawn saiu do táxi, sendo imediatamente envolvido pelo calor poeirento e sufocante, e atravessou a rua al-Alzhar, totalmente engarrafada. Todos os carros, ônibus e táxis buzinavam enquanto vendedores ambulantes, empurrando carrocinhas, e pedestres ziguezagueavam entre os veículos que mal se deslocavam. O trânsito da cidade era um desastre. Durante o intervalo de dez anos desde a última visita de Shawn, a população metropolitana do Cairo havia crescido até atingir a incrível marca de 18,7 milhões de pessoas.

Shawn subiu a rua al-Mukz li-Den Allah e penetrou nas profundezas das ruelas do bazar ao ar livre Khan el-Khalili. O bazar labiríntico do século XIV vendia de tudo, desde utensílios domésticos, roupas, móveis e alimentos até suvenires baratos. No entanto, nada disso lhe interessava. Ele seguiu direto até a área especializada em antiguidades e procurou uma loja da qual se lembrava da visita anterior, chamada Antica Abdul.

Shawn era um arqueólogo experiente que, aos 54 anos, estava no auge de sua carreira, chefiando o departamento de arte do Oriente Próximo no Metropolitan Museum of Art de Nova York. Embora se interessasse principalmente por arqueologia bíblica, era uma autoridade no Oriente Próximo inteiro, da Ásia Menor, passando por Líbano, Israel, Síria, Jordânia, até o Irã. Shawn tinha sido arrastado mercado afora na sua última visita pela sua esposa na época, Gloria. Separando-se dela no emaranhado de ruas tortuosas, Shawn descobrira a Antica Abdul por acaso. Ficou deslumbrado ao ver na vitrine empoeirada uma peça de terracota pré-dinástica e intacta de mais de 6 mil anos, decorada com espirais desenhadas no sentido anti-horário. Naquela época, havia um pote quase idêntico, exibido com destaque na ala do Egito Antigo do Metropolitan Museum, embora a peça da vitrine da Antica Abdul estivesse muito mais bem-preservada. Não só o desenho pintado nela estava mais bem-conservado, como também o vaso do museu fora encontrado todo partido e precisara ser completamente restaurado. Fascinado, mas também convencido de que o vaso da Antica Abdul era, como muitas outras supostas relíquias antigas no bazar, uma imitação muito bem-feita, Shawn entrara na loja.

Embora tivesse pretendido examinar apenas superficialmente o vaso e voltar para o hotel, Shawn terminou passando várias horas na loja. Sua esposa, furiosa e desconfiada de que ele a havia abandonado para perseguir algum rabo de saia, havia chegado ao hotel antes dele. Quando Shawn finalmente voltou, ela caiu em cima do marido impiedosamente, argumentando que poderia até ter sido sequestrada. Ao se lembrar do acontecido, Shawn se deu conta de como um desenlace desses teria sido conveniente. Facilitaria muito o processo do divórcio, um ano depois.

O que detivera Shawn na loja durante tanto tempo havia sido uma lição gratuita da tradicional hospitalidade egípcia. E o que começou com uma discussão com o dono da loja sobre a autenticidade do vaso terminou como uma conversa cativante sobre o amplo mercado de falsas antiguidades egípcias, enquanto ambos tomavam diversas xícaras de chá. Embora Rahul, o dono da loja, insistisse que a peça de cerâmica era mesmo uma antiguidade legítima, não escondeu nenhum dos truques do ofício, revelando, inclusive, o lucrativo mercado de escaravelhos, quando descobriu que Shawn era arqueólogo. Os escaravelhos, esculturas usadas como talismãs do antigo escaravelho estercorário egípcio, eram considerados capazes de exercer o poder da regeneração espontânea. Usando uma fonte de ossos inexaurível proveniente de antigos cemitérios no Egito Superior, escultores talentosos recriavam os escaravelhos, depois os davam para vários animais domésticos comerem, de modo a criarem uma pátina bastante convincente sobre as esculturas. Rahul defendia a ideia de que muitos dos escaravelhos faraônicos dos maiores museus do mundo eram falsificações confeccionadas dessa forma.

Depois da longa conversa, Shawn tinha comprado o vaso para agradecer a Rahul pela hospitalidade. Depois de regatear amistosamente um pouco, Shawn pagou metade do preço inicialmente pedido por Rahul. Mesmo assim, Shawn achou que 200 libras egípcias eram mais do que o dobro do que devia pagar, pelo menos era o que pensava até voltar a Nova York. Levando o vaso para sua colega Angela Ditmar, chefe do departamento de egiptologia, examinar, Shawn levou um verdadeiro choque. Angela constatou que o vaso não era uma falsificação, mas sim uma relíquia genuína, com definitivamente mais de 6 mil anos. Shawn terminou doando a peça de cerâmica ao departamento de egiptologia para substituir o vaso restaurado que estava em exibição permanente e assim aliviar a culpa que sentiu por ter, sem saber, saído do Egito com um objeto valioso na bagagem.

Shawn penetrou ainda mais fundo no coração do bazar. Esticados sobre as ruelas entre os prédios, viam-se tapetes e toldos que bloqueavam eficazmente a luz do sol. Passando por açougues com carcaças de cordeiro penduradas inteiras, com crânios, olhos, moscas e tudo, Shawn se viu envolto pelo odor pungente de entranhas, logo substituído pelo cheiro dos temperos e depois pelo aroma de café árabe sendo torrado. Aquele bazar assaltava todos os sentidos, tanto positiva quanto negativamente.

O arqueólogo parou, meio perdido, entre vários becos convergentes, como tinha parado dez anos antes. Entrando numa alfaiataria, pediu informações a um egípcio idoso, de solidéu branco e *djellabah* marrom. Alguns minutos depois, Shawn já entrava na Antica Abdul. Não se surpreendeu nem um pouco ao ver que a loja continuava ali. Na sua visita anterior, Rahul lhe dissera que o estabelecimento já estava na família havia mais de cem anos.

Fora a ausência do vaso pré-dinástico, a loja parecia essencialmente a mesma. Como a maioria das, assim chamadas, antiguidades era falsa, Rahul só as substituía por peças provenientes de suas fontes à medida que eram vendidas.

A loja parecia vazia quando Shawn entrou e ouviu as contas de vidro da cortina balançando e batendo umas contra as outras atrás de si. Por um momento, perguntou-se se Rahul ainda estaria lá, mas todas as suas preocupações se evaporaram quando o homem surgiu rapidamente passando pelas cortinas escuras que separavam uma sala repleta de almofadas da parte da frente da loja. Rahul cumprimentou Shawn com uma ligeira reverência ao se colocar atrás de um velho balcão com tampo de vidro. Era um *fellah* robusto, de lábios cheios, que se transformava facilmente em comerciante sagaz.

Sem dizer uma palavra, Shawn avançou alguns passos e encarou os olhos negros e insondáveis do lojista. Quase imediatamente, Rahul uniu as sobrancelhas, depois as ergueu, formando rugas na testa, ao reconhecer o freguês.

— Dr. Daughtry? — indagou Abdul. Inclinou-se ligeiramente para a frente a fim de olhá-lo melhor.

— Rahul — respondeu Shawn —, impressionante você se lembrar de mim, e ainda por cima do meu nome, depois de tantos anos.

— Como poderia me esquecer do senhor? — disse Rahul, contornando o balcão apressadamente e apertando a mão de Shawn com entusiasmo. — Eu me lembro de todos os meus clientes, especialmente os de museus famosos.

— Tem clientes de outros museus? — Aquela loja era tão modesta que essa possibilidade parecia remota.

— É claro, é claro. Sempre que recebo alguma coisa especial, o que não é frequente, entro em contato com quem acho que mais se interessaria. Agora é facílimo, graças à internet.

Pouco depois, enquanto Rahul enveredava beco adentro, empurrando a cortina de contas para os lados e berrando ordens em árabe, Shawn se maravilhava com a velocidade da globalização. Parecia-lhe que devia existir um abismo entre a internet e o antigo Khan el-Khalili. Obviamente a realidade era muito diferente.

Um momento depois, Rahul voltou a entrar na loja e fez sinal a Shawn para que passassem para a sala dos fundos do estabelecimento. Tapetes orientais forravam o chão e as paredes. Almofadões pesados de brocado dominavam o espaço. Havia um narguilé em um canto, ao lado de pilhas de caixas de papelão desbotadas. Uma lâmpada nua, sem lustre, pendia do teto. Em uma mesinha de madeira, havia algumas fotos desbotadas, uma de um homenzarrão de trajes típicos egípcios que se assemelhava a Rahul. O mercador seguiu o olhar de Shawn.

— Uma foto do meu tio que minha mãe me deu recentemente. Ele era o dono desta loja há uns vinte anos atrás.

— Ele parece seu parente, mesmo — comentou Shawn. — Comprou a loja dele?

— Não, da esposa dele. Ele era irmão da minha mãe, mas acabou envolvido em um escândalo por causa da descoberta de uma peça importante: um túmulo intacto. Esse envolvimento lhe custou a vida. Foi morto aqui na loja mesmo.

— Nossa — retrucou Shawn, intrigado. — Desculpe ter tocado no assunto.

— Neste negócio é preciso ter muito cuidado. Eu, louvado seja Alá, felizmente não venho tendo nenhum problema do tipo.

No instante seguinte, alguém empurrou a pesada cortina de contas, e um menino descalço apareceu com uma bandeja e dois copos em suportes de metal, cheios de chá fumegante. Sem dizer uma palavra, o menino depositou a bandeja no chão perto de Shawn e Rahul, depois voltou a passar pelas cortinas e desapareceu. Durante todo o tempo, Rahul continuou tagarelando animadamente sobre como tinha gostado da visita de Shawn.

— Acontece que vim aqui por um certo motivo — admitiu Shawn.

— Ah, é? — replicou Rahul, curioso.

— Tenho que confessar uma coisa. Da última vez em que estive na sua loja, comprei um vaso de terracota pré-dinástico.

— Eu me lembro. Era um dos melhores que eu tinha.

— Nós passamos um tempão debatendo a autenticidade dele.

— E o senhor não queria se deixar convencer.

— Aliás, não me convenci nem um pouco. Comprei como lembrança de nossa interessantíssima conversa, mas, quando voltei para Nova York, pedi a uma colega especialista que o examinasse. Ela concordou com você. Não só era autêntico, como está agora em exibição em um local de destaque no museu. É uma peça verdadeiramente belíssima.

— Que bondade a sua vir aqui admitir seu erro.

— É, isso esteve me incomodando muito durante todos esses anos.

— Isso é fácil de corrigir — disse Rahul. — Se quiser aplacar sua consciência, é só me pagar um pouco mais pela peça.

Surpreendido por aquela sugestão inesperada, Shawn encarou Rahul espantado. Por um momento, pensou que ele tinha falado sério. Depois Rahul sorriu, expondo os dentes amarelados e malcuidados.

— Estou brincando, é claro — falou ele. — Obtive um excelente lucro, porque foram umas crianças que o encontraram, e estou satisfeito.

Shawn sorriu também, obviamente aliviado. Achava o humor árabe tão inesperado quanto a hospitalidade.

— Sua confissão me fez lembrar uma peça incrível que recebi ontem de um amigo *fellahi,* que é fazendeiro no Alto Egito — prosseguiu Rahul. — É uma coisa que o senhor vai achar especialmente interessante, dada sua formação bíblica. Deve saber mais do que eu a respeito deste artefato específico, portanto vou lhe dar um voto de confiança e aceitar o preço que me pagar por ele se decidir comprá-lo. Mas veja se não me tapeia, hein? Gostaria de dar uma olhada na mercadoria?

Shawn deu de ombros.

— Por que não? — Não sabia o que esperar, de forma que se preparou para uma decepção.

Depois de revirar uma das caixas de papelão encostada à parede, Rahul tirou dela o que parecia ser uma fronha de algodão suja. Foi só quando se sentou que retirou de dentro dela o conteúdo e o colocou nas mãos de Shawn.

Shawn ficou imóvel durante vários segundos, enquanto Rahul se sentava e se acomodava, recostado nos almofadões. Havia uma expressão de expectativa e satisfação no rosto de Rahul, pois ele sabia que o arqueólogo logo adivinharia o que tinha nas mãos. A questão era se Shawn estaria disposto a comprar o artefato ou não. Aquele tesouro ilegalmente adquirido precisava ser comprado pela pessoa certa, alguém com bolsos relativamente recheados.

Shawn avaliou rapidamente o objeto. Como a maioria dos peritos bíblicos que valem o que pesam, particularmente os interessados em estudos do Novo Testamento ou da história da Igreja primitiva, o arqueólogo já tinha visto e até manuseado os originais. A questão era: o que ele estava segurando seria genuíno ou uma falsificação como os escaravelhos e a maioria das antiguidades de imitação que Rahul vendia? Shawn não fazia a menor ideia, mas, dada a inesperada autenticidade do vaso pré-dinástico, estava disposto a arriscar e comprar o que estava em suas mãos. Se por acaso fosse mesmo genuíno, aquele códice podia ser a maior descoberta da sua vida e, mesmo se ele terminasse devolvendo o artefato ao governo egípcio, era o tipo de objeto cuja história em si distinguiria Shawn de seus contemporâneos. Ele não queria que nenhum de seus concorrentes, os contatos dos maiores museus do mundo, clientes de Rahul, o comprassem — o que era uma possibilidade real, graças à internet.

— Claro que é falso — começou Shawn, tentando dar início à negociação, regateando corretamente. O problema era que, apesar da aparência modesta da loja, ele reconhecia que estava lidando com um profissional que sabia negociar habilmente.

3

6h05, segunda-feira, 1º de dezembro de 2008
Cidade de Nova York
(13h05, Cairo, Egito)

— O senhor é médico? — perguntou-lhe o policial fardado, exagerando no tom de surpresa.

A viatura estava parada atrás deles na Segunda Avenida, no Wet Side, enquanto o trânsito matinal passava no sentido do centro da cidade. O parceiro do policial ainda estava sentado no banco do passageiro, bebendo café. A bicicleta Trek relativamente nova de Jack estava caída no asfalto bem na frente da viatura. No início da licença-maternidade de Laurie, Jack tinha voltado ao seu velho hábito de ir pedalando para o IML.

Jack simplesmente assentiu. Embora estivesse mais calmo do que antes, ainda estava extremamente irritado com o motorista de táxi que o cortara, atravessando quatro pistas e parando de repente para pegar um cliente. Depois de conseguir parar batendo apenas de leve contra o para-choque do carro, Jack havia contornado o veículo e ido até a janela do lado do motorista antes mesmo de o cliente se sentar no banco traseiro. Ele chutara com o calcanhar a porta do motorista do táxi, causando pequenas, mas permanentes, mossas, na esperança de que o homem saísse e que os dois pudessem discutir o assunto conforme devia ser discutido. Felizmente, o incidente terminou ali mesmo, com a chegada da polícia. Pelo jeito, os policiais haviam testemunhado pelo menos uma parte do confronto.

— Acho que seria melhor o senhor fazer um desses cursos para aprender a controlar sua raiva — continuou o policial.

— Vou pensar na sua sugestão — respondeu Jack, sarcasticamente. Sabia que estava provocando o policial, mas não conseguiu se conter. Ele havia dispensado o motorista de táxi sem sequer anotar a placa. Era como se pensasse que tudo tinha sido culpa de Jack, uma vez que ele era o único a ser abordado pelos policiais.

— Francamente, seu veículo é uma bicicleta — reclamou o policial. — Está querendo cometer suicídio? Se é maluco o bastante para se arriscar a circular de bicicleta no meio desse trânsito, precisa aprender a aceitar o inesperado, principalmente da parte dos taxistas.

— Sempre achei que os táxis de Nova York e eu podíamos dividir a rua.

Abanando a cabeça e revirando os olhos ao despedir-se, o policial devolveu a carteira de motorista de Jack.

— O senhor é quem sabe — disse ele, lavando as mãos do caso.

Jack, contrariado, ergueu a bicicleta do chão, sentou-se no selim e começou a pedalar, afastando-se da viatura antes mesmo de o policial voltar a entrar nela. Logo, o trânsito maluco, o vento gelado e o exercício constante esfriaram seu sangue. Chegou à velocidade ideal de 32 quilômetros por hora, conseguindo passar por todos os sinais de trânsito até a rua 42. Nela, enquanto esperava o sinal mudar, Jack, ofegante, precisou admitir que o policial estava certo. Taxistas gananciosos sempre iriam parar para pegar um passageiro, sem sequer olhar ao redor. Se não praticasse direção defensiva, Jack correria o risco de deslizar para um comportamento patologicamente destrutivo, exatamente como o que o ameaçara depois de perder a esposa e as filhas do primeiro casamento. Ele sabia que não podia ser egoísta assim. Laurie a John Junior precisavam dele. Para vencer o neuroblastoma, a família precisava estar unida.

Chegando ao Instituto Médico Legal, na esquina da Primeira Avenida com a 30, Jack atravessou a larga via e foi até a entrada de veículos do prédio. Embora o edifício do IML, visto da Primeira Avenida, parecesse não ter mudado desde sua construção, na década de 1960, ele havia sofrido algumas reformas, principalmente depois do 11 de Setembro. O velho setor de carga e descarga tinha sido substituído por um estacionamento maior com várias portas corrediças de garagem para permitir a chegada de muitos veículos com cadáveres. Os antigos furgões marrons para transporte de corpos com a inscrição HEALTH AND HOSPITAL CORP. nas laterais, estacionados ao léu ao longo de toda a rua 30, foram substituídos por uma frota bem-organizada de novos furgões brancos. E, em vez de ter que carregar a bicicleta para dentro do necrotério, Jack simplesmente entrou em uma das garagens, onde podia deixá-la protegida, bem à vista de uma equipe de segurança, num setor muito mais bem-comandado.

Dentro do IML, podiam-se notar mais mudanças. Depois do 11 de Setembro, a importância da instituição havia sido reconhecida, de modo que a Câmara de Vereadores a recompensara com mais pessoal, equipamentos e espaço. Um edifício novo em folha havia sido construído a alguns quarteirões dali, na Primeira Avenida, para abrigar o departamento de biologia forense, que havia sido ampliado. O laboratório de DNA recebeu atenção especial. Embora o IML de Nova York tivesse passado por apertos devido a cortes de verba, perdendo sua famosa liderança nacional no campo da medicina forense, isso já não estava no passado.

Jack tinha agora mais de trinta colegas peritos médicos-legistas, ou patologistas forenses, espalhados por toda a cidade. O número de médicos-assistentes na sede de Manhattan tinha aumentado, e os títulos dos cargos haviam mudado. Não eram mais médicos-assistentes, e sim investigadores médico-forenses. Também havia oito novos antropólogos forenses na equipe, além dos odonto-legistas, aos quais Jack e os outros peritos-legistas podiam recorrer em casos especiais.

Jack também havia tirado vantagem pessoal de todo aquele crescimento e mudanças. Juntamente com os departamentos de DNA e de sorologia, outras divisões, incluindo protocolo e arquivos, administração, jurídico e recursos humanos, haviam se mudado para o novo arranha-céu, liberando espaço no edifício antigo. Todos os peritos-legistas agora tinham salas separadas no terceiro andar. Além de sua mesa, Jack tinha a própria bancada para exames de laboratório, o que significava que ele podia deixar o microscópio, as lâminas e a papelada ali sem medo de que alguém fosse tocá-los.

Jack entrou no prédio, decidindo deixar de lado as emoções e concentrar-se no trabalho. Sentindo-se subitamente obstinado, não esperou o elevador de serviço, preferindo subir pelas escadas. Atravessou depressa os escritórios da nova ala da síndrome da morte súbita infantil e pegou um atalho através da velha sala de arquivamento de prontuários, que agora abrigava uma série de cubículos de investigadores forenses. Os peritos do horário da noite estavam terminando de redigir seus laudos para o horário das sete e meia. Jack acenou de passagem para Janice Jaeger, investigadora médico-forense do período da noite que ele conhecia desde que tinha começado sua carreira no IML e com quem frequentemente trabalhava.

Jogou a jaqueta em uma cadeira de braços antiquíssima ao chegar à divisão de identificação, onde todos os peritos inevitavelmente começavam o dia. Empilhados na escrivaninha solitária, estavam os boletins das ocorrências noturnas que, segundo a equipe de investigadores médico-forenses, pertenciam à alçada do IML. Esses casos representavam as mortes que tinham ocorrido de forma incomum ou suspeita, inclusive suicídio, acidente, violência criminal ou meramente súbita, quando a vítima parecia gozar de boa saúde.

Jack se sentou à mesa e começou a ler os boletins. Gostava de escolher os mais difíceis porque lhe davam a oportunidade de aprender coisas novas. Era daquilo que ele mais gostava na medicina-legal. Os outros peritos toleravam esse seu comportamento porque Jack se encarregava de mais casos do que os demais.

De manhã, normalmente o perito encarregado do turno chegava cedo, em geral mais ou menos às sete horas ou um pouco antes, e lia os boletins para ver quais casos exigiriam necropsias, para depois distribuí-los de forma homogênea. O próprio Jack tinha que fazer isso uma dúzia de vezes por ano, o que não o incomodava, pois estava sempre lá mesmo.

Em alguns minutos, Jack encontrou o caso de um adolescente, aluno de uma escola particular no Upper East Side, que tinha morrido do que parecia ser meningite. Como Jack era conhecido como o guru das doenças infecciosas após ter tido a sorte de diagnosticar vários casos corretamente, ele se demorou lendo o prontuário e o separou. Achou que aquele caso talvez fosse bom para ele, já que muitos de seus colegas não gostavam de pegar os que envolviam doenças infecciosas. Ele, por outro lado, não se importava nem um pouco.

Também se deteve no caso seguinte. Tratava-se de outra vítima relativamente jovem, embora dessa vez do sexo feminino. Trazida para a emergência com um quadro aparentemente súbito de confusão e andar espástico, a moça de 27 anos entrara em coma e acabou morrendo. Não detectaram febre nem mal-estar, e, segundo os amigos da vítima, ela era adepta incondicional de uma vida saudável e não tomava drogas nem bebia. Embora seus amigos estivessem bebendo coquetéis na hora em que ela se sentira mal, todos alegavam que a vítima só havia tomado refrigerantes.

— Ah, merda! — lamentou-se alguém, alto o suficiente para fazer Jack erguer a cabeça de súbito.

De pé, à porta aberta que levava até a sala de identificação vazia, estava Vinnie Amendola, um dos técnicos de necropsia, com um jornal debaixo do braço. Ainda segurava a maçaneta da porta entre as salas, como se a qualquer momento fosse mudar de ideia e fugir. Estava claro que tinha reagido assim porque Jack estava ali.

— O que foi? — quis saber Jack, perguntando-se se haveria alguma emergência.

Vinnie não respondeu. Fuzilou Jack com o olhar por um instante antes de entrar e fechar a porta. De pé diante da escrivaninha de Jack cruzou os braços.

— Não me diga que vai voltar àquela rotina pavorosa de antes — disse ele.

Jack não conseguiu conter um sorriso. De repente, percebeu por que Vinnie fingia estar zangado. Antes do nascimento de John Junior, quando Jack chegava ao trabalho cedo para selecionar os casos envolvendo necropsias, arrastava Vinnie consigo até a sala de dissecação para começar o dia com todo o pique. Além de seus deveres de técnico de necropsia, Vinnie era responsável por chegar cedo para ajudar na transição do turno noturno para o diurno, embora passasse a maior parte do tempo fazendo café para a divisão e depois lendo a seção de esportes do *Daily News*.

Embora Vinnie sempre reclamasse de ter que começar a fazer necropsias mais cedo do que o determinado pelo legista-chefe do IML, ele e Jack formavam uma equipe fantástica, apesar de passarem o tempo todo se provocando. Juntos, os dois conseguiam processar uma vez e meia ou até duas vezes mais casos do que os demais.

— Temo que sim — disse Jack. — Terminaram as férias. Você e eu vamos cair de cabeça no trabalho. É minha resolução de ano-novo.

— Mas o ano-novo é só daqui a um mês — reclamou Vinnie.

— Infelizmente — respondeu Jack. Depois empurrou o prontuário da mulher de 27 anos na direção de Vinnie. — Vamos começar com Keara Abelard.

— Vamos com calma, superperito — protestou Vinnie, usando o antigo apelido que inventava para Jack. Consultou o relógio de pulso, como se fosse recusar a obedecer a ordem de Jack. — Pode ser que eu possa encaixar esse seu pedido na minha agenda, dentro de, digamos, dez minutos, depois que eu fizer café para a divisão. — Então sorriu. Fingia estar contrariado, mas na verdade tinha sentido falta de sua amizade especial com Jack, baseada no papo de início de expediente, bem cedo.

— Combinado — respondeu Jack. Depois de baterem as mãos em cumprimento, ele voltou a examinar a pilha de boletins.

— Como você parou de chegar cedo quando seu filho nasceu, achei que a mudança de horário ia ser permanente — comentou Vinnie, enquanto colocava pó de café fresco na cafeteira, impregnando a sala com o aroma.

— Foi apenas um contratempo temporário — disse Jack. Embora a maioria dos funcionários do IML soubesse do nascimento de seu filho, ninguém, pelo que Jack sabia, tinha conhecimento de que John havia nascido com neuroblastoma. Jack e Laurie eram pessoas bastante discretas no que dizia respeito a suas vidas particulares.

— Como sabe que o Dr. Besserman não vai querer cuidar dessa tal de Keara Abelard?

— Ele é o perito encarregado desta semana e que já devia estar aqui?

— O próprio.

— Acho que não vai se incomodar muito — disse Jack, com seu sarcasmo de costume. Sabia muito bem que Besserman, um dos mais velhos peritos-legistas, preferia passar adiante todas as necropsias naquela altura de sua carreira. Apesar disso, Jack escreveu um rápido bilhete para Arnold, informando que trataria do caso Abelard, mas que estaria disposto a tratar de mais alguns, se fosse preciso. Colou o post-it no alto da pilha de boletins e empurrou a cadeira.

Menos de vinte minutos depois, Jack e Vinnie já estavam na sala de necropsia, parcialmente reformada durante o ano anterior. As antigas pias de pedra-sabão haviam sido substituídas. Em seu lugar, estavam pias modernas, de uma substância formada por pedra e resina. Também não se viam mais os armários gigantescos com portas de vidro contendo coleções de instrumentos de aparência medieval. No lugar deles foram instalados armários de fórmica bastante comuns, com portas maciças e um espaço bem maior.

— Vamos ao trabalho! — falou Jack. Enquanto ele preenchia a papelada inicial, Vinnie não só colocava o cadáver na mesa e as radiografias no negatoscópio, como também dispunha todos os instrumentos e objetos necessários na bandeja, inclusive aqueles que achava que Jack provavelmente pediria: frascos para amostras, conservantes, rótulos, seringas e etiquetas de custódia de provas, caso detectasse indícios de criminalidade.

— E então, o que está procurando? — indagou Vinnie, enquanto Jack fazia seu exame externo exaustivo.

Jack examinou todo o corpo, mas dedicou atenção especial à cabeça.

— Para começar, sinais de trauma — respondeu. — Esse seria meu palpite número um a essa altura. Naturalmente, pode ter sido também um aneurisma. Dizem que ela ficou rapidamente desorientada e espástica, e depois entrou em coma e faleceu. — Jack examinou ambos os canais auditivos externos. Depois usou um oftalmoscópio para examinar os olhos. — A história é que ela estava com um grupo de amigos tomando bebidas, segundo o prontuário, não alcoólicas, e que não tomava drogas.

— Será que foi envenenada?

Jack endireitou a postura e olhou para Vinnie, do outro lado do cadáver.

— Ideia meio estranha a essa altura. Por que pensou isso?

— Vi um programa na televisão ontem onde a vítima foi envenenada.

Jack riu, sob a máscara que cobria sua boca.

— Fonte interessante para um diagnóstico diferencial. Acho que não é muito provável, mas ainda precisamos fazer um exame toxicológico. Também precisamos nos certificar de que a vítima não estava grávida.

— Ah, boa ideia essa de verificar a gravidez. Foi isso que aconteceu no programa de ontem à noite. O namorado queria se livrar do bebê e da mãe ao mesmo tempo.

Jack não respondeu. Em vez disso, começou a examinar cuidadosamente o couro cabeludo de Keara. Seus cabelos espessos, que iam até a altura dos ombros, dificultaram o exame, que foi demorado.

— Não tem chance de isso ter acontecido por causa de alguma infecção, não é? — indagou Vinnie. Ele nunca gostara de bactérias. Aliás, detestava-as. Sempre que bactérias, vírus ou "qualquer coisa do gênero", como Vinnie chamava alguns dos outros agentes infecciosos, estavam envolvidos, ele procurava evitar contato com a vítima o máximo que podia ou pelo menos assim fora até a chegada de Jack. Desde então, por causa do número de casos infecciosos dos quais tinha se encarregado, Vinnie havia se acostumado à sua fobia. Naquela manhã, ele e Jack estavam usando apenas macacão Tyvek, máscaras cirúrgicas normais, toucas cirúrgicas e protetores faciais de policarbonato cobrindo os rostos. Durante alguns anos, a direção havia prescrito proteção total em todos os casos com trajes integrais que os peritos-legistas costumavam chamar de "macacão de astronauta", mas não era mais preciso fazer aquilo, e agora cada médico podia usar o que quisesse, contanto que fosse apropriado. O mesmo se aplicava aos técnicos de necropsia.

— A chance de ser infecção é ainda menor do que a de envenenamento — disse Jack.

Após examinar a cabeça, Jack esquadrinhou com cuidado o pescoço. Quando terminou, já estava razoavelmente certo de que não houvera trauma, pois o exame externo tinha sido totalmente normal. Até ali, não fazia a menor ideia de qual poderia ter sido a causa da morte daquela mulher e se sentia menos calmo do que de costume, irritando-se momentânea e irracionalmente com a paciente por esconder seus segredos.

Depois de colher fluido ocular, urina e sangue para o exame toxicológico e verificar as radiografias, procurando uma pista sobre a causa da morte, Jack começou a parte interna da necropsia. Usou a incisão típica, em forma de Y, partindo dos pontos dos ombros até o púbis, e depois, com a ajuda de Vinnie, retirou os órgãos internos e examinou cada um deles separadamente.

— Enquanto você lava o intestino, vou verificar se não havia trombose nas veias profundas das pernas — delegou Jack, procurando não deixar nada de lado. Cada vez mais curioso sobre a causa daquela morte, estava agora intensamente concentrado no seu trabalho e tentando evitar interpretações convencionais. Evitou até fazer piadas de humor negro, como de costume, e também não mexeu com Vinnie.

Quando o técnico voltou com o intestino limpo, Jack já podia lhe informar que, além das outras conclusões, não havia coágulos nem possibilidade de embolia cerebral. A causa da morte de Keara Abelard ainda era um mistério total e absoluto, ao passo que, na maioria dos casos, àquela altura já se poderia fazer uma boa ideia do motivo.

Após terminar a parte abdominal e peitoral da necropsia, Jack voltou a examinar a cabeça da paciente.

— Não vamos sair daqui enquanto não encontrarmos alguma coisa! — disse ele, recuando para dar espaço para Vinnie serrar o crânio.

Enquanto Vinnie estava ocupado, serrando, vários outros auxiliares de necropsia chegaram e se prepararam para ajudar seus respectivos peritos. Jack nem notara a presença deles. Enquanto o técnico continuava cortando o crânio com a serra cirúrgica, Jack começou a se sentir mal. Sem qualquer hipótese sobre a causa da morte, exceto por um aneurisma rompido, o que Jack duvidava que tivesse acontecido, ele tinha a sensação de que se esquecera de alguma coisa importante, talvez até cometido um erro.

No momento em que Vinnie pôs de lado a calvária e retirou o cérebro reluzente, repleto de sulcos, Jack se inclinou para a frente e seu coração pulou de susto. Havia sangue coagulado na fossa posterior, na parte de trás da cabeça de Keara, tanto que começou a vazar para a mesa de aço inox.

— Droga! — gritou Jack, evidentemente arrependido enquanto dava socos com a mão enluvada na quina da mesa.

— O que foi? — indagou Vinnie.

— Cometi um erro — disse Jack, zangado.

Dando um passo adiante e se colocando ao lado do corpo, Jack examinou o fundo da cavidade peitoral e subiu até a cabeça, erguendo a parede frontal do peito.

— Precisamos fazer uma arteriografia vascular até o cérebro — falou Jack, em voz alta, mais para si mesmo do que para o Vinnie. Estava claramente decepcionado consigo mesmo.

— Sabe que não posso recolocar o cérebro no crânio — disse Vinnie, hesitante e preocupado diante da possibilidade de Jack estar querendo culpá-lo de alguma coisa.

— Claro que sei disso — disse Jack. — Não podemos desfazer tudo o que já fizemos. Estou querendo dizer uma arteriografia da vasculatura que leva ao cérebro, não do cérebro em si. Traga-me contraste e uma seringa grande!

4

14H36, SEGUNDA-FEIRA, 1º DE DEZEMBRO DE 2008
CAIRO, EGITO
(7H36, CIDADE DE NOVA YORK)

Enquanto o táxi abria caminho pelo tráfego, Sana Daughtry, por causa do calor, mal conseguia vislumbrar o Four Seasons Hotel. Shawn é que tivera a ideia de se hospedarem lá. Ela deveria estar no Semiramis Intercontinental, onde a conferência se realizaria. Além de ser uma das principais palestrantes, também haviam lhe solicitado que fizesse parte de vários painéis e, por esse motivo, precisava estar lá durante os quatro dias. Seria muito mais conveniente para ela ficar no Semiramis, onde teria a opção de, ocasionalmente, dar um pulo no seu quarto.

Após resolver acompanhar a esposa, Shawn havia se encarregado de tomar todas as decisões sobre a viagem. Tinha sido dele a escolha de usar o crédito do Semiramis e aplicá-lo em um quarto no Four Seasons, que era mais novo e bem mais luxuoso. Quando Sana reclamou dos gastos desnecessários, Shawn informou que conseguira encontrar uma conferência sobre arqueologia à qual comparecer, e por isso poderia deduzir o que gastasse a mais no imposto de renda. A essa altura, Sana resolveu parar de discutir. Não adiantaria de nada.

Depois de pagar a corrida, Sana saiu do táxi. Ela estava feliz por escapar. O chofer a enchera de perguntas, e ela era uma pessoa reservada, ao contrário do marido, que conseguia puxar papo com quase todo mundo. Do ponto de vista dela, Shawn não tinha nenhuma ideia da diferença entre assuntos particulares e os que podiam ser comentados com o público em geral. Em várias ocasiões, Shawn parecia estar se esforçando para impressionar estranhos, particularmente quando os estranhos eram mulheres, informando-as sobre seu dispendioso estilo de vida nova-iorquino, o que incluía o fato de ele morar em uma das poucas casas inteiramente de madeira em West Village. Por que ele fazia questão de se gabar desse tipo de coisa ela não fazia a menor ideia, embora julgasse que, do ponto de vista psicológico, isso demonstrava certa insegurança.

O porteiro a cumprimentou com boas-vindas quando Sana entrou no saguão do hotel. Esperava encontrar Shawn na piscina, uma vez que ele não estava nem um pouco preocupado, ao contrário dela, em participar da conferência. Durante os últimos dias, Shawn vinha puxando conversa com algumas mulheres à beira da piscina, que agora já sabiam mais sobre a vida do casal Daughtry do que Sana gostaria. No entanto, ela estava decidida a não deixar que isso a incomodasse como antes. Mais de uma vez Sana havia pensado que era ela a exceção, não Shawn; talvez fosse apenas uma puritana enrustida, e deveria parar de se preocupar tanto e de levar tudo tão a sério.

Um jovem elegantemente vestido conseguiu entrar no elevador exatamente quando as portas já estavam se fechando. Ele obviamente correra para chegar a tempo e respirava ofegante.

O rapaz olhou para Sana e sorriu. Sana olhou para o ponteiro que indicava os andares. Ele vestia um terno ocidental, completo, com um lenço no bolso. Exatamente como Shawn, tinha um distinto porte internacional, sendo, porém, uma versão muito mais jovem e atraente do marido.

— Um dia espetacular, não é? — exclamou o homem, com um sotaque obviamente americano. Diferente de Shawn, ele aparentemente não sentia necessidade de forçar um sotaque britânico quando estivesse conversando com estranhos.

Se houvesse mais alguém no elevador, Sana acharia que ele falava com outra pessoa. Ela olhou para o jovem, calculando que deveria ter a sua idade, 28 anos, e que, a julgar pelo modo de vestir, provavelmente era muito bem-sucedido financeiramente.

— O dia está mesmo lindo — concordou Sana num tom de voz que não encorajava a conversa. Voltou a atenção para o indicador dos andares. Seu companheiro havia olhado de relance para os botões, mas não apertara nenhum número. Será que ele desceria no mesmo andar dela?, perguntou-se Sana. E, se não ia, ela deveria se preocupar? Um segundo depois ralhou consigo mesma; talvez fosse mesmo uma puritana.

— Você é de Nova York? — perguntou o homem.

— Sou — disse Sana, percebendo que, se fosse seu marido no elevador com uma mulher fazendo perguntas, ele imediatamente deslancharia em uma minibiografia a respeito de como havia crescido em Columbus, Ohio, conseguido uma bolsa de estudos integral para fazer faculdade em Amherst e depois para o curso de pós-graduação em Harvard, subindo de cargo até o Metropolitan Museum, tornando-se, assim, curador do departamento de arte do Oriente Próximo, tudo enquanto subiam até o oitavo andar.

— Tenha um ótimo dia — disse o homem quando Sana saiu, pisando no carpete fofo do corredor. Ele não saiu do elevador.

Enquanto se dirigia ao quarto, ela questionava sua paranoia, pensando se sentia aquilo porque já morava em Nova York fazia muito tempo. Se fosse Shawn que estivesse no elevador com uma mulher, eles poderiam muito bem acabar indo até um dos muitos bares do hotel para tomar um drinque.

Sana parou. A sociabilidade fácil de Shawn de repente se tornara irritante. Por quê? Por que agora? Na melhor das hipóteses, porque era um comportamento novo e, agora que a conferência de Sana havia terminado, ela podia pensar sobre assuntos mais pessoais. Até então, Shawn fora sempre admirável e sinceramente preocupado com o nível de satisfação dela, especialmente durante os seis meses do tórrido namoro. Durante o ano anterior, porém, e certamente nesta viagem, não era o que acontecia. Quando conhecera Shawn, na inauguração de uma galeria em Nova York, quase quatro anos antes, Sana estava defendendo a sua tese de doutorado em DNA mitocondrial e ficara completamente perplexa diante da afeição e da atenção que ele lhe dedicara. Ela também se encantara com sua erudição: Shawn falava fluentemente mais de meia dúzia de línguas exóticas do Oriente Próximo e sabia de coisas sobre arte e história que ela adoraria saber também. A extensão do conhecimento dele a fazia parecer, em comparação, o estereótipo da cientista de mente estreita.

Recomeçando a caminhar, mas a um passo bem mais lento, Sana se perguntou se a mãe não teria razão. Talvez a diferença de 26 anos entre ela e o marido fosse grande demais. Ao mesmo tempo, ela se lembrava bem da dificuldade que tivera em lidar com a imaturidade dos homens de sua idade, que usavam bonés de beisebol com a aba virada para trás e agiam como perfeitos idiotas. Ela era diferente da maioria de suas amigas, pois nunca tivera interesse em ter filhos. Desde cedo se considerara uma acadêmica e, como tal, egoísta demais para isso. Para Sana, os dois grupos de filhos que Shawn tivera de seu primeiro e terceiro casamentos eram mais do que suficientes para satisfazer quaisquer resquícios de instinto materno que restassem nela.

Enquanto apanhava o cartão magnético que funcionava como chave do quarto, Sana considerou a partida deles, marcada para a manhã seguinte, bem cedo. Antes da viagem, ela havia se decepcionado, porque Shawn demonstrara má vontade em levá-la até Luxor para ver os túmulos dos nobres e o Vale dos Reis. Sem se importar com os sentimentos dela, ele havia dito que já os vira e não poderia perder tempo extra. Porém, agora que a conferência dela tinha terminado, Sana se sentia aliviada por não terem planejado fazer esse passeio. Ela não estava trabalhando no Colégio de Medicina e Cirurgia da Universidade de Columbia há tempo o suficiente para se sentir segura, especialmente com vários experimentos fundamentais em andamento.

Sana entrou no quarto rapidamente e, antes que a porta tivesse tempo de se fechar, já havia desabotoado os dois botões de cima da blusa, encaminhando-se para o banheiro. Ao avistar Shawn, parou repentinamente enquanto ele se levantava depressa. Eles se entreolharam. Sana foi a primeira a falar, enquanto olhava para a lente de aumento que Shawn segurava com as mãos cobertas por luvas brancas de algodão.

— O que você está fazendo aqui? Por que não está na piscina?

— Você podia ter batido na porta!

— Preciso bater na porta de meu próprio quarto de hotel? — perguntou a moça, em um tom ligeiramente sarcástico.

Shawn deu uma risadinha, reconhecendo a falta de sentido do que dissera.

— Suponho que não seria uma coisa muito normal, mesmo. Mas ainda assim você não precisava entrar desse jeito, correndo, como se o hotel estivesse pegando fogo e me fazendo pular de susto. Eu estava concentrado.

— Por que não está na piscina? — repetiu Sana. A porta se fechou sozinha atrás dela. — É o nosso último dia, se não se esqueceu.

— Não me esqueci. — replicou Shawn, com os olhos começando a brilhar. — Estive ocupado.

— Estou vendo — disse ela, olhando para as luvas e a lente. Continuou a desabotoar a blusa e se dirigiu para o banheiro. Shawn foi até o batente da porta.

— Acabei de fazer o que pensei que fosse a minha maior descoberta arqueológica naquela loja de antiguidades que comentei com você. Aquela onde eu comprei o vaso egípcio, lembra?

— Dá licença — disse Sana, empurrando Shawn para trás e o afastando da entrada do banheiro para poder deixar a porta encostada.

Ela não gostava de trocar de roupa na frente de ninguém, nem mesmo de Shawn, especialmente porque o nível de intimidade deles vinha diminuindo ultimamente.

— Eu lembro, sim — gritou Sana depois. — Por acaso isso tem alguma coisa a ver com essas luvas brancas que está usando e a lente de aumento?

— É claro que tem — responde Shawn, falando através da porta. — A recepcionista me ajudou providenciando as luvas e a lupa. Isso é que é um hotel de serviço completo!

— Vai me contar que descoberta foi essa, ou vou ter que adivinhar? — perguntou ela, agora interessada. No que dizia respeito à sua profissão, Shawn não exagerava. Com certeza tinha feito um bom número de descobertas importantes, escavando em muitos sítios no Oriente Próximo no começo da carreira. Isso tinha sido antes de assumir um cargo de curador na alta gerência, cujas responsabilidades eram mais de supervisão e obtenção de verba do que de trabalho de campo.

— Venha aqui que eu te mostro.

— Não é tão boa quanto você esperava? Notei que usou o passado do verbo "pensar".

— A princípio fiquei decepcionado, mas agora acho que é cem vezes melhor do que pensei ser antes.

— É mesmo? — perguntou Sana. Parou de vestir o maiô, que já estava na altura das coxas. Sua curiosidade agora tinha sido aguçada. O que Shawn poderia ter achado que fosse digno de tal descrição?

— Vai sair ou não vai? Estou morrendo de vontade de te mostrar isso.

Sana deu uma rebolada para vestir o maiô e o ajustou entre as pernas, depois se olhou no espelho de corpo inteiro pendurado atrás da porta. Ficou razoavelmente satisfeita com o que viu. Corredora devotada, tinha um corpo esguio e atlético e cabelo curto, louro-acinzentado, mas saudável. Apanhando as roupas, abriu a porta. Após colocá-las cuidadosamente sobre a cama, foi até a escrivaninha.

— Coloque isso — disse Shawn, dando-lhe um segundo par de luvas brancas que tinham acabado de ser lavadas. — Eu as trouxe especialmente para você.

— O que é, um livro? — perguntou Sana, depois de calçar as luvas. Viu um livro de aparência antiga, encadernado em couro, que estava num canto da escrivaninha.

— É o que chamam de códice. Um exemplar dos primeiros livros que sucederam o pergaminho, uma vez que se pode colocar mais coisas nele e ter acesso a várias partes do texto com mais facilidade. O que o torna diferente de um livro de verdade, como a Bíblia de Gutenberg, é que foi feito inteiramente à mão. Tome muito cuidado ao manuseá-lo! Ele tem mais de 1.500 anos. Foi conservado por mais de um milênio e meio porque ficou guardado dentro de um pote, enterrado na areia.

— Nossa — exclamou Sana. Não estava certa se queria segurar algo assim tão antigo, por medo de que pudesse se desintegrar em suas mãos.

— Abra-o! — insistiu Shawn.

Cuidadosamente, ela abriu a capa. Precisou fazer certo esforço, pois estava rígida, e a encadernação produziu um rangido.

— De que foi feita a capa?

— É uma espécie de sanduíche de couro endurecido com camadas de papiro.

— E de que material são as páginas?

— São todas de papiro.

— E a linguagem?

— É o chamado copta, uma espécie de versão escrita de egípcio antigo usando um alfabeto grego.

— É verdadeiramente incrível! — exclamou Sana. Estava impressionada, mas se pôs a imaginar por que Shawn teria dito que aquela descoberta era tão importante para ele. Algumas das estátuas que encontrara na Ásia Menor pareciam bem mais promissoras.

— Está vendo que uma grande parte do livro foi arrancada?

— Sim. E isso é significativo?

— Põe significativo nisso! Cinco dos textos originais e individuais deste códice, especificamente, foram removidos violentamente durante a década de 1940 para serem vendidos nos Estados Unidos. Correu o boato de que outras páginas tinham sido retiradas para fazer fogo na cozinha de uma casa de barro de algum *fellah*.

— Que coisa terrível!

— Certamente. Mais de um professor universitário se arrepiou ao pensar nisso.

— Também notei que alguém cortou o lado de dentro da capa da frente de cima até embaixo, ao longo da beirada.

— Eu mesmo fiz isso, com muito cuidado, usando uma faca de carne, há cerca de uma hora atrás.

— E podia fazer isso? Quero dizer, considerando a idade desse códice, imagino que existam ferramentas mais apropriadas do que uma faca de carne para esse fim.

— Não, provavelmente não podia, mas fiz, porque simplesmente não consegui me conter. A essa altura, já estava horrivelmente decepcionado com o que havia no códice. Esperava encontrar praticamente uma mina de ouro e, em vez disso, consegui recuperar o equivalente ao produto de uma das primeiras copiadoras do mundo.

— Acho que não estou conseguindo te acompanhar — admitiu Sana. Devolveu o livro antigo a Shawn a fim de se isentar daquela responsabilidade. Tirou as luvas. O entusiasmo dele era evidente. Ela estava mais do que intrigada.

— Não estou surpreso — disse ele, pegando o códice e recolocando-o no lugar onde estava, no canto da escrivaninha. No meio dela, sob a luz de uma lâmpada de mesa e de um abajur, havia três páginas avulsas, esticadas e presas por vários objetos, incluindo um par de abotoaduras de Shawn, feitas de moedas antigas. As páginas estavam muito vincadas, pois tinham ficado dobradas durante milhares de anos. Também eram de papiro, como as do códice, mas pareciam mais velhas. As bordas estavam escurecidas a ponto de parecer que haviam sido queimadas.

— O que é isto? — perguntou Sana, apontando para as páginas de papiro. — Uma carta? — Ela podia ver que a primeira página tinha um possível destinatário, e a última, uma assinatura.

— Ah, a mente científica imediatamente encontra o busílis da questão — disse Shawn com alegria. Passou as mãos, com as palmas viradas para baixo e os dedos abertos, reverentemente sobre as páginas, como se as estivesse idolatrando. — De fato é uma carta, uma carta muito especial, escrita no ano 121 depois de Cristo por um bispo septuagenário da cidade de Antioquia, que se chamava Saturnino, em resposta a uma carta que ele tinha recebido antes, escrita e endereçada a ele por um bispo de Alexandria chamado Basílides.

— Minha nossa! É do começo do século dois!

— Exatamente — observou Shawn —, e foi escrita pouco mais de um século depois de Jesus de Nazaré. Uma época conturbada para a Igreja primitiva.

— Esses homens são bem conhecidos?

— Boa pergunta! Basílides é bastante conhecido entre os doutores da Bíblia, Saturnino é bem menos, embora eu tenha me deparado com referências a ele em duas ocasiões. Como esta carta comprova, Saturnino era discípulo de Simão Mago.

— Eu me lembro desse nome, da minha infância.

— Sem dúvida. Ele era, e ainda é, o típico bandido do catecismo, bem como o pai de todas as heresias, pelo menos de acordo com certo número de pais da Igreja cristã antiga. A palavra "simonia", aliás, vem do fato de que ele tentou comprar o dom de cura que são Pedro recebeu.

— E Basílides?

— Ele era um homem muito ocupado aqui no Egito, em Alexandria, para ser mais preciso, e um escritor prodigioso. Acredita-se também que foi um dos primeiros pensadores gnósticos, particularmente por introduzir um distinto cunho cristão no gnosticismo, centralizando sua teoria em Jesus de Nazaré.

— Ajude-me a entender melhor — disse Sana. — Já ouvi o termo "gnosticismo", mas não seria capaz de defini-lo.

— Falando de maneira simples, foi um movimento que precedeu o cristianismo, acabando por incluir alguns aspectos das religiões pagãs, do judaísmo e depois do cristianismo numa única seita. O nome gnosticismo veio da palavra grega *gnosis*, que significa "conhecimento intuitivo". Para os gnósticos, o conhecimento do ser divino era o fim a ser atingido, e aqueles que tinham esse conhecimento acreditavam ter a centelha do divino, a ponto de pessoas como Simão Mago pensarem que realmente eram, pelo menos em parte, divinas.

— E você ainda diz que o estudo do DNA é complicado — debochou Sana.

— Isso não é assim tão complicado, mas voltemos ao Basílides. Acontece que ele foi um dos primeiros gnósticos a ser também um cristão, embora o nome "cristão" nem existisse ainda. Ele acreditava que Jesus de Nazaré era o Messias esperado. No entanto, não acreditava que Cristo tivesse vindo à Terra para redimir a humanidade do pecado pelo sofrimento da cruz, como o resto de seus companheiros cristãos. Em vez disso, Basílides pensava que Jesus tinha vindo ao mundo com o propósito de prestar esclarecimento, ou transmitir gnose, isto é, mostrar aos humanos como se libertar do mundo físico e alcançar a salvação. Os gnósticos como Basílides eram muito ligados à filosofia grega e à mitologia persa, mas todos desligados do mundo material, que julgavam aprisionar a humanidade e ser a fonte de todo o pecado.

Sana se inclinou sobre a carta para olhá-la mais de perto. De longe, a escrita pareceu uniforme, como se tivesse sido feita à máquina, mas, olhando mais de perto, pequenas variações provavam que tinha sido feita à mão.

— Isto também é copta? — perguntou ela.

— Não, a carta foi escrita em grego antigo — disse Shawn —, o que não é de admirar. O grego, até mais do que o latim, era a língua franca daquela época, particularmente na parte oriental do mar Mediterrâneo. Como o nome sugere, Alexandria era um dos centros do mundo helenístico fundado pelos feitos militares de Alexandre, o Grande.

Sana se ergueu.

— Esta carta fazia parte do códice ou foi simplesmente colocada dentro do livro por acaso?

— Com certeza não foi por acaso — disse Shawn, com ar de mistério. — A carta foi inserida no livro deliberadamente, mas não pelo motivo no qual deve estar pensando. Lembra-se de como descrevi a capa do códice? Junto com outras folhas de papiro, a carta estava inserida atrás do couro para que o códice tivesse o que nós consideraríamos uma capa dura. Eu havia ouvido falar que isso tinha sido feito com outros volumes deste conjunto de códices em especial.

— Você encontrou mais de um?

— Não, apenas este, mas o reconheci imediatamente. Venha cá, sente-se ao meu lado. Tenho que lhe dar umas explicações, principalmente porque não vamos voltar para casa como o planejado.

— Como assim? — estranhou Sana, exasperada. — Tenho que voltar para checar o progresso de vários experimentos.

— Seus experimentos vão ter que esperar pelo menos um dia, ou talvez dois, no máximo.

Shawn pôs uma das mãos sobre o ombro da esposa, tentando fazê-la se sentar no sofá.

— Você pode esperar, se quiser, mas eu vou voltar — afirmou ela, reforçando o que dizia ao retirar a mão do marido do seu ombro. Não ia se deixar intimidar.

Durante um instante a mulher e o marido se entreolharam, furiosos. Depois, ambos se abrandaram, sem trocar uma palavra áspera.

— Você mudou — comentou Shawn, por fim. Ele parecia mais surpreso do que zangado com a inesperada assertividade dela.

— E acho que posso dizer com toda a certeza o mesmo de você — retrucou Sana. Fez um esforço para manter sua voz baixa, sem nenhum sinal de irritação. Não queria começar uma longa e exaustiva discussão no momento. Além disso, ele estava certo. Ela havia mudado, não muito, mas concretamente, em reação à mudança dele.

— Acho que você não está entendendo — disse Shawn. — Esta carta pode muito bem ser o que vai me levar ao auge da minha carreira e, para aproveitar essa oportunidade, vou precisar de sua ajuda por um dia, ou dois, no máximo. Tenho que verificar se o autor, Saturnino, estava dizendo a verdade. Não consigo imaginar nenhum motivo para ele ter mentido, mas tenho que me certificar. E, para isso, vamos ter que viajar para Roma amanhã de manhã bem cedo.

— Precisa da minha ajuda literalmente ou figurativamente? — perguntou Sana. Isso para ela fazia diferença.

— Literalmente!

Sana respirou e olhou para o marido. Ele parecia estar sendo sincero, o que mudava as coisas. Ele nunca tinha pedido sua ajuda antes.

— Está bem — concordou a mulher, sentando-se. — Ainda não dou garantias, mas vá em frente, deixe-me ouvir sua explicação.

Com entusiasmo renovado, Shawn pegou a cadeira da escrivaninha e a colocou diante de Sana. Ao sentar-se, inclinou-se para a frente, com os olhos brilhando.

— Já ouviu falar alguma vez nos evangelhos gnósticos que foram encontrados aqui no Egito em Nag Hammadi em 1945?

Sana negou, balançando a cabeça.

— E o livro *Os evangelhos gnósticos*, escrito por Elaine Pagels?

Sana tornou a balançar a cabeça, ligeiramente irritada. Shawn estava sempre perguntando se tinha lido este ou aquele tratado e, invariavelmente, ela era obrigada a responder que não. Como bióloga molecular, não tivera tempo suficiente para fazer cursos de artes liberais e frequentemente se sentia inferior por isso.

— Estou surpreso — disse Shawn. — Elaine Pagels foi uma autora entre as mais vendidas, um grande sucesso comercial que colocou o gnosticismo no mapa.

— Quando foi publicado esse livro?

— Não sei, por volta de 1979, acho.

— Shawn, eu nasci em 1980. Pega leve!

— Ah, sim, é claro! Me desculpe! Estou sempre me esquecendo. Bem, o livro dela era sobre a importância da descoberta dos 13 códices de Nag Hammadi, entre os quais estava este que acabei de encontrar hoje. Este livro aqui originalmente fazia parte do conjunto de manuscritos encontrados, e essa descoberta, de uma só vez, duplicou a quantidade de livros existentes sobre o pensamento gnóstico primitivo. De alguma forma, essa descoberta pode se comparar à dos Pergaminhos do Mar Morto, encontrados na Palestina, dois anos depois.

— Nos Pergaminhos eu ouvi falar.

— Acontece que, segundo algumas pessoas, os textos de Nag Hammadi são igualmente importantes para a compreensão do pensamento religioso da época de Cristo e dos anos imediatamente seguintes.

— Então, este livro que você achou hoje é um daqueles códices encontrados em 1945?

— Isso. É conhecido, muito apropriadamente, como o 13º códice.

— E onde estão os demais?

— Estão aqui no Cairo, no Museu Copta. A maioria dos documentos foi confiscada pelo governo egípcio, depois que alguns já tinham sido vendidos, mas esses também acabaram voltando para cá, para o lugar ao qual pertencem.

— Como foi que o 13º se extraviou?

— Antes de responder a essa pergunta, deixe-me narrar uma pequena parte da história da descoberta da Biblioteca de Nag Hammadi. É fascinante. Dois jovens *fellahin* chamados Khalifah e Muhammed Ali estavam à beira do deserto próximo à atual Nag Hammadi, supostamente à procura de uma espécie de fertilizante natural, conhecido como *sabakh*. O local onde estavam procurando era na base de um rochedo chamado Jabal al-Tarif, o qual, a propósito, possui inúmeras cavernas, tanto naturais como artificiais, escavadas durante centenas de anos. O método que usavam era, às cegas, cavar profundamente a areia com picaretas. Não sei como isso poderia ajudar, mas, para sua surpresa, no dia da descoberta, em vez de encontrarem o *sabakh* que andavam procurando, um deles ouviu um som suspeito como se a picareta tivesse atingido um objeto oco. Limpando a areia, ele encontrou um vaso de cerâmica lacrado, com a altura entre 1 e 1,2 metro. Esperando encontrar algumas antiguidades egípcias, eles quebraram o vaso, e, em vez disso, encontraram códices.

— Será que faziam alguma ideia do valor do que haviam descoberto?

— Nenhuma. Levaram o que tinham encontrado para casa, mas empilharam tudo de qualquer maneira perto do fogão da família.

— Que tragédia.

— Como já disse, há acadêmicos que até hoje estremecem pensando nisso. Mas, em suma, os amigos e vizinhos dos rapazes, inclusive um líder religioso islâmico que também era professor de história, desconfiaram que os documentos fossem valiosos e intervieram sem perda de tempo. O códice que encontrei hoje acompanhou o trajeto do Nilo até a cidade do Cairo, passando por vários negociantes de antiguidades. Lá, os cinco textos faltantes, que acabaram se mostrando os mais extraordinários, foram removidos e contrabandeados para os Estados Unidos. Felizmente, a essa altura, agentes do governo egípcio já tinham sido alertados e conseguiram comprar ou confiscar os códices restantes. Inclusive oito das páginas retiradas do 13º, que não tinha sido encontrado ainda e que, não sei como, acabou indo parar no inventário de uma loja de antiguidades, que ficou aguardando o melhor momento de vendê-lo no mercado negro. Meu palpite é de que o códice acabou sendo esquecido até recentemente, quando meu amigo Rahul teve acesso a ele. Fui visitá-lo hoje por puro acaso. Ele está sempre em contato com vários curadores no mundo todo, e não teria o menor problema em se livrar do códice.

— Mas não é contra a lei vendê-lo ou até mesmo ficar com ele?

— Sem dúvida que é!

— E isso não te incomoda?

— Não exatamente. Eu me considero o salvador do códice. Não pretendo ficar com ele. Meu objetivo, desde o princípio, foi ser a pessoa que publicaria os textos nele contidos e colheria os louros resultantes. Infelizmente, isso não vai ser mais possível.

— Por que não? Quantos textos ainda restam no códice?

— Um bom número.

— O que são, exatamente, estes textos de Nag Hammadi?

— São cópias em copta dos originais gregos com nomes como o evangelho de Tomás, o evangelho de Filipe, o evangelho da verdade, o evangelho aos egípcios, o livro secreto de Tiago, o apocalipse de Paulo, a carta de Pedro a Filipe, o apocalipse de Pedro e assim por diante.

— Quais são os nomes dos textos restantes do 13º códice?

— Este é o problema. Todos os textos restantes são cópias dos que foram encontrados anteriormente nos 12 códices. Inclusive, apenas 40 dos 52 textos pertencentes aos 12 volumes eram novos. Nisso, os manuscritos de Nag Hammadi se assemelham aos Pergaminhos do Mar Morto, dos quais alguns também eram cópias, não originais.

— O que nos leva à carta que encontrou inserida na capa.

— Exatamente — disse Shawn. Ele se levantou, apanhou cuidadosamente as três páginas e rapidamente retornou à cadeira. — Você quer que eu leia, o que farei muito mal, ou ficará satisfeita se eu parafrasear? De uma forma ou de outra, vai soar como uma das cartas mais importantes do mundo, historicamente falando.

Sana ficou boquiaberta, fingindo estar surpresa, por puro deboche, chegando até mesmo a revirar os olhos.

— Por acaso você está desenvolvendo uma nova tendência à hipérbole? — perguntou ela. — Antes, você disse que o que descobriu hoje era cem vezes melhor do que qualquer outro importante achado arqueológico ou algo assim. E, agora, essa carta virou uma das mais importantes da história mundial? Não está forçando a barra um pouco demais?

— Não estou exagerando — defendeu Shawn, com os olhos brilhando.

— Tudo bem — disse Sana. — Acho melhor tentar ler a carta toda para mim. Não quero perder nada. Você mencionou Jesus de Nazaré. Ele é citado?

— Sim, mas indiretamente — disse Shawn. E pigarreou.

Quando o marido começou a ler, Sana olhou a paisagem pela janela do hotel. O brilho intenso do sol se refletia na superfície do Nilo, em primeiro plano; as famosas pirâmides de Gizé apareciam no horizonte, com a Grande Pirâmide dominando as demais. Se aquela carta antiga tivesse mesmo a metade da importância que Shawn estava lhe atribuindo, Sana não poderia ter desejado um lugar melhor para ouvir a tradução.

5

8H41, SEGUNDA-FEIRA, 1º DE DEZEMBRO DE 2008
CIDADE DE NOVA YORK
(15H41, CAIRO, EGITO)

— Que inferno, Vinnie — resmungou Jack Stapleton. Jack estava do lado esquerdo do cadáver de Keara Abelard. Tinha passado mais de vinte minutos curvado sobre o corpo da mulher, retirando cuidadosamente pedacinhos das apófises transversais cervicais com uma pinça goiva, na tentativa de expor as duas artérias que iam até o pescoço. As artérias atravessavam as vértebras de lado a lado antes de descreverem um "S" em torno do atlas ou primeira vértebra cervical.

— Desculpe — disse Vinnie, mas sem remorso suficiente.

— Será possível que não está vendo o que eu estou tentando fazer?

— Estou, sim, estou vendo o que está tentando fazer. Está tentando expor ambas as artérias vertebrais.

O pescoço de Keara estava comprimido em um bloco de madeira, seu rosto voltado para o chão, na mesa, sua calvária sem cérebro apontando para a porta da sala de necropsias. O cérebro estava isolado em uma tábua de dissecação aos pés da mesa.

Vinnie havia se colocado ao lado dos pés da mesa com as mãos uma de cada lado da cabeça do cadáver, tentando estabilizá-la, enquanto Jack removia minúsculos pedaços de osso. O processo era lento. A ideia era expor as artérias sem danificá-las. Jack ia registrando o progresso com uma série de fotografias digitais.

— Se não conseguir segurar a cabeça com firmeza, vou precisar encontrar alguém que consiga. Não quero ficar aqui até o fim da minha vida.

— Ok, pode parar — reclamou Vinnie. — Já entendi. Por um segundo, pensei nos Giants e em como estou frustrado por eles não terem nem conseguido disputar o Super Bowl, que dirá levar a taça.

Jack fechou os olhos e contou mentalmente até dez. Sabia que estava descontando em Vinnie. Segurar uma parte de um cadáver enquanto Jack cortava pedacinhos de osso era tarefa para novatos, que até ele detestaria. Mesmo assim, precisavam fazer aquela necropsia. O problema era que a sua instabilidade emocional o fazia perder a paciência com mais facilidade do que o normal.

— Tente se concentrar só um pouquinho mais — disse Jack, fazendo um esforço consciente para falar com mais calma. — Vamos acabar logo com isso.

— Entendido, chefe — afirmou Vinnie, apertando a cabeça da mulher.

O restante da sala de necropsia estava em atividade frenética, como uma colmeia, todas as oito mesas em uso, mas Jack nada percebia. Àquela altura já tinha um diagnóstico preliminar da causa da morte de Keara, e isso o havia feito se concentrar por completo. A arteriografia tinha mostrado que ambas as artérias vertebrais estavam quase totalmente bloqueadas, e elas eram fonte de grande parte do suprimento de sangue do cérebro. O bloqueio parecia ter ocorrido em um período relativamente curto. Mas por quê? Seria uma ocorrência natural, como alguma espécie de embolia, ou acidental, como um acidente? O fato de o bloqueio ser simétrico era o mais difícil de explicar. Era um caso incomum para Jack, e ele tinha começado a se aliviar por não ter pensado em fazer uma arteriografia vertebral antes de retirar o sangue. Tinha sido um erro, mas não iria influenciar no resultado.

Vinte minutos depois, Vinnie se inclinou para ver o trabalho de Jack.

— Para mim, está indo muito bem — disse.

Jack se levantou, satisfeito. O campo parecia uma ilustração do percurso das artérias vertebrais saída de um livro de anatomia, principalmente na base do crânio.

— Está vendo a coloração azulada e o inchaço em torno das curvas em "S" de ambos os lados? — indagou Jack. — Venha até aqui dar uma olhada melhor.

Vinnie trocou de lugar com Jack. Daquele ponto de observação ele podia ver o que o legista queria que notasse. Cada uma das artérias vertebrais apresentava um trecho de 5 a 7 centímetros com uma coloração azulada e um inchaço, a da direita ligeiramente mais pronunciada que a esquerda.

— O que acha que é? — indagou Vinnie.

Jack deu de ombros.

— Me parece uma lesão de algum tipo, mas como não havia marcas no pescoço é meio estranho. Aliás, ela não possuía marcas de trauma em nenhuma parte do corpo. E o mais estranho é a simetria que apresentam.

— Será que pode ter sido algum tipo de chicotada cervical, uma coisa assim?

— Acho que sim, mas, se fosse isso, teríamos descoberto alguma batida de carro durante a análise dos antecedentes. Vou precisar investigar um pouco mais eu mesmo. Tem que haver uma explicação.

— E agora?

— Vou tirar mais fotos — disse Jack, pegando a câmera digital. — Depois vamos remover as duas artérias e examinar o interior delas.

Dez minutos depois, Jack já tinha colocado as artérias na tábua de dissecção junto com o cérebro. Elas pareciam duas pequenas cobrinhas vermelhas decapitadas que tinham engolido alguma coisa azul. A descoloração era mais evidente quando os vasos estavam no seu devido lugar.

— É, não dá para ver nada — disse Jack. Estabilizando cada vaso sanguíneo entre o polegar e o indicador da mão esquerda, ele usou a direita para fazer uma incisão cuidadosa ao longo de cada parede arterial. Depois abriu ambas as artérias longitudinalmente, estendendo-as na tábua de dissecção, de modo a poder examinar o seu avesso. — Olha só que coisa — exclamou Jack, ainda com o bisturi na mão.

— O quê? — indagou Vinnie.

— Uma dissecção — disse Jack. — Dissecção bilateral das artérias vertebrais. Eu nunca vi uma coisa dessas.

Usando o cabo do bisturi, Jack apontou para um ponto logo antes da curva em "S" das artérias, onde elas formavam uma alça para cima e passavam sobre a primeira vértebra cervical.

— Está vendo essa ruptura da túnica íntima, ou seja, o revestimento interno do vaso sanguíneo? — perguntou o legista. — Em ambas as artérias há um rompimento no ponto entre o atlas, a primeira vértebra cervical, e o áxis, a segunda. Nessa situação, a pressão arterial força sangue para o rasgo e causa uma separação entre o revestimento das artérias e a parede fibrosa do vaso, terminando por bloquear a luz do vaso. O cérebro fica privado de uma boa parte do seu suprimento sanguíneo e pronto, apaga de vez.

— Está querendo dizer que é o fim da linha para a vítima.

— Infelizmente.

Depois que Jack decidiu qual seria o diagnóstico patológico, o resto da necropsia correu tranquilamente. Vinte minutos depois, ele saiu da sala e descobriu que o Dr. Besserman tinha lhe passado uma segunda necropsia, a do caso de meningite da escola particular. Enquanto esperava Vinnie preparar o local, Jack tirou o macacão Tyvek manchado e levou a maca de Keara Abelard para o necrotério.

Acomodando-se melhor, Jack releu cuidadosamente o prontuário médico-legal escrito por Janice Jaeger. Como tinha notado ao lê-lo superficialmente antes, os amigos da mulher a trouxeram para a emergência depois que ela subitamente começou a ficar confusa e andar espasticamente, desmaiando em seguida. Pela escolha de palavras do relatório de Janice, Jack viu que ela não tinha falado diretamente com os amigos, mas obtido suas informações combinando os registros do prontuário da sala de emergência do hospital Saint Luke com a declaração de uma das enfermeiras de lá e a de um dos médicos da emergência. Como era típico de Janice, o formulário do prontuário tinha sido completamente preenchido, e não havia nele menção a nenhum acidente de automóvel.

Passando para a folha de identificação, Jack viu que a mãe de Keara é que a havia identificado. Ela morava em Englewood, Nova Jersey, e o seu telefone estava no formulário. Jack, olhando de relance para ele, viu que o código de área era 201.

Impulsivamente, ele se levantou. Estava claro que precisava de mais informações do que tinha. Com o prontuário do IML na mão, subiu ao primeiro andar pelas escadas de serviço e, passando pela sala de investigação de morte súbita infantil, foi até o espaço ampliado dos médicos forenses. Encontrou Bart Arnold, chefe de investigação forense, à sua escrivaninha, no cubículo número um. Ele e Jack tinham um excelente relacionamento profissional, pois este era um dos poucos peritos-legistas que estava disposto a dar aos médicos o crédito que mereciam, comunicando-lhes que não podia desempenhar suas funções sem a ajuda deles.

— Bom dia, Dr. Stapleton. Algum problema? — indagou Bart, vendo a pasta debaixo do braço de Jack.

— Oi, Bart, eu só queria saber se, durante o relatório de mudança de turno esta manhã, Janice mencionou alguma coisa importante sobre a Keara Abelard. Mencionou?

Bart olhou a lista de casos noturnos.

— Não, nada de que eu consiga me lembrar no momento. Pareceu tudo rotina para ela, mas definitivamente um caso que o IML deveria investigar.

— Concordo plenamente — disse Jack. — Só que não temos antecedentes suficientes.

— Ela mencionou que os médicos da emergência pensaram a mesma coisa, e por isso pediram à Janice que lhes informasse sobre qualquer novidade. Eles querem saber qual foi o laudo.

— Não vi nenhum bilhete sobre isso na pasta.

— Acho que a Janice conhece o médico em questão e ia fazer isso ela mesma, em vez de passar a responsabilidade para você.

— Sabe se ela falou com a mãe da vítima quando veio identificar o cadáver?

— Isso eu não sei. Se eu tivesse que adivinhar, diria não, porque ela é muito detalhista. Se tivesse falado com a mãe, anotaria as respostas dela. Por que não liga e pergunta você mesmo? Qual é o problema, não tem informações suficientes?

Jack concordou.

— O caso é curioso. A mulher morreu pela oclusão de ambas as artérias vertebrais. A menos que tivesse uma doença do tecido conectivo, como Síndrome de Marfan, o que duvido muito, seria preciso que ela tivesse sofrido um trauma grave. Os vasos dela se dissecaram, ou seja, a túnica descolou, bloqueando-os. Vinnie sugeriu que talvez seja uma chicotada cervical proveniente de um acidente de carro, e talvez tenha razão. Acho que talvez os amigos ou a mãe possam esclarecer se isso aconteceu. Devíamos procurar saber ao certo. Se alguém bateu na traseira do carro dela, pode ter que responder a um processo por possível homicídio culposo, até doloso, se as partes se conheciam, e se havia algum conflito ou controvérsia entre elas. Eu telefonaria para a mãe eu mesmo, mas detestaria incomodá-la se Janice já tivesse falado com ela.

— Como já falei, por que não liga para Janice?

Com a mão esquerda, Jack girou o bisel do seu relógio de pulso, atado à cinta da calça do uniforme médico.

— São nove e quarenta e cinco. Não está muito tarde?

— Ela é uma perfeccionista. Vai querer ajudá-lo — disse Bart, entregando-lhe um número de telefone. — Ligue para ela! Pode ligar, confie em mim!

Usando as escadas da frente, Jack desceu para sua sala. Depois de abrir a porta, colocando um calço nela, pôs o cartão da Janice no meio do mata-borrão e tirou o telefone celular do bolso. Antes de digitar o número, porém, ligou para Vinnie.

— Estou trazendo o cadáver do rapaz agora mesmo — disse Vinnie. — Dentro de cinco minutos vai estar pronto e poderemos começar. Calvin, aquele nosso adorável subchefe, quer que façamos esse na sala de decompostos. — A sala de decompostos era uma sala de necropsia pequena, isolada, com uma só mesa.

Costumava ser usada apenas para cadáveres já em estado de putrefação.

— Veja se temos tubos de ensaio suficientes para cultura — disse Jack. — Chego em cinco minutos.

Desligou.

Ele estava para digitar o número de Janice quando a foto de Laurie e John que tinha na escrivaninha lhe chamou a atenção. Tinha sido tirada numa época mais feliz, no dia em que Laurie e o bebê saíram do hospital logo após o parto. No momento em que fora tirada, não havia ainda sinais da calamidade que estava para cair sobre a família.

Impulsivamente, Jack estendeu o braço, agarrou a foto e a jogou na última gaveta da escrivaninha, fechando-a com o pé.

— Meu Deus! — murmurou. Era uma vergonha ele voltar a se deprimir assim tão rápido, principalmente porque Laurie era quem carregava 99 por cento daquela cruz. Ele se perguntou como ela conseguia. Ele ao menos tinha voltado a trabalhar para poder não pensar na dura realidade que era o drama deles.

Por um momento, Jack esfregou os olhos, produzindo um som quando as pálpebras roçaram contra os globos oculares. Com os cotovelos apoiados na mesa, massageou rapidamente o couro cabeludo. Estava voltando a perceber o quanto precisava de alguma atividade profissional para ocupar sua mente e conter suas emoções frágeis.

Abrindo os olhos, Jack agarrou o telefone e digitou com raiva a sequência de botões que correspondia ao número de Janice. Quando ela atendeu, ele respondeu de mau humor, identificando-se de forma tão grosseira que teve certeza de que dera a impressão de estar zangado. Antes que Janice pudesse sequer responder, ele se desculpou.

— Desculpe, não falei direito com você.

— Algum problema? — indagou Janice. Conscienciosa como era, sua primeira preocupação foi de ter cometido algum erro imperdoável.

— Não, não! — garantiu Jack. — Por um segundo eu estava pensando em outra coisa. Espero não estar incomodando.

— Não, de maneira nenhuma. Depois de terminar meu turno, ainda levo três ou quatro horas para pegar no sono.

— Estou procurando mais informações sobre Keara Abelard.

— Não estou nada surpresa. Não consegui descobrir muita coisa. Um caso tão triste, esse, com uma moça jovem, atraente e aparentemente sadia...

— Você falou com algum dos amigos da moça que a trouxeram para a emergência?

— Não tive a chance. Já tinham saído na hora em que cheguei lá. Consegui o nome e o número de um dos amigos dela, Robert Farrell. Anotei no rodapé da página.

— Conseguiu falar com a mãe da moça quando ela veio fazer a identificação?

— Quis fazer isso, mas me chamaram para tratar de outro caso antes que ela chegasse. Quando voltei, ela já havia ido embora. Tenho certeza de que Bart ficaria mais do que satisfeito em fazer o acompanhamento.

— Acho que vou ligar eu mesmo. Esse caso me deixou curioso.

— Se mudar de ideia, tenho certeza de que um dos investigadores diurnos poderia fazer isso com o maior prazer.

— Obrigado pela ajuda — disse Jack.

— De nada — respondeu Janice.

Jack desligou com o indicador da mão esquerda enquanto ainda segurava o telefone. Com a mão direita, folheou o prontuário do IML, procurando de novo a folha de identificação para ver se achava o número da Sra. Abelard. No segundo em que o achou, o telefone na sua mão tocou. Era Vinnie dizendo que o cadáver estava pronto para ser dissecado na sala de decompostos.

Depois de um momento de hesitação, Jack recolocou o telefone no gancho. Não havia pressa em falar com a Sra. Abelard, pois não era uma ligação que ele ia gostar de fazer. Conformou-se em adiar, pensando que poderia tentar de novo depois da segunda necropsia. Jack certamente não teria adiado a chamada por um segundo sequer se soubesse o que a mãe da vítima lhe diria. A Sra. Abelard contaria algo que ele jamais adivinharia.

6

17H05, SEGUNDA-FEIRA, 1º DE DEZEMBRO DE 2008
CAIRO, EGITO
(10H05, CIDADE DE NOVA YORK)

— Pronto, aí está — disse Shawn. — Desculpe ter demorado tanto. Grego obviamente não era o forte de Saturnino. Como mencionei depois da primeira leitura, a epístola está assinada simplesmente por Saturnino, com data do dia 6 de abril de 121 depois de Cristo.

Durante alguns minutos, Shawn observou a esposa. Ela não se moveu, nem piscou. Tinha uma expressão atordoada no rosto; nem mesmo parecia estar respirando.

— Ei — chamou Shawn, para tentar atrair a atenção de Sana. — Diga alguma coisa! Qualquer coisa! No que está pensando? — Depois ele ficou de pé e recuou até a escrivaninha, onde depositou delicadamente as folhas de papiro para que ficassem protegidas ali, usando os vários pesos que havia na mesa para mantê-las esticadas. Ele retirou as luvas brancas, colocou-as na escrivaninha e depois voltou à cadeira de espaldar reto. Sana o havia seguido com os olhos, mas era claro que seus pensamentos estavam no que ouvira durante as últimas horas. Quando Shawn terminara de ler a carta pela primeira vez, aos trancos e barrancos, Sana tinha feito uma expressão atordoada igual àquela, conseguindo dizer apenas que precisava ouvir de novo.

— Sei que não consegui traduzir tão bem quanto gostaria — confessou Shawn —, principalmente na primeira vez. E me desculpe, de novo, por ter demorado tanto, mas a gramática e a sintaxe são ambas extremamente complexas. É óbvio que grego não era a língua nativa de Saturnino, e, devido à natureza sensível do assunto, ele não quis confiar a um secretário a redação do pergaminho. Sua língua pátria devia ser o aramaico, pois ele era da Samaria.

— Quais são as chances de isso ser uma falsificação? Talvez uma falsificação do século II, mas falsificação, mesmo assim.

— Boa pergunta, e, se a carta fosse endereçada a um dos primeiros padres da Igreja ortodoxa, eu talvez levantasse a hipótese de ser uma falsificação, mesmo que tivesse o objetivo de desacreditar os hereges gnósticos fazendo uma associação direta entre eles e o arqui-inimigo dos cristãos, Simão Mago. Mas foi mandada para um dos primeiros mestres do gnosticismo, por alguém que tinha inclinações teológicas nesse sentido. Foi uma espécie de "memorando interno", enviado a alguém com respostas a perguntas específicas. As chances de ser uma falsificação são quase nulas, principalmente devido ao lugar onde acabou indo parar. Ninguém esperava que fosse encontrada.

— Quando acha que o códice foi elaborado? Quer dizer, quando essa carta foi embutida na capa de couro?

— Pelo que calculo, deve ter sido mais ou menos antes de 367 depois de Cristo.

Sana sorriu.

— Aproximadamente 367 depois de Cristo! Data surpreendentemente precisa, essa.

— É que houve um acontecimento específico em 367 depois de Cristo.

— Então a carta foi guardada durante vários anos. Era importante, mas depois ficou menos importante?

— Sim — concordou Shawn. — Mas isso eu não tenho como explicar.

— O que houve em 367 depois de Cristo e qual a sua teoria sobre o motivo para esses códices estarem escondidos em um pote lacrado e enterrado na areia?

— No ano de 367 depois de Cristo, o movimento gnóstico atingiu o seu auge e entrou em declínio, conforme os ditames da Igreja ortodoxa. O influente Atanásio, bispo de Alexandria, agindo de acordo com as ordens, exigiu que os mosteiros sob sua jurisdição se livrassem de todos os textos heréticos, inclusive o mosteiro que existe perto da moderna Nag Hammadi. Supostamente, os monges se rebelaram contra a ordem e, em vez de destruir os textos, os esconderam, com a intenção de recuperá-los no futuro. Infelizmente, isso não aconteceu, e o prejuízo deles virou lucro para nós.

— E você acha que essa carta é resposta a uma que Basílides teria escrito a Saturnino.

— Não tenho a menor dúvida, considerando-se a sintaxe de Saturnino. Ele certamente não se conteve na descrição de seu antigo patrão e mestre, Simão Mago. Ficou claro para mim que Basílides tinha perguntado especificamente se Saturnino achava que Simão era divino, um verdadeiro Cristo seguindo as pegadas de Jesus de Nazaré, e se Simão possuía ou não o Grande Poder que proclamava. Embora Saturnino insinue que o próprio Simão pensava ser divino ou possuir uma centelha de divindade, ele certamente não concordava com isso. Claramente afirma que a magia de Simão era só ilusão, coisa pela qual Saturnino e o outro assistente de Simão, Menandro, eram amplamente responsáveis. Também diz que Simão sentia um ciúme incontido do suposto poder de cura dos apóstolos, principalmente Pedro. É um fato canônico, mencionado na Bíblia, nos Atos dos Apóstolos, onde especificamente se diz que Simão tentou comprar o poder de Pedro. — Shawn fez uma pausa para recuperar o fôlego, mas depois acrescentou com uma risadinha de escárnio: — Graças a Saturnino e a esta carta, sabemos agora que Simão não desistiu depois daquele primeiro fora que levou dos apóstolos.

— O que acho irônico é termos essa extraordinária informação histórica por causa da venalidade de uma pessoa.

— Tem razão — concordou Shawn, com uma risada mais sonora ainda. — Mas o que acho irônico é que a mesma venalidade provavelmente vai me projetar na estratosfera diante da comunidade arqueológica. Belzoni, Schliemann e Carter não vão ser nada perto de mim.

Sana não conseguiu se conter e revirou os olhos. Embora a autoconfiança de Shawn a tivesse impressionado no início do namoro, ela agora a considerava pueril e egocêntrica, insinuando uma vez mais que ele escondia uma insegurança da qual, a princípio, ela não havia suspeitado.

Percebendo a reação da esposa e a interpretando mal, Shawn acrescentou:

— Você duvida de que será um acontecimento extraordinário? Está errada! Vai ser fenomenal. E sabe para quem vai ser mais divertido contar essa novidade?

— Não consigo nem imaginar — disse Sana. Estava mais interessada em continuar a discussão sobre o teor da carta chocante do que no seu efeito potencial sobre a carreira de Shawn.

— Sua Eminência! — disse Shawn, meio debochado. — O cardeal arcebispo James O'Rourke, da arquidiocese de Nova York. — Shawn riu, saboreando a expectativa. — Mal posso esperar para visitar meu velho colega de bar dos tempos da Faculdade de Amherst, agora o mais elevado integrante da instituição eclesiástica que conheço e que vive me passando sermão para eu me arrepender e me emendar. Vou me divertir bastante esfregando o nariz dele nessa carta, provando que um dos seus papinhas metidos a besta, achando que era infalível, estava radicalmente enganado. Ouça bem o que estou lhe dizendo!

— Ai, corta essa! — zombou Sana. Ela havia testemunhado várias discussões entre o marido e o bispo que não tinham levado a lugar nenhum, principalmente sobre infalibilidade do papa, depois de um jantar na residência do cardeal. — Vocês dois nunca vão concordar em nada, mesmo.

— Dessa vez, graças a Saturnino, terei provas.

— Bem, só espero que eu não precise estar com vocês — comentou Sana. Ela nunca tinha gostado daquelas reuniões, e ultimamente vinha deixando de comparecer. Havia perguntado se eles podiam jantar em um restaurante em vez de na casa do cardeal, achando que assim os dois se comportariam de forma mais discreta. Mas nem Shawn nem James estavam dispostos a isso. Adoravam demais aqueles debates intermináveis e aparentemente cáusticos para querer impor restrições a eles.

No início do relacionamento com Shawn, quando ele lhe contou pela primeira vez que já era amigo do arcebispo fazia tempo, ela não tinha acreditado inteiramente. O arcebispo era o mais poderoso prelado dos Estados Unidos, senão do hemisfério ocidental. O sujeito era uma celebridade. Havia até quem pensasse que o destino dele seria o Vaticano.

Mesmo assim, não eram apenas as respectivas posições deles que tornavam sua amizade tão improvável. Eram suas personalidades.

Shawn era um extrovertido sofisticado, constantemente procurando oportunidades para uma autopromoção real ou imaginária. James, um pároco sempre modesto, tinha sido destinado a assumir cada vez mais responsabilidades para as quais não estava preparado. Sana não deixava de achar divertida aquela oposição de personalidades, o que os próprios velhos amigos negavam. Shawn não queria saber da modéstia evidente de James, acusando-o de ambição desmedida fortificada por um pragmatismo excepcional, astúcia e capacidade para adular. James considerava igualmente suspeita a fanfarronice de Shawn, convencido de que ele era profundamente inseguro, algo em que Sana começava a acreditar. James jamais se cansava de constantemente lembrar a Shawn de que Deus e a Igreja estavam ali para ajudá-lo.

Do ponto de vista de Sana, até as aparências físicas dos dois homens reduziam as chances de que pudessem ser amigos. Shawn era um atleta nato, que tinha participado de times universitários em Amherst. Com 1,90m de altura e pesando 90kg, tinha um físico imponente e ainda estava em forma, que mantinha jogando tênis em campeonatos. James era baixo e rechonchudo, e agora, frequentemente, vivia envolto nos paramentos vermelhos do ofício dos pés à cabeça, parecendo decididamente um duende. Ainda por cima, Shawn era um tipo irlandês moreno, com cabelos espessos e negros e feições angulosas e vigorosas. James, por outro lado, tinha cabelos ruivos e pele clara, sardenta e quase translúcida.

Os motivos pelos quais eles se aproximaram e que havia cimentado a amizade entre eles, Sana veio a descobrir, foram primeiro as circunstâncias, depois um amor pelos debates. A amizade começara durante o primeiro ano da faculdade, quando Shawn e James eram colegas de alojamento. Um terceiro aluno que morava do outro lado do corredor costumava participar das discussões. Seu nome era Jack Stapleton, e ele, por coincidência, acabara também indo morar em Nova York. E Os Três Mosqueteiros, como eram conhecidos na faculdade, milagrosamente terminaram na mesma cidade, mesmo que, em termos de carreira, seus mundos fossem completamente diferentes.

Ao contrário de James, Sana havia se encontrado com Jack Stapleton apenas duas vezes. Ele parecia ser alguém que prezava sua privacidade, de modo que ela se perguntava como ele conseguia se entender com os outros dois. Talvez por ser aparentemente atencioso e ter tendência à introspecção, além de não se referir a si mesmo, ele fosse o elemento de coesão, que manteve o grupo de amigos inseparável na faculdade.

— James vai perder totalmente a pose — disse Shawn, ainda rindo consigo mesmo, ao pensar naquilo. — E eu vou adorar. Essa é minha chance de colocá-lo na berlinda, e ele vai se morder. Mal posso esperar para revisitar a questão da infalibilidade. Por causa de todas as patifarias papais durante a Idade Média e a Renascença, é uma questão sobre a qual já discutimos umas centenas de vezes.

— Por que você tem tanta certeza de que isso vai equivaler à descoberta da tumba do rei Tutancâmon por Carter? — indagou Sana, tentando restabelecer o foco da conversa.

Ela não tinha certeza do que os outros dois arqueólogos que Shawn havia mencionado tinham descoberto, embora o nome Schliemann fosse familiar.

— O rei Tut era um regente insignificante, menor de idade, cuja vida não passou de um grão nas areias do tempo — retrucou Shawn. — Ao passo que a Virgem Maria é, indiscutivelmente, o mais importante ser humano que já passou por esta terra, superada apenas pelo seu filho primogênito. Aliás, talvez eles dois fossem igualmente importantes. Ela era Mãe de Deus!

— Também não precisa arrancar os cabelos por causa disso — respondeu Sana, tranquilizando-o. Shawn costumava demonstrar irritação quando achava que alguém discordava dele na sua área de especialização. A ironia era que Sana não havia questionado a importância histórica da Virgem Maria, de jeito nenhum, principalmente em relação ao adolescente e insignificante Tutancâmon, mas Carter descobrira um tesouro de proporções gigantescas. Até ali, Shawn só tinha três folhas de papiro de autenticidade ainda não confirmada que falavam dos restos mortais da Virgem Maria. No entanto, Sana conseguia notar a perspectiva de Shawn diante da própria reação dela. Quando ele chegara à parte da carta onde falava dos ossos da Virgem Maria, Sana reagira como se tivesse acabado de tomar uma bofetada.

— Não estou aborrecido! Só surpreso por você não entender a incrível importância desta carta.

— Eu entendo! Eu entendo! — insistiu Sana.

— O que acho que houve foi que Basílides pediu a Saturnino não só sua opinião sobre a divindade de Simão, como também perguntou se Simão havia escrito alguma coisa importante, e, se havia, onde podia estar. Talvez Basílides tivesse lá suas suspeitas. É por isso que acredito que Saturnino descreveu o evangelho de Simão juntamente com o fato de que ele e Menandro o colocaram no ossário. Acho que Basílides não fazia a menor ideia de que os restos mortais da Virgem Maria tinham sido trazidos para Roma por Simão, nem se importava com isso. Estava interessado na teologia de Simão.

— Qual a definição exata da palavra *evangelho*?

— É qualquer mensagem que fale sobre Cristo, que a maioria das pessoas associa com os primeiros quatro livros canônicos do Novo Testamento, tratando dos ensinamentos de Jesus Cristo. Num sentido mais amplo, um evangelho é qualquer mensagem de um mestre religioso. É por isso que será emocionante e instrutivo descobrir se o evangelho de Simão é sobre Jesus Cristo, sobre Jesus Cristo e Simão Cristo juntos ou ainda só sobre Simão Cristo. Digo isso porque a maioria das pessoas pensa que Cristo era o sobrenome de Jesus. Não era. Cristo vem do grego *kristos*, que significa messias, e é daí que vem a palavra cristã. Se Simão se considerava um messias, podia muito bem se referir a si mesmo como um Cristo. Naturalmente, já sabemos uma coisa: não houve ressurreição associada a Simão. Ele continuou morto depois de ter se jogado de uma torre no Fórum Romano a mando de Nero, tentando provar sua divindade, ou pelo menos sua associação estreita com a divindade.

Sana olhou de relance nos olhos de Shawn. Podia ler precisamente o que passava pela sua cabeça. Obviamente ele pensava que suas chances de encontrar o evangelho de Simão eram boas, e sabia exatamente por quê. Cinco anos antes, Shawn tinha conseguido convencer James a usar sua influência junto ao papa João Paulo II para obter acesso à necrópole sob a Basílica de São Pedro, com o objetivo de realizar a análise definitiva do sepulcro de são Pedro. Durante um período de seis meses, Shawn, juntamente com uma equipe de arquitetos e engenheiros, havia estudado tanto o local quanto os registros papais de 2 mil anos para escrever a história definitiva do sepulcro, inclusive a descoberta, em 1968, de um esqueleto de um homem decapitado, que o papa Paulo IV anunciou serem os restos mortais do apóstolo. O resultado disso foi que Shawn se tornou especialista naquele sepulcro, e, se Saturnino e Menandro tivessem enterrado o ossário da Virgem Maria, contendo o evangelho de Simão, no ano de 65 d.C. no local Saturnino alegava na carta, Shawn saberia onde procurar.

— Já ouvi falar dos saduceus e fariseus, mas nunca dos essênios, nem dos zelotas — disse Sana, voltando à carta. — Quem eram essas pessoas que Saturnino menciona?

— Eram integrantes de diferentes seitas judaicas, dentre as quais os saduceus e os fariseus eram de longe as mais importantes, por haver um grande número deles. Os essênios eram um grupo pequeno, militante, ascético e comunal que achava que o Templo de Jerusalém tinha sido profanado. Embora existissem grupos de essênios na maioria das cidades palestinas, seus líderes e irmãos mais rigorosos foram para o deserto ao longo das praias do Mar Morto, em Qumran. Foram eles que transcreveram os Pergaminhos do Mar Morto, bem como esconderam esses documentos para que não caíssem nas mãos dos romanos.

"Já os zelotas eram mais politicamente definidos", prosseguiu Shawn. "Seu objetivo principal era livrar as terras judaicas dos opressores romanos, e os integrantes mais fanáticos da seita eram os chamados sicários. Para entender o que estava acontecendo no século I, você precisa se lembrar de que quase todos queriam que os romanos saíssem da Palestina, exceto, é claro, os romanos, e era disso que falava grande parte da profecia messiânica da época. Os judeus estavam esperando um messias que os livrasse dos romanos, e por isso muitos desses não estavam satisfeitos com a possibilidade de que Jesus fosse o messias. Ele não só não se livrou dos romanos, como também se deixou crucificar em vez disso."

— Entendi — disse Sana. — Mas por que os zelotas e os essênios planejaram roubar o corpo da Virgem Maria? Isso não faz sentido algum para mim.

— Saturnino não diz especificamente por quê, mas acho que estava insinuando o seguinte: quando a Virgem Maria morreu, no ano 62 depois de Cristo, como ele diz, e foi sepultada em uma caverna no Monte das Oliveiras, talvez inclusive onde o sepulcro dela está hoje em dia, alguns zelotas, provavelmente os sicários, viram nisso uma oportunidade de avivar as chamas do ódio dos romanos contra os judeus. O que estavam tentando fazer era começar uma revolta, de modo que, para eles, não importava qual lado ia instigá-la. Antes disso, os sicários estavam se concentrando principalmente em intensificar o ódio dos judeus contra os romanos, motivo pelo qual investiam a maior parte do tempo e da energia assassinando os judeus que julgavam estar apoiando os romanos ou que simplesmente os toleravam. Segundo o raciocínio deles, aquilo incentivaria os judeus a começar a luta.

"Mas aí a morte de Maria ofereceu algo a mais, uma oportunidade de elevar a frustração dos romanos com as rixas religiosas a um nível insuportável. Você precisa entender que, naquela época, meados do século I, os judeus que haviam se tornado seguidores de Jesus de Nazaré ainda eram considerados judeus e não integrantes de outra religião. Mesmo assim, eles não se davam com os judeus tradicionais. Aliás, as duas facções viviam brigando pelo que os romanos consideravam motivos ridículos e insignificantes. Ainda por cima, os judeo-cristãos entravam constantemente em conflito entre si. Reinava uma pura anarquia religiosa, e os romanos estavam numa situação perfeita para cair na esparrela."

— Ainda não consegui entender o que a Virgem Maria tem a ver com tudo isso.

— Imagina só a frustração dos romanos. Saturnino menciona que os romanos achavam que tinham acabado com o problema que Jesus de Nazaré representava ao crucificá-lo. Mas estavam errados, porque Jesus não permaneceu morto, como todos os outros supostos messias crucificados na época, dos quais houve um bom número. Jesus voltou depois de três dias, o que terminou aumentando o problema que devia ter sido resolvido. Saturnino insinua que os zelotas estavam contando com o desaparecimento de Maria três dias depois da sua morte, sugerindo que ela também havia desafiado a morte e ido ao encontro do filho, reconfirmando a missão de Jesus. Os zelotas e os sicários roubaram o corpo da Virgem, especificamente no terceiro dia, na esperança de aterrorizar os romanos para que eles acreditassem que possivelmente o povo voltaria a se inflamar de fervor religioso como após a ressurreição de Jesus, e isso os obrigaria a evitar a manifestação popular. A ideia era incitar uma catástrofe naquele ambiente extremamente tenso, que causaria um ciclo de violência, o qual, por sua vez, geraria uma catástrofe ainda maior, e daí por diante. Como Saturnino menciona, ele não sabia se tinha sido o desaparecimento da Virgem que havia provocado isso, mas, logo depois do roubo do corpo dela, realmente teve início um ciclo de violência que passou a piorar progressivamente a cada mês. Dentro de apenas alguns anos, a altamente inflamável Palestina explodiu no clímax que foi a Grande Revolta, em que todos os judeus se uniram para tomar tanto Jerusalém quanto Masada dos romanos.

— Você acha que seria fácil roubar o corpo da Virgem?

— Para dizer a verdade, acredito que seria, sim. Parece que ninguém mais se interessou pela Virgem Maria depois da crucificação, de forma que a morte dela, que, segundo Saturnino, ocorreu em 62 depois de Cristo, chamou pouca ou nenhuma atenção. Nenhum dos quatro evangelistas menciona muita coisa a respeito dela depois da morte e ressurreição de Jesus, e Paulo não dá qualquer indicação de que ela possuía um lugar especial na Igreja primitiva de Cristo. Aliás, ele a menciona apenas uma vez na Epístola aos gálatas, e só de passagem, sem nem mesmo dizer seu nome. Foi só lá para o final do século I que Maria começou a obter certo reconhecimento. Hoje em dia não se discute mais sua importância, motivo pelo qual acho que esta carta é tão significativa.

— Eu não tive a impressão, pela carta de Saturnino, que Simão Mago tivesse qualquer conexão com o movimento para roubar dos restos mortais de Maria.

— Nem eu. Minha impressão é que ele se interessava mais por seu desejo de obter para si o poder de cura ligado a Jesus de Nazaré e não compartilhava dos interesses políticos dos zelotas. Saturnino não menciona como Simão descobriu que os essênios tinham escondido o corpo em uma das cavernas de Qumran, nem diz como conseguiu obter a posse dos ossos. Talvez àquela altura ninguém se importasse. Simão ficou decepcionado ao ver que os restos mortais não tinham o poder de curar, o que era obviamente seu motivo para consegui-los, e foi só depois disso que teve a ideia de seguir Pedro, primeiro até Antioquia e depois até Roma, com o plano de trocar os restos da Virgem pelo poder curativo do apóstolo.

— Mas Pedro tornou a rejeitar a proposta dele.

— Pelo jeito, sim, e, segundo Saturnino, com tanta paixão quanto quando lhe ofereceram prata.

— E por que pensa que Saturnino e Menandro decidiram sepultar os ossos de Maria com os de Pedro?

— Acho que foi pelo motivo que ele declara na carta. Os dois estavam impressionados com a capacidade que Pedro tinha de curar pela imposição das mãos. Sabemos que estavam impressionados, porque ambos se converteram ao cristianismo, e Saturnino se tornou bispo de uma das principais cidades romanas.

— O que aconteceu com os restos mortais de Simão? Seria irônico se eles terminassem enterrados com os de Pedro também.

— Sem dúvida — disse Shawn, com um sorriso. — Mas eu sinceramente duvido. Saturnino com certeza informaria se ele e Menandro tivessem feito isso.

— E então, quais são os seus planos? — indagou Sana. — Me deixe adivinhar. Quer ir a Roma e ver se esse ossário que Saturnino descreveu está onde disse que ele e Menandro o colocaram?

— Exato — respondeu Shawn, com avidez. — Pelo jeito, foi mais ou menos na época em que Simão morreu, em sua tentativa de subir ao céu, que Pedro deve ter sofrido o martírio. Como os seguidores de Pedro lhe construíram uma catacumba subterrânea, Saturnino e Menandro teriam a conveniente oportunidade de reunir o ossário de Maria com um dos apóstolos mais próximos de Cristo. Francamente, acho que foi um gesto bastante respeitoso da parte deles, e certamente sugere que pelo menos sentiam um respeito profundo por Maria.

— Não entendi a parte da carta que descreve onde eles o colocaram. Você entendeu?

— Sim. A tumba era uma abóbada, com duas paredes paralelas, ou suportes, sustentando um teto abobadado. Para construir um sepulcro assim, era necessário escavar um buraco relativamente grande, de forma a poder erguer as paredes. Saturnino conta que eles enterraram o ossário na base da parede norte, fora da tumba, aproximadamente no meio. Isso é consistente com os fatos, porque as paredes do alicerce da tumba de Pedro estão dispostas no sentido leste-oeste.

— Por que puseram o ossário fora da tumba, em vez de dentro, junto aos ossos de Pedro?

— Obviamente precisaram esconder o troço do lado de fora — disse Shawn, impaciente, como se achasse que a pergunta da Sana fosse imbecil. — Estavam fazendo tudo escondido, por assim dizer, sem que ninguém soubesse.

— Não fale comigo como se eu fosse uma criança! — retrucou Sana. — Estou fazendo um esforço incrível para entender tudo isso.

— Desculpe — disse Shawn, percebendo que, se quisesse que ela o acompanhasse a Roma, precisaria ter paciência. — Voltando à colocação do ossário, preciso lhe dizer que é uma sorte incrível para nós por dois motivos: primeiro, porque acho que essa parte da tumba jamais foi tocada, e segundo porque da última vez em que a escavaram, na década de 1950, a equipe arqueológica fez um túnel debaixo da área, provavelmente passando por sob o ossário de Maria, para chegar ao interior da tumba de Pedro. Isso significa que só precisamos, no máximo, remover talvez alguns palmos de entulhos compactados, que ele vai cair bem na palma das nossas mãos, que estarão embaixo e preparadas para recebê-lo.

— Você está fazendo tudo parecer tão fácil.

— Acho que vai ser. Logo antes de você chegar aqui eu estava conversando pelo telefone com minha assistente, Claire Dupree, do Metropolitan Museum. Ela vai enviar meu dossiê sobre a tumba de são Pedro por correio noturno ao Hotel Hassler em Roma. Ainda tenho a permissão para acessar a necrópole sob a Basílica de São Pedro, emitida pela Comissão Pontifícia de Arqueologia Sacra, que James havia solicitado diretamente ao papa João Paulo II. A pasta também contém minha carteira de identidade do Vaticano, e o mais importante, a chave da Scavi, ou escritório de escavação, que é a mesma do sítio em si.

— Mas isso foi há cinco anos.

— Foi, mas será para mim um assombro se alguma coisa tiver mudado. Uma das frustrações, assim como alegrias, da Itália é que raramente alguma coisa muda, pelo menos em termos de burocracia.

— E se as chaves não couberem na fechadura ou a permissão tiver sido revogada?

— Não creio que isso tenha ocorrido, mas, se aconteceu, vamos ter que dar um jeito também. Em último caso, ligo para James. Ele pode providenciar permissão para nós dois entrarmos lá. Só vai levar mais um dia.

— Acha mesmo que James vai ajudá-lo nisso depois de ler a carta de Saturnino, o que presumo que ele exigirá fazer? Duvido. Além disso, vamos dizer que consigamos entrar lá, apesar de tudo, e encontremos o ossário. O que planeja fazer com ele, pode me dizer?

— Trazê-lo secretamente para Nova York. Não quero queimar a largada e perder essa oportunidade que caiu nas minhas mãos inesperadamente. Quando anunciar o que é, quero que seja depois de ter estudado os ossos e traduzido completamente todos os documentos, mais especificamente o evangelho de Simão.

— É contra a lei trazer antiguidades da Itália.

Shawn contemplou a esposa com alguma irritação. Durante o ano anterior ela havia começado a desenvolver certa tendência a pensar por si própria, assim como a fazê-lo de forma negativa, e aquele era um exemplo perfeito. Ao mesmo tempo, ele percebeu que, em seu entusiasmo durante a hora anterior tinha cometido o erro de se esquecer de alguns detalhes inconvenientes, como a maneira de levar a descoberta para Nova York. Ele, mais do que qualquer outra pessoa, sabia que a Itália tinha se tornado muito protetora em relação a seus tesouros históricos, que andavam sendo contrabandeados para fora do país.

— Vou mandar essa porcaria para lá partindo do Vaticano, não da Itália — decidiu Shawn abruptamente.

— E o que te faz pensar que mandar o ossário do Vaticano vai fazer alguma diferença? Vai ter que passar pela alfândega do mesmo jeito.

— Vou mandá-lo para James com uma etiqueta dizendo que é propriedade particular do cardeal. Naturalmente, isso significa que vou precisar ligar para ele antes e dizer que é surpresa, o que realmente vai ser, e avisar para que não abra a caixa antes de eu chegar.

Ela concordou. Não tinha pensado nisso. Achou que assim podia dar certo.

— E, droga, depois eu vou devolver o ossário — disse Shawn, justificando-se em parte.

— Eles não te deixariam trabalhar no ossário no Vaticano? Por que levá-lo para Nova York?

— Não tenho certeza — respondeu Shawn, sem hesitar. — Além disso, várias pessoas exigiriam participar e dividir a luz dos holofotes. Francamente, não quero isso. Vão me criticar por ter tirado o ossário da necrópole do Vaticano e mandado a caixa para Nova York, mas o lado positivo vai compensar o negativo, tenho certeza. Para suavizar a jogada, vou até doar o códice e a carta de Saturnino ao Vaticano, e eles podem ficar com eles ou devolver tudo ao Egito. Eles é que decidem.

— Estou achando que a Igreja Católica não vai gostar nada desse negócio.

— Eles vão ter que engolir — concordou Shawn com um sorrisinho malicioso.

— Se adaptar não é fácil para uma instituição como a Igreja. Ela acredita que a Virgem Maria subiu ao céu em carne e osso como seu filho, porque tinha nascido sem o pecado original. — Sana era católica de criação, até a morte do pai, quando tinha 8 anos. Dali por diante, passou a ser criada como anglicana, pois era a religião de sua mãe.

— Bom, como dizem por aí, vão ter que se virar quando essa batata quente cair na mão deles — acrescentou Shawn, com o sorriso ainda nos lábios.

— Eu não encararia isso como uma brincadeira.

— Não estou encarando — disse Shawn, categoricamente, acrescentando de repente, com súbita emoção: — Mas que vou me divertir, vou. Está certa sobre esse negócio dos católicos, de acharem que os ossos de Maria não estão aqui na terra, mas esse dogma é relativamente novo para a Igreja Católica. Durante séculos, a instituição simplesmente evitou o assunto, deixando o povo pensar o que quisesse. Foi só em 1950 que o papa Pio XII declarou isso *ex cathedra,* invocando a infalibilidade papal, que, como você sabe, acho pura besteira. Já discuti isso mil vezes com James: a Igreja Católica quer tudo ao mesmo tempo. Evocam uma base divina para a infalibilidade papal, com relação a assuntos da Igreja e sua interpretação da moralidade com base numa linhagem direta que começou com são Pedro e, antes dele, com o próprio Cristo. E, no mesmo fôlego, eles viram e declaram, imediatamente depois, que alguns papas medievais eram apenas humanos.

— Calma! — ordenou Sana. A voz de Shawn tinha se elevado cada vez mais à medida que ia falando. — Você e eu agora começamos a brigar em vez de debater o assunto.

— Desculpe. Eu ando acelerado desde o momento em que Rahul pôs esse códice em minhas mãos ávidas.

— Tudo bem — disse Sana. — Vou fazer outra pergunta sobre a carta de Saturnino. Ele usou a palavra "lacrado", quando se referiu ao ossário da Maria. O que acha que queriam dizer com isso?

— Assim, sem ver, acho que é um lacre de cera. Naquele tempo, eles sepultavam os defuntos em uma caverna durante um ano mais ou menos, depois iam lá, pegavam os ossos e os colocavam em uma caixa de arenito, que chamavam de ossário. Se os ossos não estivessem totalmente descarnados ainda, a caixa talvez cheirasse mal, a menos que fosse lacrada. Para fazer isso, eles seriam obrigados a usar alguma coisa da consistência da cera.

— Saturnino disse que puseram o corpo de Maria em uma caverna de Qumran. Qual é o nível de umidade lá?

— Zero.

— E a umidade da necrópole debaixo da Basílica de São Pedro?

— Varia, mas às vezes o ar lá fica relativamente úmido. No que está pensando?

— Estou tentando imaginar que tipo de condições os ossos estariam se o ossuário foi lacrado. Se excluíram a umidade, talvez eu consiga extrair um pouco de DNA.

Shawn soltou risadinhas de felicidade.

— Eu nunca pensei nisso. Conseguir um pouco de DNA acrescentaria nova dimensão a esta história. Talvez o Vaticano pudesse arrecadar uma boa quantia criando a Biblialândia, uma coisa parecida com o Parque dos Dinossauros, e trazendo de volta alguns dos personagens originais, a começar por Maria.

— Estou falando sério — disse Sana, ligeiramente ofendida, achando que Shawn estivesse tirando sarro da cara dela. — Não estou falando em DNA nuclear, só da minha especialização, o DNA mitocondrial.

Shawn ergueu as mãos, fingindo se render de novo.

— Espera aí, sei que já me falou disso antes, mas não me lembro bem qual é a diferença entre os dois tipos de DNA.

— DNA nuclear é o do núcleo da célula, que contém todas as informações para criá-la e permitir que se diferencie, formando, digamos, uma célula cardíaca, e a fazer funcionar. Todas as células têm um complemento completo de DNA nuclear, a não ser as hemácias, que não têm núcleo. As mitocôndrias são organelas microscópicas geradoras de energia que num passado muito distante, quando a vida estava apenas começando, foram engolfadas por organismos monocelulares primitivos. Depois que esses organismos passaram a ter mitocôndrias, foram capazes de, com o passar de milhões ou até bilhões de anos, se desenvolver através da evolução, transformando-se em organismos pluricelulares até virarem seres humanos. Como a mitocôndria era antes um organismo vivo e independente, tem seu próprio DNA, que existe em uma forma circular e é relativamente estável. E como cada célula tem até cem ou mais mitocôndrias, cada uma possui até uma centena de anéis de DNA mitocondrial. Tudo isso leva a uma possibilidade maior de que seja possível extrair DNA até mesmo de ossos muito antigos.

— Vou fingir que entendi isso. Acha mesmo que vai poder isolar uma parte do DNA circular? Seria fascinante.

— Depende do nível de umidade dos ossos inicialmente e se eles foram submetidos a uma atmosfera seca ou não. Se o ossário ainda está lacrado, há uma possibilidade, e, se for possível extrair uma parte do DNA de Maria, vai ser uma pena ela ter tido só um filho divino e não uma filha divina.

Um sorriso enviesado surgiu no rosto de Shawn.

— Que comentário estranho! Por que uma filha e não um filho?

— Porque o DNA mitocondrial é passado de geração em geração via matrilinear. Os seres humanos do sexo masculino são becos sem saída genéticos, em termos mitocondriais. O espermatozoide não tem muitas mitocôndrias, e o pouco que tem morre depois da concepção, ao passo que os óvulos são repletos delas. Se Maria tivesse uma filha que tivesse uma filha etc., até o dia de hoje, talvez existisse alguém com a mesma sequência mitocondrial. Por coincidência, o DNA mitocondrial tem uma meia-vida mutacional de 2 mil anos, de modo que, estatisticamente falando, haveria 50 por cento de chances de essa sequência não ter mudado.

— Na verdade, há uma chance muito boa de Maria ter tido uma filha, quero dizer, não uma, mas três.

— É mesmo? — indagou Sana. — Eu só me lembro de um filho, Jesus. Foi o que aprendi no catecismo.

— A ideia do filho único é do dogma católico, credo ortodoxo oriental, e o que algumas denominações protestantes acreditam, mas há quem discorde. Até o Novo Testamento da Bíblia insinua que ela teve pelo menos outros filhos, embora alguns pensem que a expressão "irmãos de Jesus" signifique, na verdade, outro parente próximo, como um primo, por exemplo, e esse é um debate que surgiu durante a tradução do aramaico e do hebraico para o grego e o latim. Mas eu, por exemplo, acho que irmão é irmão. Além do mais, faz sentido para mim que ela tivesse tido mais filhos. Era casada, e ter um monte de filhos, da forma normal, certamente não anularia a primeira concepção mística, se é que foi isso mesmo que aconteceu. E não estou inventando nada. Há uma quantidade imensa de livros apócrifos cristãos que não foram escolhidos para ser canônicos e incluídos no Novo Testamento, mas que dizem que ela teve até 11 filhos, incluindo Jesus, três deles do sexo feminino. Portanto, talvez exista mesmo alguém por aí com o mesmo DNA.

— Ora, isso colocaria o campo do DNA mitocondrial no mapa — disse Sana, enquanto se imaginava escrevendo um artigo para a *Nature* ou a *Science* no qual insinuava tal possibilidade. Mas, no instante seguinte, ela zombava de si mesma. Já estava ficando igual a Shawn, querendo queimar a largada e contemplando delírios de grandeza impossíveis. Talvez fosse até pior do que ele, pois Shawn já era muito mais famoso no seu campo do que ela no dela.

— Voltando à realidade — disse Shawn —, nosso voo da Egyptair decola do Cairo às dez horas de amanhã e chega a Roma meio-dia e meia. Vamos nos hospedar no Hassler. Por que não comemorar esse golpe com estilo? O que acha? Vem comigo? Se tudo correr bem, é só mais um dia, e vamos obter uma tremenda compensação. Estou mesmo muito empolgado. Como meu último empreendimento bem-sucedido no trabalho de campo, vai melhorar sensivelmente minha capacidade de arrecadar fundos.

— Vai mesmo precisar de mim, ou só vou olhar as vitrines para te apoiar e te fazer companhia? — perguntou Sana, para se tranquilizar, mas depois, interiormente, estremeceu, no momento em que aquelas palavras saíram de sua boca, sem censura prévia. Era a primeira vez que ela efetivamente expressava a ideia, que andava se questionando ultimamente devido ao comportamento dele em geral, além de seu interesse cada vez menor pelo sexo, de que Shawn tinha se casado com ela mais para exibi-la como jovem "esposa-troféu" do que para ser seu parceiro para valer. Era uma dúvida que a vinha incomodando cada vez mais durante o último ano e que parecia estar piorando com seus próprios modestos sucessos profissionais. Embora ela estivesse planejando tocar no assunto a certa altura, a última coisa que ela queria fazer era começar uma briga séria ali no Egito.

— Eu preciso de você! — disse Shawn, definitivamente. Se tinha realmente ouvido o que ela dissera, não fez notar. — Não vou conseguir fazer isso sozinho. Imagino que o ossário deva pesar de 10 a 15 quilos, dependendo do tamanho e da espessura, e não vou querer que ele caia do teto. Acho que posso contratar alguém, mas preferiria não fazer isso. Não quero ter que vigiar para garantir que a pessoa guarde sigilo até eu divulgar a minha descoberta.

Aliviada por ter visto que seu desabafo tinha entrado por um ouvido de Shawn e saído pelo outro, Sana disparou uma nova pergunta:

— Quais são as chances de nos encrencarmos seriamente enquanto estivermos nos penetrando escondidos na cripta sob a Basílica de São Pedro?

— Não vamos entrar escondidos lá! Vamos ter que passar pela Guarda Suíça antes até de entrarmos no próprio Vaticano, e vou precisar mostrar minha permissão que garante acesso 24 horas da Pontifícia Comissão de Arqueologia Sacra. Portanto, vamos entrar com conhecimento de todos os interessados.

— Então pode me olhar nos olhos e me prometer que não vamos ser obrigados a passar a noite em uma prisão na Itália?

Shawn fez questão de se aproximar da esposa com seus olhos azuis-celestes contemplando intensamente as profundezas dos olhos castanhos de Sana.

— Não vai precisar passar nenhuma noite em uma prisão italiana, eu garanto! Aliás, depois que terminarmos, vamos comer uma ceia regada a uma garrafa do melhor prosecco que Hassler tiver.

— Então eu vou! — decidiu Sana com firmeza. De repente tinha se apaixonado pela ideia de se envolver em uma aventura com Shawn. Talvez aquilo exercesse um efeito positivo no relacionamento entre eles. — Mas agora quero ir à piscina e tomar meu último restinho de sol antes de voltarmos para o inverno.

— Eu também vou — disse Shawn, com avidez. Estava satisfeito. Tinha se preocupado antes, achando que ela não iria. Embora ele houvesse insinuado que podia contratar alguém para escavar o ossário embaixo da Basílica de São Pedro, sabia que não podia. O risco de que a notícia se espalhasse era grande demais. Afinal, o que ele estava planejando fazer era, apesar do que tinha acabado de garantir à Sana, totalmente ilegal. E, ao mesmo tempo, estava convencido de que seria a jogada mais brilhante da sua vida.

7

11H23, SEGUNDA-FEIRA, 1º DE DEZEMBRO DE 2008
CIDADE DE NOVA YORK
(18H23, CAIRO, EGITO)

— Não se esqueça de desinfetar todos os tubos de cultura e os frascos de amostras de tecido para exame histológico — disse Jack a Vinnie depois do caso de meningite. — Estou falando sério. Não quero descobrir depois que não desinfetou os tubos e que você venha me dizer que esqueceu, entende?

— Entendo — reclamou Vinnie. — Já me disse a mesma coisa há dois minutos. O que pensa que sou? Burro?

Vinnie percebeu a expressão de Jack por traz da máscara plástica protetora do seu capuz e rapidamente acrescentou:

— Não responda.

Jack não tinha planejado usar um capuz com filtro HEPA, mas jurava que Vinnie não se sentiria bem sem um desses, mas que seu orgulho o impediria de colocá-lo caso Jack não o vestisse também. Portanto, no último instante, Jack havia cedido por Vinnie. Normalmente, não gostava de usar o capuz e o macacão encapsulado porque eram volumosos e dificultavam o trabalho. Mas, à medida que o caso prosseguia, ele ia ficando aliviado por ter mudado de ideia. A virulência daquele meningococo em especial era impressionante, o que era visível pelas lesões causadas às meninges e ao cérebro em si.

Como eles haviam feito a necropsia na sala dos decompostos e não havia mais nenhum técnico forense em volta, Jack ajudou Vinnie a colocar o corpo num saco e depois sobre uma maca. Após lembrar a Vinnie para que informasse à funerária que o recebesse de que o caso era infeccioso, Jack tirou o traje integral e o capuz, removeu e jogou fora o macacão Tyvek e foi para sua sala.

Sua primeira ligação foi para a escola particular do menino morto. Embora fosse regra do IML que o departamento de relações-públicas tratasse de todas as comunicações oficiais, Jack costumava se encarregar de quebrar o protocolo. Queria ter certeza absoluta de que fossem feitas certas coisas, e alertar a escola desse caso era uma delas. Com o testemunho do poder destrutivo da bactéria ainda fresco na memória, Jack falou francamente com o diretor, que lhe garantiu que a instituição estava levando a tragédia muito a sério. O epidemiologista estivera lá, e eles já haviam começado uma descontaminação e uma quarentena rigorosas. Ele expressou o agradecimento que sentia em relação à preocupação e ao esforço de Jack.

A ligação seguinte foi para Robert Farrell, um dos amigos de Keara. Depois de mais de uma dúzia de toques, o homem finalmente atendeu, pedindo desculpas pela demora. Mas mudou de tom quando Jack se identificou e disse que era médico-legista.

— Pelas informações que tenho, você estava em um grupo que saiu para beber ontem à noite com Keara Abelard e a trouxe para a emergência do Saint Luke.

— Nós vimos que ela estava se sentindo muito mal — disse Farrell.

— Soube o que aconteceu depois?

— Depois que a deixamos na emergência?

— Estou falando do que aconteceu mais tarde com ela.

— Ouvi dizer que ela faleceu depois que nós saímos.

E aí o sexto sentido de Jack o alertou.

— E isso te surpreendeu?

— Claro. Ela era jovem.

— Os jovens não costumam morrer.

— Por isso é que me surpreendi.

Jack pigarreou para poder ganhar tempo e pensar. Tinha rapidamente deduzido que Farrell parecia estar na defensiva, e isso era estranho. Como que para comprovar a impressão, Farrell acrescentou, mais que depressa:

— Não demos qualquer coisa a ela, se é isso que está insinuando. Ela nem mesmo bebeu nada.

— Eu não estava insinuando nada — disse Jack. E se parabenizou por ter tirado uma boa quantidade de fluidos corporais do cadáver para serem analisados pela toxicologia apesar da descoberta positiva da dissecção bilateral da artéria vertebral. Agora se perguntava se ela havia sofrido alguma queda peculiar que pudesse ter torcido, flexionado ou mesmo distendido bruscamente o pescoço.

— Quantas pessoas a trouxeram até a emergência?

— Três do nosso grupo.

Jack concordou.

— Vocês estavam bebendo, mas ela não?

— Acho que é melhor eu ligar para o meu advogado antes de responder a mais perguntas suas — disse Farrell.

Mas Jack continuou tentando obter respostas.

— Quantas pessoas havia no seu grupo, ao todo?

— Nós éramos mais ou menos uma dúzia, homens e mulheres. Fomos para um barzinho de bairro no West Village. Pode me dizer como ela morreu?

— Estamos justamente tentando descobrir isso. Por acaso notou a mudança de comportamento dela?

— Sim, num minuto estava bem, falando e toda animada, bebendo uma Coca-Cola, mas logo depois começou a falar devagar e não sabia mais onde estava. Aí ela se levantou, cambaleou uns passos e caiu. Eu literalmente a amparei, e por isso fui quem terminou indo com ela para a emergência.

— Por que não chamaram a ambulância?

— Para te dizer a verdade, achamos que ela estava de porre. Foi só depois que eu soube que ela era abstêmia.

Jack podia perfeitamente imaginar as íntimas das artérias vertebrais de Keara inchando e gradativamente interrompendo o fluxo de sangue para o seu cérebro.

— Pode me dar os nomes e os telefones de todas as outras pessoas que faziam parte desse grupo?

— Não sei, cara — recuou Farrell. — Não sei se quero me envolver mais nisso tudo do que já estou.

— Olha, não estou acusando ninguém de fazer nada errado, e não estou te acusando de nada. Estou só tentando falar pelos mortos, que é o que os médicos-legistas fazem. Quero que Keara nos diga o que a matou para evitar que outra pessoa tenha o mesmo destino. Tem uma peça importante do quebra-cabeça que está faltando. Me diga, você falou com ela diretamente naquela noite?

— Durante alguns minutos, mas não mais do que falei com outras pessoas. Quer dizer, ela era uma gata, não é, e por isso todos os caras falaram com ela.

— Ela mencionou alguma coisa, disse se esteve envolvida em alguma batida de carro na semana passada, algo assim?

— Não, nada disso.

— E por acaso disse que tinha caído? Talvez até mais cedo, na mesma tarde, como no banheiro, por exemplo. — Jack não achava que uma queda podia ser a causa sem que houvesse sinal externo de contusão, mas não queria excluir nada.

— Não mencionou nada disso, não.

Jack finalmente conseguiu que o homem concordasse em lhe dar uma lista dos outros integrantes do grupo da noite anterior, junto com seus telefones. Farrell até prometeu terminar a lista lá pelo fim da tarde.

Jack desligou, depois se sentou à mesa, tamborilando com os dedos no mata-borrão. Apesar de suas suspeitas iniciais, parecia agora que não tinha sido um crime. No entanto, tinha certeza de que uma parte da história de Keara ainda estava faltando. Sem outra desculpa para adiar a ligação para a mãe da moça, Jack discou o número dela. Sabia muito bem como a mulher devia estar transtornada.

Ela pegou o telefone depois da primeira vez que ele tocou. Jack imediatamente presumiu que ela estava na fase de negação e ainda havia no fundo uma esperança de que podia ser alguém ligando para dizer que tudo tinha sido um terrível engano e a sua filha estava sã e salva.

— Aqui quem fala é o Dr. Jack Stapleton. Estou ligando do IML.

— Alô, Dr. Stapleton — respondeu a Sra. Abelard, num tom animado, porém interrogativo, como se não houvesse motivo para alguém estar ligando do necrotério de Nova York. — Posso ajudá-lo com alguma coisa?

— Pode, sim — disse Jack, sem saber como começar. — Mas primeiro quero expressar meus mais profundos sentimentos pelo falecimento de sua filha.

A Sra. Abelard se calou. Jack ficou preocupado, achando que ela ia desatar a chorar e dizer despautérios, anunciando o segundo estágio do luto, a raiva. Mas só ouviu silêncio, interrompido pela respiração intermitente da mulher. Jack estava com medo de dizer mais alguma coisa, para não piorar ainda mais a situação.

— Espero não estar incomodando muito a senhora — disse Jack por fim, mas só depois que tinha se tornado óbvio que a Sra. Abelard não ia responder. — Infelizmente fui obrigado a telefonar. Sei que esteve aqui no necrotério ontem à noite. E sei que deve ter sido muito difícil. Não pretendo perturbar a senhora neste momento de angústia, mas gostaria que soubesse que examinei sua filha Keara com todo o cuidado esta manhã e posso garantir que ela está descansando na mais profunda paz.

Jack fez uma careta diante do que lhe pareceu um total mau jeito na tentativa de expressar solidariedade. Desejou poder desligar, controlar-se e depois ligar de novo. A ideia de que um corpo eviscerado estava descansando em paz era tão absurdamente idiota que ele ficou envergonhado por aquilo ter saído de sua boca. Sentia-se culpado por ter descido tanto para convencer sua interlocutora. Contudo, continuou, como tinha feito com o relutante Robert Farrell.

— O que estou tentando dizer é que quero falar por sua filha, Sra. Abelard. Tenho certeza de que ela tem algo a dizer para ajudar outras pessoas, mas preciso de mais informações. Pode me ajudar?

— Estava dizendo que ela está descansando confortavelmente? — indagou a Sra. Abelard, rompendo seu silêncio. Era como se ela achasse que a filha não tinha sofrido nada de mais.

— Ela está em paz. Só que fiquei intrigado: por acaso ela sofreu alguma contusão no pescoço ultimamente?

— Contusão no pescoço? Como assim?

— Qualquer tipo de contusão — disse Jack. E se sentiu como um advogado durante um julgamento tentando evitar sugerir alguma resposta à testemunha.

— Ela não sofreu nenhuma lesão no pescoço de que eu me lembre, embora tenha caído de um balanço quando tinha 11 anos e ficado toda machucada, incluindo no pescoço.

— Estou falando de uma contusão que possa ter ocorrido recentemente — disse Jack —, talvez nessa última semana.

— Céus, não.

— Ela gosta de fazer ioga? — indagou Jack, tentando não deixar nada de fora.

— Não, acho que não.

— E um acidente de carro? Qualquer coisa que tenha acontecido recentemente?

— Céus, não — repetiu a Sra. Abelard, ainda mais convicta.

— Então estava completamente bem até ontem. Não tinha dores no pescoço, nem dores de cabeça.

— Agora que mencionou isso, ela andava reclamando de dores de cabeça ultimamente, sim. Andava meio estressada por causa de um novo emprego.

— Que tipo de emprego?

— Publicidade. Ela era redatora de textos de uma das maiores agências de propaganda da cidade. É um cargo novo, e ela estava numa situação meio estressante. Foi demitida recentemente, e sentia a pressão de fazer o melhor que podia no emprego novo.

— Ela disse onde eram as dores, se eram na frente ou atrás da cabeça?

— Disse que eram atrás dos olhos.

— E Keara tomou alguma coisa para se livrar delas?

— Tomou ibuprofeno.

— E... as dores passaram?

— Não muito; portanto, ela perguntou a um dos amigos se conhecia algum bom médico, e o amigo recomendou um quiroprático.

Jack endireitou a coluna, sentando-se bem ereto na cadeira. No recesso mais profundo da mente, lembrou-se de um caso que tinha lido em um número da *Forensic Pathology Seminars*, envolvendo um quiroprático e um derrame.

— Keara foi ao quiroprático? — indagou Jack, enquanto tentava se lembrar dos detalhes do caso publicado. Lembrou-se de que se referia a uma dissecção da artéria vertebral, exatamente como constatara naquela manhã em Keara.

— Ela foi, sim. Pelo que me lembro, foi na quinta ou sexta passada.

— A consulta fez as dores passarem?

— Fez, pelo menos no começo.

— Por que diz "pelo menos no começo"?

— Porque a dor entre os olhos passou, mas depois ela começou a sentir uma dor na parte de trás da cabeça.

— Está dizendo que a dor era na parte de trás do pescoço?

— Ela disse que era na parte de trás da cabeça. Agora que estou me lembrando da conversa, ela também disse que teve uns soluços que custaram muito a passar e que a deixavam maluca.

— Por acaso sabe o nome desse quiroprático? — indagou Jack, enquanto segurava o telefone entre o pescoço e o ombro. Com as mãos livres, ele abriu o navegador e digitou "dissecção artéria vertebral" no Google.

— Não. Mas sei o nome da amiga que recomendou o médico.

— Está querendo dizer o quiroprático — disse Jack, pensativo, depois se arrependendo disso. Ele não queria se arriscar a aborrecer a mãe de Keara. Embora o homem pudesse ser um doutor em quiroprática, Jack sabia que muita gente pensava que eles eram médicos. Ele desconfiava dos quiropráticos, embora admitisse que não sabia muito a respeito deles.

— O nome dela é Nichelle Barlow — disse a Sra. Abelard, indiferente ao comentário de Jack.

— Obrigado pela cooperação — disse ele, anotando o número. — Foi muito generosa, principalmente num momento como este em que está passando por tanto sofrimento.

Depois de recolocar o telefone no gancho, Jack ficou olhando para a parede. Ele se lembrava de como, há 17 anos, quando sua primeira esposa e as filhas morreram, havia negado o acidente quando os amigos ligaram. Sacudindo a cabeça para se livrar desses pensamentos mórbidos, ele se obrigou a voltar a atenção para a tela do computador, mas não conseguiu se concentrar. Em vez disso, lembrou-se da cena, umas duas noites antes, em que John Junior soluçava devido ao que ele e Laurie desconfiaram se tratar de dor nos ossos provocada pelo tumor nas cavidades onde ficava a medula de seus ossos longos. Suas mãozinhas minúsculas de bebê, perfeitamente formadas, pareciam gesticular apontando para suas pernas, como se ele esperasse que seus pais o aliviassem, mas naturalmente eles não podiam fazer nada.

— Merda! — berrou Jack para o teto, na esperança de se assustar e se libertar do ciclo deprimente de autopiedade. Nesse momento, uma cabeça apareceu na porta aberta. Era o Dr. Chet McGovern, o ex-colega de sala de Jack.

— Está refletindo sobre seu estado mental em particular — brincou ele — ou só avaliando a tendência geral do mercado de ações?

— Todas as respostas acima — disse Jack. — Entre, vamos bater um papo. — Apesar de estar preocupado, Jack achou que um pouco de distração lhe faria bem.

— Não dá — disse Chet, com um tom de voz animado. — Conheci uma garota ontem e vamos almoçar juntos. Pode ser que ela seja a mulher dos meus sonhos, meu amigo! Gostosa demais!

Jack fez um gesto de desdém, como se achasse que Chet nunca fosse encontrar "a mulher dos seus sonhos". Chet gostava demais de caçar para se aquietar com uma só.

— Ei, Chet — gritou Jack para o amigo, que já estava se retirando. — Já teve uma dissecção da artéria vertebral?

— É, já, uma vez — disse Chet, voltando a se apoiar na porta e se inclinar para dentro da sala de Jack. — Foi durante a minha sociedade de patologia forense em Los Angeles. Por quê?

— Vi uma esta manhã. Fiquei intrigado, sem saber qual era a causa do óbito, até abrirmos o crânio. O histórico não era muito detalhado, e não havia sinal de trauma.

— Quantos anos?

— Jovem. Vinte e sete anos.

— Pergunte se ela não foi a um quiroprático nos últimos três dias, mais ou menos.

— Acredito que sim — disse Jack, impressionado com a sugestão de Chet. — Acho que é possível que ela tenha tido uma consulta na última quinta ou sexta-feira. Ela morreu ontem à noite.

— Pode ser significativo — respondeu Chet. — No meu caso, a associação foi fácil de fazer porque os sintomas começaram logo depois da manipulação cervical. Só que, quando fui pesquisar o caso, descobri que os sintomas de dissecção da artéria vertebral podem demorar dias para aparecer. Escuta. Adoraria conversar mais, mas preciso ir me encontrar com meu novo amor.

— Você está me impressionando muitíssimo — respondeu Jack, pulando e seguindo Chet pelo corredor. — Eu me lembro vagamente de ter lido sobre um caso, mas nunca tinha visto pessoalmente uma dissecção.

— Achei isso interessante — admitiu Chet enquanto andava. — E achei que podia receber elogios do meu chefe por isso; portanto, pesquisei a dissecção arterial e a quiropraxia. Descobri que é uma dessas associações que não despertaram muito interesse, assim como não despertou muito o meu na época. Meu chefe ia ao mesmo quiroprático e jurava que o homem era excelente, e aí precisei diagnosticar o caso como mera complicação terapêutica.

— O que é que certos quiropráticos fazem para causarem essa dissecção? Você sabe?

— Presumo que seja a força da "técnica de ajuste" deles — explicou Chet. — Chamam isso de um ajuste de alta velocidade e baixa amplitude. Embora não aconteça com frequência, há vezes em que pode causar um rompimento interno da artéria vertebral, e a pressão sanguínea causa o resto. Às vezes, a dissecção se estende até a artéria basilar.

— E qual a frequência com que isso acontece?

— Não me lembro bem — admitiu Chet. — Foi há alguns anos. Nos arquivos forenses de Los Angeles acho que encontrei apenas quatro ou cinco casos de dissecção de artérias vertebrais associadas a consultas com quiropráticos. — Chet entrou no elevador, mantendo a porta aberta com a mão. — Escuta, Jack, preciso ir agora. Já estou atrasado. Podemos conversar mais, depois, se quiser. — As portas se fecharam e ele desapareceu.

Por um momento, Jack continuou olhando para o elevador cerrado. Agora estava intrigado, achando que podia ter tropeçado na distração que procurava. Se Keara tivesse mesmo ido a um quiroprático para se livrar da dor de cabeça e ele tivesse feito a tal manipulação cervical, haveria uma chance, e ele não fazia ideia qual, de que ela tivesse sofrido uma lesão nas artérias pelas mãos do terapeuta.

Virando-se de repente, Jack se apressou a voltar para o seu consultório, refletindo sobre o que havia lido quanto ao tal caso de dissecção de artérias vertebrais causado por manipulação cervical. Lembrou que Chet também tinha visto uma, bem como encontrado quatro ou cinco casos assim, no banco de dados de Los Angeles. Além disso, Jack achava que podia ter outro caso desses nas próprias mãos. Tudo aquilo começava a lhe sugerir que ir ao quiroprático sob certas circunstâncias não era necessariamente uma experiência positiva.

Embora Jack admitisse que ele não conhecia os detalhes da terapia quiroprática, como forma do que se costumava chamar medicina alternativa ou complementar, sabia que havia dúvidas a respeito de sua eficácia. Ele sempre tinha vagamente colocado no mesmo saco a quiropraxia, a acupuntura, a homeopatia, a tradição ayurvédica, a medicina com ervas chinesas, a meditação transcendental e uma centena de outras coisas que considerava terapias questionáveis baseadas mais em esperanças e no efeito placebo do que em qualquer outra coisa. Certamente não era ciência, pelo que sabia, mas, se as pessoas achavam que obtinham certo alívio pelo dinheiro que pagavam, ele não se importava. Por outro lado, se essas terapias pudessem ser fatais, a coisa era inteiramente diferente, e ele, como médico-legista, tinha a responsabilidade distinta de dar o proverbial alarme.

Energizado por essa nova cruzada, Jack se recostou na cadeira. Não conseguia deixar de pensar na conversa com Laurie e em como ela dissera que estava disposta a tentar qualquer coisa para salvar JJ.

— Pode ser, mas acho que quiropraxia, pelo menos, está fora de cogitação — disse Jack em voz alta, enquanto puxava a cadeira mais para perto do monitor do computador.

8

12H05, SEGUNDA-FEIRA, 1º DE DEZEMBRO DE 2008
CIDADE DE NOVA YORK
(19H05, CAIRO, EGITO)

Jack encontrou um artigo do site eMedicine falando de dissecção arterial vertebral, a DAV. Começou a fazer uma leitura rápida e descobriu que ela é a causa de 20 por cento dos derrames sofridos por pacientes com menos de 45 anos, ocorrendo com três vezes mais frequência nas mulheres que nos homens. Continuando a ler, notou que o sintoma típico era a dor de cabeça occipital ou na parte posterior da cabeça. Ele foi até a última página para verificar as causas. O primeiro fator de risco da lista era manipulação espinhal, exatamente como Chet havia sugerido.

Intrigado com a alta incidência de DAV especificamente por manipulação espinhal, Jack voltou à sua ferramenta de busca padrão. Alguns segundos depois, já examinava uma infinidade de artigos. Rapidamente descobriu um que achou promissor e clicou nele. Enquanto o lia, ficou ainda mais alarmado do que ao analisar o anterior, pois se tratava de uma revisão sistemática de

35 casos de derrames comprovados causados por manipulação espinhal cervical, relatados na literatura médica de 1995 a 2001. A vasta maioria envolvia quiropráticos, e a maioria das lesões eram dissecções arteriais vertebrais. As consequências iam desde a recuperação completa de 6 por cento dos pacientes até níveis variados de déficits neurológicos permanentes ou morte nos 94 por cento restantes. Um dos pacientes da lista que tinha morrido era uma bebezinha de 3 meses.

Jack se recostou no espaldar da cadeira, inclinando-se para trás, e olhou para o teto. Que doença levaria os pais a pensar que os sintomas de um bebê se aliviariam mediante manipulação cervical, forçando o pescoço da criancinha além do ponto de resistência normal? E o que tinha passado pela cabeça do suposto ou da suposta terapeuta e que lhe dera a audácia de fazer uma coisa dessas? Jack não estava só horrorizado, estava furioso.

Passando para a parte de discussão do artigo, Jack leu que havia indícios de que os 35 casos examinados correspondessem a apenas uma pequena parcela de sua totalidade, uma vez que, pelo jeito, ninguém costumava denunciar os terapeutas. Para apoiar essa declaração, um levantamento feito em um encontro de especialistas do Conselho de Derrame da Associação Cardíaca Americana constatou 360 casos não denunciados de derrame após manipulações espinhais! *Seria possível?*, pensou Jack.

Pondo as mãos dos dois lados da cabeça, Jack a balançou, incrédulo, questionando por que essa questão não era mais divulgada. Depois de refletir sobre a situação mais alguns minutos sem chegar à conclusão alguma, voltou a atenção para o caso de Keara Abelard.

Ele revirou furiosamente a pilha de papéis sobre a mesa até localizar o número do telefone da amiga de Keara que supostamente havia recomendado o quiroprático. Discou o número dela, depois tentou se acalmar enquanto esperava a moça atender a chamada. Sabia que seria contraprodutivo intimidar a amiga de Keara. Quando ela atendeu, Jack se identificou e mencionou seu título oficial com tanta isenção de ânimo quanto lhe foi possível. A moça recebeu a apresentação em silêncio.

— Ainda está aí? — indagou Jack. — Você é Nichelle Barlow, não é?

— Está ligando do necrotério? — indagou a mulher, obviamente preocupada.

— Estou. Você é Nichelle Barlow?

— Sim — respondeu ela, relutante, pelo jeito tentando se preparar para alguma notícia ruim.

— A Sra. Abelard me deu o seu número. Espero não estar incomodando.

— Tudo bem — disse ela, hesitante. — Está me ligando por causa de Keara?

— Estou. Acho que não estava com ela no grupo de amigos naquela noite, não é?

— Não estava, não. Mas não me diga que ela... — disse Nichelle, sem conseguir terminar a frase.

— Infelizmente ela faleceu ontem à noite — disse Jack. — Sinto muito ter que dar esta notícia.

— O que houve?

— Ela sofreu um derrame.

— Um derrame? — disse Nichelle, incrédula. — Keara era da minha idade, só tinha 27 anos.

— Os derrames são mais comuns quanto mais velha a pessoa fica, mas até crianças podem sofrer derrames.

— Não acredito nisso. É algum tipo de piada de mau gosto?

— Infelizmente não, Srta. Barlow — disse Jack, calmamente. — O motivo pelo qual estou ligando para a senhorita é que estou investigando a morte da sua amiga. Qualquer falecimento súbito de uma pessoa que aparentemente gozava de boa saúde e sem causa conhecida é objeto de investigação por parte do médico-legista. Só preciso de informações. Sabia que Keara estava sofrendo de dores de cabeça?

— Foi o que ela me disse. Mas não tive a impressão de que eram tão ruins assim. Eram mais incômodas do que debilitantes.

— Ela as descreveu para você?

— Mais ou menos. Disse que sentia dor atrás dos olhos, mais do lado direito do que do esquerdo. Disse que tinha dores assim quando estava estressada e se sentia muito estressada no emprego novo.

— A mãe dela me disse que você havia sugerido que ela fosse a um quiroprático — disse Jack, mantendo a voz neutra para evitar que ela pensasse que ele estava querendo incriminá-la.

— Keara disse que o ibuprofeno não estava adiantando; portanto, sugeri que ela fosse ao meu quiroprático.

— Ela seguiu seu conselho?

— Parece que ia seguir, mas não sei com certeza. A última vez em que falei com ela foi na quarta-feira passada.

— Qual é o nome desse quiroprático?

— Dr. Ronald Newhouse. É um excelente doutor.

— Quando diz "doutor", sabe que ele não é doutor em medicina, não sabe?

— Ele é doutor, só que não faz cirurgia nem receita medicamentos.

Jack sentiu a raiva voltar, mas a combateu. Não ia conseguir mudar as ideais de Nichelle sobre o assunto, mas não podia deixar de contestar aquela confusão dela.

— Seu quiroprático diz que é doutor, mas é doutor em quiropraxia, não em medicina. Pode me dizer onde fica o consultório do Dr. Newhouse?

— Quinta Avenida, entre a 64 e a 65. Espere um pouco que te dou o telefone dele.

Dentro de um momento, Nichelle voltou ao telefone. Depois que ela havia lhe passado o número, Jack perguntou:

— Há quanto tempo é paciente dele?

— Mais ou menos oito anos. Ele é quem me salva. Eu me consulto sempre que tenho algum problema.

— Ele trata você de quê?

— De qualquer coisa que me incomode, sinusite, principalmente. Isso e refluxo gástrico. Minha saúde seria péssima se não fosse o Dr. Newhouse.

— Srta. Barlow — começou a dizer Jack, depois fez uma pausa. Por um instante, refletiu sobre o que queria dizer. — Estou curioso para saber como seu quiroprático trata da sua sinusite.

— Ele faz ajustes em mim. Em geral trabalha na minha cervical, mas às vezes na lombar. Eu tenho um lado do quadril mais alto que o outro, e minhas costas são tortas, mas definitivamente estão melhorando. Devia ver as mudanças nas minhas radiografias. É impressionante.

— Ele tira radiografias da coluna com frequência? — indagou Jack, horrorizado diante daquela afirmação. A quantidade de radiação necessária para uma radiologia de coluna era significativa.

— Em quase todas as consultas — disse Nichelle, orgulhosa, como se achasse que quanto mais radiografias, melhor. — Ele é um doutor muito, mas muito detalhista mesmo. O melhor que já tive, para dizer a verdade.

Jack se encolheu diante dessa avaliação positiva, imprópria para alguém que tratava sinusite, sem dúvida causada por um excesso de crescimento no número de bactérias, com manipulação cervical potencialmente perigosa e, ainda por cima, radiação desnecessária! Mesmo que a máquina fosse digital, com o passar do tempo a radiação se acumularia.

— Obrigado pela sua ajuda, Srta. Barlow — disse Jack, fazendo mais um esforço para evitar a tentação de contradizer a mulher. O fato de que uma pessoa aparentemente inteligente e informada pudesse ter opiniões assim tão disparatadas na época atual era um mistério para ele. Mas resolveu não se deixar impressionar.

Jack desligou de um jeito um tanto abrupto. Sabia que, se não fizesse isso, certamente terminaria passando um sermão em Nichelle sobre sua necessidade de escolher de forma um tanto mais inteligente quem deveria cuidar da sua saúde. Ela tinha admitido que usava um quiroprático como seu clínico geral. Sem nem mesmo recolocar o telefone no gancho, Jack começou a discar para o consultório de Ronald Newhouse. Mais ou menos no meio do número ele parou, pensou e colocou o telefone no gancho. Ainda estava louco de raiva e desconfiava que, no estado mental em que se encontrava, não seria capaz de manter uma conversa coerente. A ideia de que aquele homem realmente acreditava poder tratar uma sinusite com ajustes espinais era execrável. Ele devia ser um tremendo charlatão.

Para se acalmar, Jack começou a redigir um e-mail perguntando aos trinta e poucos outros médicos-legistas da cidade de Nova York se eles tinham constatado outros casos de dissecção arterial vertebral, especialmente induzida por tratamentos quiropráticos. Ele estava para enviar a mensagem quando decidiu expandir o pedido, perguntando quantos resultaram em mortes, envolvendo todos os tipos de terapia médica alternativa, inclusive, mas não se limitando a homeopatia, acupuntura e ervas medicinais chinesas.

Jack, então, fez uma busca no site da Barnes & Noble, procurando títulos de livros sobre medicina alternativa, e ficou assombrado com a quantidade que encontrou. Lendo as descrições, notou que parecia haver mais livros a favor do que contra, apesar da base bastante frágil daquelas diversas terapias. Isso só fez aumentar sua curiosidade, principalmente numa era na qual a medicina convencional passava a ser cada vez mais uma terapia baseada em indícios.

Um dos livros o deixou pasmo: *Truque ou tratamento*. Ele ligou para a Barnes & Noble no West Side e pediu que reservassem um exemplar para ele. Estava se sentindo motivado a retificar sua ignorância vergonhosa sobre o assunto.

Sentindo-se calmo novamente, Jack voltou a telefonar para Ronald Newhouse. Uma vez mais, no meio do processo de discar o número, ele parou e desligou o telefone. De repente, tinha resolvido ir em pessoa ao consultório, embora soubesse muito bem que os poderes constituídos não gostavam que os médicos-legistas fossem visitar ninguém em pessoa. O protocolo do IML rezava que as visitas em pessoa deviam ser feitas pelos bem-treinados advogados do departamento jurídico, não pelos médicos, a menos que circunstâncias excepcionais justificassem a presença de um patologista forense treinado. Embora Jack achasse que nem o vice-diretor nem o diretor classificariam a presente situação como "excepcional", ele decidiu ir assim mesmo. Sentia uma necessidade irresistível de olhar aquele quiroprático nos olhos enquanto ele lhe explicava como a manipulação espinhal podia curar sinusites. Ele também queria ver a expressão do homem quando lhe contasse que tinha matado Keara Abelard enquanto tentava curá-la de uma simples dor de cabeça.

Já se passara algum tempo desde que ele havia ido falar com alguém cara a cara pela última vez. Pouco depois de entrar no IML, principalmente quando estava envolvido em algum caso complicado de doença infecciosa, ele costumava fazer várias dessas visitas *in loco* e chegara à beira da demissão diversas vezes. O diretor, o Dr. Harold Bingham, tinha chegado a quase mandar Jack embora por insubordinação voluntária.

Enquanto esperava o elevador, Jack percebeu que, se Ronald Newhouse tinha tratado de Keara com aquela manipulação cervical suspeita, ele não ia precisar colocar "complicação terapêutica" como causa da morte na certidão, que seria o que todos de Bingham para baixo esperavam. Ele nem mesmo tinha que colocar "morte acidental", que era a designação para um caso desses antes que inventassem a tal da "complicação terapêutica" na década de 1990. Jack tinha percebido que podia colocar "homicídio" como causa da morte, depois entregar o caso ao promotor público, como se fazia com casos de criminalidade mais típicos.

Isso causaria um burburinho e tanto, pensou Jack consigo mesmo ao entrar no elevador com um sorriso malicioso. E, pensando no assunto, achou que talvez uma "bomba política" assim fosse necessária para atrair a atenção do público para os perigos da manipulação cervical.

9

12H55, SEGUNDA-FEIRA, 1º DE DEZEMBRO DE 2008
CIDADE DE NOVA YORK
(19H55, CAIRO, EGITO)

Quando Jack freou a bicicleta diante do consultório de Ronald Newhouse, na Quinta Avenida, estava se sentindo melhor do que em meses. Estava motivado, graças a Keara Abelard, por ter tropeçado na distração perfeita: uma campanha para expor os perigos da medicina alternativa. Mal podia esperar para se ver face a face com o sujeito.

Jack desceu da bicicleta e foi colocando a coleção de cadeados que usava para prender sua Trek. Enquanto fechava o último, alguém bateu em seu ombro.

Jack olhou para cima e viu um porteiro uniformizado, com cara de quem saiu de um set de filmagem, portando uma casaca antiga com duas fileiras e botões metálicos reluzentes.

— Sinto muito — disse ele, num tom que revelava que não sentia coisa nenhuma. — Não pode deixar sua bicicleta aqui. É contra o regulamento.

Redirecionando a atenção para o cadeado final, Jack terminou de prender a bicicleta.

— Ei, amigo! — disse o porteiro. — Não ouviu o que eu disse? Não pode deixar essa porcaria de bicicleta aqui. É propriedade particular.

Colocando-se de pé, sem dizer palavra, Jack tirou a carteira no bolso da calça e mostrou ao homem sua identidade de médico-legista da cidade de Nova York. Parecia um distintivo de policial para todos os efeitos, a menos que a pessoa olhasse bem de perto.

— Ah, desculpa, senhor — acrescentou o porteiro, mais do que depressa.

— Tudo bem — disse Jack. — Não vou deixá-la aqui muito tempo.

— Não tem problema, senhor — disse o porteiro. — Deixa que eu vigio para o senhor. Posso ajudá-lo de alguma forma?

— Vim falar com Ronald Newhouse — informou-o Jack. Não conseguiu colocar o "doutor" na frente do nome do sujeito. Nem disse se tinha ido falar com ele na condição de paciente ou se em caráter profissional.

— Por aqui, senhor — indicou o porteiro, obsequioso, gesticulando para a portaria e conduzindo Jack até a recepção. Abrindo a porta interna com uma chave, apontou para dentro. — O consultório do Dr. Newhouse fica naquele corredor, primeira porta à esquerda.

— Obrigado — disse Jack, perguntando-se se o porteiro seria igualmente delicado se soubesse que Jack era médico-legista.

A porta continha os dizeres DR. RONALD NEWHOUSE E SÓCIOS em letras douradas. Quando entrou, Jack notou logo que Newhouse tinha uma clínica bem-sucedida. Não só podia pagar o aluguel de um prédio na Quinta Avenida, que Jack presumiu ser significativo, como também tinha uma sala de espera super bem-decorada. Havia pinturas originais nas paredes, móveis estofados e um enorme tapete oriental. O que a fazia parecer diferente de um consultório de um médico bem-sucedido eram três bancos com assentos moldados, cada um conectado com sua respectiva base por meio de uma articulação esférica móvel. Uma mulher de uns 20 anos ocupava um deles. Com as mãos nos joelhos e pernas abertas de forma que seu vestido caísse entre os joelhos, ela estava em movimento constante de uma forma que fez Jack se lembrar de suas filhas quando brincavam com bambolês. Enquanto Jack a observava, a mulher percebeu que ele a olhava e sorriu. Não parecia estar com vergonha nenhuma, o que o levou a imaginar que aquela atividade peculiar era normal naquele ambiente.

— Posso ajudá-lo, senhor? — perguntou uma agradável voz feminina à direita de Jack. Ele se virou e viu uma mulher imaculadamente vestida com cada fio de cabelo negro no seu devido lugar. Ficou impressionado. Até a manicure dela era perfeita.

— Acho que pode — disse Jack. E avançou até onde estava a mulher, que sorriu para ele. — Para dizer a verdade, nunca estive num consultório de quiroprático.

— Seja bem-vindo — disse a recepcionista. No crachá dela se lia o nome Lydia.

— Aquele móvel ali é muito interessante — disse ele, indicando com a cabeça a mulher girando para um lado e para outro no banco.

— Ela está usando uma das nossas cadeiras giratórias. É ótimo para as vértebras da parte inferior da coluna — explicou Lydia. — Faz os discos intervertebrais se lubrificarem e até incharem um pouco. Nós incentivamos nossos pacientes a usarem essas cadeiras antes da consulta para ajuste.

— Interessante — disse Jack. — O Dr. Ronald Newhouse está no consultório? — E rangeu os dentes ao obrigar-se a usar o título de "doutor".

— Ele está, sim — disse ela. E indicou a mulher na cadeira giratória. — A próxima paciente dele é à uma e vinte e cinco. Marcou consulta?

— Ainda não — disse Jack.

— Gostaria de marcar?

— Gostaria de falar com o doutor — disse Jack, sem se comprometer. — Não sei tanto sobre quiropraxia quanto gostaria.

— O Dr. Newhouse está sempre interessado em novos pacientes. Talvez ele possa falar com o senhor alguns minutos antes de receber a Srta. Chalmers. Se não se importar de esperar um momento, vou perguntar a ele. A quem devo anunciar?

— Jack Stapleton.

— Muito bem, Sr. Stapleton. Volto num instante.

— Muito obrigado pela sua atenção — disse Jack.

Enquanto a recepcionista estava fora da sala, ele voltou a olhar de relance para a Srta. Chalmers, enquanto ela continuava se bamboleando na cadeira. Estava com a cabeça caída para trás, os olhos fechados e os lábios ligeiramente separados. Por um momento, Jack ficou fascinado. Ela parecia estar em transe.

— O doutor pode recebê-lo agora — disse Lydia, interrompendo a concentração de Jack. Ele a seguiu por uma porta interna e atravessou um corredor curto, passando por uma série de portas fechadas. Diante de uma porta aberta, a recepcionista recuou e fez sinal para que ele entrasse.

O consultório dava para a Quinta Avenida e, além dela, se via da janela o Central Park. Dentro dele estavam dois homens, um sentado atrás de uma escrivaninha, o outro em uma cadeira de visitante. O homem atrás da escrivaninha, que Jack presumiu ser Ronald Newhouse, imediatamente se levantou e se inclinou sobre a mesa, estendendo uma das mãos musculosas para Jack.

— Bem-vindo, Sr. Stapleton — disse Ronald Newhouse com um entusiasmo de vendedor.

Jack permitiu que ele lhe apertasse vigorosamente a mão. Newhouse era mais ou menos 3 centímetros mais alto que seus 1,80m e parecia pesar pelo menos 120kg em comparação aos 90kg de Jack. Ele calculou que tinha 40 e tantos anos. A pele de Newhouse era bem morena, e suas sobrancelhas tinham sido cuidadosamente penteadas sobre o tórus supraorbital proeminente. Seus olhos eram castanho-escuros e penetrantes. Mas o mais impressionante nele era o seu penteado ou, mais precisamente, a ausência de penteado. Os cabelos eram de comprimento médio, castanho-escuros e brilhantes, como que alisados com gel, mas totalmente despenteados. Tufos de fios espetados partiam do seu couro cabeludo em todas as direções.

— Este é um dos meus sócios, Carl Fallon — disse Newhouse, indicando o homem na cadeira de visitante.

Ao ouvir seu nome, Fallon pulou da cadeira, ficando de pé, e, com uma vivacidade que combinava com a de Newhouse, sacudiu de novo a mão de Jack com um aperto animado.

— Muito prazer em conhecê-lo — disse ele a Jack. Depois, catou os restos de um sanduíche de pastrami e um picles de aneto meio comido, junto com um saco de papel pardo pequeno. — Até mais — disse ele a Newhouse.

— Cara formidável — comentou Newhouse. Ele apontou para a cadeira que Fallon tinha deixado vazia. — Sente, por favor. Me disseram que está interessado na terapia quiroprática. Terei o maior prazer de fazer uma introdução antes de atender a minha próxima paciente. Mas primeiro me diga: como me encontrou? Foi através do meu novo site? Foi construído com todo o cuidado e estou curioso por saber se está funcionando.

— Alguém me recomendou o senhor — disse Jack. Sabia que não estava dizendo exatamente a verdade, mas queria ver o que ia acontecer.

— Maravilha! — respondeu Newhouse, todo convencido. — Haveria algum problema se eu lhe perguntasse o nome do paciente que me recomendou? É muito gratificante obter um *feedback* positivo de um cliente satisfeito.

— Nichelle Barlow.

— Ah, sim! Nichelle Barlow. Uma mocinha adorável.

— Estou interessado em saber do que o senhor, como quiroprático, sente que tem competência para tratar?

O sorriso de Newhouse aumentou, e por um momento ele pareceu estar decidindo por onde começar. Jack se concentrou em uma série de livros no peitoril da janela diretamente atrás do quiroprático, sustentados por suportes de metal em formato de caduceu. Os títulos eram reveladores: *Como ganhar mais de um milhão de dólares por ano numa clínica de quiropraxia* e *Como um* e-meter *e cinesiologia aplicada podem dobrar a receita da sua clínica.* Jack tinha vagamente ouvido falar dos e-meters, aparelhos que supostamente medem a eletricidade corporal e que haviam sido descritos como tecnologia de araque quando certa quantidade deles fora confiscada pela FDA. Ele também tinha ouvido falar de cinesiologia aplicada, desacreditada por não ter valor médico algum em testes controlados.

— Devo dizer que a terapia quiroprática que tenho em mãos pode tratar quase qualquer doença conhecida pelo homem. Para ser justo, porém, precisaria explicar melhor isso, admitindo logo de cara que a quiropraxia não pode curar todos os problemas, mas definitivamente alivia os sintomas das indisposições que é incapaz de curar.

— Nossa! — exclamou Jack, como que impressionado. Na verdade estava impressionado com a ousadia do quiroprático de afirmar aquilo. — Todos os quiropráticos se sentem assim com relação ao potencial desse campo?

— Não, imagine — respondeu Newhouse, com um suspiro. — Tem havido muitas desavenças, digamos assim, desde que o grande fundador da técnica, Daniel David Palmer, a descobriu no século XIX e fundou a Faculdade de Quiropraxia Palmer em Davenport, Iowa.

— Davenport, Iowa — repetiu Jack. — Não é esse o estado onde começou o movimento da meditação transcendental?

— Sim, é, embora em outra cidade. Fairfield, Iowa, é onde fica a Universidade Maharishi. É possível dizer que Iowa é o mais fértil centro da nação em matéria de desenvolvimento da medicina alternativa. Naturalmente, a mais importante descoberta de todas continua sendo o movimento quiroprático.

— Pode me dizer em poucas palavras qual é a base científica do poder terapêutico da quiropraxia?

— Ela se baseia no fluxo da *inteligência inata*, que é um tipo de força vital ou energia vital.

— Inteligência inata — repetiu Jack, para ter certeza de que tinha ouvido corretamente.

— Exato — disse Newhouse, erguendo as palmas das mãos com os dedos estendidos como um orador que estava para provar uma coisa importante. — A inteligência inata precisa se mover livremente pelo corpo. É a força controladora básica que certifica que os órgãos e os músculos vão funcionar juntos para o bem comum.

— E, quando esse fluxo é bloqueado, a doença aparece.

— Exato! — disse Newhouse, com satisfação.

— E as bactérias e vírus e parasitas — disse Jack. — Qual o seu papel nas doenças... digamos, na sinusite?

— Muito simples — disse Newhouse. — Na sinusite há uma diminuição abrupta do fluxo da inteligência inata que atinge os seios nasais. A diminuição da função fisiológica normal das cavidades dos seios nasais resultante da redução do fluxo da inteligência inata causa uma oportunidade para que qualquer bactéria ou fungo residentes cresçam.

— Me deixe ver se entendi isso — disse Jack. — O processo patológico começa com o bloqueio do fluxo da inteligência inata, ou força vital, e as bactérias se desenvolvem em consequência disso, não causam a doença. Estou entendendo direito?

Newhouse concordou.

— Entendeu perfeitamente.

— Então o trabalho do quiroprático é restaurar o fluxo e, assim que ele ou ela faz isso, as bactérias, ou seja o que for que esteja envolvido secundariamente, somem.

— É exatamente isso o que acontece.

— Eu disse "ele ou ela", mas parece que há mais homens do que mulheres praticando quiropraxia.

— Acho que se pode dizer isso, sim.

— Há algum motivo para isso?

Newhouse deu de ombros.

— Provavelmente o mesmo motivo pelo qual há mais cirurgiões do sexo masculino do que do feminino. A terapia quiroprática exige certa força. Talvez os homens achem mais fácil praticá-la.

Jack concordou, enquanto, mentalmente, via as lesões internas nas artérias vertebrais de Keara. Precisava concordar. Era preciso força para causar o tipo de lesão que ela havia sofrido. Depois de pigarrear, perguntou:

— Como é que a inteligência inata fica bloqueada?

— Um dos primeiros pacientes do Dr. Daniel David Palmer tinha um problema auditivo grave, iniciado 17 anos antes, quando ele fez esforço para levantar um peso. Quando o Dr. Palmer o examinou, verificou que uma vértebra cervical tinha sido deslocada por causa do peso. Quando o Dr. Palmer a recolocou no lugar, a audição do paciente retornou. O que tinha acontecido, simplesmente falando, era que a vértebra deslocada tinha pressionado os nervos que inervam os ouvidos. Quando a pressão foi reduzida, o fluxo se restabeleceu e a função retornou ao normal.

— Então a inteligência inata flui através dos nervos.

— Naturalmente — disse Newhouse, como se aquilo estivesse óbvio.

— Então a coluna é a culpada — disse Jack —, quando há bloqueios da inteligência inata.

— Sim — concordou Newhouse. — Precisa entender que a coluna vertebral não é só uma pilha de ossos, mas um órgão complexo, com cada vértebra capaz de influenciar a outra, bem como todas elas ao mesmo tempo. É a coluna vertebral que nos sustenta, nos mantém coesos e nos integra. Infelizmente, ela também tem uma tendência grande de sair do alinhamento. Nisso se resume nossa responsabilidade como quiropráticos. Nós estamos aqui para diagnosticar a irregularidade, ou *subluxação*, como a chamamos, e devolver a vértebra causadora do problema à sua posição normal, procurando mantê-la ali.

— Tudo isso se faz através da manipulação espinhal, certo?

— Isso mesmo. Nós, é claro, temos um nome especial para ela. Nós a chamamos de *ajuste*.

— Está me dizendo que o senhor pode ser o clínico geral de alguém?

— Sem sombra de dúvida — disse Newhouse, pronunciando cada sílaba como se fosse uma palavra em si. — Creio que para sua amiga Nichelle Barlow sou como um clínico geral. E acho que ela lhe confirmou que sua saúde é perfeita. Eu a ajusto regularmente porque a coluna dela necessita de atenção constante.

— Creio que não deve acreditar em antibióticos, então.

— Em geral não são necessários. Uma vez que eu consiga que a inteligência inata flua normalmente, qualquer infecção se dispersa depressa. Além do mais, os antibióticos são um perigo. Como vê, nós fazemos terapia, não receitamos remédios.

— E as vacinas?

— São desnecessárias e perigosas — disse Newhouse sem um segundo de hesitação.

— Todas as vacinas para todas as crianças?

— Todas as vacinas para todas as crianças — repetiu Newhouse. — As vacinas são mais perigosas do que os antibióticos. Olha só a tragédia que é o autismo. Estou lhe dizendo, é uma vergonha terrível, além de ser uma desgraça nacional. Se uma dessas crianças tivesse vindo se consultar comigo antes de ser vacinada, seria normal hoje em dia.

Jack foi literalmente obrigado a morder a língua para resistir a discutir com aquele charlatão absurdo. Embora parecesse que Newhouse acreditava no que estava falando, Jack não sabia dizer se ele era um terapeuta bem-intencionado, porém desorientado, ou um charlatão moderno.

— E as cólicas infantis? — indagou Jack, hesitante, porque aquela era uma coisa bem comum na sua casa. — Pode curá-las?

— Sem problema nenhum — disse Newhouse, confiante.

— Trataria um bebê com manipulação espinhal? — indagou Jack, nervoso. Não podia deixar de imaginar o JJ sendo torturado pelo homem que estava sentado diante dele.

— Bem, primeiro temos que fazer um diagnóstico.

— E como se faz esse diagnóstico?

— Exame visual, palpação cuidadosa, observação dos movimentos, radiografias.

— Tira radiografias da espinha inteira de bebês? — indagou Jack, só para se certificar. Estava enfurecido. Perguntava-se quantos bebês Newport teria exposto à quantidade de radiação necessária para tirar chapas da coluna, mesmo que seu equipamento fosse digital.

— Mas claro. É uma parte importantíssima do nosso diagnóstico completo e processo terapêutico. Usamos radiografias para diagnosticar, documentar o curso do tratamento e nos certificar de que vértebras problemáticas fiquem no lugar. Como a radiografia é tão importante para nossa missão, temos o mais moderno sistema digital. Gostaria de vê-lo?

Jack não respondeu. Ainda estava tentando digerir a informação de que ele bombardeava bebês com radiação ionizante para fazer um diagnóstico falso de que suas espinhas perfeitas de seres humanos jovens estavam desalinhadas de alguma forma.

Interpretando o silêncio de Jack como aquiescência, Newhouse pulou da cadeira e fez sinal para que ele o seguisse. Jack se levantou obedientemente e o seguiu pelo corredor, passando por uma das portas anteriormente fechadas. A calma que tinha conseguido obter durante a viagem de bicicleta tinha sido substituída por fúria dirigida a Newhouse e seus colegas de profissão. Jack se sentia pessoalmente envergonhado, como se a existência deles fosse culpa sua.

O aparelho de radiografia era impressionantemente moderno. Sabendo aproximadamente quanto custava um equipamento daqueles, Jack podia imaginar por que o usavam tanto quanto aparentemente o faziam: era preciso pagar por ele. Jack nem escutou, enquanto Newhouse, como um pai orgulhoso, desfiava uma ladainha de explicações sobre os atributos da máquina.

No meio do discurso de Newhouse, Lydia meteu a cabeça pela porta para lhe dizer que a Srta. Chalmers estava esperando na sala de tratamento número 1.

— Mande o Dr. Fallon tratar dela! — disse Newhouse, mal interrompendo sua apresentação.

— Acho que ela não vai gostar — disse Lydia.

Instantaneamente, o comportamento do Newhouse mudou de jovial para malévolo.

— Eu falei para mandar o Dr. Fallon tratar dela! — repetiu, dando a mesma ênfase a cada palavra.

— Como queira — respondeu Lydia, tratando de se retirar depressa.

Newhouse inspirou profundamente. Num piscar de olhos, a tempestade clareou e a luz do sol brilhou outra vez. Jack ficou atônito diante daquela transformação.

— Bom, onde é que eu estava? — perguntou Newhouse, olhando de relance para o teclado e para o monitor, como se o aparelho de radiografia fosse responder.

— Então, você acompanha o progresso do tratamento com radiografias — disse Jack, fingindo que não tinha ouvido a pergunta de Newhouse.

— Todo o tempo. Estamos interessados em documentar a melhora progressiva do paciente, e os pacientes acham isso particularmente tranquilizador.

— Pode me mostrar uma progressão dessas? — pediu Jack.

— Mas claro — disse Newhouse. — Temos uma série disponível como apresentação para possíveis pacientes como o senhor, porque adoraríamos cuidar da sua saúde. Por favor, volte comigo ao meu consultório que mostro no computador.

Jack ficou admirado com o esforço que Newhouse estava fazendo para conquistar outro cliente. Até seu último comentário, estava se perguntando por que Newhouse lhe dedicava tanto tempo.

Jack se colocou atrás da mesa de Newhouse para os dois poderem ver o monitor. Newhouse abriu uma radiografia lateral da parte cervical da coluna, supostamente de um de seus pacientes. Superpostas no filme estavam algumas linhas retas vermelhas que se interceptavam em ângulos cuidadosamente medidos. Tudo parecia legítimo, como se fosse algum sistema complexo para analisar o filme. No entanto, quanto mais Jack olhava para as radiografias com aquela profusão de linhas vermelhas, menos sentido tudo aquilo fazia para ele. A única coisa que ele notou foi que a cabeça do paciente estava curvada para a frente, com o queixo praticamente descansando na parte superior do peito.

— Neste filme preliminar — disse Newhouse —, a curvatura da parte cervical da coluna neste paciente sintomático é exatamente oposta à normal. Como pode ver, a coluna sai do crânio não se curvando para a frente, como devia, mas para trás. Agora, este foi o filme inicial antes de eu começar a terapia. Veja como a coluna deste paciente muda à medida que a terapia vai progredindo. Vou mostrar para você a série de fotos tiradas ao longo do tratamento.

Jack viu filmes laterais subsequentes e claramente percebeu que a curvatura cervical mudava, deixando de dirigir-se para trás e se curvando para a frente. Ao mesmo tempo, viu que a mudança não se devia a nenhuma terapia, mas ao fato de que o paciente estava erguendo vagarosamente a cabeça a cada radiografia sucessiva.

— Fantástico, não é? — arrulhou Newhouse.

Jack olhou de relance do monitor para o homem que estava admirando a última radiografia da sua apresentação como se fosse uma obra de arte. Aquilo era, na realidade, um truque usando radiografias para tapear um público ingênuo. O que Newhouse e gente como ele estavam fazendo era emprestando uma falsa legitimidade à terapia quiroprática utilizando uma ferramenta legítima nas mãos da medicina convencional. Não só era uma fraude como também um perigo expor as pessoas à radiação dessa forma.

Newhouse fez cara de surpreso quando se virou e viu que Jack olhava fixamente para ele, sem nada dizer. Newhouse interpretou erroneamente aquela expressão de Jack, achando se tratar de admiração e espanto.

— Lydia vai marcar uma consulta para você com o maior prazer. Tenho certeza de que temos algum dia ainda neste mês, se seus sintomas puderem esperar. Nossa agenda está cheia de consultas de acompanhamento, e as consultas iniciais demoram bem mais, para podermos fazer o diagnóstico e tirar as radiografias. Não considere esse movimento de hoje como típico. As tardes de segunda-feira costumam ser menos cheias por motivo de formação profissional. Em geral, isso aqui é um pandemônio.

Jack não conseguia acreditar no que se passava naquele consultório. Se não fosse tão ridículo, seria até engraçado. Entender Newhouse era uma coisa, mas e os pacientes dele? Nichelle Barlow parecia ser uma moça inteligente e informada. Como podia ser tola a ponto de confiar num homem que vendia terapia falsificada baseada em ideias malucas como a tal inteligência inata?

— Sr. Stapleton? — chamou Newhouse. — Tudo bem? Não pretendia deixá-lo assim tão embasbacado. Está se sentindo *bem*?

Jack procurou sair de seu minitranse.

— Antes, no início da nossa conversa, você me disse que há desavenças entre os quiropráticos, não foi? Nós nos distraímos depois, e não terminou de me dizer o que pretendia.

— Tem razão! Nós deixamos de falar de Daniel David Palmer, o fundador da quiropraxia, e passamos a falar de Davenport, Iowa, onde ele montou a primeira escola de quiropraxia.

— A que tipo de desavenças se referiu?

— Simples! Durante a década de 1990, um monte de quiropráticos vira-casacas se permitiu ser intimidado por médicos convencionais e se limitar a tratar apenas de problemas de coluna.

— Quer dizer que desistiram de tratar de coisas como sinusite aguda?

— Exato! A Associação Americana de Medicina havia se oposto à quiropraxia desde o início, instigando processos na Justiça e coisas do gênero. Tiveram medo de que nós tirássemos sua clientela, o que, naturalmente, estávamos fazendo, porque os pacientes não são burros.

Jack não tinha tanta certeza assim disso, mas deixou passar.

— Bom, como eu ia dizendo — continuou Newhouse —, por volta de 1990 a Suprema Corte finalmente silenciou a Associação Americana de Medicina, pronunciando uma sentença favorável aos quiropráticos, e declarando categoricamente que a medicina convencional, através da Associação, tinha tentado desacreditar a quiropraxia para conservar seu monopólio sobre a medicina no país.

Jack resolveu procurar mais sobre aquela sentença depois. Considerando o que tinha aprendido naquela tarde sobre quiropraxia, parecia inconcebível que a Suprema Corte tivesse dado uma sentença favorável aos quiropráticos, embora presumisse que ela envolvia apenas a questão do monopólio, não tendo nada a ver com a eficácia.

— Uma sentença dessas, aparentemente, deveria ter sido favorável à quiropraxia — continuou Newhouse. — Mas, estranhamente, ela nos dividiu. Vários médicos convencionais, obviamente por serem capazes de enxergar os benefícios terapêuticos que nossas técnicas possibilitavam, passaram a trabalhar conosco, pelo menos com os quiropráticos que aceitaram se limitar a tratar da coluna. Com o passar dos anos, esses traidores passaram a ser chamados de "mistos", porque se deixaram tapear e limitar a tratar só da coluna, e, fazendo isso, traíram o movimento da quiropraxia. — Newhouse fez uma pausa momentânea, depois acrescentou em tom de desprezo: — E naturalmente isso significa que não são quiropráticos de verdade.

— E como se chamam os quiropráticos defensores da quiropraxia pura? — indagou Jack, permitindo que uma dose de seu famoso sarcasmo se manifestasse.

Por um instante, Newhouse fitou Jack quase como se ele tivesse lhe dado uma bofetada. Era evidente que tinha percebido o tom irônico de Jack, mas parecia mais confuso do que indignado. Terminou fingindo que não tinha percebido nada e disse:

— Somos chamados de "diretos" porque somos fiéis à nossa origem.

Pela centésima vez durante aquela conversa relativamente curta, Jack precisou refrear sua necessidade súbita de dizer o que pensava. Modulando a voz cuidadosamente, continuou:

— Gostaria de conversar com o senhor sobre outra paciente sua. Seu nome é Keara Abelard.

— Srta. Abelard — repetiu o Newhouse, permitindo que a expressão animada voltasse ao seu rosto. — Uma outra jovem de classe. Ela também me recomendou ao senhor?

— De certa forma, eu diria que indubitavelmente sim.

O sorriso de Newhouse vacilou. Ele tinha voltado a ficar ligeiramente confuso. A resposta de Jack havia lhe parecido desnecessariamente empolada.

— Ela é uma paciente nova — disse Newhouse. — Keara falou alguma coisa ao senhor sobre sua experiência aqui na clínica?

— Indiretamente — disse Jack, procurando ser misterioso de propósito para espicaçar a curiosidade de Newhouse. — A Srta.

Barlow me disse que tinha sugerido que Keara viesse se consultar com o senhor, mas não sabia se ela havia mesmo vindo.

— Ela veio. Veio me consultar como nova paciente esta sexta-feira. Nós a encaixamos entre um horário e outro porque ela sentia muita dor.

— Lembra-se bem dela?

— Ah, sim. Muito bem.

— E como é possível isso, se tem tantos pacientes como me disse que tem? Deve tratar de várias pessoas para poder pagar suas despesas operacionais e as prestações do seu aparelho de radiografia digital.

— Eu me lembro bem dos nomes — disse Newhouse, olhando para Jack desconfiado. O comentário de Jack lhe parecera no mínimo inconveniente. — Tenho facilidade para isso.

— Lembra-se do que ela se queixou?

— Certamente. Ela estava com uma dor de cabeça frontal muito forte que os medicamentos não estavam aliviando. Já fazia semanas que tinha essa dor.

— Então achou que podia ajudá-la.

— Sem sombra de dúvida, e a ajudei. Ela disse que a dor de cabeça sumiu como num passe de mágica.

— Tirou uma radiografia dela?

Newhouse confirmou. Percebia que havia algo de errado naquela conversa, mas não sabia o que era, nem quando tinha começado. Jack tinha mudado de comportamento subitamente, deixando de se mostrar impressionado e ficando estranhamente agressivo.

— Onde exatamente eram as subluxações dela? — indagou Jack.

— Em toda a coluna — disse Newhouse, com um pouco de nervosismo na voz. Não gostava de ser questionado, principalmente no próprio território. — A coluna dela estava totalmente torta, porque nunca havia se tratado. Ela nunca tinha ido a um quiroprático antes.

— E a cervical, estava torta também?

— A coluna inteira, inclusive a cervical.

— Então achou que ela precisava de um ajuste.

— Muitos ajustes — corrigiu Newhouse. — Nós conversamos para planejar o tratamento. Ela vem aqui de novo duas vezes esta semana e durante mais quatro semanas depois disso. Depois uma vez por semana, durante quatro semanas.

– E se me recordo corretamente, ajuste é um sinônimo de manipulação espinhal, não é?

Newhouse olhou seu relógio de pulso, como que mostrando que estava preocupado com a hora.

— Infelizmente já está ficando tarde. Preciso atender alguns pacientes ainda. Vou precisar lhe pedir para sair.

— E eu gostaria que me fizesse a cortesia de responder à minha pergunta — disse Jack, sem se mexer.

Um sorrisinho esquisito surgiu no rosto de Newhouse. Ele de repente havia decidido que aquele visitante indesejado ia lhe criar problemas e que precisava se livrar dele. Mas uma desconfiança de que Jack pudesse ser algum tipo de inspetor municipal, e não um maluco, o fez hesitar. Jack tinha, segundo Newhouse achava, um ar de autoridade, fazia perguntas inesperadas e era dono de uma ousadia e uma autoconfiança que possivelmente indicavam que era algum funcionário público. E, muito embora Newhouse nunca tivesse recebido nenhum fiscal antes, ele achava que sempre poderia haver uma primeira vez, e ela podia ser uma catástrofe. Ele sabia perfeitamente que a sua sala de radiografia não estava adequadamente revestida no teto. Com tudo isso em mente, Newhouse perguntou:

— Qual foi mesmo a sua pergunta?

— Quero saber se fez uma manipulação na coluna cervical da Keara Abelard.

— Em geral, não divulgo informações confidenciais sobre nossos pacientes — disse Newhouse, defensivamente.

— Mantém prontuários descrevendo os tratamentos que aplica nos pacientes?

— Claro que sim! Precisamos documentar o progresso do tratamento. Que tipo de pergunta é essa?

— Posso intimá-lo a me mostrar seus prontuários, portanto é melhor ir me dizendo.

— Não pode me intimar a mostrar meus prontuários — declarou Newhouse, embora sem muita confiança. Agora estava mais preocupado, percebendo que Jack não era bem o que presumira que fosse: um possível futuro paciente que estava pensando em marcar uma consulta.

— Disse que a dor de cabeça de Keara Abelard sumiu depois do seu tratamento. Sabia que voltou a doer depois?

— Não, não sabia. Ela não me ligou mais após o tratamento. Se tivesse me ligado, eu pediria a ela para vir ao meu consultório imediatamente.

— A dor de cabeça voltou, e mais forte ainda — disse Jack, sem conseguir mais se controlar. — E preciso saber se ajustou a coluna cervical dela.

— E por que precisa saber isso, Sr. Stapleton? Quem é o senhor, afinal?

— Sou o Dr. Jack Stapleton — replicou Jack. — Médico-legista da cidade de Nova York. — E esfregou seu distintivo na cara do Newhouse. — Keara Abelard morreu de repente ontem à noite, sem causa aparente, o que faz dela um caso a ser investigado pelos médicos-legistas. Eu sou quem está investigando esse caso.

Preciso saber se manipulou o pescoço dela quando ela veio ao seu consultório na sexta-feira passada. Se não me disser, vou chamar a polícia aqui para prendê-lo.

Jack sabia que exagerava seu poder e que estava meio descontrolado. Não podia mandar prender Newhouse. Mas estava furioso o suficiente para alegar isso, porque o homem tinha tirado a vida de uma jovem bela e promissora. O que estava mesmo por trás do comportamento exagerado de Jack — coisa que ele perceberia se parasse para pensar nisso — era sua raiva por causa da doença do filho e sua incapacidade de fazer alguma coisa para salvá-lo.

— Muito bem — gritou Newhouse, depois de se recuperar do choque de ouvir que Keara havia morrido. — Eu manipulei a cervical dela, como já fiz com milhares de outros pacientes. E sabe de uma coisa? Funcionou. Funcionou porque eu realinhei a subluxação na quarta vértebra cervical dela. E ela saiu daqui muito agradecida, sentindo-se perfeitamente bem, sem dor pela primeira vez em semanas. Se ela morreu, morreu de outra coisa, algo que aconteceu com ela durante o fim de semana, não por causa do meu tratamento, se é o que está insinuando.

— É claro que estou insinuando que o seu tratamento a matou — berrou Jack. — E sabe como fez isso? Seu ajuste, como diz, causou o rompimento da delicada íntima das suas artérias vertebrais, o que por sua vez causou dissecções arteriais vertebrais bilaterais, que terminaram por bloquear as artérias. Imagino que saiba o que são artérias vertebrais, não?

— Claro que sei o que são — gritou Newhouse. — Agora saia do meu consultório. Não pode provar que fiz nada errado, porque não fiz. E não é possível que você tenha o direito de me acusar assim. Que atrevimento o seu, vir aqui assim, fingindo que é uma coisa, sendo outra. Vou mandar meu advogado ligar para você. Juro que vou.

— E o promotor vai ligar para você — gritou Jack. — Vou assinar a certidão de óbito classificando a morte dela como homicídio. "Inteligência inata" uma ova! É a maior babaquice que já ouvi na vida! Você mencionou que vocês, os quiropráticos "diretos", chamam os seus colegas de mistos ou traidores que se limitam a cuidar da coluna. E os mistos, de que chamam vocês, hein? Curandeiros?

— Saia daqui! — rugiu Newhouse, seu rosto ameaçadoramente próximo do de Jack.

Foi como se uma lâmpada se apagasse na cabeça de Jack. Ele de repente percebeu que estava a apenas alguns centímetros de um homem enfurecido, quase a ponto de sair na briga. O que estava fazendo? O que estava pensando?

Jack recuou um passo. Não estava necessariamente amedrontado, porque Newhouse não parecia estar exatamente em forma, mas não desejava piorar uma situação que já estava ruim. O que queria era sair dali o mais rápido possível.

— Agora que já nos entendemos, vou me retirar — disse Jack, recorrendo ao sarcasmo. — Nem precisa me levar até a porta — acrescentou, erguendo a mão como se dispensasse Newhouse. — Conheço o caminho.

Jack saiu do consultório e passou por Lydia e diversos pacientes que tinham ouvido pelo menos parte do que Jack e Newhouse estavam berrando. E todos estavam nervosos, prontos para correr para se proteger. Encontravam-se boquiabertos, de olhos arregalados, quando Jack passou pela recepção. O último gesto de Jack foi acenar para Lydia, despedindo-se, antes de passar pela porta de saída.

Lá fora, ele foi direto até sua bicicleta, abriu os inúmeros cadeados atabalhoadamente, enquanto olhava para trás, ressabiado. Estava espantado com seu comportamento, achando incrível como tinha se descontrolado com Newhouse. Naturalmente, agora que conseguia raciocinar, reconhecia que tudo era por causa de JJ, e isso enfatizava como era importante para ele encarar de frente aquela realidade. Também enfatizava a importância da sua cruzada para ajudar nessa questão, mas ele precisava pensar na floresta, e não nas árvores. Tinha de se concentrar na medicina alternativa em geral, não apenas na quiropraxia ou em Newhouse por causa de uma reação emocional à tragédia de Keara Abelard.

Depois que soltou a bicicleta, Jack pulou em cima dela e saiu pedalando na direção sul. Quando pegou velocidade, começou a se preocupar com as potenciais repercussões de seu contato pessoal impensado. Se Bingham ou Calvin soubessem das suas últimas peripécias, isso podia muito bem cortar sua cruzada incipiente pela raiz. Isso podia ficar grave a ponto de ele pegar um afastamento com vencimentos. Do ponto de vista de Jack, qualquer uma das duas consequências seria um problema grave.

10

12H53, TERÇA-FEIRA, 2 DE DEZEMBRO DE 2008
ROMA
(6H53, CIDADE DE NOVA YORK)

Shawn olhou pela janela quando o Boeing 737-500 da Egyptair fez a aproximação final do aeroporto Fiumicino de Roma. Nada pôde ver senão a asa do avião. Era como se estivessem em uma nuvem de neblina em São Francisco. Já estavam circundando o aeroporto fazia meia hora.

Fora a tensão atual, a viagem do dia tinha sido agradável. Eles passaram facilmente pelo controle de passaportes e pela segurança do aeroporto egípcio. Shawn estava meio preocupado porque o códice estava na mala que ia levar consigo na cabine, envolto em uma toalha dentro de uma fronha do Four Seasons. Se o encontrassem, ele ficaria decepcionado, embora não se preocupasse com as consequências legais. Estava preparado para dizer a verdade, que tinha comprado o livro como lembrança, e depois mentir, dizendo que tinha certeza de que era falso, como a maioria das coisas que se vendiam nas lojas de antiguidades de Khan el-Khalili.

Já a carta de Saturnino seria outra história. Shawn havia coberto todas as páginas do papiro cuidadosamente com películas de plástico transparente que tinha arranjado na cozinha do Four Seasons e depois colado todas em páginas separadas de um livro grande de fotografias desses de mesa de centro com fotos dos monumentos do Egito antigo comprado às pressas na loja de presentes do hotel. Ele veio segurando o livro para todo mundo ver e passara pela segurança assim. Se a carta fosse descoberta, seria definitivamente um problema, mas Shawn achava que não existia praticamente nenhum risco de isso acontecer. Dissera a Sana tranquilamente que já havia feito isso e não tivera a menor dificuldade.

— Contanto que o livro passe na inspeção com raios X, eles ficam satisfeitos — assegurou.

Um solavanco súbito do avião fez Shawn se assustar. A aeronave tinha descido sob as nuvens baixas. Pela janela agora raiada de chuva, ele viu campos verdes encharcados e estradas engarrafadas. Apesar de já estarem no meio do dia, a maioria dos veículos mantinha os faróis acesos. Olhando mais à frente, Shawn divisou mal o aeroporto, e, o mais importante, a pista de aterrissagem que ia se aproximando. Um momento depois, o avião aterrissou e os jatos reverteram o empuxo.

Shawn soltou um leve suspiro de alívio e olhou de relance para Sana. Ela sorriu.

— Parece que o tempo está meio feio — comentou ela, inclinando-se para a frente para poder enxergar o que se passava lá fora.

— Costuma chover no inverno.

— Não creio que seja um problema para nós — disse Sana, acrescentando uma piscadela ao sorriso.

— Acho que tem razão — concordou Shawn. Estendendo uma das mãos, apertou a mão da esposa, que retribuiu o aperto. Ambos estavam tensos de expectativa.

— Eu já sei — disse Sana. — Que tal se eu for pegar as malas enquanto você vai buscar o carro alugado? Com isso ganhamos tempo.

— Ideia excelente — concordou Shawn. E olhou de relance para a mulher. Estava genuinamente surpreso e agradecido. Em geral, ela o deixava planejar tudo. Agora estava sendo proativa e oferecendo ajuda. Para seu encanto, parecia tão animada quanto ele. Tinha-o crivado de perguntas sobre cristianismo primitivo, judaísmo e religião pagã do Oriente Próximo durante o voo inteiro.

— E aí, como acha que vai ficar nossa agenda depois que sairmos do aeroporto? — indagou Sana, ansiosa.

— Vamos para o hotel, comemos e depois encontramos um lugar para comprar umas ferramentas básicas. Aí acho que devíamos verificar a necrópole ou a Scavi, para não haver surpresas quando sairmos esta noite para pegar o ossário. Pelo que me lembro, a Scavi fica aberta até cinco e meia, mais ou menos.

— Que tipo de ferramentas?

— Um martelo, um cinzel e algumas lanternas elétricas. Talvez um cortador elétrico, só por via das dúvidas?

— Para cortar o quê?

— Pedra pouco resistente, talvez tijolos. Espero que não precisemos dele. O papa proibiu ferramentas elétricas quando autorizou a escavação moderna para evitar danos colaterais, mas não vamos nos preocupar com esse detalhe. No lugar onde vamos trabalhar a única coisa que podemos danificar é o ossário em si.

— Não está esperando que tenhamos que cavar apenas terra? — indagou Sana. Pelo que pensava, cortar pedra iria tornar aquela aventura bem mais complicada.

— Não, é mais terra batida, uma camada de argila misturada com cascalho, mas altamente compactada, a ponto de parecer uma pedra de consistência mole. Como mencionei, a tumba que os seguidores de Pedro fizeram para ele na colina do Vaticano ao lado do Circo de Nero era uma câmara subterrânea com uma cripta de abóbada redonda. Eles cavaram um buraco grande e depois construíram duas paredes paralelas de tijolos como suporte, orientadas na direção leste-oeste. A carta de Saturnino diz que o ossário foi colocado no meio da base da parede norte e escondido antes de o buraco da escavação fora das paredes ser preenchido.

— E a base da parede norte é onde vamos encontrar o ossário?

— Isso mesmo. Durante a última escavação de grandes proporções, há mais de cinquenta anos, os arqueólogos fizeram um túnel sob a parede norte para entrar na câmara da tumba original, de modo a não destruir a mixórdia de túmulos, altares e troféus aglomerados sobre a catacumba de Pedro. A partir de pouco depois de sua morte até não muito tempo atrás, as pessoas exigiam ser enterradas tão perto dele quanto possível. Mas, como eu ia dizendo, é no teto desse túnel que vamos encontrar o ossário.

— Eu não consigo imaginar tudo isso.

— Por um bom motivo. Logo depois da morte de Pedro, a colina inteira se tornou não só o lugar de sepultamento dos futuros papas como também uma necrópole popular romana, cheia de túmulos e mausoléus. Hoje em dia, por causa da sua localização, sob a Basílica de São Pedro, apenas uma pequena parte dela foi escavada. E dentro de uma área de 6 metros cúbicos mais ou menos em torno do túmulo de Pedro há tantas construções antigas que nem dá para acreditar. Para complicar tudo ainda mais, em alguma altura do século I, um monumento chamado Tropaion de Pedro foi construído logo acima do túmulo. Depois, no século IV, Constantino construiu sua basílica em torno deste monumento, usando-o como altar. Durante a Renascença, a Basílica de São Pedro foi construída sobre a Basílica de Constantino, situando-se agora 12 metros acima do piso da cripta original de Pedro.

— Parece um bolo de camadas — disse Sana.

— Boa analogia — concordou Shawn.

Uma vez dentro do terminal e tendo passado pelo controle de passaportes, Shawn e Sana se separaram. Ela foi para a área de devolução de bagagens e ele para os balcões de companhias de aluguel de carros. Dentro de meia hora, os dois já estavam a caminho.

A viagem até Roma foi bem até eles chegarem aos subúrbios da cidade. A chuva, o trânsito engarrafado e a falta de um mapa preciso os levaram a rezar para eventualmente encontrar um monumento reconhecível.

Depois de 15 minutos de pânico, eles viram o Coliseu. Shawn parou imediatamente e, de onde estavam, mapearam um caminho até o alto da Escadaria de Espanha e o Hotel Hassler.

O caminho que haviam escolhido os fez passar pelo Foro Romano até o monumento a Vítor Emanuel II, parecido com um bolo de casamento. Dali, foram para o norte, pela movimentada Via del Corso.

— Nossa, isso aqui parece diferente de quando há sol — disse Sana, examinando os pedestres, que passavam apressados, encolhidos sob os guarda-chuvas. — As nuvens pretas, a chuva e todas essas ruínas dão uma impressão de lugar sinistro. Certamente essa não é a imagem que Hollywood nos passa de Roma, de cidade do amor.

Depois de dobrar em várias outras ruas, eles se viram na Via Sistina e em seguida na frente do hotel. O porteiro se aproximou imediatamente da janela de Shawn.

— Vão entrar? — perguntou ele, educadamente.

Quando Shawn assentiu, o porteiro fez sinal para um colega, que trouxe um segundo guarda-chuva para proteger Sana enquanto um carregador pegava as malas.

Dentro do hotel, eles passaram rapidamente pelo balcão da recepção. Shawn ficou extremamente satisfeito porque o pacote enviado durante a noite pela sua assistente do Metropolitan Museum já havia chegado.

Shawn começou imediatamente a bater papo com a atraente recepcionista.

— Não é italiana, pelo que vejo — disse ele. — Tem um sotaque encantador.

— Sou holandesa.

— É mesmo? — disse Shawn. — Amsterdã é uma das minhas cidades prediletas.

— Estou vendo que são de Nova York — disse a recepcionista, desviando a conversa habilmente de si mesma para Shawn.

Ai, pelo amor de Deus!, pensou Sana. Impaciente, apoiou o peso do corpo de uma perna para a outra. Temia que Shawn começasse a contar a história da sua vida. Felizmente, a recepcionista, muito bem-treinada, contornou a situação saindo de trás do balcão e os acompanhando até o quarto, enquanto conversava sem parar, descrevendo o que o hotel oferecia, incluindo o restaurante e sua vista espetacular.

O quarto ficava no terceiro andar. Shawn foi até a janela, que dava para a Escadaria de Espanha.

— Vem aqui ver isso — disse Shawn a Sana, que tinha ido conferir se o banheiro era tão luxuoso quanto o resto do hotel. — Espetacular, não é? — declarou ele, quando ela foi até onde estava e ambos contemplaram a Escadaria de Espanha. Apesar da chuva, os turistas estavam tirando fotos de recordação. — Embora não possamos enxergar muito bem, estamos de frente para a cúpula da Basílica de São Pedro. Se não clarear de manhã, vamos precisar voltar aqui algum dia sem chuva para você poder apreciá-la.

Virando-se de novo para o interior do quarto, Sana desfez as malas e Shawn abriu seu pacote, despejando o conteúdo na escrivaninha.

— Obrigado, Claire! — disse ele, fazendo um levantamento dos objetos.

Sana veio por trás dele e espiou por cima do seu ombro.

— Recebeu tudo de que precisamos?

— Recebi. Aqui está minha carteira de identidade do Vaticano com foto — disse, entregando-lhe o cartão plastificado.

— Essa foto sua parece até foto de preso — brincou ela.

— Certo, já chega de implicância — respondeu Shawn, também de bom humor, tirando a identidade das mãos de Sana. No lugar dela, deu-lhe a permissão de acesso à necrópole do Vaticano, a Scavi, que significa "escavações" em italiano. Era um documento muito formal, completo, com selo oficial da Pontifícia Comissão de Arqueologia Sacra. — É isso que vai nos permitir passar pela Guarda Suíça esta noite.

— Estou impressionada — disse Sana, devolvendo o papel. — As coisas parecem estar se encaixando direitinho. E as chaves?

Shawn as ergueu e sacudiu antes de colocá-las no bolso com a carteira de identidade e a permissão de acesso.

— Parece que estamos prontos para agir.

Alguns minutos depois, Shawn e Sana desceram até a recepção e perguntaram onde podiam fazer um lanche.

— No Caffè Greco — disse uma das duas recepcionistas sem hesitar, sendo que a outra concordou plenamente. — Fica logo depois da escada, em frente, na Via Condotti. À direita.

— Pode também me dizer onde posso encontrar uma loja de ferragens?

As recepcionistas se entreolharam. Era a primeira vez que um hóspede perguntava aquilo.

Depois de muita mímica e uma rápida consulta ao dicionário, indicaram a Shawn e Sana uma *ferramenta* próxima chamada Gino's, na Via del Babuino.

Com o mapa em punho e dois guarda-chuvas do hotel, o casal primeiro foi até o Caffè Greco, onde comeram um lanche rápido. Depois usaram o mapa para procurar a *ferramenta* Gino's, que ficava, como as recepcionistas prometeram, a uma curta distância pela Via del Babuino. À medida que se aproximavam da loja, Sana e Shawn viam com mais detalhes a vitrine empoeirada repleta de ferramentas e ferragens, que parecia não ser modificada havia anos. Quando a porta se fechou atrás de ambos, eles foram envolvidos instantaneamente por um silêncio palpável. Em frente à caixa registradora havia meia dúzia de fregueses, pacientemente esperando ser servidos, sem fazer ruído. Um único empregado procurava alguma coisa em um catálogo grosso.

Shawn e Sana ficaram impressionados com aquele silêncio. Era pesado, como em uma igreja. O mínimo ruído ali parecia ser abafado por todas as mercadorias, a maioria das quais empilhada em caixas de papelão de diversos tamanhos. Um gato preto e branco dormia, enroscado sobre a caixa de um vaporizador. A atmosfera era bem diferente das lojas de ferragens das quais Shawn se lembrava, de sua juventude, enquanto crescia no meio-oeste americano. Lá, em geral, eram movimentadíssimas e barulhentas, e serviam tanto para fornecer ferramentas quanto como ponto de encontro.

Shawn fez sinal para Sana segui-lo até as profundezas da loja.

— Vamos pegar o que precisamos nós mesmos — murmurou ele.

— Por que está cochichando?

— Não sei — disse ele, ainda baixinho, mas depois em voz normal falou: — É ridículo estar cochichando. Acho que só estava obedecendo àquele velho adágio: em Roma, faça como os romanos.

Shawn foi primeiro até a área onde estavam os produtos de limpeza e utensílios, e Sana o seguiu. Ele entregou a ela dois baldes empilháveis, depois foi procurar as lanternas e pilhas. Escolheu duas lanternas grandes com vários estojos de pilhas descartáveis para cada uma. Enquanto colocava as coisas dentro dos baldes, viu algo em que não havia pensado: capacetes plásticos amarelos de construção com lanternas embutidas acima da cabeça.

— Não tinha pensado em usar esses capacetes luminosos — admitiu ele. — Mas pode ser que sejam bem úteis. — Experimentou um, e Sana o imitou.

Eles riram entre si, como conspiradores.

— Vamos comprá-los — disse Shawn. Sana concordou, e ambos ficaram com os capacetes nas cabeças ao passarem para a seção de ferramentas. Lá, Shawn escolheu um martelo e vários cinzéis. Depois viu três outras coisas das quais não havia se lembrado, mas que seriam sem dúvida úteis: óculos protetores, luvas de trabalho e joelheiras. A última coisa que pegou foi uma furadeira Black & Decker com uma bateria e várias brocas para corte e perfuração intercambiáveis. Depois, eles pagaram pelos produtos e voltaram para o hotel, onde guardaram tudo. Shawn também ligou a bateria na tomada para carregá-la.

— Olha só que horas são — exclamou Sana. — Só temos uma hora.

— Vai ser apertado — disse Shawn, olhando o seu relógio de pulso.

— Talvez devêssemos ficar mais um dia em Roma. Pode ser que a Scavi feche antes de conseguirmos chegar lá.

Shawn olhou de relance para a esposa, surpreso. Justamente no dia anterior, ela estava louca para voltar para casa imediatamente. Agora ela é quem sugeria que ficassem mais um dia.

— E o experimento com o qual estava tão preocupada?

— Você me convenceu do quão importante isso pode acabar se mostrando.

— Que bom — disse ele. — Mas vamos tentar ir à Scavi hoje. Para dizer a verdade, estou tão empolgado que não dá para adiar. Talvez até insista para tentarmos pegar o ossário esta noite mesmo, sejamos ou não capazes de fazer um reconhecimento esta tarde.

— Vai lá — disse Sana. — Vamos experimentar.

Apesar de ser hora do rush, o porteiro do Hassler conseguiu um táxi para os dois em poucos minutos. Enquanto o veículo atravessava a cidade, Shawn e Sana estavam tensos demais para conversar.

O taxista, talvez notando que seus passageiros estavam constantemente verificando os relógios de pulso, dirigia como um piloto de Fórmula 1. Costurando pelas pistas, conseguiu deixá-los em pouco menos de vinte minutos no Arco dos Sinos, ou Arco delle Campane, à sombra da Basílica de São Pedro. A chuva agora caía mais forte. Shawn e Sana se encolheram embaixo de um só guarda-chuva e correram para a relativa proteção que o arco oferecia. No momento em que saíram da chuva, seu caminho foi bloqueado por dois guardas suíços vestidos naqueles uniformes com listras verticais pretas e laranjas e enfeitados com golas de rendas, complementados por boinas pretas molengas. Um dos guardas aceitou a carteira do Vaticano de Shawn, verificou a foto, comparando-a com o rosto molhado de chuva do arqueólogo, devolveu-a e fez sinal para que entrassem. Eles não trocaram palavras.

Surgindo ao ar livre e fustigados de novo pela chuva com vento, Sana e Shawn atravessaram a *piazza* com piso de paralelepípedos contígua ao lado sul da Basílica de São Pedro. Agora estavam lutando não só contra a chuva como também contra as torrentes de água que saíam das gárgulas, bem como contra os respingos de água do trânsito que passava depressa, saindo da cidade do Vaticano.

Gesticulando com a cabeça, Shawn disse:

— Consegue ver aquela pedra preta achatada com uma borda branca engastada no chão onde estamos passando?

— Consigo — disse Sana, sem muito entusiasmo. Estava louca para sair do aguaceiro.

— Lembre-me de lhe contar a história dela quando entrarmos.

Felizmente, não precisaram ir muito longe, e alguns momentos depois se abaixaram para passar sob um pórtico. Livraram-se do excesso de água nas roupas o melhor que puderam e bateram os pés no chão.

— A pedra negra lá de cima na *piazza* supostamente marca o centro do Circo de Nero, onde muitos cristãos primitivos, inclusive são Pedro, foram martirizados. Durante muitos anos o obelisco egípcio que está agora no centro da Praça de São Pedro se ergueu ali.

— Vamos entrar — disse Sana. Não estava interessada em detalhes turísticos. Estava molhada, com frio e a noite já havia caído.

A alguns passos dali, entraram no escritório da Necropoli Vaticana. Apesar de, aos olhos de Sana, parecer que estar prestes a cair aos pedaços, a ponto de lembrar o escritório do diretor de algum reformatório, ela ficou feliz por ter saído da chuva. Um aquecedor enorme e antigo a vapor chiava e estalava em um canto. De frente para eles havia um balcão diante de uma escrivaninha antiga para uso de repartições do governo. A cabeça de um homem surgiu. Sua expressão sugeria que ele não estava nada satisfeito por ser incomodado.

— A Scavi já fechou — disse ele, com um sotaque carregado. — A última excursão guiada partiu faz meia hora.

Sem nada dizer, Shawn lhe mostrou sua carteira do Vaticano e a permissão de acesso. O homem examinou a permissão com todo o cuidado. Quando leu o nome do arqueólogo, seus olhos se acenderam. Ele ergueu a cabeça e sorriu.

— Professor Daughtry! *Buona sera*!

O homem reconheceu o nome de Shawn de quando ele trabalhara no sítio ali, há cinco anos. Apresentou-se como Luigi Romani.

Shawn se lembrou vagamente do nome.

— Vai descer à Scavi? — indagou Luigi.

— Sim, é só uma visita curta. Chegamos a Roma esta tarde e vamos embora amanhã. Eu queria mostrar à minha mulher alguns dos detalhes mais interessantes. Não vamos demorar.

— Vai sair por este lado ou pela Basílica? Eu vou ter que ir embora logo.

— Neste caso, sairemos pela Basílica com o grupo que está lá embaixo.

— Precisa que eu abra para vocês?

— Não, tenho minhas chaves comigo, a menos que tenham mudado a fechadura.

— Mudado? — disse Luigi, rindo. — Coisas como essa nunca mudam.

Saindo do escritório de escavações, Shawn foi na frente, descendo uma suave rampa por um corredor de mármore completamente deserto.

— Estamos mais ou menos a 3 metros do piso da Basílica, acima de nós.

— O fato de o Sr. Romani ter reconhecido você... Será que importa?

— Não faço ideia — respondeu Shawn, em voz baixa. — Como ninguém a não ser nós dois tem conhecimento do ossário, se o encontrarmos e o levarmos, ninguém vai saber.

Eles chegaram a um lance de degraus de mármore que descia mais do que um andar inteiro. Shawn começou a descer.

Sana hesitou, apontando para a frente.

— Aonde leva este corredor?

— Acaba na cripta mais nova, abaixo da de são Pedro.

Na base das escadas estava uma passagem de pedra estreita bloqueada por uma grade de metal trancada.

— Vamos fazer o teste! — disse Shawn, tirando um de seus molhos de chaves. Lembrou-se da chave correta, e ela entrou na fechadura facilmente. — Até agora, tudo bem — disse ele. Depois de vacilar um instante para tomar coragem, Shawn tentou girar a chave, e, para seu alívio, ela se moveu sem dificuldade.

Depois de passarem por uma porta de controle da umidade e descerem mais escadas, chegaram ao que era o nível do solo na Roma antiga.

— Aqui é bem úmido — comentou Sana. Ela não gostou nada daquilo.

— Isso te incomoda?

— Só se o lacre no ossário estiver rompido.

— Isso! — disse Shawn, percebendo que Sana estava interessada antes de tudo em encontrar DNA antigo.

— Por que não iluminam melhor este lugar? — reclamou Sana. — Estou claustrofóbica. — A iluminação era muito fraca, a maioria vinda de luzes embutidas ao nível do chão. O teto estava completamente perdido nas trevas.

— Acho que é para dar um clima de antiguidade. Para dizer a verdade, não sei. Perto da tumba de Pedro a gente sente ainda mais claustrofobia. Vai conseguir aguentar?

— Acho que sim. Onde estamos agora?

— Em plena necrópole romana, preenchida completamente por Constantino no século IV depois de Cristo para que fosse possível construir os alicerces da sua basílica. O que foi escavado é esse caminho de leste a oeste entre duas fileiras de túmulos. A maioria é formada de mausoléus pagãos dos séculos I ao IV, embora se possam ver algumas imagens e inscrições cristãs.

— Este lugar me dá arrepios. Onde fica o túmulo de Pedro para podermos vê-lo e sair logo daqui?

Shawn indicou a esquerda, subindo a antiga colina do Vaticano. Depois de caminharem cerca de 15 metros, ele apontou para um sarcófago romano em um canto escuro.

— Se tivermos que guardar entulho, escondemos tudo aqui. Combinado?

— Combinado — disse Sana, curiosa por ele estar perguntando a ela.

— Está interessada em olhar mais de perto algumas dessas antigas tumbas romanas? — indagou Shawn. — Algumas têm decorações interessantes.

— Quero ver a cripta de Pedro e o lugar onde vamos trabalhar — respondeu Sana. Sentia que as pernas das suas calças estavam encharcadas, e todo o corpo sofria com o frio.

— Esta aqui é a "parede vermelha" — explicou Shawn, quando contornaram a extremidade caindo aos pedaços de uma parede de tijolos. — Estamos chegando perto. A parede é parte do que é considerado o complexo do sepulcro de Pedro. — Para Sana aquilo não pareceu particularmente especial. Estavam começando a escutar um guia de excursão discursando mais adiante.

— Pare um minuto — disse Shawn, onde havia uma brecha na parede vermelha. — Dê uma olhada aqui nesse buraco. Dá para ver uma coluna branca de mármore?

Sana obedeceu. Viu com facilidade a coluna à qual Shawn se referia além da parede vermelha, porque estava iluminada. Parecia ter uns 20 centímetros de diâmetro.

— Faz parte do Tropaion de Pedro, que foi construído por cima do sepulcro de são Pedro. Portanto, o nível onde estamos agora é o nível do chão da Basílica de Constantino.

— Portanto a cripta de Pedro está abaixo de nós.

— Exato. Abaixo de nós, à nossa esquerda.

— Onde vamos procurar o ossário?

— Estamos agora no lado sul da construção. Vamos ter que contornar tudo até o lado norte.

— Então vamos — disse Sana.

Ao contornarem o complexo e alcançarem ao lado norte, encontraram o grupo de turistas, que incluía mais ou menos uma dúzia de adultos de várias idades. A única coisa que tinham em comum era que todos falavam inglês. Alguns escutavam o guia, outros tinham o olhar perdido no espaço e havia os mal-educados que conversavam aos cochichos sobre coisas muito diversas. Era bem diferente do grupo que Sana esperava.

Shawn esperou que o guia fizesse uma pausa e pediu a Sana que fossem andando e seguindo o grupo. Depois de 3 metros, eles chegaram ao que o guia estava descrevendo. Era uma parede de gesso branco-azulado com uma profusão de epígrafes gravadas uma por cima da outra, tantas que era difícil discernir qualquer uma em específico.

— Chamam isso de o muro dos graffiti — explicou Shawn, baixinho. — Como falei, durante a última escavação, para chegar à cripta de Pedro sem perturbar nada em volta, principalmente esse muro dos graffiti, foi preciso fazer um túnel sob o muro e depois sob a parede que sustenta a cripta original sobre a tumba de são Pedro. O ossário deve estar entre as duas paredes, perto da parede vermelha, que atravessa as duas, formando um ângulo reto com elas.

— Nossa — exclamou Sana. E balançou a cabeça, exasperada. Era confuso demais.

— É, eu sei — disse ele, compreensivo. — É extremamente complexo. O sítio recebeu acréscimos e alterações contínuas durante quase 2 mil anos. Pode ser que eu não esteja explicando bem, mas sei do que estou falando. Minha única preocupação é que, quando a parede vermelha estava no processo de ser construída pelos romanos por volta da virada do século I, alguém pode inadvertidamente ter encontrado o ossário e tê-lo removido ou destruído. Não resta dúvida, para mim, que sua localização original devia ser perto da parede vermelha, que fica exatamente atrás de nós.

— Onde começa o túnel? — indagou Sana enquanto contemplava a câmara onde estavam.

— O túnel fica diretamente abaixo de onde estamos. Neste momento, estamos no nível do piso da Basílica de Constantino. Temos que descer até o nível do piso da cripta de Pedro. Para chegar lá vamos ter que entrar na próxima câmara. Podemos prosseguir?

— Se podemos — disse Sana. Graças ao seu desconforto, ela queria ver onde iriam trabalhar mais tarde, naquela noite, e depois sair. Sob as atuais circunstâncias, os detalhes tridimensionais do que Shawn pacientemente descrevia entravam por um ouvido e saíam pelo outro.

Shawn foi à frente, descendo vários degraus de metal até uma sala relativamente larga, onde o grupo de turistas tinha voltado a se reunir. O guia estava explicando que as caixas de plexiglas que se viam através de uma pequena abertura na parede que dava para a cripta de Pedro continham os ossos do santo.

— É verdade? — cochichou Sana para Shawn.

— O papa Pio XII disse que é — respondeu Shawn, baixinho. — Foram encontrados espalhados na tumba dentro de um nicho em formato de V na parede vermelha. Acho que o que convenceu o papa foi a falta de um crânio. A cabeça de são Pedro, pelo que a história registra, está na Basílica de São João de Latrão.

— E o túnel, onde fica? — indagou Sana, impaciente. Ela já estava cansada de todas aquelas informações históricas.

— Siga-me! — Eles passaram pelo grupo de turistas e se aproximaram de uma grande estrutura em formato de plataforma acessada por vários degraus descendentes e com uma grade de metal e corrimões. A superfície consistia de amplos quadrados de vidro transparente de 2 centímetros de espessura. De pé na plataforma era possível olhar para baixo até o ponto mais inferior da escavação, mais ou menos 1,5 metro abaixo de onde estavam.

— Esse é o nível do piso da cripta de Pedro — explicou Shawn. — Para chegar ao túnel, temos que entrar ali embaixo e depois voltar para debaixo de onde estávamos agora, diante do muro dos graffiti.

— Como vamos descer até lá? — indagou Sana, enquanto seus olhos percorriam a plataforma transparente. Não parecia haver nenhuma abertura.

— A vidraça da última esquina está solta. É pesadíssima, mas juntos podemos erguê-la. O que acha? Vai conseguir fazer isso tudo?

A ideia de engatinhar por um túnel estava começando a causar um ligeiro ataque de claustrofobia em Sana. Saber que já estava 12 a 15 metros debaixo do chão não ajudava.

— Está querendo mudar de ideia? — indagou Shawn, quando viu que Sana não respondia.

— Essas luzes vão estar acesas? — perguntou ela, com voz baixa e áspera. Sana passou a língua pelo interior da boca para tentar reunir um pouco de saliva. Sua garganta tinha ficado subitamente seca.

— Não dá para acendermos nenhuma luz — disse Shawn. — Elas são acionadas por um temporizador automático, e, se alguém abrisse uma das portas da necrópole e visse as luzes, saberia que alguma coisa estava errada. Além do mais, precisamos que as luzes estejam apagadas para que funcionem como alarme. Se alguém passar pela basílica enquanto estamos usando os cinzéis, poderá ouvi-los, embora estejamos 12 a 15 metros abaixo do nível do solo. Lembre-se de que mármore é um excelente condutor de sons. Se eles vierem investigar, vão acender as luzes e isso nos alertará de que alguém está se aproximando. Faz sentido?

Relutantemente, Sana concordou. Fazia muito sentido, sim, mas ela não estava gostando de nada daquilo.

— Fale, vamos — disse Shawn. — Vai conseguir me ajudar?

Sana voltou a assentir, sem nada dizer.

— Fale! — exigiu Shawn, mais alto, e deixando transparecer na voz certo nervosismo. — Eu preciso ter certeza!

— Vou sim! Vou sim! — disse Sana. — Vou ficar ao seu lado até o fim. — E ela olhou em torno de si, meio envergonhada, para os integrantes mais próximos do grupo de turistas, vários dos quais estavam olhando curiosos para os dois. — Eu vou aguentar. Não se preocupe! — garantiu Sana a ele, baixinho, mas, se ela soubesse o que iria se passar várias horas depois, talvez não se sentisse tão confiante assim.

11

11H34, TERÇA-FEIRA, 2 DE DEZEMBRO DE 2008
CIDADE DE NOVA YORK
(17H34, ROMA)

— Como foi o almoço ontem? — indagou Jack. Tinha metido a cabeça na porta da sala de Chet, onde seu colega estava ao microscópio estudando uma série de lâminas. Chet ergueu a vista, depois se afastou da mesa.

— Não foi bem o que eu esperava — confessou ele.

— Como assim?

— Não sei o que me deu no sábado à noite — disse ele, meneando a cabeça. — Devo ter tomado um porre daqueles que tiram toda a noção que a gente tem das coisas. Aquela mulher era do tamanho de um cavalo.

— Que pena — disse Jack. — Então acho que não era a mulher dos seus sonhos, afinal.

Chet fez um gesto de quem afasta um inseto irritante enquanto ria, com ar de deboche.

— Isso, me sacaneia, vai — desafiou ele. — Eu mereço.

— Quero te fazer umas perguntas sobre aquele caso de dissecção das artérias vertebrais que mencionou ontem — disse Jack, tentando conter o entusiasmo por sua cruzada contra o que ele pensava ser a popularidade irracional da medicina alternativa. Agora estava ainda mais convencido de que ela era geralmente ineficaz, além do efeito placebo e do preço alto: uma combinação péssima. E, como se isso não bastasse, ele agora sabia que às vezes esse tipo de tratamento era perigoso. Aliás, sentia até vergonha pela patologia forense não ter até então se posicionado com mais energia sobre a questão.

Jack havia se convencido ainda mais depois de visitar o consultório de Ronald Newhouse na tarde anterior, muito embora tivesse se arrependido disso, admitindo ter cometido um erro ao se deixar levar por suas emoções fragilizadas. Mais tarde, naquele dia, ele tinha feito uma pesquisa na internet e encontrado uma quantidade de informações enorme, o que teria evitado o confronto com Newhouse. Jack não tinha conhecimento das milhares de "pesquisas" feitas para se provar ou descartar a eficácia da medicina alternativa ou complementar. Sua busca também salientou o que ele via como a pior desvantagem da internet: informações demais, sem nenhum parâmetro para se avaliar até que ponto as fontes eram tendenciosas.

Por acaso, descobrira diversas referências ao livro *Truque ou tratamento* que tinha reservado na Barnes & Noble. Uma verificação das credenciais dos autores o deixou inquestionavelmente impressionado. Um era autor de um livro que ele tinha adorado anos antes, chamado *Big Bang*. Os conhecimentos que o homem tinha de ciência, principalmente de física, eram de pasmar, e Jack se sentiria incentivado a confiar nas opiniões do homem com relação à medicina alternativa. O segundo autor, que possuía uma formação médica convencional, tinha procurado estudar certos tipos de medicina alternativa e havia experimentado praticar ambos. Não podia haver experiência melhor para avaliar e comparar sem preconceito ambas as abordagens. Devidamente encorajado, Jack decidiu desistir da internet e saiu do trabalho mais cedo para ir buscar o livro.

Quando chegou em casa, na noite anterior, ficou decepcionado ao encontrar Laurie e JJ ferrados no sono e um bilhete na mesa do consolo ao lado da porta da frente: "O dia foi péssimo, muitas lágrimas, não dormiu, mas agora caiu no sono. Preciso dormir também enquanto posso. Tem sopa no forno. Eu te amo, L."

O bilhete fizera Jack se sentir culpado e solitário. Ele não tinha ligado para casa o dia inteiro, por medo de acordá-los, o que já tinha acontecido antes. Embora sempre incentivasse Laurie a ligar para ele quando pudesse, ela nunca telefonava. Esperava que o motivo não fosse ressentimento por ele ter que ir trabalhar enquanto ela ficava em casa, mas, mesmo que fosse, ela não iria querer mudar nada.

Só que a culpa que ele sentia não era apenas pelos telefonemas. Era porque ele, na verdade, não queria saber o que estava acontecendo em sua casa. Às vezes, nem queria voltar. Estar no apartamento tornava inevitáveis a tragédia da doença do filho e a incapacidade de Jack mudar a situação. Embora ele nunca fosse admitir isso para a Laurie, só segurar o bebê doente nos braços já o deixava uma pilha de nervos, e ele se odiava por isso. Ao mesmo tempo, Jack entendia o que se passava por trás dos próprios sentimentos. Ele estava tentando em vão não se apegar muito ao filho. A realidade indizível, oculta bem no fundo da sua mente, era que JJ não iria sobreviver.

Jack aproveitou o silêncio que reinava na casa para ler o *Truque ou tratamento.* Quando Laurie acordou, quatro horas depois, ele estava tão absorto na leitura que havia se esquecido de comer.

Jack escutou Laurie lhe contar o que havia se passado em casa durante o dia. Exatamente como todos os outros dias, quanto mais ele ouvia, mais sentia que ela era uma santa e ele o oposto, mas deixou que ela desabafasse tudo. Quando terminou, ambos foram à cozinha, onde Laurie insistiu em esquentar um pouco de sopa para os dois.

— Foi uma ironia você ter falado em tentar tratamentos alternativos esta manhã — disse ele enquanto comiam. — Eu digo uma coisa: podemos estar desesperados, mas nunca vamos recorrer à medicina alternativa. — Jack lhe contou sobre a morte de Keara Abelard e a decisão dele de tomar uma iniciativa no sentido de denunciar seriamente a medicina alternativa. Porém, porque estava exausta tanto no aspecto físico quanto mental, Laurie escutou o discurso enfático do marido sem prestar muita atenção, até ele chegar ao caso fatal do bebê de 3 meses, que tinha morrido depois da manipulação pelo quiroprático. Daquele ponto em diante, ela concentrou toda a atenção no que Jack estava falando. Ele descreveu como o *Truque ou tratamento* estava abrindo seus olhos para todos os campos principais da medicina alternativa, inclusive a homeopatia, a acupuntura e a medicina com ervas, além da quiropraxia.

Quando Jack finalmente terminou sua minipalestra, a reação de Laurie foi parabenizá-lo por encontrar um assunto importante para lhe ocupar a mente enquanto a família estava marcando passo, à espera do momento em que o tratamento do JJ poderia recomeçar. Ela até confessou que sentia um pouco de inveja, mas só até certo ponto. Quando Jack tornou a sugerir que ela voltasse a trabalhar, deixando JJ sob os cuidados de enfermeiras 24 horas por dia, ela rejeitou novamente a ideia, dizendo que estava fazendo o que precisava fazer. Depois, ela prosseguiu, mencionando três casos de óbito em decorrência do uso da medicina alternativa, pacientes dos quais ela mesma tinha tratado. Um foi de uma vítima de acupuntura que tinha morrido quando o acupunturista inadvertidamente empalou seu coração inserindo uma agulha de acupuntura bem na área do nódulo sinoventricular. Dois outros pacientes morreram de contaminação por metais pesados devido a um tratamento com ervas chinesas.

Jack ficou satisfeito ao ouvir esses casos de Laurie e admitiu ter enviado um e-mail para todos os colegas deles, pedindo que lhe mandassem relatos de casos semelhantes para tentar estimar a incidência de mortes por praticantes da medicina alternativa na cidade de Nova York.

— Ei! — gritou Chet, enquanto cutucava Jack com vigor. — O que é que há, está tendo um ataque epilético, alguma coisa assim, é?

— Desculpe — disse Jack, sacudindo a mão, como quem acorda de um transe. — Estava completamente desligado.

— O que queria me perguntar sobre o caso de DAV? — indagou Chet. Havia esperado Jack terminar de fazer a pergunta.

— Será que poderia conseguir o nome ou número de registro desse caso para que eu possa obter os detalhes? — pediu Jack, embora não prestasse atenção na resposta de Chet. Tinha voltado a se lembrar do que havia acontecido naquela manhã, quando acordou às cinco e meia, ainda de roupa, sentado no sofá da sala de estar. No seu colo estava o *Truque ou tratamento*, aberto no meio do apêndice.

O livro tinha solidificado seus sentimentos negativos com relação à medicina alternativa e aumentado seu interesse pela questão. Embora ele houvesse pulado certas passagens do livro, tinha lido a maior parte do volume, até mesmo sublinhando alguns trechos. A mensagem do livro certamente combinava com sua posição sobre o assunto, e ele sentia que os argumentos defendidos pelos autores para justificar suas conclusões eram claros e bem-embasados. Aliás, Jack achava que eles tinham se virado do avesso para tentar defender a medicina alternativa, mas, no final, só conseguiram dizer que a homeopatia era apenas placebo; a acupuntura, além de placebo, podia exercer efeito positivo em certos tipos de dores e náusea, mas que não era significativo nem duradouro; a quiropraxia, além do efeito placebo, era até certo ponto eficaz para aliviar dores nas costas, mas os tratamentos convencionais em geral eram igualmente benéficos e muito mais baratos; e a medicina com ervas era, em sua maior parte, placebo, com produtos de pouco ou nenhum controle de qualidade e, comparados aos produtos com efeito farmacológico, medicamentos que continham apenas o ingrediente ativo eram decididamente mais seguros e mais eficazes.

Depois de dormir por apenas duas ou três horas, Jack achou que iria se sentir exausto. Mas pelo menos inicialmente não parecia ser o caso. Depois de uma ducha fria revigorante e um desjejum rápido, ele foi de bicicleta até o IML, quase em tempo recorde.

De tão entusiasmado que estava diante do conhecimento recentemente adquirido sobre a medicina alternativa, Jack caiu de cabeça no trabalho, assinando vários casos pendentes antes de exigir que Vinnie começasse a trabalhar na sala de necropsia, coisa que ele encarou meio a contragosto. Quando Jack voltou do almoço com Chet para o escritório, Vinnie já terminara três trabalhos, que incluíram um tiroteio em um bar no East Village e dois suicídios, um dos quais Jack achou definitivamente suspeito e sobre o qual já havia ligado para seu amigo, o tenente-detetive Lou Soldano.

— Ei — gritou Chet de novo. — Alguém em casa? Isso é ridículo, é como conversar com um zumbi. Acabei de lhe dizer o nome do paciente de DAV que tive, e você parece que está apresentando sinais de ausência típica outra vez. Não dormiu à noite?

— Desculpe — disse Jack, esfregando os olhos com as mãos e depois piscando rapidamente. — Tem razão, não dormi muito a noite passada e estou funcionando na base da tensão nervosa. Diga-me o nome do seu paciente de novo, por favor!

— Por que está tão interessado? — indagou Chet, escrevendo o nome em uma folha de bloco de recados e a entregando ao Jack.

— Estou pesquisando sobre medicamentos alternativos em geral e a dissecção arterial vertebral em particular. O que encontrou quando estudou o assunto naquela época?

— Está se referindo acima e além do fato de que ninguém queria ouvir falar nisso?

— Está querendo dizer, além do seu chefe?

— Quando apresentei o caso na reunião geral, isso criou uma espécie de polêmica, sendo que metade dos presentes foi a favor e metade contra a quiropraxia, e aqueles que eram a favor a defenderam com grande fervor. Foi uma reação emocional que me pegou de surpresa, principalmente o fato de nosso chefe ser um fã tão ardoroso.

— Disse que tinha reunido quatro ou cinco casos. Acha que poderia me conseguir os nomes desses pacientes também? Seria interessante fazer uma comparação oficiosa da incidência de DAV entre Nova York e Los Angeles.

— Encontrar o nome do meu próprio caso foi relativamente fácil, mas encontrar os demais é o mesmo que pedir um milagre. Contudo, vou tentar. Como vai pesquisar isso por aqui?

— Você olhou a caixa de entrada do seu e-mail recentemente?

— Não posso dizer que olhei.

— Quando olhar, vai ver que há uma mensagem minha. Mandei um e-mail para todos os médicos-legistas da cidade procurando casos. No fim desta tarde vou até a seção de registro ver se consigo encontrar algum lá também.

De repente, o BlackBerry de Jack tocou. Sempre preocupado, achando que fosse Laurie e que houvesse uma crise em casa, ele o tirou do estojo na mesma hora e olhou de relance a tela de cristal líquido.

— Opa! — disse. Não era Laurie. Era o legista-chefe, Harold Bingham, ligando da recepção.

— O que foi? — indagou Chet, notando a reação de Jack.

— É o chefe — disse Jack.

— E por isso há algum problema?

— Visitei um suspeito ontem — confessou Jack. — O quiroprático envolvido no meu caso. Não fui lá tão diplomático quanto costumo ser. Aliás, quase brigamos.

Chet, que conhecia Jack melhor do que qualquer outra pessoa no IML, fez uma careta.

— Boa sorte!

Jack agradeceu com a cabeça e apertou o botão para atender a chamada. A objetiva secretária de Bingham, Sra. Sanford, estava na linha.

— O chefe quer que você venha à sala dele *neste instante*!

— Eu ouvi isso — disse Chet, fazendo o sinal da cruz, o que significava uma coisa muito simples: Chet estava convencido de que a situação de Jack requeria orações.

Jack afastou a cadeira da escrivaninha de Chet.

— Obrigado pelo voto de confiança — disse, sarcasticamente.

Ao caminhar para o elevador, Jack achou que aquela convocação devia ser sobre o velho e bom Newhouse, o quiroprático. Jack esperava ter uma resposta para aquele episódio, mas não achava que aconteceria tão depressa assim. Isso provavelmente não se devia apenas a uma ligação telefônica do quiroprático irado, mas à chamada de um advogado. As consequências poderiam ir desde um tapinha na mão até um interminável processo na justiça civil.

Ao sair do elevador, Jack achou que em vez de se defender na frente de Bingham, o que sabia que seria difícil, senão impossível, talvez ele devesse partir para o ataque.

— Pode ir entrando direto — disse a Sra. Sanford, sem erguer os olhos do computador. Como ela tinha feito a mesma coisa da última vez em que o chefe o chamara para uma advertência, dez anos antes, ele ficou mais uma vez fascinado por ela saber que era ele mesmo.

— Feche a porta! — exigiu Bingham, atrás da sua monstruosa escrivaninha de madeira. O móvel estava sob janelas altas, cobertas por antiquíssimas venezianas. Calvin Washington, o vice-diretor, estava sentado à mesa grande da biblioteca, com as estantes de portas de vidro atrás de si. Ambos os homens olhavam para Jack sem nem mesmo piscar.

— Obrigado por me chamarem aqui embaixo — disse Jack, com seriedade, andando diretamente até a mesa de Bingham e batendo nela com um punho para dar mais ênfase ao que dizia. — O IML deve assumir uma posição responsável quanto à medicina alternativa, especialmente em relação à quiropraxia. Ontem examinei o cadáver de uma moça que morreu por causa de uma dissecção arterial vertebral bilateral causada por manipulação cervical desnecessária.

Bingham mostrou uma expressão confusa pela forma como Jack havia assumido o controle da situação.

— Tomei a iniciativa de perder tempo indo até o consultório desse quiroprático ontem para confirmar que ele havia mesmo realizado a manipulação cervical. Como podem ter entendido, não foi a coisa mais fácil do mundo, e precisei usar de uma certa força para obter as informações.

O rosto vermelho do Bingham empalideceu ligeiramente, e seus olhos endefluxados semicerraram enquanto ele encarava Jack. Depois, tirou os óculos para limpá-los e ganhar tempo. Não era muito bom em réplicas mordazes.

— Sente-se! — gritou Calvin do fundo da sala.

Jack sentou em uma das cadeiras em frente à escrivaninha de Bingham. Ele não olhou para trás. Enquanto esperava, nervoso, percebeu que Calvin não estava se deixando intimidar pela sua tática, como Bingham.

O vulto imponente de Calvin apareceu no canto da linha de visão de Jack. Vagarosamente, Jack ergueu os olhos para vê-lo. Calvin estava com as mãos nos quadris, o rosto contraído, os olhos ardendo de fúria. Ele se aproximou de Jack, ameaçador.

— Pare de dizer besteira, Stapleton! — ralhou ele. — Você sabe muito bem que não pode ficar andando pela cidade mostrando sua identidade como um policial renegado de seriado de TV.

— É, quando penso no acontecido, vejo que não fui exatamente diplomático — admitiu Jack.

— Foi algum tipo de vingança pessoal contra a quiropraxia? — indagou Bingham, agressivo.

— Foi pessoal, sim.

— Quer explicar melhor, por favor? — exigiu Bingham.

— Está querendo uma explicação além de a quiropraxia não dever tratar doenças que não têm nada a ver com a coluna vertebral? Além de a quiropraxia basear seu raciocínio para esse tratamento em um conceito místico ultrapassado de inteligência inata que nunca foi constatado, nem medido, nem explicado? Ou desse tratamento envolver manipulações cervicais que podem causar a morte dos pacientes, como no caso da minha paciente de 27 anos?

Bingham e Washington trocaram um olhar desanimado diante do desabafo de Jack.

— Isso pode ou não ser verdade — disse Bingham —, mas por que ficou pessoal?

— Prefiro não falar disso — respondeu Jack, tentando se acalmar. Ele sabia que estava se deixando levar pela emoção, exatamente como antes no consultório do quiroprático. — A história é muito comprida e a associação é o que se pode chamar de bastante indireta.

— Você prefere não falar disso — repetiu Bingham, zombeteiro —, mas pode ser necessário, e, se não o fizer, pode se prejudicar. Como talvez não tenha recebido uma intimação ainda, é minha desagradável responsabilidade informá-lo de que você e o IML estão sendo processados por um tal de Dr. Ronald Newhouse...

— Mas que coisa, esse cara não é médico! — explodiu Jack. — É apenas um quiroprático.

Bingham e Washington se entreolharam rapidamente outra vez. Bingham estava claramente frustrado, como um pai com um adolescente recalcitrante. Calvin era menos generoso. Estava simplesmente furioso, com dificuldade de ficar calado.

— Por enquanto, sua opinião sobre a quiropraxia não importa — disse Bingham. — São suas ações que estão em questão neste caso, e o cavalheiro referido provavelmente é doutor em quiropraxia. Você e o IML estão sendo processados por calúnia e difamação, agressão...

— Eu não encostei sequer um dedo no cara — interrompeu Jack. Ele estava tendo dificuldade de se conter como achava que devia.

— Não é preciso que se toque em ninguém para ser processado por agressão. O querelante só deve acreditar que você está para agredi-lo de alguma forma. Foi ao consultório dele, censurá-lo aos berros?

— Suponho que sim — admitiu Jack.

— Ameaçou prendê-lo por matar sua paciente?

— Suponho que ameacei — disse Jack, encabulado.

— Supõe! — repetiu Bingham com mais desprezo ainda, momentaneamente erguendo os braços, exasperado. Depois, falando mais alto, gritou: — O que acho é que isso foi um notório abuso de autoridade oficial da sua parte. Estou pensando em chutar a sua bunda desse cargo, afastando-o sem remuneração de suas funções até toda a confusão se resolver.

Jack sentiu um arrepio percorrer sua espinha. Se ele tivesse que ser afastado, perderia totalmente o juízo que ainda lhe restava. Teria que ficar em casa, e Laurie precisaria trabalhar em seu lugar. Teria que assumir a responsabilidade de cuidar de JJ. *Ai, meu Deus!*, exclamou Jack mentalmente. De repente, sentiu-se desesperado, ainda mais do que andava se sentindo até aquele momento. Da última vez em que ele se metera em uma situação semelhante, tendo que enfrentar a ira de Bingham, não estava pensando nas consequências para o seu lado. Mas, naquele momento, não podia se dar ao luxo de se autodestruir. Sua família precisava dele. Ele não podia ficar deprimido. Bingham tinha razão; era mesmo uma confusão.

Bingham inspirou com força, depois expeliu o ar através dos lábios contraídos. Em seguida, olhou para o Calvin, que ainda fuzilava Jack com os olhos.

— Qual é sua opinião, Calvin? — indagou Bingham. Sua voz havia se acalmado até estar outra vez quase normal.

— Opinião sobre o quê? — respondeu Calvin, irritado. — Se afastamos esse babaca ou lhe damos uma surra até ficar irreconhecível?

— Você é que se reuniu com a diretora do departamento jurídico, não eu — disse Bingham. — Qual foi a opinião dela sobre a questão da indenização? Ela está confiante de que nosso seguro vai cobrir o episódio, no caso de haver acordo entre as partes ou no caso de julgamento?

— Ela acha que sim. Afinal de contas, não é um processo penal.

— E o que ela disse da possibilidade de as ações de Stapleton serem consideradas dolosas?

— Ela não estava tão certa assim quanto a essa possibilidade.

Jack olhava de Bingham para Calvin, de Calvin para Bingham. Por enquanto, eles estavam fingindo que não o viam, como se ele não estivesse ali. Depois de trocarem várias outras ideias, Bingham voltou sua atenção para Jack.

— O que estamos discutindo aqui é se o seguro cobre o que você fez. Segundo seu contrato, o IML o indeniza por exercício ilegal da medicina, mas não se isso envolver criminalidade ou se for considerado intencional, ou seja, que você estava fazendo isso de propósito, em vez de ser um simples acidente.

— Não fui ao consultório do quiroprático com intenção de machucar ninguém, se é isso que está querendo dizer — afirmou Jack, contritamente. Tinha a impressão de que a situação estava meio fora de controle.

— Isso me tranquiliza — declarou Bingham. — Temos que resolver se vamos defendê-lo ou não. Naturalmente, isso influencia a decisão do seguro de cobrir o custo de um processo contra você. Se não cobrir, você provavelmente vai precisar se defender sozinho, e isso, infelizmente, vai sair muito caro.

— Não houve dolo nenhum — disse Jack, com o coração quase parando diante da possibilidade de ele precisar se defender sozinho. Com Laurie de licença e as despesas extras da doença de JJ, ele não teria dinheiro para pagar um advogado. — Só fui ao consultório do quiroprático com a intenção de descobrir se ele tinha atendido minha paciente profissionalmente, e se ele havia manipulado a cervical dela ou não.

— Qual foi mesmo a causa da morte? — indagou Bingham.

— Dissecção arterial vertebral bilateral — disse Jack.

— É mesmo? — comentou Bingham como se tivesse ouvido falar daquilo pela primeira vez. Imediatamente, seus olhos ficaram vidrados. Era um reflexo fisiológico que indicava que ele estava se lembrando dos milhares de casos forenses nos quais ele tinha se envolvido durante sua extensa carreira.

Embora Bingham às vezes tivesse dificuldade de se lembrar de eventos recentes, como a causa da morte de Keara Abelard, que Jack havia mencionado apenas momentos antes, sua memória para fatos acontecidos há muito mais tempo era enciclopédica. Um momento depois, ele piscou como se tivesse acordado de um transe.

— Eu tive três casos de dissecção de artéria vertebral na minha carreira — revelou.

— Foram causados por manipulação quiroprática? — indagou Jack, esperançoso. Mas já ficava claro para ele que não ia poder separar sua vida particular da profissional se quisesse evitar um afastamento ou coisa pior. Ia precisar admitir que JJ estava doente e ele encontrava dificuldades para lidar com isso. Apenas assim Bingham e Calvin talvez desculpassem o comportamento impensado do dia anterior.

— Dois casos estavam relacionados a tratamento por um quiroprático — disse Bingham. — O outro foi idiopático, ou seja, nunca descobrimos a causa. Agora, me deixe dizer uma coisa... — Durante os minutos seguintes, Jack e Calvin tiveram que ouvir Bingham contar as histórias de seus três casos de DAV. Embora sempre fosse impressionante ouvir o nível de detalhes dos quais Bingham conseguia se lembrar, no momento Jack achou aquilo uma chatice, no mínimo, mas o senso comum lhe disse que não interrompesse o chefe. Depois de ter decidido revelar o câncer de John Junior, ele estava ávido por concordar e terminar logo com aquilo.

No momento em que Bingham terminou de desfiar todos os detalhes de suas lembranças, Jack começou a falar, como que se desculpando:

— Há alguns momentos atrás eu disse que não queria explicar por que meu comportamento no consultório do quiroprático foi pessoal. Gostaria de ter uma oportunidade de me retratar.

— Não sei se quero saber que você já conhecia sua paciente de DAV — resmungou Calvin.

— Não, não! — garantiu Jack. Nunca havia lhe ocorrido que Calvin pudesse pensar uma coisa dessas. — Eu não tinha qualquer relação com essa paciente antes. Nunca a vi, nem a conheci, nem sabia nada sobre ela. A origem dessa confusão toda é o meu filho recém-nascido.

Jack hesitou um momento para deixar que os dois homens pensassem no que tinha acabado de dizer. Imediatamente, viu que as expressões de ambos estavam se suavizando, especialmente a de Calvin, que imediatamente substituiu a raiva por preocupação.

— Eu gostaria de pedir uma coisa antes de revelar o que vou revelar — disse Jack. — Peço que essa notícia não saia destas quatro paredes. É um assunto extremamente pessoal.

— A essa altura acho que é melhor nos deixar decidir isso — disse Bingham. — Caso esse processo vá adiante, corremos o risco de ser exonerados. Se isso acontecer, precisa entender que talvez não possamos honrar essa promessa que está nos pedindo para fazer.

— Entendo — disse Jack. — Mas, fora essa possibilidade de serem exonerados, gostaria que guardassem esse segredo meu e da Laurie.

Bingham olhou para Calvin. Calvin concordou.

— O bebê está bem? — indagou Calvin, hesitante.

— Infelizmente não — admitiu Jack, e, no momento em que admitiu isso, sentiu sua voz ficar embargada. — Sei que sabem que Laurie não voltou da licença-maternidade conforme havíamos planejado inicialmente.

— Claro que sabemos — disse Calvin, impaciente, como se Jack estivesse prolongando sua história de propósito.

— Nosso filho tem uma doença grave — conseguiu dizer Jack. Não tinha contado a ninguém sobre a doença de JJ, temendo que, se contasse às pessoas, isso tornasse a situação mais real ainda. De certa forma, Jack andava negando-se a comentar sobre a doença como uma forma de lidar com o choque desde o diagnóstico do filho.

Ele hesitou enquanto respirava fundo algumas vezes. Bingham e Calvin aguardaram. Podiam ver que o maxilar inferior de Jack tremia e que ele fazia esforço para não chorar. Queriam ouvir mais detalhes, mas estavam dispostos a lhe dar o tempo de que ele precisava para se recompor.

— Sei que durante os últimos três meses não venho trabalhando como costumava trabalhar antes. — Ele foi capaz de dizer.

— Não tínhamos a menor ideia de que isso estava acontecendo — interrompeu-o Bingham, subitamente se sentindo culpado por ter sido tão duro com Jack.

— Claro que não tinham — disse Jack. — Não contamos a ninguém, fora os pais de Laurie.

— Será que pode nos dizer qual foi o diagnóstico? — indagou Calvin. — Sei que não é da nossa conta, mas gostaria de saber. Sabe como gosto de Laurie. Ela é como se fosse da minha família.

— Neuroblastoma — disse Jack. E precisou inspirar profundamente outra vez antes de continuar: — Neuroblastoma de alto risco.

Bingham e Calvin ficaram digerindo a notícia durante o silêncio que se seguiu.

— Onde está tratando dele? — indagou Calvin, delicadamente, rompendo o silêncio.

— No Memorial. JJ está em um programa de tratamento, mas precisaram suspender a terapia porque ele desenvolveu um anticorpo contra camundongos. Depois que ele terminou a quimio, o tratamento dele vem se baseando em anticorpos monoclonais de camundongos. Infelizmente, ele não está em tratamento no momento. Como era de esperar, Laurie e eu estamos tendo dificuldade de esperar esse tempo passar.

— Bom — disse Bingham, depois de outro silêncio breve e desconfortável. — Isso realmente muda a situação atual. Talvez precise ser afastado, mas com uma licença remunerada. Talvez precise ficar em casa com sua esposa e seu filho.

— Não! — disse Jack, enfaticamente. — Preciso trabalhar! Francamente, a última coisa que preciso é de um afastamento. Não pode imaginar como é frustrante ver o seu filho sofrer e não ser capaz de fazer nada para aliviar o sofrimento. Essa ameaça de licença é que me fez lhes contar tudo isso, aliás.

— Está certo — disse Bingham. — Não vamos afastá-lo, mas em troca você precisa me prometer que vai se comportar e não vai mais fazer visita nenhuma, principalmente a consultórios de quiropráticos.

— Isso eu prometo — disse Jack. Do seu ponto de vista, essa nem podia ser considerada uma concessão.

— Ainda não entendi muito bem seu comportamento no quiroprático — disse Bingham. — Era alguma coisa específica ou só uma rejeição geral pelo campo? Fica relativamente óbvio pelo que disse quando veio aqui pela primeira vez que não tem lá muito respeito pela terapia quiroprática. Já teve alguma experiência ruim com um quiroprático?

— De jeito nenhum! — disse Jack. — Nunca fui a nenhum consultório de quiropraxia, nem sei muito a respeito desses terapeutas, mas por causa da minha paciente de DAV ontem decidi pesquisar a medicina alternativa em geral e a quiropraxia em particular para ter sobre o que pensar. Obviamente ando obcecado com JJ, especialmente por ele não estar recebendo nenhuma medicação no momento. Antes desse caso de DAV, eu não tinha pensado que as pessoas podiam estar morrendo por causa da medicina alternativa. Quando comecei a estudar o assunto, um dos primeiros artigos que li descrevia um bebê de 3 meses que tinha morrido devido à manipulação cervical feita por um quiroprático. Fiquei horrorizado, principalmente porque JJ tem quase a mesma idade.

"Mas não pensei mais nisso", prosseguiu Jack. "Pelo menos não até começar a falar com Ronald Newhouse. Enquanto ele estava descrevendo o raciocínio ilógico que existe por trás do tratamento quiroprático para coisas como alergias infantis, sinusite, ou até algo benigno, como agitação, quando pensei que ele podia matar um bebê com um tratamento assim, perdi o controle. Uma coisa é um adulto ser burro o suficiente para se colocar em risco nas mãos de um charlatão, mas colocar uma criança nas mãos deles é demais. É um crime."

A voz de Jack sumiu. Uma vez mais, o silêncio pesado caiu na sala.

Bingham interrompeu o silêncio, anunciando:

— Acho que falo por mim e pelo Calvin quando digo que sinto muitíssimo pela doença do JJ. Embora certamente não desculpe seu comportamento na visita que fez ao quiroprático, entendo-o melhor agora. Também posso dizer que incentivo sua investigação da medicina alternativa; do ponto de vista da patologia forense, será bom para você pelos motivos que deu e para a própria patologia forense. Posso imaginar que isso resultará em um trabalho valioso publicado em um dos maiores periódicos especializados nessa área, que vai acrescentar algo significativo ao debate sobre a medicina alternativa. Mas durante sua investigação devo insistir que não vá visitar nenhum consultório de terapeuta alternativo. Além disso, quero que evite fazer declarações à imprensa por iniciativa própria. Quaisquer declarações devem primeiro ser analisadas por mim, e depois passar pelo crivo do departamento de relações-públicas. A questão da medicina alternativa é mais política do que científica. Na minha opinião, há muito pouca ciência envolvida nisso. Para dar ênfase a esse ponto, além da carta desta manhã sobre o processo, recebi um telefonema do prefeito. Parece que você andou se metendo com o terapeuta preferido de Sua Excelência.

— Está brincando — disse Jack. Parecia impossível. Jack havia conhecido o prefeito e ficado impressionado com a inteligência do homem, pelo menos até aquele momento.

— Não estou brincando, longe disso — continuou Bingham. — Pelo jeito o Sr. Newhouse é a única pessoa que consegue aliviar a dor da lombar do prefeito.

— Estou pasmo — admitiu Jack.

— Não fique — respondeu Bingham. — Quanto a esse processo, farei tudo que puder para defendê-lo.

— Obrigado, chefe — disse Jack.

— Vamos também atender a seu pedido de privacidade, apesar da necessidade dos testemunhos. Não divulgaremos seu segredo, principalmente aqui no IML.

— Fico muito grato por isso.

— Se mudar de ideia e quiser um afastamento, considere o pedido já atendido por antecipação.

— Agradeço isso também. Estão sendo muito atenciosos.

— Agora, presumo que tenha trabalho a fazer. Calvin está me dizendo que tem mais casos pendentes do que de costume. Então, mãos à obra e assine esses atestados.

Jack, entendendo a sugestão, desapareceu rapidamente.

Durante alguns instantes, nem Bingham nem Calvin se mexeram. Ficaram só se entreolhando, ainda chocados.

— O trabalho dele está mesmo atrasado? — indagou Bingham, quebrando o silêncio.

— Não do meu ponto de vista — disse Calvin. — É verdade que ele está mais atrasado do que de costume, mas a qualidade é a mesma, e, embora esteja sobrecarregado, ainda é de longe quem trabalha mais rápido, mais ou menos uma vez e meia a velocidade dos demais.

— Você não fazia mesmo a menor ideia de que o filho dele está com essa doença terrível, fazia?

— Não, nem de longe — disse Calvin. — Nem desconfiei quando Laurie decidiu prorrogar a licença-maternidade dela. Só pensei que ela estava curtindo muito ser mãe. Sei o quanto queria ter filhos.

— Ele sempre foi uma pessoa muito reservada. Eu nunca entendi Jack, para ser bem sincero, principalmente depois que ele começou a trabalhar aqui. Era um sujeito metido a caxias e autodestrutivo, e não sei qual das duas coisas é pior. Quando chegou a carta falando do processo esta manhã e eu recebi a ligação do prefeito, achei que ele estava voltando aos velhos maus hábitos.

— Essa ideia também passou pela minha cabeça — confessou Calvin —, o que, suponho, é porque não lhe dei o benefício da dúvida com esse caso.

— Fale com a diretora do jurídico — disse Bingham. — Diga a ela que vamos defender o caso, a menos que ela pense que é possível uma conciliação entre as partes. E depois disso, suma daqui para eu poder adiantar um pouco o meu trabalho.

12

20H15, TERÇA-FEIRA, 2 DE DEZEMBRO DE 2008
ROMA
(14H15, CIDADE DE NOVA YORK)

Um clarão com a eletricidade de 100 milhões de volts veio primeiro, seguido de um espalhafatoso estalido quando o raio cortou como uma faca o ar úmido, atingindo o obelisco egípcio no meio da Praça de São Pedro. Um piscar de olhos depois veio o ribombar intenso do trovão, que literalmente chocalhou o Fiat.

— Que diabo foi isso? — Sana se assustou, antes que percebesse exatamente o que era.

— Trovão e raio — disse Shawn, desdenhoso, embora tivesse dado um pulo quase tão alto quanto o da esposa. Ele nunca tinha visto um raio cair assim tão perto de si. — Pelo amor de Deus, acalme-se! Você está descontrolada.

Sana assentiu, olhando pela janela do carro alugado. Na escuridão, havia inúmeros pedestres a caminho de casa, inclinados contra o vento, usando os guarda-chuvas como escudos contra a tempestade que caía quase horizontalmente.

— Não consigo evitar. Tem certeza de que devíamos mesmo fazer isso? — questionou Sana. — Quer dizer, estamos para entrar em um cemitério romano às escondidas em uma noite chuvosa para roubar um ossário. Parece mais com o roteiro de um filme de terror do que com uma coisa adequada. E se nos pegarem?

Shawn tamborilou com os dedos no volante do carro alugado, nervosamente. Estava tenso também, e aquela hesitação da Sana só lhe aumentava seu nervosismo.

— Não vão nos pegar — replicou Shawn, mal-humorado. Não queria ouvir nada negativo. Estava a ponto de fazer sua mais espetacular descoberta, contanto que Sana colaborasse.

— Como pode ter tanta certeza?

— Trabalhei lá dentro à noite durante meses e, fora as pessoas que eu trazia comigo, nunca encontrei vivalma.

— Você estava usando lápis e papel e tirando fotos. Nós vamos usar uma furadeira, martelo e cinzel. E se, como você mesmo sugeriu, alguém nos ouvir lá da basílica?

— A basílica vai estar trancada a sete chaves — retorquiu Shawn. — Olha, não faça isso comigo. Já concordou em me ajudar. Viemos na hora certa. Estamos com as ferramentas. Sabemos onde procurar. Usando a furadeira para procurar o ossário de pedra, vamos sair de lá em uma ou duas horas. Se estiver querendo se preocupar com alguma coisa, preocupe-se em puxar aquele ossário da necrópole e colocá-lo no porta-malas deste carro.

— Está fazendo as coisas parecerem fáceis demais — comentou Sana. Através do para-brisas, ela olhou para a Praça de São Pedro, com as curvilíneas e elípticas colunatas de Bernini a con tornando de ambos os lados.

— Estou dizendo que vai ser fácil — insistiu Shawn com aparente convicção, embora as dúvidas de Sana estivessem aumentando as dele. Na realidade, ele sabia que havia muitas chances de eles terem problemas. Apesar do que tinha acabado de dizer, sabia que podiam ser surpreendidos. Um problema mais provável seria eles não conseguirem encontrar o ossário. Se não o encontrassem, ele teria que mostrar a carta de Saturnino às autoridades e dividir o prestígio com quem terminasse fazendo a descoberta em seu lugar. Naturalmente, isso só ocorreria se o papa permitisse a busca, o que era improvável, uma vez que a descoberta do ossário colocaria em dúvida o dogma da Igreja e a infalibilidade do papa.

— Muito bem — disse Sana, de repente. — Se vamos fazer isso, vamos logo. Por que ainda estamos aqui dentro do carro?

— Eu já falei. Chegamos mais cedo do que eu planejava. A última ronda da segurança na Basílica é às oito horas. Quero lhes dar bastante tempo para terminarem e trancar o lugar a sete chaves.

Sana consultou o relógio de pulso. Eram quase oito e meia.

— E se eles acharem alguma coisa errada, como que a Pietà sumiu?

Shawn se virou para contemplar o perfil da esposa no escuro. Antes achava que isso devia ser só provocação dela, mas não era bem esse o caso ao que parecia. Ela estava olhando pelas janelas do carro como uma presa em estado de alerta máximo, esperando ser comida.

— Está falando sério?

— Sei lá — admitiu Sana. — Estou nervosa e exausta. Quer dizer, viajamos o dia inteiro, chegamos do Egito hoje. Pode ser fácil para você, mas não é para mim.

— Tudo bem, não tem problema você estar nervosa. Também estou, ora bolas. É natural estar meio nervoso.

— E se eu sentir claustrofobia?

— Vamos procurar evitar isso. Não vou te obrigar a entrar no túnel. De qualquer maneira, não vai haver espaço suficiente para você.

Sana observou o marido à meia-luz do interior do carro. A luz dos faróis dos inúmeros veículos que passavam lhes iluminava o rosto, intermitentemente.

— Tem certeza de que não vai precisar de mim no túnel?

— Se nós estivermos lá embaixo e você não quiser entrar nele, encontramos outro jeito. Vamos pensar positivamente. Posso contar com você?

— Imagino que sim — disse Sana, sem muita confiança.

Quando eram oito e quarenta e cinco, Shawn deu partida no carro e se afastou do meio-fio. Precisou se esforçar para enxergar para onde estava indo, pois os limpadores de para-brisas mal continham a chuva torrencial. O trânsito que entrava na praça zunia por eles a uma velocidade estonteante. Deslocando-se para a Praça de São Pedro, ele seguiu paralelamente à Colunata de Bernini, na direção do Arco delle Campane.

— Se a Guarda Suíça perguntar por que você não tem identidade do Vaticano, deixe que eu respondo — disse Shawn.

As duas cabines marrom-escuras da guarda surgiram na chuva à frente deles. Os guardas saíram, de capas de chuva pretas sobre os uniformes laranja e preto. Não pareciam satisfeitos por precisarem dar plantão numa noite chuvosa daquelas. Shawn abaixou o vidro da janela ao se aproximar das cabines da guarda e parou. Algumas gotas imediatamente passaram pela janela aberta e dançaram no ar em redemoinhos.

— Boa noite, senhores — disse Shawn, alegremente, fazendo força para evitar qualquer nervosismo na voz. Como ele esperava, o turno vespertino da guarda já havia mudado. Eram guardas diferentes.

Como à tarde, o guarda noturno examinou a identidade de Shawn sem dizer uma palavra. Examinou-o com uma lanterna, comparando a foto com o rosto de Shawn. Ao devolver a carteira, perguntou:

— Aonde vai?

— À necrópole — informou Shawn, enquanto lhe mostrava a permissão de acesso. — Só fazer manutenção.

O guarda suíço analisou a permissão durante um minuto antes de devolvê-la.

— Abra o porta-malas — disse, dirigindo-se para a traseira do carro.

Sana se remexeu, desconfortavelmente, quando o segundo guarda suíço lhe iluminou o rosto com uma lanterna. Antes disso, ele tinha usado a lanterna e um espelho na ponta de uma vareta comprida para inspecionar o lado de baixo do carro e ver se não havia bombas.

Shawn ouviu a tampa do porta-malas se fechar e, um momento depois, o guarda voltou à janela aberta do motorista.

— Para que essas ferramentas? — indagou ele.

— Para nossa manutenção — disse Shawn.

— Vai entrar pelo escritório da Scavi?

— Sim, exatamente.

— Devo pedir à segurança que venha abrir a porta?

— Não há necessidade. Tenho as chaves.

— Muito bem — respondeu o guarda. — Espere um momento. — E voltou à casinhola da guarda para emitir uma permissão de estacionamento.

Um momento depois o guarda já estava atrás do carro copiando o número da placa, voltando em seguida à janela aberta e jogando a permissão sobre o painel.

— Estacione ali na frente, na Piazza Protomartiri e deixe o número da permissão bem visível no painel. — E depois fez uma continência.

— Ufa — disse Sana, ao se afastarem. — Estava com medo de que eles fossem nos deter quando viram as ferramentas.

— Eu também. Durante os meses em que trabalhei aqui nunca recebi esse tipo de atenção. Eles certamente melhoraram muito a segurança.

Shawn estacionou no local indicado pelo guarda, mas tão perto quanto possível do escritório da Scavi.

— Vou pegar as ferramentas. Você, vá se abrigar da chuva debaixo do pórtico. Não quero que se molhe como se molhou à tarde.

— Você vai conseguir se virar? — indagou Sana, enquanto puxava um guarda-chuva que estava sobre o banco traseiro.

Shawn lhe agarrou o braço.

— A pergunta é: e você, vai?

— Estou melhor agora que já estamos aqui.

Sana estava para sair do automóvel, quando Shawn falou:

— Espere esses carros passarem.

Sana se virou e viu uma fila de carros se aproximando deles na escuridão. Eles passaram espirrando água nas pedras cheias de água do calçamento, molhando o Fiat de cima a baixo. Ambos acompanharam as luzes traseiras se afastarem, depressa, passando pelo Arco delle Campane, sem nem mesmo reduzirem a velocidade.

— Esse deve ter sido um dos patrões, talvez até o chefão em pessoa — comentou Shawn.

— Obrigado por me dizer para não abrir a porta — disse Sana. — Eu teria ficado encharcada.

Alguns minutos depois eles já estavam no escritório da Scavi, às escuras. Shawn tinha levado as ferramentas e mais parafernálias nos dois baldes. Agora que estava perto, sua animação e nervosismo haviam se intensificado muito mais.

— O que devo fazer com o guarda-chuva? — indagou Sana, na maior inocência.

— Por Jesus Cristo! — explodiu Shawn. — Será que tenho que dizer o que fazer com tudo? — Ela estava fazendo com que ele perdesse a pouca paciência que ainda lhe restava. Primeiro ameaçava não cumprir o plano já aprovado e agora fazia perguntas cretinas.

— Não precisa falar assim comigo. É uma pergunta que faz sentido. Se o deixar aqui, alguém pode vê-lo e desconfiar que há alguém na escavação.

— Por que diabo alguém iria chegar à conclusão precipitada de que há alguém na Scavi se deixarem um guarda-chuva no escritório da Scavi? Que coisa mais ridícula!

— Está certo! — replicou Sana. Ela estendeu o braço e deixou o guarda-chuva do Hassler cair no chão. Sentia que a preocupação de Shawn com seus sentimentos estava ainda menor do que de costume.

Shawn também não estava satisfeito. Durante o ano anterior, à medida que ela ia progredindo em sua carreira, Sana tinha começado a agir em certos momentos como uma revolucionária, adotando um corte de cabelo curto contra a vontade dele; e, em outros momentos, agindo de modo tão petulante quanto uma criança que joga o guarda-chuva no chão, como, aliás, tinha acabado de fazer.

Durante certo tempo eles se fuzilaram mutuamente com o olhar. Sana foi a primeira a ceder.

— Estamos agindo como uns bobos, os dois — disse ela. Pegou o guarda-chuva e o encostou em um banco de madeira.

— Tem razão. Desculpa — disse ele, mas sem muita sinceridade. — Estou tenso porque estava com medo de que você não fosse até o fim nessa missão que é de vital importância para mim.

Na cabeça de Sana, qualquer alívio que ela pudesse ter sentido depois daquele pedido de desculpas sem convicção se derreteu como uma bola de neve nos trópicos. Em vez de assumir a responsabilidade pelo próprio comportamento, ele a culpava por seu modo de agir. Em outras palavras, o motivo pelo qual ele havia lhe ferido os sentimentos era culpa dela, e não dele.

— Vamos acabar logo com isso — disse Sana. Àquela altura, a última coisa que ela queria era uma briga. O que realmente desejava era voltar para o hotel e ir para a cama.

— Agora sim você entendeu o espírito da coisa.

Cada um pegou um balde e passou pela porta interna envernizada do escritório da Scavi. O corredor depois dela estava iluminado apenas por uma série de luzes noturnas de baixa intensidade, ao longo dos rodapés de mármore.

Ao chegarem às escadas que desciam até a entrada da necrópole, Shawn parou para olhar o corredor na direção da cripta da basílica. Não viu ninguém.

— Muito bem. Vamos lá.

Eles desceram as escadas. Lá embaixo, Shawn abriu a grade com a chave adequada, deixou Sana passar, depois entrou ele mesmo antes de trancar a barreira metálica atrás de si.

Com uma iluminação escassa vinda das luzes noturnas do corredor acima deles, o casal imediatamente tirou dos baldes seus capacetes de operário e ligou as lanternas deles.

— Nada mau — comentou Sana, abaixando a lanterna para enxergar a estreita passagem de pedra até a porta maciça à prova de umidade da necrópole. Apenas um momento antes, ela havia experimentado certa claustrofobia. A lanterna mudou tudo.

— Toma, segura isso com uma das mãos e o balde com a outra — instruiu Shawn, depois de ligar uma das lanternas de mão.

— Acho que não vamos precisar dessas com as lanternas de capacete.

— Toma — insistiu Shawn.

Shawn passou por Sana, espremendo-se entre ela e a parede, e desceu depressa até a porta maciça. A cada passo ele sentia sua empolgação aumentar. Ele não podia deixar de se sentir otimista. Estava convencido de que o ossário estaria onde Saturnino dissera que o havia colocado quase 2 mil anos antes.

Depois de destrancar a porta maciça, Shawn voltou a se colocar contra a parede para Sana poder passar na frente. Depois de voltar a trancar a porta, ele tornou a ultrapassar a esposa para descer rapidamente até o nível do cemitério da era romana. Estava pronto para dobrar para oeste, mas sentiu que Sana não havia o seguido.

— Que diabo pensa que está fazendo? — indagou ele, ao olhar para trás e vê-la descendo lentamente, as lanternas em sua cabeça e em sua mão se movendo erraticamente em arcos rápidos.

— Não gostei daqui — disse Sana.

— Do que é que não gostou? — indagou Shawn, murmurando também, baixinho: — Que é que ela vai aprontar agora?

Estavam apenas no início e ele já estava considerando a esposa um obstáculo progressivamente frustrante. Por um momento, pensou em mandá-la esperar no carro, mas aí se lembrou de que precisava dela. O que estava planejando fazer era definitivamente trabalho para uma dupla.

— Minhas lanternas não chegam ao teto. Isso me faz sentir estranha.

— O teto foi feito para ser propositalmente mantido no escuro para os visitantes não verem as vigas de sustentação de aço. É só para dar um clima meio lúgubre.

— É para isso mesmo? — indagou Sana. Ela chegou ao nível do cemitério antigo e permitiu que as lanternas iluminassem as entradas escuras dos mausoléus.

Shawn revirou os olhos.

— Este lugar parece ainda mais fantasmagórico à noite do que de dia — comentou Sana.

— É porque as luzes estão apagadas, porra — retrucou Shawn, meio entre os dentes.

— Que barulho foi esse? — indagou Sana, apavorada.

— Que barulho? — perguntou Shawn, quase tão preocupado quanto ela.

Durante alguns instantes paralisantes de pânico, eles procuraram escutar sons, quaisquer sons. O silêncio era ensurdecedor.

— Não estou escutando nada — disse Shawn, por fim. — O que ouviu?

— Parecia uma voz estridente.

— Minha nossa! Agora começou a imaginar coisas.

— Tem certeza?

— Disso eu tenho, mas do que não tenho certeza é se você pode continuar. Estamos muito perto agora.

— Se tem certeza de que não ouvi nada, vamos terminar logo e sair daqui.

— Pode se acalmar, por favor?

— Vou tentar.

— Muito bem, vamos, mas fica perto de mim.

Shawn a conduziu para oeste, na direção da tumba de são Pedro. Sana o seguia a apenas um passo de distância, evitando olhar para dentro dos mausoléus ao passarem por suas entradas escuras e assustadoras.

De repente, Shawn parou e Sana se chocou contra ele.

— Desculpe — disse ela. — Tem que me avisar quando for parar.

— Vou tentar me lembrar disso — disse Shawn, apontando para a esquerda com o facho de luz da lanterna. — Ali está o sarcófago romano que mostrei esta tarde. É onde vamos colocar os escombros da escavação. Acha que vai conseguir trazê-los até aqui enquanto eu escavo?

— Está querendo dizer, sozinha?

Shawn contou até dez, em silêncio.

— Se eu estiver escavando, naturalmente você vai ter que voltar sozinha — disse ele impacientemente.

— Veremos — respondeu Sana. A ideia de andar sozinha por aquela necrópole arrepiante a atemorizava e não a atraía nem um pouco. Ela só esperava poder se acostumar de alguma forma.

Shawn mordeu a língua. Em vez de falar, ele continuou, contornando a extremidade sul da parede vermelha. Apesar da subida, Sana continuou perto dele. Alguns momentos depois, eles já estavam na ampla câmara do lado leste do complexo do sepulcro de Pedro perto do monumento original chamado Tropaion de Pedro. Shawn percorreu com o facho da lanterna uma das muitas vidraças que formavam a plataforma, que tinha sido construída para permitir que os turistas modernos vissem o interior do sepulcro.

— Estamos quase lá — comentou Shawn, sua voz deixando transparecer o entusiasmo. — Vamos chegar logo ao nível do piso do sepulcro de Pedro.

— Acredito em você — disse Sana. — Vamos logo.

— Isso mesmo! — concordou Shawn, entusiasmado. Era o que queria ouvir.

Erguer a vidraça de 2 centímetros de espessura no canto mais distante, que dava acesso ao nível inferior, exigiu consideravelmente mais esforço do que Sana esperava. Depois de muito se esforçar, eles conseguiram levantar o vidro e encostá-lo na parede.

— Deixe-me entrar primeiro — disse Shawn, e Sana concordou. Entrar embaixo da plataforma de vidro era a parte que menos a animava e, se ia ter um problema de claustrofobia, era ali que ele ia começar.

Shawn cuidadosamente colocou as joelheiras e calçou as luvas de trabalho, aconselhando Sana a fazer o mesmo. Dali por diante eles iam precisar engatinhar, pois a altura do piso da escavação até a plataforma de vidro não permitia que nenhum dos dois ficasse de pé. Sentado na beirada da plataforma, Shawn passou os pés pela abertura e, avançando devagar, tomou impulso, ficando de pé no chão de terra. Depois que ele se abaixou e se afastou da abertura, Sana imitou seus movimentos, e logo os dois estavam engatinhando e empurrando seus respectivos baldes.

O piso era o que Shawn havia descrito originalmente, uma espécie de terra argilosa compactada misturada com cascalho. Embora Sana estivesse ficando cada vez mais nervosa à medida que eles se deslocavam e se afastavam da abertura da plataforma, uma coisa a incentivava. Aquela terra, ao contrário das outras áreas da necrópole, era totalmente seca, e isso indicava que o ossário, caso o encontrassem, estaria seco também.

Depois de avançarem diagonalmente sob a plataforma de vidro, chegaram à parte do espaço escavado que se estendia sob o andar de cima. O teto agora era de terra compacta, como o chão. Sana notou que não havia suportes, e parou de engatinhar, olhando para cima com desconfiança.

Shawn continuou avançando mais 3 metros e parou para iluminar um túnel à sua esquerda com a lanterna.

— Aqui estamos — disse ele. Virou-se e viu que Sana tinha parado a quase 3 metros de distância. Acenou para que ela o seguisse. Queria lhe mostrar onde acreditava que achariam o ossário.

— É seguro? — indagou ela, olhando o teto com desconfiança.

— Perfeitamente seguro — disse Shawn, seguindo a trajetória do seu olhar. — A terra a este nível é como concreto. Confie em mim! Você chegou até aqui. Quero te mostrar onde vou escavar.

Relutantemente, Sana avançou até onde ele estava, engatinhando, e se viu olhando por um túnel estreito de mais ou menos 1,2 metro de largura, menos de 1 metro de altura e cerca de 1,5 metro de profundidade. Na entrada e no final do túnel havia como que pilares de madeira rústica, cada qual consistindo de dois batentes verticais bem reforçados e uma viga bem grossa apoiada nos pilares.

— Por que há suportes aqui e não lá atrás? — indagou Sana. Ela não podia deixar de se lembrar de que não havia nada sustentando o teto acima de onde ela e Shawn estavam agachados naquele momento.

— O primeiro suporte aqui na entrada está segurando o muro dos graffiti e o outro é para sustentar a parede dos alicerces da cripta onde fica o túmulo de Pedro. O espaço além do batente interno é o interior da tumba. Se quiser engatinhar lá para dentro, vai ver um nicho entalhado na base da parede vermelha se olhar para a direita. É onde os ossos que o papa alegou serem de são Pedro foram encontrados, aqueles que estão no andar de cima, nas caixas Plexiglas.

— Acho que dá para eu passar — disse Sana. A ideia de rastejar pelo túnel baixo e entrar na cripta de são Pedro a fazia se sentir enjoada, e despertava os medos claustrofóbicos que ela andava tentando suprimir. Precisou de todo o seu autocontrole para evitar fugir para a área sob a plataforma de vidro e depois sair pela abertura para a galeria acima.

— Deixe-me mostrar uma coisa — disse Shawn, ao rastejar para dentro do túnel, rolando para ficar de barriga para cima. Apontou para o teto com a lanterna, depois bateu levemente nele entre os dois batentes. — O ossário deve estar aqui, se não foi descoberto por acidente quando a parede vermelha ou o muro dos graffiti foram erigidos. Agora me entregue a furadeira e os óculos. Vou sondar um pouco e ver se consigo fazer contato com pedra.

Sana se concentrou nas ordens de Shawn para evitar pensar que a massa inteira da Basílica de São Pedro estava acima deles, exercendo pressão. Quando Shawn estava pronto para começar, ela disse:

— Se não se importa, vou para a área mais aberta sob a plataforma de vidro. Estou com dificuldade de respirar aqui.

— Faça como se sentir melhor — disse Shawn, distraidamente. Estava encantado por ter voltado ao campo da arqueologia. Depois de colocar o balde ao lado de seu corpo, experimentou a furadeira. Naquele espaço confinado, seu zunido lhe pareceu particularmente alto. Satisfeito com o desempenho da ferramenta, ele colocou a ponta da broca contra o teto. O instrumento cortou a argila compactada como uma faca corta manteiga. Dentro de segundos, a broca de 10 centímetros de comprimento já havia penetrado inteiramente no solo duro. Choveu terra seca, a maioria no peito de Shawn, embora uma parte caísse no balde. Ligeiramente decepcionado por não ter encontrado pedra logo na primeira tentativa, ele tirou a broca da furadeira, deslocou-a 15 centímetros para a esquerda e tentou de novo.

Depois de trinta minutos ele ainda não tinha atingido pedra, apesar de ter feito dezenas de buracos no teto, enquanto sondava. Shawn já estava para mudar para o martelo e o formão quando notou uma coisa: os escavadores não tinham penetrado sob a parede de sustentação da cripta como ele havia pensado, mas tinham perfurado diretamente a base. Ao olhar com mais cuidado, o arqueólogo conseguiu enxergar as extremidades dos tijolos da parede aparecendo logo além dos suportes verticais da viga interna.

— Meu Deus! — gritou Shawn, pedindo a ajuda de Sana. Ele não podia vê-la, mas sabia que ela estava na área sob a plataforma de vidro. Tinha certeza disso por causa de suas perguntas impacientes a cada cinco minutos, querendo notícias de como ele ia. Pelo som da voz dela, podia dizer que ela estava ficando cada vez mais nervosa, mas estava incapacitado de fazer qualquer coisa quanto a isso, a não ser mantê-la informada sobre o progresso.

— Encontrou o ossário? — respondeu Sana, esperançosa.

— Não, ainda não, mas descobri outra coisa. Os alicerces da cripta vão mais fundo. O ossário deve estar mais fundo também. Se ainda estiver onde deve estar, provavelmente é à direita do túnel na direção da parede vermelha.

Depois de voltar a segurar a furadeira e se virar para apoiar-se sobre o lado esquerdo do corpo, Shawn começou a perfurar a parede direita do túnel. O primeiro furo foi a meio caminho entre o piso e o teto, com o mesmo resultado que todos os buracos anteriores. Removendo a broca, Shawn começou a perfurar de novo, no mesmo nível, mas numa parte mais profunda do túnel. Depois de apenas 7,5 centímetros, atingiu algo tão duro que fez a furadeira praticamente saltar de sua mão. Reanimando-se, ele começou a fazer um novo buraco 7,5 centímetros acima do primeiro. Tornou a atingir uma superfície dura.

Shawn sentiu a pulsação latejando em suas têmporas. Uma vez mais ele perfurou um novo buraco a alguns centímetros de distância do último e sentiu resistência na mesma profundidade. Seu entusiasmo aumentava a olhos vistos, mas ele não queria comemorar ainda. Em vez disso, fez mais de uma dúzia de outros buracos, conseguindo desenhar o contorno de uma pedra perfeitamente chata de aproximadamente 38 centímetros quadrados a 7,5 centímetros da superfície da parede do túnel. A essa altura, ele gritou para Sana:

— Encontrei! Encontrei! — repetia, animadíssimo.

— Tem certeza? — indagou Sana.

— Diria que 90 por cento de certeza — gritou Shawn.

Com notícias assim tão excitantes, Sana superou sua relutância e voltou a espiar o túnel.

— Onde ele está?

— Bem aqui — disse Shawn. Bateu com os nós dos dedos na parede do túnel, bem no meio do contorno que tinha desenhado com a furadeira.

— Não estou vendo — disse Sana, com grande decepção.

— Óbvio que não — rosnou Shawn. — Ainda não o removi. Só o estava localizando.

— Como pode ter tanta certeza assim?

— Olha, só me dá o martelo e o cinzel que eu te mostro, sua incrédula.

Sana não estava necessariamente duvidando de Shawn, mas, como ele, não queria se decepcionar. Pegou as ferramentas e as entregou a Shawn.

Shawn atacou a parede do túnel. O processo foi mais difícil do que ele havia esperado e foram necessários muitos golpes para que o cinzel penetrasse vários centímetros na terra dura como cimento. Depois de cada golpe, Shawn empurrava e puxava a ferramenta, fazendo-a oscilar de um lado para outro, para removê-la. O barulho de aço contra aço, do martelo batendo contra o cinzel, era agudo e penetrante, quase doloroso naquele espaço reduzido. Na tentativa de acelerar o processo, Shawn quase enterrava completamente o cinzel antes de bater nele lateralmente para soltar a terra ao redor. Para isso precisava dar vários golpes, e cada um deles reverberava como o som de um tiro de revólver, fazendo os ouvidos de Shawn e Sana vibrarem. Sana descobriu que, se cobrisse os ouvidos com as mãos em concha, poderia se proteger do barulho quase doloroso.

Depois de meia hora batendo no cinzel assim deitado de lado, Shawn já estava levemente suado, e seu ombro doía. Precisando descansar daquele esforço contínuo, ele deixou de lado as ferramentas e esfregou os músculos doloridos com força. Um momento depois, a luz da lanterna da Sana se fundiu à sua. Para surpresa de Shawn, Sana tinha até metido a cabeça dentro do túnel.

— Como vai a escavação? — indagou ela.

— Devagar! — admitiu Shawn. Com a mão enluvada, ele limpou a superfície de calcário que estava suando para expor. Apesar de tentar evitar a pedra com o cinzel, tinha-a arranhado uma dúzia de vezes. Os arranhões se destacavam como defeitos cor de creme em uma superfície marrom. Como arqueólogo, ele se arrependeu de ter que empregar uma técnica assim tão inadequada, mas tinha pouca escolha. Sabia que a segurança vinha fazer a ronda às onze horas da noite, quando o turno mudava, e queria estar fora dali muito antes disso. Já eram quase dez horas.

— Ainda acha que é ele? — perguntou Sana.

— Bom, digamos que é uma laje de calcário trabalhada que certamente não faz parte do solo e ela fica exatamente onde Saturnino afirmou que o havia colocado. Qual o seu palpite?

Sana não pôde deixar de se sentir ofendida diante daquele tom condescendente de Shawn. Estava fazendo uma pergunta legítima, porque só conseguia ver um pedaço chato de rocha, e, considerando-se todas as construções e reformas feitas na cripta de Pedro em milhares de anos, houvera várias oportunidades para que uma placa de pedra ter acidentalmente sido enterrada ali onde aquela estava. Meio nervosa, Sana explicou isso a Shawn.

— Então, agora você é que é a especialista — respondeu ele, sarcasticamente. — Deixe-me mostrar uma coisa. — E Shawn direcionou o facho da lanterna do capacete para a parte inferior da laje de calcário, onde tinha começado o trabalho ainda mais árduo de escavar o objeto. — Note como é curioso — disse, naquele mesmo tom condescendente que tinha usado um momento antes. — Essa "placa", como a chamou, é perfeitamente regular, horizontal e verticalmente. Se fossem restos de material de alguma construção, provavelmente não teria ficado assim tão perfeitamente lisa no sentido horizontal e perpendicular. Esse pedaço de calcário foi cuidadosamente colocado aqui. Não foi mero acaso.

— Quanto tempo mais isso vai levar? — indagou ela, cansada. Não havia dúvida na sua cabeça de que seu sacrifício de resistir à claustrofobia não estava sendo reconhecido. Se ela se sentisse capaz de ir embora sozinha, teria feito isso naquele momento.

Sem ligar para a pergunta da esposa e com a circulação restabelecida nos músculos do ombro, Shawn voltou a trabalhar. Rapidamente, terminou de encher o primeiro balde de terra. Depois pediu que Sana lhe entregasse o segundo. Vinte minutos depois, ele já tinha conseguido abrir uma fresta no solo de 10 por 10 centímetros, expondo a extremidade do que agora sabia que era uma caixa de calcário. A tampa tinha mais ou menos 2,5 centímetros e estava vedada com cera cor de caramelo. Desistindo do martelo por causa do espaço confinado, Shawn passou a usar o cinzel para raspar a terra antes de removê-la com a mão.

De repente, ficou paralisado. Inspirou profundamente quando seu coração parou por um instante. Alguém havia acendido as luzes da necrópole e era possível ouvir o ronco baixo de transformadores elétricos se ativando.

13

15H42, TERÇA-FEIRA, 2 DE DEZEMBRO DE 2008
CIDADE DE NOVA YORK
(21H42, ROMA)

Jack estava absolutamente decepcionado consigo mesmo. Pela segunda vez em dois dias tinha perdido completamente o controle. No dia anterior, tinha sido com Ronald Newhouse, o que exemplificava como estava nervoso com a doença do filho. Refletir sobre suas ações no consultório do quiroprático o constrangia principalmente porque era Laurie quem estava carregando a maior parte do peso daquela cruz, enquanto ele procurava fugir de casa diariamente para evitar até mesmo pensar no assunto. Naquele dia, ele tinha praticamente culpado seu filho de 4 meses pela sua falta de sanidade, o que era ainda mais vergonhoso do que agredir um quiroprático charlatão. Sentindo-se culpado, ele pensou em como Laurie reagiria quando soubesse que ele havia contado a Bingham e Calvin que JJ estava doente. Embora eles não tivessem debatido o assunto abertamente, ambos viam a situação como um assunto estritamente particular.

Jack ainda estava sentado à sua escrivaninha, no escritório, para onde havia batido em retirada depois da descompostura na sala de Bingham. Ele olhou para a sua bandeja de entrada, transbordando de resultados de testes de laboratório e informações que havia solicitado de investigadores médico-legais. Sabia que devia pôr mãos à obra, mas não conseguia começar.

Olhou de relance para seu microscópio e as pilhas de bandejas de lâminas que pediam para ser examinadas, cada qual representando um caso diferente. Ele tampouco tinha vontade de fazer aquilo. Preocupado como estava, temia deixar de detectar alguma coisa importante.

Aparentemente paralisado, Jack apoiou a cabeça nas duas mãos. Com os cotovelos na mesa e os olhos fechados, tentou decidir se estaria mesmo ficando deprimido. Não podia deixar aquilo acontecer de novo.

— Lamentável! — protestou em voz alta, com os dentes cerrados, a cabeça ainda baixa.

Vocalizar uma opinião assim tão ríspida a respeito de si mesmo foi como ser esbofeteado. Depois de ter, de certa forma, atingido o fundo do poço, ele procurou se recobrar. Partindo do princípio de que um bom ataque é a melhor defesa, a disposição com que abordara a reunião com Bingham e Calvin — estado de espírito que ele desejava ter podido sustentar, em vez de ter agido como uma covarde por temer o afastamento compulsório sem vencimentos —, Jack voltou para sua cruzada contra a medicina alternativa.

— Vai para o inferno, Bingham! — gritou Jack.

De repente, em vez de se sentir intimidado por Bingham, ele se percebeu agressivo. Embora inicialmente motivado por um desejo de esquecer a doença do JJ, ele agora considerava sua campanha contra a medicina alternativa como um objetivo legítimo em si e por si mesmo, e certamente não apenas um exercício de redação visando a um artigo para um periódico sobre patologia forense. Em vez disso, seria uma forma genuína de dar ao público informações sobre uma questão que deveria ser da mais alta importância para a população.

Uma vez restabelecida a motivação, Jack levantou a cabeça e empurrou a cadeira da área de trabalho da sua escrivaninha até o monitor do computador. Com alguns cliques no mouse, ele já havia entrado no e-mail, verificando se qualquer um dos seus colegas já respondera a sua solicitação de casos ligados à medicina alternativa. Havia apenas duas respostas: Dick Katzenberg, do escritório do Queens, e Margaret Hauptman, de Staten Island. Jack praguejou baixinho diante da ausência de outras respostas.

Pegando algumas fichas, ele anotou os nomes e os números de acesso. Depois enviou mais uma mensagem para todos os médicos-legistas, agradecendo a Dick e Margaret, mencionando-os pelo nome, por responderem e exortando os demais a imitarem os dois.

Jack apanhou as fichas e a jaqueta, e saiu. Queria analisar os arquivos dos dois casos, o que significava correr até o arquivo geral no novo prédio de análise de DNA do IML da rua 26.

Jack passou correndo pelo antigo, porém recentemente reformado, complexo hospitalar Bellevue e entrou no novo edifício de Genética Forense do IML, afastado da Quinta Avenida por um pequeno parque. O prédio em si era um arranha-céu moderno, revestido de uma mistura de vidro tingido de azul e calcário polido bege, elevando-se acima do velho hospital. Jack sentia orgulho daquele edifício e da administração de Nova York por tê-lo construído.

Apresentou sua identidade do IML ao porteiro, que o deixou passar pela catraca da segurança. O arquivo geral ficava no quarto andar, em um escritório imaculado, revestido de gavetas verticais de madeira artificial embutidas na parede, indo do chão até o teto. Cada uma daquelas gavetas imensas continha oito prateleiras horizontais de 1,2 metro de largura. Cada corredor tinha uma parede desdobrável feita da mesma madeira artificial, fechada e trancada.

À mesa de recepção do departamento, estava sentada uma mulher sorridente chamada Alida Sanchez.

— O que deseja? — perguntou ela, em uma voz melodiosa. — Está me parecendo particularmente motivado.

— Acho que estou, sim — admitiu Jack, retribuindo com um sorriso. Entregou-lhe as duas fichas que trazia consigo, pedindo para ver aqueles arquivos.

Alida as olhou de relance, depois se levantou.

— Eu já volto.

— Estarei aqui esperando — disse Jack. Observou-a ir na direção do East River, visível pelas janelas. Momentos depois, ela reapareceu com uma pasta. Voltou à mesa e a entregou a Jack.

— Eis o primeiro caso para você poder ir começando.

Jack abriu a pasta e começou a folhear o conteúdo, encontrando o relatório médico-legal, anotações da necropsia, laudo da necropsia, formulários de aviso de morte pelo telefone e a ficha de registro do caso até chegar ao atestado de óbito. Tirando-o da pasta, ele notou que a causa imediata da morte tinha sido a mesma de Keara Abelard: dissecção arterial vertebral. Na próxima linha do formulário, depois da frase "devido a ou em consequência de" ele leu: "Manipulação cervical por quiroprático."

— Perfeito — murmurou Jack para si mesmo.

— Aqui está seu segundo arquivo — disse Alida, voltando de um corredor mais distante. Curioso, Jack abriu a segunda pasta e tirou o atestado de óbito. Olhando de relance a linha da "causa imediata da morte", ficou surpreso ao ver que incluía "melanoma". Continuando a ler até a próxima linha, viu que a morte havia ocorrido em consequência de câncer que havia se espalhado para o fígado e para o cérebro. Confuso, sem saber por que Margaret teria lhe enviado aquele caso, ele passou para a segunda parte da causa da morte. Em uma linha onde se deviam colocar "outras patologias significativas que contribuíram para a morte", Margaret havia escrito que o paciente tinha sido aconselhado a usar homeopatia durante seis meses.

— Meu Deus do céu — disse Jack.

— Alguma coisa errada, doutor? — indagou Alida.

Jack ergueu os olhos do atestado de óbito e depois ergueu o papel.

— Este caso abriu meus olhos para outro lado negativo da medicina alternativa sobre o qual eu não tinha nem pensado.

— Ah, é? — indagou Alida. No seu cargo, ela não estava acostumada a conversar com os médicos-legistas, principalmente depois que o arquivo geral tinha se mudado do necrotério para o novo prédio.

— Eu antes pensava que a medicina alternativa, como a homeopatia, era pelo menos segura, mas não é.

— O que é exatamente homeopatia? — indagou Alida.

Como Jack havia lido um capítulo inteiro do livro *Truque ou tratamento* sobre o assunto na noite anterior, ele pôde responder a essa pergunta prontamente, coisa que não teria sido possível antes.

— É um tipo de medicina alternativa baseada na ideia anticientífica de que é preciso tratar "semelhante com semelhante". Em outras palavras, se uma planta causar náusea depois de ser comida, a mesma planta curará a náusea se tomada em uma dose muito diluída, e estou falando de uma diluição bastante reduzida, de forma a haver apenas uma molécula ou duas do ingrediente ativo.

— Coisa muito estranha — comentou Alida.

— Nem me fale — disse Jack, com uma risada. — Mas, como falei antes, eu pensava que fosse pelo menos inofensiva até você me trazer este caso. — E ele tornou a agitar o atestado de óbito. — Este caso comprova que as pessoas podem usar medicina alternativa, como a homeopatia, a ponto de se esquecerem da medicina convencional, a qual, sob certas circunstâncias, pode oferecer uma cura apenas se a terapia convencional for iniciada a tempo, como no caso de certos cânceres. Este caso que me deu é um exemplo disso.

— Isso é terrível — disse Alida.

— Concordo — disse Jack. — Portanto, obrigado pela ajuda.

— De nada. Há mais alguma coisa que possa fazer por você?

— Andaram falando que iam digitalizar os arquivos do IML. Já começaram a fazer isso?

— Sem dúvida alguma — respondeu ela.

— E até que ponto já chegaram?

— Não foram muito longe ainda. Leva tempo e aqui só há três funcionários.

— Quantos anos já fizeram?

— Nem um ano ainda.

Jack revirou os olhos, decepcionado.

— Nem mesmo um ano?

— É um processo muito trabalhoso.

— Como vou poder examinar os registros do IML onde constam mortes associadas à medicina alternativa como as duas que me trouxe?

— Desconfio que teria que ser pasta por pasta, o que poderia literalmente levar anos, dependendo de quantas pessoas estivessem envolvidas na tarefa.

— É o único jeito? — indagou Jack. Não era o que ele queria ouvir.

— É, até os registros todos estarem digitalizados. E até com registros digitalizados só encontraria os registros onde constem as palavras *medicina alternativa* no campo do formulário correspondente à *causa mortis*.

— Ou *quiroprática*, ou *homeopática*, etc. etc. — acrescentou Jack. — O tipo de medicina alternativa responsável pela morte.

— Exato, mas não creio que muitos peritos acrescentariam algo assim. Afinal de contas, nos atestados de pessoas que morreram de complicações terapêuticas, não se vê medicina convencional ou ortodoxa estipulada como fator que tenha contribuído para a morte, ou cirurgia ortopédica, nem qualquer outra especialidade, aliás. O único campo onde seria possível isso aparecer, se o médico examinador não o incluísse no atestado em si, seria no laudo do investigador, no campo "outras observações". E, mesmo assim, seria improvável, porque, pelo que sei, os investigadores raramente anotam alguma coisa nesse campo.

— Merda! — exclamou Jack. E aí, percebendo o que havia dito, pediu desculpas. — É que estou precisando muito dessas informações. Gostaria de saber quantas mortes nos últimos trinta anos, mais ou menos, dos casos examinados pelo IML, envolveram medicina alternativa. É esse tipo de estatística que chama a atenção das pessoas.

— Sinto muito — disse Alida, com um sorriso forçado.

14

22H08, TERÇA-FEIRA, 2 DE DEZEMBRO DE 2008
ROMA
(16H08, CIDADE DE NOVA YORK)

— **É** só ficar de olhos fechados — murmurou Shawn. — Não os abra, aconteça o que acontecer! Simplesmente se imagine num banco na praia, o sol brilhando e nuvens brancas e fofas passando bem alto, num céu distante e azul.

— Está frio demais para eu imaginar que estou na praia — disse Sana, em tom de desespero.

— Então, pelo amor de Deus, imagina que está deitada na neve, em Aspen, olhando para um céu de inverno cristalino que te faz sentir como se estivesse vendo tudo além da Via Láctea.

— Também não está tão frio assim.

Por um momento, Shawn não respondeu. Estava perdendo a paciência e não sabia mais o que dizer à Sana, a qual tinha sido preciso consolar durante todo o tempo em que ficaram escondidos, comprimidos um contra o outro, dentro do túnel. Ele já a conhecia fazia cinco anos e nunca tinha suspeitado até que ponto ela era claustrofóbica, nem do pânico que isso era capaz de gerar. Ela tinha começado a reclamar desde o instante em que tiveram que desligar as lanternas dos capacetes e mergulhar no túnel de cabeça, terminando deitados de lado e de frente um para o outro, em um abraço desconfortável. Inicialmente, ele tinha só procurado mantê-la em silêncio, pois estava quase tão apavorado quanto ela, mas seu medo era devido ao perigo concreto de ser descoberto pela segurança do Vaticano e não à claustrofobia.

Infelizmente, o pânico dela era tanto que ele precisou acalmá-la, ou então ela se tornaria o motivo pelo qual eles seriam descobertos. Olhando para ela à luz fraquíssima que penetrava pelos dois lados do túnel, ele tinha visto que estava trêmula, sua testa brilhando de suor e os olhos esbugalhados.

— Precisa se acalmar! — cochichara Shawn, rispidamente.

— Não consigo — gritara ela, na voz mais baixa que seu pânico permitia. — Não consigo ficar aqui. Preciso sair. Estou enlouquecendo!

Obrigado a ser criativo, ele a tinha mandado fechar os olhos e mantê-los fechados. Inesperadamente aliviado, ele notou que isso surtiu o efeito desejado. Ela tinha se acalmado o suficiente para não se mexer.

— Como está se sentindo? — perguntou Shawn, afinal.

Embora ela não tivesse reagido, ele se sentiu mais animado. Ela não abriu os olhos nem reclamou do pânico que sentia durante vários minutos, dando a Shawn um momento para se acalmar. Quando as luzes se acenderam de repente vinte minutos antes, ele também entrara em pânico, correndo de dentro do túnel para a área sob a plataforma de vidro. Sabia que precisava recolocar no lugar a vidraça pesada que tinham deixado encostada na parede. Não havia dúvida de que, se alguém visse aquele painel ali e a abertura, a segurança os encontraria.

Apenas minutos depois que eles tinham conseguido recolocar a vidraça no lugar e voltado para o túnel, apressadamente, Shawn e Sana ouviram as vozes de pessoas chegando ao local, subindo na plataforma de vidro e conversando entre si.

Enquanto Sana procurava conter o acesso de pânico, Shawn precisou combater os próprios temores de que ele e a esposa tivessem deixado alguma ferramenta ou objeto à vista sob a plataforma. Durante os dez minutos em que os guardas da segurança estiveram no local, Shawn ficou fora de si com medo de que fossem descobertos.

Ele se perguntou o que teria atraído a segurança. Nunca saberia com certeza, mas admitia que Sana tinha feito uma previsão surpreendentemente correta. O som do impacto do martelo de aço contra o cinzel devia mesmo estar sendo conduzido pelo solo e pelo mármore até a basílica.

— Posso abrir os olhos agora? — indagou Sana de repente, rompendo o pesado silêncio no túnel confinado.

— Não, fique de olhos fechados! — censurou Shawn. A última coisa de que ele precisava era ser obrigado a aturar a claustrofobia da mulher naquele momento.

— Quanto tempo vamos ficar assim? — indagou ela, com voz trêmula.

Era evidente que Sana ainda estava se contendo, mas, antes de Shawn poder responder, as luzes da necrópole se apagaram, mergulhando-os na mais completa escuridão.

— As luzes se apagaram? — indagou Sana, nervosa, mas também um tanto aliviada.

— Se apagaram, sim — confirmou Shawn — Mas continue de olhos fechados até acender sua lanterna. — E ele começou a rastejar para trás, na tentativa de sair do túnel. Quando conseguiu, acendeu a lanterna. Sana veio até onde ele estava um momento depois, acendendo também a dela.

A princípio eles ficaram só se entreolhando. Embora Shawn tivesse se preocupado, achando que o pânico da Sana poderia reaparecer quando ela abrisse os olhos, isso não ocorreu. Sair do túnel estreito tinha sido um alívio suficiente para manter a claustrofobia dela sob controle.

— Lembre-me de nunca mais trazer você para uma escavação — disse Shawn, aborrecido, como que culpando Sana pelo susto.

— Lembre-me de nunca mais ir a uma! — retrucou Sana.

Eles continuaram se entreolhando durante alguns segundos, ambos arquejantes como se tivessem acabado de sair de uma corrida de 100 metros rasos, em vez de estarem imobilizados durante meia hora.

— Vamos sair logo desse lugar horrível — disse Sana. — Até agora, essa experiência para mim foi uma das piores da minha vida. Entra logo naquele túnel e pega o maldito ossário.

A última coisa que Shawn queria era que Sana mandasse nele depois de ele ter segurado sua mão, pelo menos figurativamente, durante toda aquela provação. Aturar os medos dela tinha sido pior do que o medo de ser descoberto.

— Vou pegar o ossário porque quero pegá-lo — retorquiu Shawn. — Não porque está me mandando fazer isso. — E, agarrando o cinzel e o balde, voltou a engatinhar pelo túnel.

Sana o ouviu raspando a terra em torno do ossário, mas infelizmente não tinha nada para fazer, e começou a ficar obcecada com a situação de novo. Agora que a vidraça havia sido recolocada na abertura de acesso da plataforma, ela estava completamente à mercê de Shawn, verdadeiramente aprisionada. E, em consequência disso, seu pânico e ansiedade ameaçavam retornar.

— Shawn! — gritou Sana, para ser ouvida por causa do barulho de raspagem e dos gemidos que ele estava soltando por causa do esforço. — Precisamos voltar e erguer a vidraça.

— Vai sozinha — respondeu Shawn, acrescentando alguma coisa que Sana não conseguiu ouvir, mas podia adivinhar.

Sabendo que não conseguiria levantar o painel sem ajuda e sabendo que Shawn também sabia disso, ela ficou furiosa, mas havia nisso uma vantagem.

Ela rapidamente percebeu que a raiva lhe amenizava a claustrofobia. Quanto mais irritada ficava com Shawn, menos nervosa se sentia por estar em um espaço confinado. Recordando-se de que fechar os olhos havia funcionado muito bem no túnel, para acalmar seu pânico, ela voltou a fechá-los.

— *Voilà*! — gritou Shawn dentro do túnel. — Consegui soltar! Está saindo!

Como que acordando de um transe hipnótico, Sana abriu os olhos de repente. Pelo que sabia, Shawn podia até estar falando dela. A liberdade do ossário era a sua liberdade, pois significava que logo sairiam dali. Esquecendo-se completamente da fobia, Sana se arrastou até a entrada do túnel e observou o marido puxar o ossário de pedra, tirando-o do nicho na parede.

— É pesado?

— Bem pesado, sim — disse ele com um gemido, colocando a caixa de calcário no chão do túnel. Reposicionando-se, ele se arrastou para fora do túnel e saiu.

Ajoelhando-se e olhando para o ossário entre eles, o casal instantaneamente se esqueceu da irritação. Shawn estendeu a mão, reverente, e removeu o pó que restava no alto do objeto. Momentaneamente, ele se deixou deslumbrar pela possibilidade de que o ossário pudesse conter as relíquias de uma das pessoas mais reverenciadas da história do mundo. A superfície estava coberta do que pareciam arranhões indecifráveis. Depois de entender o que estava escrito ali, tudo se encaixaria devidamente.

— Eu estava esperando ver um nome — disse Sana, decepcionada.

— Mas há um nome escrito aí! — disse Shawn. — E uma data. — E ele virou o ossário para que as letras que estavam de frente para ele agora ficassem viradas para Sana Ela examinou o ossário atentamente, reconhecendo apenas os numerais romanos de uma data: DCCCXV, que ela achava que era 815. Vagarosamente, ergueu os olhos, fitando os de Shawn. Parecia que todo aquele esforço tinha sido em vão.

— Ah, não! — gritou ela. — Esse maldito ossário é medieval.

Shawn sorriu de novo.

— Tem certeza? — perguntou, em tom provocador.

Confusa, ela voltou a examinar os numerais romanos e voltou a traduzi-los para algarismos arábicos. Continuava lendo 815. Ela ia precisar convencer Shawn de que haviam fracassado. Como ela havia afirmado, aquele artefato pertencia obviamente à Idade das Trevas.

Aí Shawn apontou para os numerais romanos e perguntou:

— Está vendo as letras latinas depois dos numerais?

Sana voltou a olhar a data. Depois de olhar atentamente os arranhões aparentemente feitos ao acaso, conseguiu enxergar três letras.

— Estou vendo sim. Parece AUC.

— Exatamente, são AUC — disse Shawn, triunfante. — Isso quer dizer *ab urbe condita,* ou seja, a fundação de Roma, no ano 753 antes de Cristo no calendário gregoriano, que só foi introduzido em 1582 depois de Cristo.

— Estou perdida — disse Sana.

— Não é tão confuso assim. Os romanos não usavam nosso antes de Cristo e depois de Cristo. Usavam esse AUC. Para converter os anos do calendário romano antigo para o nosso calendário gregoriano é preciso subtrair 753 do ano indicado.

Sana fez essa operação de cabeça.

— Então a data é 62 depois de Cristo.

— Isso mesmo. Acredito que Simão Mago acreditava que a Virgem Maria morreu no ano de 62 depois de Cristo.

— Acho que é possível — disse Sana, balançando a cabeça enquanto se lembrava do seu catecismo.

— Eu diria que sim — disse Shawn. — Presumindo-se que Maria tenha tido seu primeiro filho, Jesus, em 4 antes de Cristo, e que tinha mais ou menos 15 anos quando ele nasceu, ela devia ter 84 anos ao morrer. Certamente é uma vida longa pelos padrões do primeiro século depois de Cristo, mas é possível. Olha, também há um nome no ossário.

— Não estou vendo nenhum — disse Sana, voltando a olhar os arranhões em torno da data.

— Aqui. É aramaico, logo acima dos numerais romanos.

— Eu não estou conseguindo ver letra nenhuma, juro.

— Eu vou desenhá-las para você lá no hotel.

— Ótimo! Mas qual é o nome?

— É Maryam.

— Meu Deus! — sussurrou Sana. Algo que ela nunca tinha pensado que fosse acontecer estava aparentemente acontecendo.

— Boa escolha de palavras — disse Shawn, satisfeito. — Vamos levar essa coisa para o hotel para podermos comemorar. — E ele gradativamente puxou a caixa para fora, para a área sob a plataforma de vidro. Era difícil, porque Shawn não podia ficar de pé.

— E as ferramentas e os baldes? — indagou Sana. — Se eu os levar, não vou poder ajudá-lo a carregar o ossário.

Shawn coçou a cabeça e concordou. O ossário devia pesar de 20 a 25 quilos, o que ele certamente podia carregar, mas precisaria descansar, principalmente ao subir os vários lances de escadas.

— Já sei — disse ele. — Vamos dar a algum futuro arqueólogo alguma coisa para encontrar no lugar do ossário. Vamos enterrar tudo exceto os capacetes no buraco onde ele estava antes. Afinal, vamos precisar nos livrar da terra de alguma forma.

— Boa ideia — disse Sana, mas, assim que Shawn começou a engatinhar para o túnel de novo, ela o deteve, agarrando seu braço. — Antes que faça isso, posso pedir um grande favor?

— O que é? — indagou Shawn, irritado. Apesar do aparente êxito, ele não estava a fim de ser muito generoso.

— Podemos levantar a vidraça de novo? Vou me sentir bem menos apavorada. Aí, enquanto você enterra as ferramentas, eu levo o ossário até a esquina debaixo da vidraça.

Shawn olhou para um lado e para outro do túnel até o ossário. Até olhou de relance o relógio, sabendo que queria sair pelo escritório da Scavi até as onze horas.

— Está bem, vai lá! — respondeu, como se estivesse fazendo uma concessão imensa. Alguns minutos depois, já estava no túnel, vedando o equipamento no buraco onde antes estava o ossário, com a terra que ia colocando com as mãos e compactando. Não conseguiu reconstituir a parede do túnel exatamente como era antes, mas fez o melhor possível, e, depois que terminou, a emenda lhe pareceu melhor do que esperava que ficasse.

Depois de alisar o chão de terra e se certificar de que não ia deixar nada por ali, Shawn tratou de bater em retirada correndo até onde Sana esperava por ele, na saída, a esquina oposta da plataforma de vidro. Trabalhando juntos, os dois ergueram o ossário até a altura do peito de Shawn e depois o fizeram deslizar lateralmente até a superfície da plataforma.

Com grande esforço, caminharam de volta, atravessando a necrópole até a saída, parando várias vezes para recuperar o fôlego, Shawn sempre lembrando que precisavam avançar. Em uma das paradas para tomar fôlego, perto da entrada da necrópole, Sana falou:

— Sabe o que está me deixando mais animada?

— Fala! — disse Shawn, massageando os músculos doloridos dos braços.

— O fato de que a tampa do ossário ainda está completamente lacrada.

Shawn se abaixou e examinou a tampa.

— Acho que tem razão.

— Se essa caixa foi lacrada em Qumran, e o clima de Qumran é tão seco quanto você disse, acho que tenho uma boa chance de encontrar um pouco de DNA mitocondrial do século I.

— E uma amostra bastante especial de DNA, aliás. Vamos, precisamos levar isso até o porta-malas do carro.

A última parte da viagem foi a mais assustadora. Como já eram quase onze horas da noite, corriam um pequeno risco, mas real, de darem de cara com a segurança entre o escritório da Scavi e a Praça dos Protomártires Romanos, onde o carro aguardava. Felizmente, isso não aconteceu. Uma vez do lado de fora, Shawn levou o ossário sozinho para Sana poder segurar o guarda-chuva. Ela queria evitar que o ossário se molhasse, nem que fosse só por fora.

Depois que acomodaram a relíquia no porta-malas do carro, eles se preocuparam um pouco quando voltaram às cabines dos guardas suíços, sob o Arco delle Campane. Mas não precisavam se inquietar. Talvez por causa da chuva, os guardas nem mesmo saíram da cabine, quando Shawn e Sana passaram direto, saindo rumo à cidade escura e molhada.

— Bem, isso foi fácil — disse Shawn, recostando-se no banco. Sana ainda estava de capacete de peão na cabeça, com a lanterna acesa. No colo, tinha um mapa fornecido pelo hotel, com o qual esperava ser capaz de encontrar o caminho de volta.

— Acho que não poderia descrever a experiência como fácil — disse ela, sem perceber que Shawn estava brincando. Ela estremeceu ao se lembrar do ataque de pânico. Nunca tinha passado por uma agonia assim antes.

— Só me arrependo de ter permitido que me convencesse a deixar o martelo e o cinzel lá — acrescentou Shawn, continuando a tentar brincar. Ele sabia muito bem que tinha sido sua a ideia de deixar as ferramentas na necrópole.

Sana olhou para o perfil do marido e ficou furiosa em silêncio, sem perceber que ele estava só tentando fazer piada. Como podia ser tão insensível? Por que se arriscava a ferir seus sentimentos assim? Não fazia sentido, principalmente porque eles haviam descoberto o que tinham ido procurar e conseguiram sair com a relíquia debaixo do nariz da segurança.

— Seria bom se pudéssemos abrir o ossário.

A irritação de Sana com Shawn imediatamente se transformou em preocupação com as intenções dele.

— Quando está planejando abri-lo? — indagou ela, com medo de ouvir a resposta.

— Não sei bem — respondeu ele. Olhou de relance para a esposa, surpreso com o tom dela e o fato de encará-lo tão atentamente. — Talvez me dê ao luxo de tomar uma bebida antes, mas quero saber se há documentos dentro dele, e quanto mais rápido, melhor.

Sana não riu, nem mesmo sorriu pelo que sentia agora que era uma tentativa dele de ser engraçado. Não havia graça nenhuma em abrir o ossário antes da hora. Aliás, ela até sentia medo de que a impaciência dele pusesse em risco o interesse dela pelo ossário.

— Por que está com essa cara fechada? — perguntou ele, enquanto protegia os olhos da lanterna de Sana.

— Só pode abrir o ossário quando eu estabilizar biologicamente as relíquias — disse Sana, bruscamente, ao desligar a lanterna e jogar o capacete no banco traseiro. — Senão, vamos estar nos arriscando a reduzir as chances de isolar qualquer DNA mitocondrial.

— Ah, é mesmo? — indagou Shawn, zombeteiro. Estava chocado pela esposa achar que tinha direito a assumir como dela um achado arqueológico que ele tinha certeza que seria a sua maior descoberta. — Vou abrir esse maldito ossário esta noite! Nós nos preocupamos com essas suas coisas de DNA quando chegar a hora.

— Mas assim o tiro pode sair pela culatra — replicou Sana, em alvoroço. — Sua impaciência pode lhe custar caro. Não se esqueça de que essa coisa já está lacrada faz quase 2 mil anos. Se houver documentos dentro do ossário, é melhor estar preparado para preservá-los imediatamente, senão pode perdê-los, junto com qualquer material biológico presente.

— Ah, tudo bem, talvez tenha razão — admitiu Shawn, relutante —, pelo menos no tocante aos documentos. Mas, francamente, a não ser por algum vago interesse científico, o que significaria saber a sequência de DNA mitocondrial da Virgem Maria?

— Não sei como responder a essa pergunta. Talvez consigamos reconstituir a genealogia dela até certo ponto, porque já teremos 2 mil anos de vantagem antes de começarmos. Mas o mais importante é que, como o DNA mitocondrial só é herdado da mãe, sem recombinação, você poderia acabar se tornando o responsável pela descoberta da sequência do DNA mitocondrial de Jesus Cristo.

— É mesmo? — repetiu Shawn, subitamente estarrecido.

— É, sim — confirmou Sana. — Você poderia ser incluído naquele grupo raro de cientistas que deram contribuições extraordinárias ao conhecimento humano, provavelmente mais do que simples documentos poderiam dar.

— Não me diga — disse Shawn, imaginando os elogios que receberia.

— E então, pode me dar sua palavra de que só abriremos o ossário em Nova York? Vai ter que esperar apenas alguns dias.

— Tem minha palavra.

Sana suspirou e soltou o ar, aborrecida. Estava aliviada. E também meio envergonhada por ter descido tanto, a ponto de manipular Shawn com a própria vaidade. Mesmo assim não estava constrangida o suficiente para admitir isso. Pretendia maximizar as chances de isolar o DNA de Maria, porque ela, como bióloga molecular, e não Shawn, que era o arqueólogo, é que terminaria por receber crédito por ter decifrado a sequência do DNA mitocondrial de Jesus Cristo.

15

IOHO6, SEXTA-FEIRA, 5 DE DEZEMBRO DE 2008
CIDADE DE NOVA YORK

— Ora, não há dúvida do que o matou — disse Jack. Ele tinha acabado de abrir o coração de um negro americano chamado Leonard Harris. Um coágulo enorme do formato de uma linguiça tinha preenchido completamente o átrio cardíaco direito.

— Este coágulo veio das pernas? — indagou Vinnie.

— É o que vamos ter que verificar — respondeu Jack.

A sala de necropsia estava movimentada ao extremo, com todas as oito mesas em uso. Jack e Vinnie já estavam enfronhados no seu terceiro caso, enquanto todos os demais peritos-legistas ainda estavam no primeiro.

O primeiro caso de Jack tinha sido um adolescente baleado no Central Park. Não se sabia se tinha sido homicídio ou suicídio. Infelizmente, o investigador médico-forense do IML, George Sullivan, tinha cometido um erro por fazer tudo às pressas, pressionado pelo detetive encarregado da investigação. O resultado foi que George se esqueceu de cobrir as mãos da vítima com um saco, possivelmente causando uma perda de indícios fundamentais. Como a vítima era filho de um advogado com contatos políticos, Calvin tinha sido convocado para resolver o problema e mandara Jack fazer a necropsia.

Os outros dois casos de Jack eram ligeiramente mais diretos, mas apenas um pouco. O segundo caso era um calouro de faculdade que tinha morrido devido a uma overdose de drogas. O terceiro, aquele do qual estava cuidando no momento, tinha apresentado um desafio inesperado. Jack tinha certeza de que a *causa mortis* fora embolia pulmonar, mas que aquela não havia sido necessariamente uma morte natural.

— Vinnie, meu amigo, você sabe — começou Jack, enquanto abria o resto do coração, procurando mais coágulos, especificamente na tricúspide e nas valvas pulmonares.

— Não! — interrompeu Vinnie, sem nem mesmo deixar Jack terminar a frase. — Quando começa uma sentença me agradando, sei que você quer que eu faça alguma coisa que não estarei disposto a fazer.

— Será que sou assim tão mau? — indagou Jack, ao passar para a bifurcação da artéria pulmonar, procurando mais coágulos.

— Você é ruim demais!

— Sinto muito que pense assim — disse Jack. — Mas pelo menos me deixe terminar a frase. Sabe o que é particularmente especial neste caso aqui?

Vinnie olhou para o coágulo enorme e escuro e depois para o corpo esfolado e cortado, tentando encontrar alguma coisa engraçada para dizer. Quando não se lembrou de nada, resolveu recorrer à verdade.

— Não!

— Este caso é um exemplo perfeito da importância que têm os investigadores médico-legais na patologia forense. Janice fez todas as perguntas certas, e por isso este caso vai ser analisado de um ponto de vista diferente. Eu teria certeza de que a morte foi natural, mas ela perguntou à esposa da vítima se ele andava tomando algum medicamento e descobriu algo que os médicos da emergência não sabiam: ele estava tomando um remédio à base de ervas por conta própria, um tal de PC-SPES, feito de ervas chinesas, que se supunha não estar mais no mercado, mas ainda se pode comprar por aí. Janice procurou esse remédio através do Google e descobriu que é um medicamento não aprovado pelo FDA e que costumava estar contaminado por hormônios femininos e, portanto, ser associado à formação de coágulos e embolia pulmonar fatal.

— Então o medicamento à base de ervas matou o homem.

— É bem possível — respondeu Jack.

— Vai conseguir provar isso?

— Talvez. Vamos ver o que diz a toxicologia quando examinar as amostras que tiramos e averiguar se podemos conseguir com a esposa um pouco do medicamento que ele vinha tomando.

— É, mas continua trabalhando! — reclamou Vinnie. Jack havia parado enquanto falava.

— Você toma algum remédio à base de ervas, Vinnie? — indagou Jack, voltando a trabalhar.

— Às vezes. Tem um afrodisíaco chinês chamado Vigor de Tigre que uso de vez em quando. E, ocasionalmente, meu acupunturista me dá alguma coisa quando eu me queixo de uma dorzinha menor.

Jack parou de trabalhar e lançou um olhar severo ao seu técnico de necropsias preferido.

— O que foi? Por que está me olhando assim?

— Como dizem por aí, eu sabia que você era tapado, mas nunca percebi que também era burro.

— Quê? Do que está falando?

— Não fazia ideia de que fazia uso de medicina alternativa. Por quê?

Vinnie deu de ombros.

— Acho que por que é natural.

— Natural, uma ova — disse Jack, desdenhoso. — O pior veneno conhecido do homem vem de um sapo arborícola da América do Sul. Só um bocadinho pode te matar. Você nem imagina como a dose é pequena, e é natural. Chamar alguma coisa de natural é apenas um truque de propaganda, sem sentido nenhum.

— Ih, calma, tudo bem! Talvez eu goste de medicina alternativa porque vem sendo usada há mais de 6 mil anos. Depois de todo esse tempo, eles devem saber o que estão fazendo, não é?

— Está se referindo à ideia maluca de que sei lá como, num passado distante, as pessoas tinham mais conhecimentos científicos do que têm hoje? Isso é ao mesmo tempo uma loucura e contraintuitivo. Seis mil anos atrás as pessoas pensavam que trovão era um bando de deuses empurrando os móveis.

— Tudo bem — repetiu Vinnie, ligeiramente irritado. — Gosto de medicina alternativa porque trata meu corpo inteiro, não só meu braço, ou baço, ou seja lá o que for.

— Ah! — disse Jack, mais alto, ainda mais sarcástico do que quando tinha falado da fábula do "natural". — O mito holístico ou aquela besteira de eu sou mais holista que você é tão maluco quanto as outras desculpas que já deu. A medicina normal é mil vezes mais holística do que a medicina alternativa. Na medicina convencional, até levam em conta os perfis genéticos individuais. Quer mais holístico que isso?

— Que tal a gente terminar esta necropsia? — sugeriu Vinnie. — E aí talvez você pare de gritar.

Exatamente como tinha feito alguns dias antes no consultório de Ronald Newhouse, Jack de repente caiu em si. Uma vez mais ele tinha permitido que suas emoções o dominassem. A sala tinha ficado silenciosa, e todos estavam olhando para ele, assustados. Quando olhou de relance para as mãos, percebeu que uma delas ainda estava segurando o coração e os pulmões do homem que ele examinava enquanto a outra ainda agarrava o cutelo. Tão subitamente quanto tinha parado, o burburinho das conversas recomeçou de novo em seguida.

— Nossa! — murmurou Vinnie. — Você está ficando muito sensível agora que está velho.

— Já estou estudando medicina alternativa desde nosso caso de DAV na segunda e ando meio exaltado com o que descobri.

— Meio? — indagou Vinnie, achando graça. — Eu diria que está é exagerando, mas sabe de uma coisa? Vou parar de ir ao acupunturista se você se sentir melhor assim.

— Eu me sentiria, sim — disse Jack. — Principalmente se você também parasse de tomar as ervas.

Vinnie chegou perto de Jack e semicerrou os olhos.

— Está me zoando, é? — Não tinha certeza.

— Meio uma coisa, meio outra — disse Jack. — Enquanto isso, vamos terminando essa necropsia.

Terminaram o caso de embolia pulmonar quase em tempo recorde, sem graça como estavam para conversar. Depois Jack disse:

— Desculpe, meu amigo. Definitivamente perdi a noção do ridículo.

— Está desculpado. Para compensar, pode me prometer que só vamos começar a fazer necropsias quando os outros começarem também.

— Pode ir sonhando — disse Jack, tirando as luvas e indo para o lavabo.

Jack se lavou e voltou para sua mesa, no andar de cima. Ainda se sentindo desconfortável por causa do desabafo na sala de necropsia, ele fechou a porta. Durante algum tempo pelo menos não queria falar nem conversar com ninguém. Obrigando-se a se concentrar no trabalho, ditou todas as três necropsias que tinha acabado de terminar para não se esquecer de nenhum detalhe, usando suas anotações para se lembrar de pontos mais específicos e importantes.

Depois do ditado, Jack olhou para sua bandeja de entrada transbordante, porém, como em muitos dias ultimamente, não conseguiu se motivar o suficiente para começar. Em vez disso, abriu a gaveta do meio e tirou um envelope grande onde andava guardando todos os seus dados sobre medicina alternativa. Até aquele momento, já havia reunido um total de 12 casos enviados pelos colegas. Keara Abelard era o 13º, e o caso do homem que tomava ervas naquela manhã, o 14º.

Jack devia estar se sentindo bem com seu progresso, mas não estava. Tinha chegado à conclusão de que o número de casos que ia encontrar, não importava o que fizesse, ia ser bem inferior ao número real por uma série de motivos. Um problema era o fato de que a ausência de digitalização dos registros do IML impossibilitava a pesquisa. Mesmo que os documentos fossem digitalizados, não havia codificação para medicina alternativa em geral, nem para tipos específicos de medicina alternativa. Além disso, mesmo que ele fosse capaz de encontrar casos de dissecção arterial vertebral, não havia garantia de que os registros iriam mencionar quiropraxia, mesmo que a terapia quiroprática estivesse envolvida na causa da morte.

Em situações que envolviam medicina com ervas, os casos seriam atribuídos a envenenamento acidental, e a causa da morte atribuída ao veneno específico causador do óbito. Se esse tipo de medicina fosse sequer mencionada, essa seria uma exceção, não a regra.

Embora Jack pensasse que sua campanha de denúncia dos riscos da quiropraxia e outras formas de medicina alternativa ainda era uma grande ideia e que certamente era válido realizá-la, seu entusiasmo estava se arrefecendo por causa dos obstáculos táticos. Quatorze casos durante um período indeterminado não atrairiam a atenção do público. Quando ele começou, tinha previsto uma denúncia bastante espalhafatosa, envolvendo centenas de casos capazes de dominar a mídia durante dias. Jack já podia presumir que isso nunca aconteceria.

À medida que o entusiasmo de Jack pela cruzada diminuía, seus problemas em casa só aumentavam. Suas emoções descontroladas, como o recente episódio com o Vinnie exemplificava, eram um sinal claro de que ele ainda não estava se concentrando como devia. Durante alguns momentos, perguntou-se se deveria continuar a campanha contra a medicina alternativa na esperança de resolver os problemas de pesquisa ou se deveria, em vez disso, simplesmente mudar de assunto e encontrar algo que ocupasse melhor seu tempo.

O telefone tocando o assustou, despertando-o de seus devaneios. Ele olhou o aparelho com ódio súbito, suprimindo o ímpeto de arrancar a tomada da parede. Não queria falar com ninguém.

Mas e se fosse Laurie? Talvez tivesse ocorrido uma súbita piora no estado de JJ. Talvez ela estivesse ligando da emergência do Memorial. Jack agarrou o telefone e berrou:

— Sim?

— Oi, meu irmão — cumprimentou Lou Soldano, com sua voz ressonante. — Estou ligando numa hora ruim? Pela sua voz, parece que está meio pressionado.

Jack levou um instante para reiniciar seu cérebro. Ele estava certíssimo de que era Laurie quem estava ligando para anunciar algum tipo de desastre.

— Não tem problema — disse ele, procurando se acalmar. — O que há?

Depois de Laurie, o tenente-detetive Lou Soldano era uma das pessoas de que Jack mais gostava no mundo. A amizade entre Lou e Jack era curiosa, porque, antes de este aparecer, Lou e Laurie tinham namorado durante algum tempo. Jack teve sorte porque o relacionamento entre eles tinha mudado de romântico e firme para platônico e agradável, e, quando Jack e Laurie tinham começado a namorar, Lou o defendera em várias ocasiões. Em um momento especialmente difícil, fora a convicção de Lou de que Jack e Laurie tinham sido feitos um para o outro que provavelmente se tornara a salvação do casal.

— Queria te dar umas informações adicionais sobre o caso daquela suicida que se matou com um tiro, sobre o qual me ligou na terça. Sabe de qual estou falando?

— Claro. O nome da mulher era Rebecca Parkman. Foi o caso do marido que só ia permitir a necropsia da mulher se passassem sobre o cadáver dele... desculpe o trocadilho... supostamente por motivos religiosos.

— Parece que ele tinha outros motivos além desse — disse Lou.

— Para mim não é surpresa. Embora o ferimento de entrada da bala apresentasse chamuscamento, não estava tão chamuscado assim, o que dava a entender que não tinha sido causado por uma arma que estivesse em contato direto com o corpo. Qual foi a distância que calculei que a arma devia estar quando foi disparada?

— Cinco centímetros!

— Em toda a minha carreira de legista nunca vi ninguém se suicidar com um tiro na cabeça que não fosse disparado com a arma encostada no crânio.

— Ora, devido a suas suspeitas, nós expedimos um mandado e demos uma busca na casa do cara. E, adivinha só, ele estava com uma gatinha. Pode imaginar? Dois dias depois de a mulher ter supostamente se matado, ele estava trepando com uma dessas líderes de torcida.

— Encontrou alguma coisa incriminadora?

— Ah, se encontrei! — disse Lou, casquinando, confiante. — Encontramos uma camisa dele recentemente lavada na secadora. Naturalmente estava limpa, mas a perícia encontrou um pouco de sangue que constataram ser da mulher. Acho isso extremamente incriminador. Preciso dar o braço a torcer para vocês do IML. Mais uma vitória a favor da justiça. — Uma das coisas que estimulara a amizade entre Jack e Lou tinha sido o respeito de Lou pela medicina legal e o que ela podia fazer pelo cumprimento da lei. Lou era um visitante frequente do IML e um observador assíduo das necropsias em casos criminais.

— E como vai aquele seu filho, o bebezinho? — indagou Lou.

— É uma luta — disse Jack, sem dar nenhum detalhe. Não tinha contado a Lou que o menino estava doente nem queria fazer isso. Ao mesmo tempo, não queria mentir. Não era uma luta mesmo, para qualquer um, conviver com um bebê?

— E não é mesmo verdade? — Lou riu. — A vida da gente muda completamente. Eu lembro que passava meses inteiros sem dormir quando meus filhos eram pequenos.

— Como estão as crianças, aliás?

— Não são mais crianças — disse Lou. — Minha menina tem 28 anos e meu filho tem 26. O tempo passa muito rápido...

Vou te contar. Mas eles vão bem. Como vai a Laur? — Laur era o apelido que Lou tinha posto na esposa de Jack.

— Bem — respondeu, e, antes que o amigo perguntasse mais alguma coisa, Jack acrescentou: — Lou, posso fazer uma pergunta pessoal?

— Cruz credo! O que é que pretende me perguntar?

— Você faz uso de alguma medicina alternativa?

— Está se referindo a quiropráticos, acupuntura e todas essas porras?

— Isso mesmo. Ou homeopatia ou medicamentos à base de ervas, ou até alguma dessas terapias mais esotéricas, onde se usam campos de energia, ondas, magnetismo e ressonância.

— Tenho um quiroprático que consulto de vez em quando para ajustar minha coluna, principalmente quando não durmo bem. E tentei acupuntura para deixar de fumar. Alguém aqui no quartel me recomendou.

— E a acupuntura, funcionou?

— Funcionou sim, durante umas duas semanas.

— E se eu te dissesse que a medicina alternativa não é isenta de riscos? Aliás, e se eu te dissesse que a manipulação cervical dos quiropráticos mata gente todo ano? Isso influenciaria sua escolha?

— É mesmo? — indagou Lou. — Morre gente?

— Eu acabei de examinar um caso desses — disse Jack. — Uma moça de 27 anos que morreu porque as artérias do pescoço sofreram lesões. Foi o primeiro caso que vi, mas andei pesquisando durante os últimos dias e fiquei surpreso com os números que encontrei. Eles influenciaram minha opinião sobre a medicina alternativa.

— Eu nunca soube que quem se tratava com quiropráticos corria o risco de morrer — admitiu Lou. — E a acupuntura? Alguém morre por causa dela?

— Morre, sim. Laurie me falou de um caso assim.

— Caramba! — exclamou Lou

— E se eu dissesse que a medicina alternativa não oferece todos os benefícios à saúde que apregoa? E que, além disso, fora um efeito placebo, não funciona. Sabe o que é efeito placebo, não?

— Sei. É quando a gente toma algum tipo de medicamento, como um tablete de açúcar, que não tem remédio nenhum, mas, mesmo assim, quando a gente toma, se sente melhor.

— Exato. Em outras palavras o que estou dizendo é o seguinte: e se eu dissesse que a medicina alternativa só exerce um efeito placebo, mas, durante esse processo, coloca a vida da pessoa em risco?

Lou riu.

— Talvez eu deva ir comprar um frasco de tabletinhos de açúcar.

— Lou, estou falando sério. Quero entender por que você não questiona essa coisa de ir até um suposto médico, pagar uma consulta cara, possivelmente se arriscar a morrer, quando estou dizendo que essas terapias só exercem um efeito placebo. Me ajude a entender isso, por favor.

— Talvez seja porque posso marcar uma consulta com esse tal quiroprático.

— Ainda não entendi. Como assim "pode marcar uma consulta"?

— Porque é um inferno para conseguir marcar uma consulta com o meu clínico geral. O consultório dele parece uma fortaleza com uma dupla de bruxas que agem como se precisassem protegê-lo de mim, um reles peão. E, quando consigo uma consulta, ele me diz para perder peso e parar de fumar, como se isso fosse fácil, e eu saio do consultório tão rápido que muitas vezes esqueço por que resolvi ir. Então ligo para o quiroprático, e minha ligação é atendida na hora, com toda a atenção. Se a gente quiser falar com o quiroprático, a gente consegue. Se for uma emergência e a gente quiser ir ao consultório imediatamente, não precisamos esperar uma hora, e, quando o terapeuta te atende, não dá a impressão de que está querendo te despachar rapidinho, como se o consultório fosse uma linha de montagem e a gente fosse um pedaço de carne em um abatedouro.

Durante alguns minutos, fez-se silêncio. Graças a sua capacidade de controlar razoavelmente bem as emoções, Jack conseguiu escutar a respiração de Lou. O homem estava ligeiramente irritado. Jack pigarreou.

— Obrigado! — disse. — Você me ensinou uma coisa que eu precisava saber.

— De nada — disse Lou, sem muita sinceridade.

— Eu disse que andei analisando a medicina alternativa e fiquei fascinado pela disposição do público em geral para adotar esse tipo de tratamento, apesar do fato de que me parece quase sem valor do ponto de vista da eficácia, mas as pessoas gastam bilhões e bilhões de dólares todos os anos. Só a medicina com ervas, segundo descobri, rende 30 bilhões; e, por sinal, pode me dizer se toma algum remédio à base de ervas?

— De vez em quando. Quando meu peso passa dos 100 quilos, entro em uma dieta para perder um pouco, o que inclui um remédio à base de ervas chamado Lose It.

— Pois não devia — disse Jack. — Como seu amigo, aconselho que não use esse remédio. Muitos produtos para emagrecer à base de ervas, principalmente os da China, estão contaminados com sais de chumbo ou mercúrio, ou ambos. Além disso, a planta em seu estado natural às vezes é contaminada de propósito com produtos farmacêuticos perigosos para que exerça um efeito positivo pelo menos mínimo, ou seja, emagrecimento. Eu o aconselho a evitar esses remédios tanto quanto possível.

— Você está me dando tantas notícias boas hoje. Foi bom eu ter ligado.

— Desculpe — disse Jack. — Mas ainda bem que ligou. Você até que me ensinou uma coisa que eu precisava saber, embora provavelmente não quisesse: porque os pacientes costumam acolher a medicina alternativa de braços abertos e não querem ouvir as contraindicações.

— Agora estou curioso — disse Lou. — O que foi que te ensinei?

— Me ensinou que a medicina convencional tem muito a aprender com a medicina alternativa. A forma como descreveu suas experiências com as duas é reveladora. A medicina alternativa tem boas relações com os pacientes e os trata como gente, tornando a consulta uma ocasião positiva, mesmo que não esteja acontecendo nenhuma cura que mereça esse nome. A medicina convencional, por outro lado, costuma fazer o contrário, agindo mais como se estivesse prestando um favor. E o pior é que, se o médico convencional não tiver a solução para o problema da gente, finge que a pessoa não existe: a pessoa fica num mato sem cachorro, como dizem. — Jack não pôde deixar de lembrar que era assim que ele e Laurie estavam se sentindo naquele momento, marcando o passo enquanto esperavam a alergia de JJ à proteína de camundongo passar, se é que ia. Não se podia garantir nada.

— Por que está dizendo que não queria saber isso? — indagou Lou.

Jack precisou refletir um momento, porque a pergunta tinha a ver com sua campanha contra a medicina alternativa, que tinha, por sua vez, a ver com a doença de JJ. Jack não queria falar do filho.

— Eu não queria saber por que descobrir que há uma justificativa legítima para que as pessoas passem a usar medicina alternativa significa que meu esforço para expor as limitações, e até os riscos dela, provavelmente vai cair no vazio.

— Às vezes acho que você é a pessoa mais irritantemente arcaica que eu conheço. Mas permita que eu acrescente outro motivo para as pessoas rejeitarem suas convicções sobre medicina alternativa até não poderem mais. A medicina alternativa não parece assustadora. Se disser que alguns pacientes morrem todo ano porque resolvem consultar um terapeuta que exerce a medicina alternativa, elas nem vão piscar. Morrem muito mais pacientes que recorrem exclusivamente à medicina convencional, milhares e milhares a mais. Aliás, as pessoas que só vão ao quiroprático acreditam na quiropraxia especificamente porque não querem ir ao consultório do médico convencional, onde talvez escutem um diagnóstico que vai acarretar desconforto e sofrimento, possivelmente até morte. No quiroprático, isso nunca acontece. Tudo é otimismo, todos os sintomas podem ser tratados e o tratamento não dói, e, se for só um placebo, que é que tem?

Fez-se mais um pouco de silêncio até Jack dizer:

— Você tem razão!

— Obrigado. Agora vamos voltar ao trabalho propriamente dito, porque ainda é horário do expediente. E uma última coisa: continue me dando dicas, porque essa última sobre Sam Parkman foi na mosca.

— Mas não vai haver um problema com o caso Parkman, se o sangue for considerado indício circunstancial? Quero dizer, não há como provar quando o sangue da vítima caiu na camisa. A defesa pode argumentar que foi um mês ou um ano antes.

— Não vai haver problema algum. A tal namorada do marido, a ginasta, já abriu o bico a plenos pulmões, tentando evitar que seja considerada cúmplice. O promotor está muito satisfeito, considera o caso praticamente encerrado.

Depois de desligar o telefone, Jack ficou imóvel um instante. O pouco vento que ainda impelia o barquinho da sua campanha contra a medicina alternativa tinha parado de soprar. Ele voltou a se sentir desanimado. Pegou todas as anotações e as jogou de novo dentro do envelope grande. E em vez de colocá-lo na gaveta do meio da escrivaninha abriu a gaveta de baixo, onde estava a foto emoldurada de Laurie e JJ, e jogou o envelope dentro dela. Depois deu um chute na gaveta, fechando-a.

Preparado para cair de cabeça no seu verdadeiro trabalho, Jack estendeu o braço para a bandeja de entrada para colocar o material sobre o seu mata-borrão e começar a selecionar a papelada. Mas não chegou a tocar a pilha de documentos. O telefone tocou de novo, interrompendo o silêncio na sala. Acreditando ser Lou com outra ideia sobre a questão da medicina alternativa, Jack respondeu o telefone tão informalmente quanto tinha feito antes. Mas não era Lou. Era talvez uma das últimas pessoas do mundo que Jack pensava que ia ligar para ele.

16

11H30, SEXTA-FEIRA, 5 DE DEZEMBRO DE 2008
CIDADE DE NOVA YORK

— **É** o Dr. Stapleton? — Aquela voz clara e melíflua de tenor passou pelo telefone como uma brisa fresca. Parecia familiar a Jack, e seu cérebro consultou desesperadamente às pressas seus arquivos auditivos.

Jack ficou em silêncio por um instante. Escutando com mais atenção, chegou a ouvir um ligeiro chiado. A pessoa ainda estava na linha, mas tinha parado de falar de propósito. Jack respondeu depois de quase meio minuto:

— Vamos ficar assim um bom tempo, até você me dar mais alguma informação.

— Aqui quem fala é um dos seus mais velhos e queridos amigos.

Jack se lembrou de novo da voz, mas não foi capaz de identificar o dono dela.

— Como nunca tive muitos amigos, devia ser fácil me lembrar, mas não estou lembrando. Precisa me dar alguma outra pista.

— Eu era o mais bonitão, o mais alto, o mais inteligente, o mais popular dos Três Mosqueteiros!

— Não é possível — exclamou Jack, sentindo-se mais à vontade. — James O'Rourke. Muito embora eu concorde com todas as qualidades menos significativas, vou contestar a de mais alto.

James deu a sua familiar gargalhada estridente, que mexia com os nervos de Jack como quando se encosta a ponta dos dedos no papel-lixa, exatamente como acontecia quando se conheceram no Amherst College, no outono de 1973.

— No instante que ouvi sua voz, sabe o que passou pela minha cabeça? — disse James, voltando a dar uma risadinha.

— Nem posso imaginar.

— Vi você saindo da Laura Scales House, no Smith College, carregando com esforço o busto de Laura Scales, com a cara tão vermelha como devia estar a minha. Foi hilário.

— Foi porque Molly furou comigo — disse Jack, defendendo-se rapidamente.

— Eu me lembro. E você fez isso em plena luz do dia.

— Eu o devolvi no mês seguinte, com grande pompa — acrescentou Jack. — Portanto, tudo se resolveu pacificamente.

— Eu me lembro. Estava presente.

— Você é a última pessoa que devia estar me criticando — disse Jack. — Ainda me lembro da noite em que levou para fora a cadeira do clube da Dickinson House, no Mount Hoyoke College, porque estava brigado com a... Qual era mesmo o nome dela?

— Virginia Sorenson. Aquela maravilhosa, encantadora Virginia Sorenson! Uma gracinha. — disse James, com um toque de nostalgia.

— O que houve com ela, depois que...?

— Depois que entrei no seminário?

— É.

— Não ouvi mais falar dela. Era um amor, mas nada compreensiva.

— Posso entendê-la, considerando que vocês eram muito próximos. Você se arrepende da sua escolha?

James pigarreou.

— A dificuldade de ter que fazer essa escolha vem sendo uma fonte de alegria e tristeza que eu preferiria discutir tomando um copo de vinho ao pé de uma lareira. Tenho uma casa à margem de um lago a nordeste de Nova Jersey, e estou convidando com todo o prazer você e sua mulher para irem até lá num desses fins de semana.

— Seria ótimo — disse Jack, sem querer se comprometer. O convite era surpreendente, pois desde a formatura deles na faculdade, em 1977, não tinha mais ouvido falar de James. Claro que também por culpa de Jack, por não ter tentado entrar em contato com o amigo. Embora tivessem sido bons amigos na faculdade, eles partiram para campos de estudo totalmente opostos. Com o último membro dos Três Mosqueteiros, tinha sido diferente. Jack tinha se entusiasmado com o trabalho de Shawn Daughtry sobre a arqueologia do Oriente Próximo e havia se mantido razoavelmente em contato com o amigo até a morte de sua primeira mulher e filhos. Depois disso, Jack havia cortado relações com todas as outras pessoas, inclusive os parentes.

Como se tivesse lido os pensamentos de Jack, James disse:

— Tenho que pedir desculpas por não ter entrado em contato com você quando se mudou aqui para a cidade. Ouvi dizer que estava aqui, trabalhando no IML. Vivia pensando em ligar para combinarmos de sair juntos e rir, relembrando os velhos tempos. Parece que enquanto estamos na faculdade não percebemos que é uma experiência maravilhosa. Na época, parece tudo muito confuso, com a pressão de todos aqueles trabalhos extensos e os exames. E, se alguém tentar nos dizer como essa época é especial enquanto a gente ainda está lá, pensamos: "Pois sim, se isso é o melhor que se pode ter na vida, estou ferrado e malpago!"

E aí foi a vez de Jack dar uma risadinha.

— Você tem toda razão. É a mesma coisa com a faculdade de medicina. Lembro que o nosso velho médico de família costumava me dizer que a faculdade de medicina ia ser o ponto alto emocional da minha vida profissional. Na época, achei que ele estava maluco, mas depois vi que estava certo.

Fez-se uma pequena pausa na conversa, durante a qual os dois antigos colegas de faculdade ficaram silenciosamente relembrando o passado. Mas, de repente, quando James rompeu o silêncio, foi com um tom de voz e uma atitude completamente diferentes:

— Imagino que queira saber por que resolvi telefonar, assim de repente.

— É, confesso que isso me passou pela cabeça — admitiu Jack, tentando parecer despreocupado.

A voz de James se tornou decididamente triste, quase solene:

— Foi apenas porque estou precisando desesperadamente da sua ajuda, e rezo para que esteja disposto a me auxiliar.

— Tem toda a minha atenção — disse Jack, desconfiado. Em certas ocasiões, quando escutava os problemas dos outros, acabava se recordando dos seus, porém, por mais que desejasse evitar isso, não podia deixar de se sentir curioso. Só que não conseguia acreditar que ele, um agnóstico convicto, poderia, de alguma forma, ajudar o arcebispo da cidade de Nova York, inquestionavelmente um dos mais poderosos líderes do mundo.

— É um caso que envolve nosso amigo mútuo, Shawn Daughtry — acrescentou James.

— Vocês estiveram jogando juntos de novo? — perguntou Jack, tentando fazer piada. Quando estavam na faculdade, James e Shawn costumavam jogar pôquer pelo menos uma vez por semana e tinham discussões acaloradas sobre quanto um devia ao outro. Diversas vezes, Jack teve que intervir para fazê-los voltar a falar um com o outro.

— Este assunto é de extraordinária importância — disse James. — Preferiria que o levasse a sério.

— Me perdoe-me, padre — disse Jack, chegando à conclusão que James estava falando sério. Ainda tentando ser informal, acrescentou: — Devo chamar você de padre, padre?

— Meu título é Sua Eminência — disse James, ficando um pouquinho mais à vontade. — Mas pode me chamar de James, o que prefiro imensamente vindo de você.

— Ah, ainda bem — respondeu Jack. — Conhecendo você desde os tempos de faculdade como conheço, seria um tanto difícil chamá-lo de Vossa Eminência. Ia até parecer que estou me referindo a alguma característica anatômica inconfessável.

— Você não mudou nada, mudou? — disse James, com um tom bem menos solene.

— Infelizmente, sim, mudei. Me sinto como se estivesse vivendo uma segunda vida, totalmente separada da primeira. Mas prefiro não falar disso, pelo menos por enquanto. Talvez, dentro de uns trinta anos, quando você me telefonar, eu esteja preparado.

— Se passou tanto tempo assim? — disse James, com um ligeiro remorso.

— Para ser mais exato, foram 31 anos, só que eu arredondei para a década mais próxima. Não se preocupe, não estou querendo recriminar. Sou tão culpado quanto você.

— Bem, precisamos retificar isso. Afinal, moramos e trabalhamos na mesma cidade.

— Parece que sim — disse Jack. Ele era uma dessas pessoas que se abstêm de assumir compromissos sem pensar com cuidado. Levando em consideração o tempo que havia se passado e o rumo seguido pelas carreiras dos dois, não sabia se queria recomeçar uma amizade que parecia pertencer a uma vida anterior.

— Eu gostaria de propor que nos encontrássemos o mais cedo possível — disse James. — Sei que estou ligando meio em cima da hora, mas será que daria para você vir até minha residência para um rápido almoço?

— Hoje? — perguntou Jack inteiramente surpreso.

— Sim, hoje — reiterou James. — Uma bomba acabou de cair no meu colo, e não disponho de muito tempo para desarmá-la. É por isso que necessito da sua ajuda.

— Bom — disse Jack —, acontece que não tenho mais vaga na minha agenda, porque fui convidado para almoçar com a rainha da Inglaterra, mas posso ligar para ela e dizer que teremos que adiar o almoço porque a Igreja Católica necessita da minha intervenção.

— Não concordo com a sua autoavaliação. Você não mudou nem um pouquinho. Mas fico muito grato por se colocar à minha disposição. E muito obrigado pelo humor irreverente. Provavelmente seria melhor para encarar as coisas de forma mais descontraída, porém estou muito preocupado.

— Shawn está doente? — perguntou Jack. Isso era o que mais o preocupava: um câncer, porque isso o faria se lembrar demais de seus próprios problemas.

— Não, não é a saúde física dele, é a salvação de sua alma. Sabe como ele é cabeçudo.

Jack coçou a cabeça. Relembrando como Shawn era depravado nos tempos de faculdade, a alma dele já devia estar em perigo desde a puberdade; portanto, ele ficou curioso em saber por que ela precisaria ser salva tão depressa naquele dia.

— Pode ser um pouco mais específico? — perguntou Jack.

— Prefiro não ser — disse James. — Prefiro discutir o assunto cara a cara. Quanto tempo vai levar para chegar?

Jack olhou para o relógio. Faltavam dez minutos para o meio-dia.

— Se eu sair agora, o que é possível, estarei aí em 15 ou 20 minutos.

— Maravilha. Preciso comparecer a uma recepção oficial com o prefeito às duas horas. Mal posso esperar para falar com você, Jack.

— Eu também — disse Jack, desligando o telefone.

Aquele pedido de James lhe parecia estranhamente irreal. Era como se o presidente tivesse telefonado e dito: "Venha para Washington imediatamente. O país precisa de você." Jack riu alto, pegou a jaqueta de couro e desceu até o subsolo.

Enquanto tirava a tranca de sua bicicleta, teve a impressão de que havia alguém atrás de si. Virando-se, deu de cara com o legista-chefe Bingham, cujo rosto lembrava a cara de um buldogue. Como sempre, sua expressão estava horrível, e sua testa porejava suor.

— Jack — começou Bingham. — Queria reiterar nossa solidariedade com você por causa do estado do seu filho. Também temos filhos e podemos, até certo ponto, imaginar como é difícil. Não se esqueça: se houver alguma coisa que possamos fazer, é só nos dizer.

— Obrigado, chefe.

— Vai sair?

— Não, é que eu gosto de vir aqui embaixo de vez em quando só para trancar e destrancar a minha bicicleta, sabe.

— Sempre brincando! — comentou Bingham. Conhecendo bem Jack, ele não se sentia mais ofendido como antes, quando

Jack tinha entrado para o IML. — Me deixa adivinhar: acho que não vai sair para almoçar com um amigo quiroprático.

— Acertou na mosca — disse Jack. — Nem vou me encontrar com um acupunturista, nem homeopata, nem herbalista. Vou almoçar com um homem que cura pela fé. O arcebispo de Nova York acabou de me telefonar e me convidou para almoçar com ele.

Bingham não aguentou e soltou uma gargalhada.

— Tenho que admitir que você sabe ser criativo quando responde perguntas. Valeu, vai pela sombra, hein, e, aliás, preferia que não andasse de bicicleta por aí. Vivo apavorado, achando que um dia vai entrar aqui numa padiola.

Ainda rindo, Bingham se virou e caminhou em direção às profundezas do IML.

Jack foi para o norte da cidade pela Madison, o ar fresco o revigorando. Dentro de 15 minutos chegou à esquina da rua 51. A residência do arcebispo se destacava dramaticamente dos modernos edifícios da vizinhança, sendo uma casa modesta de pedras cinzentas, um tanto austera, de três andares, com telhado de ardósia. As janelas dos andares inferiores eram protegidas por barras de ferro. O único sinal de vida era um vislumbre de cortinas de renda belga, meio deslocadas atrás de algumas janelas gradeadas.

Após trancar a bicicleta e o capacete em um lugar seguro, Jack subiu os degraus de granito e puxou o cordão de um sino de bronze reluzente. Não teve que esperar muito. Depois de fechaduras estalarem, a pesada porta se abriu para dentro, revelando um padre alto, magro, ruivo, cuja característica fisionômica mais destacada era um nariz em formato de machadinha. Vestia uma batina preta e um colarinho romano à antiga, muito engomado.

— Dr. Stapleton? — perguntou o padre.

— Isso mesmo — respondeu Jack, informalmente.

— Meu nome é padre Maloney — disse o homem, afastando-se para um lado.

Jack entrou, sentindo-se ligeiramente intimidado pelo ambiente. Quando o padre Maloney fechou a porta atrás de si, disse:

— Vou levá-lo até o estúdio particular de Sua Eminência. — Andou rápido, forçando Jack a dar alguns passos correndo para conseguir acompanhá-lo.

Os sons da agitada Madison Avenue tinham desaparecido por trás da pesada porta de entrada. Jack só conseguia ouvir agora, além do tique-taque do relógio de pé, os passos deles ecoando pelo assoalho de carvalho muito bem-encerado.

O padre Maloney parou diante de uma porta fechada. Quando Jack chegou perto dele, o padre abriu a porta e ficou de lado para deixá-lo entrar.

— Sua Eminência virá ao seu encontro em breve — disse, saindo do aposento e fechando a porta silenciosamente.

Jack olhou ao seu redor, avaliando o austero escritório que cheirava a desinfetante e a assoalho encerado. A única decoração, além de um crucifixo pendurado na parede por cima de um antigo genuflexório, eram diversas fotos formais do papa, emolduradas. Além do genuflexório, havia apenas um sofazinho de couro com a respectiva poltrona, também de couro, uma mesinha com um abajur e, finalmente, uma escrivaninha pequena, com a respectiva cadeira de madeira de espaldar reto.

Jack andou pelo assoalho brilhante, as solas de couro de seus sapatos produzindo sons altos. Sentou-se no sofá, sem se recostar, sentindo-se deslocado ali. Nunca fora religioso, pois seus pais, ambos professores, nunca tinham sido adeptos de nenhuma fé. À medida que ia crescendo, tinha sido forçado a pensar sobre o assunto e decidido que seria agnóstico, até acontecer a tragédia que o havia separado de sua família. Dali por diante, tinha desistido da ideia reconfortante de que houvesse um Deus. Achava que um Deus amoroso nunca deixaria sua amada esposa e as queridas filhas morrerem como morreram.

Repentinamente, a porta se abriu. Jack, já nervoso, ficou de pé num pulo. Sua Eminência, o cardeal James O'Rourke, entrou com os paramentos completos de arcebispo. Por um instante, entreolharam-se, cada qual se lembrando de momentos agradáveis. Embora Jack conseguisse sem dúvida ver um resquício de seu velho amigo no rosto do cardeal, o restante de sua aparência o surpreendeu. Ele não se lembrava de que ele fosse assim tão baixo como estava, e seu cabelo estava mais curto, sem aquela antiga cor ruiva vibrante. Mas eram as roupas, certamente, o que mais tinha mudado; James lembrava a Jack um príncipe renascentista. Sobre as calças pretas e o colarinho branco, James usava uma batina preta, debruada com o típico vermelho-cardeal, com botões da mesma cor. Sobre a batina, uma capa escarlate sem mangas. Na cabeça, um solidéu, também vermelho-cardeal. Amarrada na cintura, trazia uma faixa larga escarlate, e ao redor do pescoço, uma cruz de prata, incrustada com pedras preciosas.

Os dois homens caíram nos braços um do outro e ficaram assim abraçados durante alguns instantes antes de se afastarem.

— Você está ótimo — disse James. — Está com a aparência de quem poderia competir numa maratona agora mesmo. Já eu não poderia correr nem até a catedral se fosse obrigado.

— Bondade sua — disse Jack, enquanto olhava para o rosto redondo, delicado e sardento, de bochechas vermelhas, do cardeal, logo abaixo do seu. No entanto, seus astutos e brilhantes olhos azul-gelo transmitiam uma emoção diferente que combinava mais com o amigo que Jack conhecia e que agora era um poderoso e ambicioso prelado. Os olhos refletiam a formidável e sagaz inteligência de James, que Jack sempre invejara.

— Verdade — continuou James. — Você parece ter a metade de sua idade real.

— Ah, deixa disso — disse Jack com um sorriso. De repente, ele se lembrou de como James tinha facilidade em fazer elogios, um dom que sempre usara a seu favor. Quando estava em Amherst, não havia uma única pessoa que não gostasse dele, dada a sua capacidade de encantar as pessoas.

— E você, então — disse Jack, tentando retribuir o cumprimento. — Parece um príncipe renascentista.

— Um príncipe renascentista gorducho cujo único exercício é o de ir até a mesa do refeitório.

— Pense bem — continuou Jack, fingindo que não tinha ouvido o comentário de James. — Você é um cardeal, uma das pessoas mais poderosas da Igreja.

— Bobagem — observou James, agitando uma das mãos, como se Jack estivesse implicando com ele. — Sou um simples vigário paroquial tomando conta de meu rebanho. O bom Deus me colocou numa posição muito acima da que mereço. Claro que não posso contestar os caminhos do Senhor; faço o melhor que posso. Mas deixemos isso de lado. Podemos, mais tarde, durante o almoço, conversar mais. Primeiro, quero mostrar uma coisa.

James conduziu Jack para fora do escritório, percorrendo um longo corredor, passando por uma sala de jantar formal, onde havia lugares postos para duas pessoas numa mesa para 12, e entrando numa enorme cozinha com modernos, mas de aparência antiquada, balcões e pias antigos de pedra-sabão. Uma mulher estava à pia, lavando um pé de alface. Era alta, com cerca de 10 centímetros a mais do que James, o cabelo preto puxado para trás e preso, formando um coque severo. O pároco a apresentou como Sra. Steinbrenner, a governanta e dona absoluta da residência. A resposta dela foi expulsar James do que chamava de *sua* cozinha e fingir que estava zangada quando ele roubou uma cenoura que tinha sido cuidadosamente colocada num arranjo, feito em um prato de legumes.

— Esse é o seu almoço — ralhou ela, com um forte sotaque alemão, dando um tapinha na mão de James. Fingindo ficar com medo, James fez sinal a Jack para segui-lo, descendo os degraus da adega.

— Ela se comporta como a Brunilda — explicou James —, mas é inofensiva. Eu não poderia viver sem ela. Faz toda a comida, exceto para grandes festas, mantém tudo muito limpo e põe todo mundo, inclusive eu, na linha. Onde está o interruptor, bolas?

Tinham chegado ao subsolo de concreto, dividido em salas por madeira rústica, pintada de branco. James acendeu a luz, revelando um corredor central com portas com cadeados enfileiradas ao longo dele.

— Realmente agradeço muito a você por ter podido vir assim, sem eu ter avisado com antecedência — disse James, quando parou em frente de uma das portas. Tirou uma chave, abriu a fechadura e tirou o gancho. As dobradiças rangeram quando a porta abriu para fora. Ele tornou a procurar o interruptor antes de entrar na sala e fazer sinal para Jack segui-lo.

Era uma sala retangular, com cerca de 6 metros de comprimento, 3 metros de largura e pé-direito de 3,5 metros. A parede oposta era de blocos expostos e rústicos de granito que também serviam como alicerce do prédio. Ao longo das paredes havia prateleiras sobre as quais se viam caixas grandes de papelão cuidadosamente etiquetadas. Mais adiante, no outro extremo da sala, estava um caixote de madeira amarelada, cujas tiras de metal tinham sido cortadas, mas estavam ainda no lugar. Fazendo sinal novamente para que Jack o seguisse, James se dirigiu ao caixote e entortou as tiras de metal para expor a parte de cima, que aparentemente já havia sido aberto e depois tornado a ser fechado.

— Foi isso aqui que causou o meu dilema — disse James. Depois suspirou. — Observe que está endereçado a mim. Sou também o suposto remetente, e ainda por cima há também um comentário de que o caixote contém pertences pessoais.

— Foi Shawn que mandou isto para você?

— Ele mesmo, o espertinho. Ainda por cima me telefonou dizendo que estava chegando. Disse que era uma surpresa, e que sabe que gosto de surpresas. Pobre de mim, eu até pensei que fosse verdade, algum presente de aniversário, que está próximo, mas agora sei que não é isso, porém é uma surpresa muito maior do que eu jamais teria imaginado.

— Ah, sim — disse Jack, com uma expressão animada no rosto. — Seu aniversário está chegando. Aliás, é amanhã, dia 6 de dezembro, certo?

— Não consigo me lembrar da última vez em que ele me deu algum presente de aniversário — disse James, sem dar sinal de ter ouvido a pergunta de Jack. — Por que quis acreditar que Shawn ia me dar um este ano, sinceramente não sei. Mas, como ele é tanto um conhecedor de assuntos bíblicos como um arqueólogo, achei que poderia ser alguma maravilhosa relíquia do começo da era cristã. Mal sabia eu.

— E é? — perguntou Jack.

— Me deixe terminar — disse James. — Quero que compreenda o porquê da minha saia justa.

Jack fez um sinal afirmativo com a cabeça, sua curiosidade aumentando. O caixote provavelmente continha alguma antiguidade. Algo fora do comum, a julgar pela reação de James.

— Este caixote, vindo para mim do Vaticano dizendo que continha meus pertences pessoais, significava que ele não seria retido pela alfândega, nem na Itália e nem em Nova York. Ele chegou durante a noite por frete aéreo e foi entregue diretamente do aeroporto John Kennedy. Como pensei que fosse um presente de aniversário, mandei que o colocassem aqui com o resto de minhas coisas pessoais. Como havia prometido, Shawn apareceu ontem, direto do aeroporto, pouco depois de o caixote ter chegado. Ele estava parecendo muito estranho, tenso e agitado. Ficou muito impaciente para ver o caixote aberto, tanto quanto eu, para ver se o que continha havia chegado em segurança. Portanto, descemos até aqui, cortamos as tiras de metal e tiramos os parafusos da parte de cima da caixa. A princípio só vimos isopor, porque o objeto tinha sido extremamente bem-embalado. Quando tiramos a tampa de isopor, como vou fazer agora, foi isso que vimos. — E James enfiou os dedos entre a madeira rústica e o material de embalagem e ergueu o isopor.

Jack se inclinou para a frente. A luz do porão não era das melhores, mas ele podia ver claramente uma pedra manchada, retangular, com uma superfície achatada e riscada. Não ficou impressionado. Tinha esperado ver algo que saltasse aos olhos, como uma taça dourada, uma estátua ou talvez uma caixa pesada de ouro.

— O que é? — perguntou Jack.

— É um ossário. No tempo de Cristo, durante mais ou menos uns cem anos, as práticas judaicas de sepultamento na Palestina envolviam colocar os cadáveres em sepulcros em forma de cavernas por um ano ou mais para permitir que o corpo se decompusesse. Depois disso, a família voltava, retirava os ossos e os colocava numa caixa de calcário, de tamanho e decoração variados, dependendo das posses da família. A caixa é chamada de ossário.

— Não houve recentemente uma controvérsia sobre um ossário que supostamente tinha uma inscrição dizendo: Tiago, filho de José, irmão de Jesus?

— Sem dúvida. E, aliás, recentemente, descobriram-se ossários com inscrições, dizendo que continham os restos mortais de Jesus Cristo e sua família. Claro que, no final, provaram que o desagradável incidente foi pura velhacaria de alguns falsificadores inescrupulosos. Milhares de ossários do primeiro século foram encontrados durante os últimos 20 anos como resultado do aumento rápido da construção civil em Jerusalém. É difícil não se encontrarem ossários quando se fazem escavações nessa cidade. Tenho certeza de que as relíquias que se afirma estarem neste ossário vão acabar se revelando uma dessas fraudes.

— E de quem se alega serem esses restos mortais? — perguntou Jack, curioso.

— Santa Maria, Mãe de Cristo, Mãe de Deus, Mãe da Igreja, cuja importância é superada apenas pelo próprio Jesus Cristo, a pessoa mais santa que já pisou nesta terra — disse James, com dificuldade de falar mais sobre o assunto.

Por quase um minuto completo, Jack e James se encararam. A decepção de Jack quanto ao que a caixa continha aumentou. Ele não estava interessado numa caixa com ossos; um tesouro o atraía mais do que objetos históricos. Por outro lado, James estava arrasado. Simplesmente falar sobre o suposto conteúdo já o deixava ainda mais desesperado para encontrar uma solução.

— Está bem — disse Jack, depois de alguns instantes. Interrompeu-se ao perceber que James tinha os olhos cheios de lágrimas.

Desviou o olhar para a tampa do ossário. Esperava que James continuasse, mas o homem estava desatinado demais para falar.

— Acho que não consegui entender direito — prosseguiu Jack. — Se há tantos ossários assim, e um monte de falsificadores, o que parece que é o caso, qual é o problema?

James estava de lábios comprimidos, e uma única lágrima desceu como um pequeno regato por sua bochecha. Sem falar, com os olhos momentaneamente fechados, levantou as palmas das mãos para Jack, balançando-as no ar, de modo a formar um arco estreito. Depois sacudiu a cabeça, como se estivesse se desculpando por não ter sido capaz de expressar os sentimentos. Um instante depois, fez um gesto para que Jack o seguisse.

Voltando para o andar de cima da casa, ao passarem pela cozinha, a Sra. Steinbrenner lançou um olhar para Sua Eminência, percebendo imediatamente seu estado emocional. Sem dizer nada, olhou com raiva para Jack, suspeitando que ele fosse o motivo das lágrimas do patrão.

James se sentou na cabeceira da mesa de jantar e fez um sinal para que Jack tomasse o lugar à sua direita. O prato de legumes estava entre eles. No instante em que se sentaram, a Sra. Steinbrenner apareceu com uma grande terrina nas mãos. Enquanto a intimidadora mulher servia uma excelente sopa cremosa de berinjela, Jack manteve os olhos fixos em seu prato.

Quando a governanta acabou de servi-los e fechou atrás de si a porta vaivém que conduzia à cozinha, James usou o guardanapo de pano para enxugar os olhos avermelhados.

— Peço sinceras desculpas pelo meu sentimentalismo — disse.

— Tudo bem — respondeu Jack rapidamente.

— Não, não — interveio James —, não posso agir assim na frente de um convidado, principalmente um bom amigo a quem eu estou prestes a pedir um favor muito sério.

— Discordo — disse Jack. — Sua reação apenas me mostra o quanto isto é importante para você, seja o que for que vai me pedir.

— Muita bondade sua. Agora, permita-me dar graças pela nossa refeição.

Depois que James disse o "Amém" final, ergueu os olhos para Jack e pediu:

— Por favor, comece. Sinto não termos muito tempo, como mencionei antes, mas tenho que estar na Mansão Gracie às duas horas.

Jack pegou a colher de sopa de prata mais pesada que ele jamais tivera a oportunidade de usar e provou a sopa. Estava sublime.

— Ela é uma boa cozinheira. Não tem uma das personalidades mais agradáveis, mas é, definitivamente, uma boa cozinheira.

Jack concordou, balançando a cabeça, contente por James ter se recuperado de sua explosão emocional.

— Como disse, acredito que no fim irão provar que o ossário é apenas mais uma infeliz falsificação. Digo "infeliz" porque, antes que provem que é uma falsificação, ele pode causar grande prejuízo à Igreja, a seus seguidores e a mim, pessoalmente. O problema é que provar que é uma falsificação não vai ser fácil e, no fim, tudo vai ser resumir a uma questão de fé.

Calado, Jack concordou que, para a ciência, uma prova que se baseie apenas na fé não poderia ser considerada uma prova de fato. Era, isso sim, um paradoxo.

— O problema maior que enfrentamos é que o ossário foi descoberto por um dos mais renomados arqueólogos do mundo.

— Está se referindo a Shawn?

— Sim, me refiro a Shawn. Depois que abrimos o caixote e olhamos para a parte de cima do ossário, Shawn apontou duas coisas. No meio de todos aqueles garranchos estavam uma data e um nome. A data está em números romanos e é 815 AUC, que, no calendário gregoriano, é 62 depois de Cristo.

— Que diabo é esse AUC? — perguntou Jack, depois enrubesceu. — Desculpe meu linguajar.

— Me lembro de que seu linguajar, como diz, era bem mais pitoresco na faculdade. Não precisa pedir desculpas. Hoje em dia estou tão imune a essas coisas como era naquele tempo. Mas AUC quer dizer *ab urbe condita,* referindo-se à data suposta da fundação de Roma. Em outras palavras, é uma data apropriada para tal descoberta. E, quando se combina a data com o nome, tudo se torna verdadeiramente perturbador: o nome é Maryam, escrito com caracteres aramaicos, que, quando traduzidos para o hebraico, é Miriam ou, na nossa língua moderna, Maria.

— Quer dizer que Shawn está convencido de que o ossário contém os ossos da Virgem Maria, a mãe de Jesus?

— Precisamente. Shawn é uma testemunha em que vão acreditar e que pode provar que este ossário, desde o tempo em que foi enterrado, quase 2 mil anos atrás, nunca foi descoberto. Ele o encontrou junto ao túmulo de são Pedro. Além do mais, o ossário está lacrado. Nenhum dos demais ossários, pelo que sei, estava lacrado.

— O nome de Maria não era um nome comum naquela época? Por que ele acredita que essa é justamente a Maria, mãe de Jesus?

— Porque Shawn descobriu uma carta autêntica do século II que afirma que o ossário contém os ossos da mãe de Jesus. E foi a carta que levou Shawn aos ossos.

Jack ergueu as sobrancelhas.

— Sei aonde você quer chegar. Mas e sobre a carta? Será que não seria falsa?

— Embora seja uma espécie de tautologia, encontrar o ossário onde a carta diz que ele estaria prova a autenticidade da carta, e vice-versa. Ambos são achados tão extraordinários que somente esse fato convencerá as pessoas de que os ossos que se encontram no ossário são da santa mãe de Jesus.

Jack ficou pensando sobre o assunto enquanto usava um pegador de prata para servir-se de hortaliças frescas que estavam na mesa. Entendia o que James queria dizer. Mas aí teve outra ideia.

— Você viu a carta?

— Sim. Vi ontem.

— Quem a escreveu?

— Um bispo de Antioquia, chamado Saturnino.

— Nunca ouvi falar dele.

— Ele não é uma figura muito conhecida, mas existiu realmente.

— Para quem ele escreveu?

— Para um de Alexandria, chamado Basílides.

— Também nunca ouvi falar nesse.

— Você sabe alguma coisa sobre gnosticismo?

— Não posso dizer que sei. Não é um assunto sobre o qual conversamos muito no IML.

— Estou certo de que não é — disse James com uma risada. — Era uma heresia grave no começo da Igreja cristã, e Basílides foi um dos primeiros líderes gnósticos.

— Será que Saturnino teria algum motivo para mentir a Basílides?

— Brilhante ideia — disse James. — Mas, infelizmente, não.

— Foi Saturnino o responsável pelo sepultamento do ossário?

— Sem sombra de dúvida.

— Ele diz como foi que as relíquias chegaram ao seu poder ou quem as deu a ele?

— Sim, e você está, argutamente, chegando ao que eu acho que é o ponto mais fraco da cadeia dessa custódia, por assim dizer. Sabe quem foi Simão Mago?

— Você me pegou novamente. Nunca ouvi falar dele.

— Ele é o arqui-inimigo do Novo Testamento, um verdadeiro patife, que tentou comprar os poderes de cura de são Pedro. É de seu nome que vem a palavra simonia.

Jack sorriu por dentro ao imaginar que Jesus Cristo tinha sido a mais famosa fonte de medicina alternativa e que são Pedro fora a segunda.

— Algumas pessoas consideram Simão Mago um dos primeiros gnósticos — continuou James. — E Saturnino, que era muito mais jovem, trabalhava para ele, ajudando nas suas mágicas. Portanto, para provar que os ossos do ossário são de santa Maria, o que certamente não é o caso, dependemos de Simão Mago, talvez a testemunha mais obviamente fraca de todas.

— Há outro meio — disse Jack. — Um meio particularmente direto.

— Qual é? — perguntou James ansiosamente.

— Pedir que um antropólogo examine os ossos, se eles existirem mesmo, certificando-se de que são humanos. Se forem humanos, então se certifique de que são de mulher e, se forem de mulher, verifique se a mulher deu à luz. Sabemos que Maria teve pelo menos um filho.

— Um antropólogo pode dizer isso?

— Definitivamente sim, nos dois primeiros casos. Se são humanos e se são de mulher ou não. Não sei ao certo se há como comprovar se a mulher teve filhos ou não. Se estiverem presentes os sinais que procuramos, a mulher definitivamente teve filhos e, geralmente, quanto mais marcantes, mais filhos ela terá tido. Contudo, se não estiverem presentes esses sinais, não se poderá dizer com certeza se a mulher teve ou não pelo menos um filho.

— Fascinante — disse James. — Especialmente a ideia de que os ossos podem ser de um homem. Se forem, o pesadelo terá terminado.

— Você viu os ossos? — perguntou Jack.

— Não. Shawn e a mulher estavam somente interessados em se certificarem que o ossário não tinha sido quebrado durante a viagem. Não quiseram abri-lo porque estava lacrado com cera. Ambos estão preocupados, como bem pode imaginar, com o estado do conteúdo depois de 2 mil anos, e não querem expô-lo ao ar e à umidade, sem um laboratório por perto. Já foi apresentado à mulher de Shawn?

— Talvez — disse Jack. — A última vez que o vi foi há dois anos e, considerando a rapidez com que ele troca de esposas, não sei se conheço a atual. Só o vi duas vezes nos 14 anos que estou aqui na cidade. Durante esse tempo, sei que ele se casou e se divorciou pelo menos duas vezes.

— Um sem-vergonha de marca maior — observou James. — Porém, não mudou tanto assim. Lembra quantas namoradas ele tinha na faculdade?

— Se me lembro — disse Jack. — Me lembro de um fim de semana quando duas delas apareceram. Era para ele se encontrar com uma na sexta-feira à noite e a outra no sábado, mas a de sábado se enganou, pensando que ia passar o fim de semana inteiro com ele. Felizmente, eu estava em condições de ajudá-lo. Acabei saindo com a namorada de sexta à noite e nos demos bem.

— A mulher atual de Shawn se chama Sana.

— Ah, sim. — disse Jack, lembrando-se. — Já fui apresentado a ela. Ela era muito tímida e reservada. Ficava o tempo todo pendurada no braço dele olhando romanticamente para o seu rosto. Foi até meio constrangedor.

— Ela mudou. Agora é bióloga molecular que tem se projetado bastante em seu campo de trabalho. Atualmente é cientista da faculdade de medicina da Universidade de Columbia. Acho que progrediu muito desde que os dois se conheceram. Mas sinto que esse casamento não vai durar muito, uma vez que Shawn prefere mulheres dóceis, que o adorem. Socialmente, nunca vai ficar satisfeito. Não sou nenhum perito, mas o considero incapaz de ser fiel.

— Pode ser — disse Jack. Nunca tinha admirado o comportamento de Shawn com mulheres, mas se absteve de fazer comentários. Porém, esse tema sempre tinha sido motivo de rixa entre James e Shawn.

— Qual o tipo de relação que você tem com Shawn? — perguntou James.

Jack encolheu os ombros.

— Como mencionei, me encontrei com ele apenas duas vezes desde que mudei aqui para Nova York. Ele teve a gentileza de me convidar para jantar em sua casa em duas ocasiões. Acho que devia ter retribuído o convite, mas acabei me transformando numa espécie de ermitão.

— Você mencionou ao telefone — disse James. — Quer me explicar melhor isso?

— Não. Talvez numa outra ocasião. — disse Jack, evitando pensar na sua primeira família e na segunda. — Por que não me diz como posso ajudá-lo? Acho que tem a ver com a tal caixa lá do subsolo, não é?

James respirou fundo, preparando-se.

— Tem razão — começou. — Tem a ver com a tal caixa, sim. O que você acha que aconteceria se uma grande parte da população começasse a crer, mesmo que por pouco tempo, que o ossário que está lá embaixo realmente contém os ossos de Maria, a mãe de Deus?

— Acho que muita gente ia se decepcionar — disse Jack.

— Resposta bem mais diplomática do que a que eu esperava.

— E menos sarcástica do que as que tenho dado ultimamente.

— Por acaso é porque sou o cardeal?

— Mas claro — disse Jack.

— Uma pena você pensar assim. Velhos amigos devem se sentir à vontade para serem eles mesmos.

— Talvez, se os encontros como o de hoje se tornassem habituais. Por enquanto, que tal me dizer o que acha que aconteceria?

— Seria um desastre para a Igreja numa hora em que, mais do que nunca, ela não poderia suportá-lo. Ainda estamos nos recuperando dos danos causados pelas denúncias de abusos sexuais por parte de padres. Foi verdadeiramente uma tragédia para as pessoas envolvidas e para a própria Igreja. Portanto, também seria assim se provassem que está errada a crença de que a bem-aventurada Virgem Maria não subiu aos céus em corpo e alma, como proclamou *ex cathedra* o papa Pio XII, na sua encíclica *Munificentissimus Deus* em 1950. Esta proclamação só havia sido usada uma vez antes, na solene declaração da infalibilidade papal em 18 de julho de 1870, pelo Vaticano Primeiro. A afirmativa de Shawn de que encontrou os ossos da santíssima mãe de Deus ameaçaria seriamente a autoridade da Igreja, enfraquecendo-a. Seria um desastre a mais.

— Acredito em você — disse Jack, notando como o rosto do cardeal tinha se tornado cada vez mais vermelho.

— Estou falando muito sério — declarou James, com medo de que Jack não estivesse realmente entendendo. — Como sucessor direto do próprio são Pedro, quando o papa fala *ex cathedra* sobre a fé ou a moral, ele está fazendo uma revelação divina, porque o Espírito Santo atua no corpo da Igreja como *sensus fidelium*.

— Entendi, entendi — concordou Jack. — Compreendo que, se Shawn afirmar que Maria não subiu aos céus como a Igreja afirmou, isso seria um grave golpe para a fé católica.

— Seria igualmente um grave golpe para aqueles que veneram Maria quase tanto quanto Jesus Cristo. Você não faz ideia de como ela é importante para os fiéis católicos, que ficariam perdidos se Shawn conseguisse o que quer.

— Entendo isso também — disse Jack, sentindo que James estava começando a se exaltar.

— Não posso deixar que isso aconteça! — vociferou James, batendo com a mão na mesa com tal força que os pratos chocalharam. — Não posso deixar que isso aconteça, tanto pela Igreja quanto por mim!

Jack ergueu as sobrancelhas. Repentinamente, viu seu amigo como ele era no tempo da faculdade, sentindo que a beneficência e a preocupação com os ossos do subsolo se baseavam em mais do que o bem-estar da Igreja. James era também um político sagaz. Embora Jack duvidasse das suas chances, James tinha se candidatado a presidente de turma na faculdade. Jack o subestimara: com seu senso inato de percepção das necessidades, dos medos e da sensibilidade das pessoas, além de sua capacidade para bajular, James era um candidato natural. Também era dinâmico, pragmático e perspicaz. Todo mundo gostava dele. No fim, para assombro de Jack e de Shawn, ele ganhou a eleição. Jack tinha toda a razão de acreditar que essas mesmas qualidades é que haviam ajudado James em sua escalada para o exaltado cargo de cardeal.

— E a isso se acrescenta mais um problema — continuou James —, porque Shawn me deixou de rabo preso.

A cabeça de Jack fez um movimento abrupto para trás, como se alguém o tivesse esbofeteado. Um cardeal católico romano, falando assim, era uma coisa completamente inesperada. Claro que, no tempo de faculdade, Jack ouvia esse tipo de coisa o tempo todo.

Reparando na reação de Jack, James deu uma gargalhada.

— Oh, me desculpe! — disse. E então, propositalmente, repetiu o que Jack havia dito: — Perdoe o meu linguajar.

Jack riu, chegando à conclusão de que tinha estereotipado seu velho amigo, o qual, a despeito da aparência exterior, ainda era a mesma pessoa de sempre.

— *Touché* — disse, ainda sorrindo.

— Me deixe colocar a coisa da seguinte maneira — continuou James. — Ao enviar o ossário para mim, com o meu nome como remetente, ele evitou a alfândega *e* tirou proveito da minha cobiça, uma vez que eu, precipitado ao pensar que era um presente de aniversário, aceitei o caixote e assinei o recibo. Assim, me tornei, como viu, um cúmplice. Devia ter recusado o caixote, que teria acabado sendo enviado de volta ao Vaticano. Mas, como o aceitei, serei pessoalmente responsabilizado por qualquer dano que ele possa causar, uma vez que foi a minha participação que permitiu que Shawn tivesse acesso ao túmulo de Pedro para começo de conversa. Estou metido nessa até o pescoço.

— Por que é que simplesmente não chama a imprensa e confessa de cara que não tinha a menor ideia do que estava assinando?

— Porque o estrago já foi feito. Agora sou, como já disse, um cúmplice. Além disso, o próprio Shawn se dirigiria à imprensa e me acusaria, e também acusaria a Igreja de estar tentando impedir que o objeto seja revelado ao público, dizendo que negamos a oportunidade de examinar seu conteúdo. Isso soaria como uma conspiração, o que, para muitas pessoas, seria o mesmo que provar a autenticidade do objeto. Não, não posso fazer isso! Tenho que deixar Shawn fazer o que quiser, o que, segundo ele, vai levar um mês, se não houver documentos no ossário, ou até três meses se houver documentos, se é que há ossos. Espero que não haja. Isso tornaria tudo bem mais fácil.

— Costuma haver documentos em ossários? — perguntou Jack. Seu interesse no conteúdo estava aumentando.

— Geralmente não, mas, de acordo com a carta de Saturnino para Basílides, este ossário contém a única cópia conhecida de um evangelho de Simão Mago, junto com os ossos.

— Isso, sim, seria um documento interessante, pelo que você falou sobre esse sujeito — disse Jack. — Os vilões são sempre mais interessantes do que os mocinhos.

— Sou obrigado a contestar isso.

— Entendo, então me diga o que vai fazer e qual é o meu papel.

— Shawn e Sana querem manter em segredo o ossário até que completem seu trabalho. E eu tinha me esquecido de comentar, mas Sana pretende retirar amostras de tecido para analisar o DNA.

— Acho que é possível. Os biólogos conseguiram extrair o DNA do homem do gelo, que é muito mais antigo, encontrado nos Alpes em 1991. Calcularam que aquela múmia tinha mais de 5 mil anos.

— Bem, para evitar que os seus respectivos laboratórios tomem conhecimento do que estão fazendo, Shawn e Sana precisam trabalhar num lugar onde possam manter o que estão fazendo em sigilo. É uma ideia com a qual concordo plenamente. Sugeri as novas instalações do IML para o exame do DNA. Pensei nelas porque compareci à sua inauguração, com o prefeito e alguns outros representantes oficiais. Acha que isso é possível, e, se for, poderia obter permissão?

Jack ficou pensando sobre a ideia durante algum tempo. O prédio tinha sido construído com mais espaço do que realmente seria necessário, uma rara incidência de previsão por parte do planejamento municipal. Sabia que o chefe havia apoiado outros projetos de pesquisa da Universidade de Nova York e do hospital Bellevue; portanto, por que não este? Seria também uma ocasião para promover boas relações-públicas, o que agradaria muitíssimo a Bingham.

— Acho que é definitivamente possível — disse Jack. — Vou falar com o chefe assim que voltar para lá. É só isso que quer que eu faça?

— Não, gostaria que me ajudasse a tentar mudar a opinião de Shawn e Sana sobre a publicação de seu trabalho. Quero fazer com que compreendam o dano que isso vai causar e apelar para que pensem melhor. Sei que Shawn é bom, mesmo sendo um tanto vaidoso e comodista.

Jack balançou a cabeça.

— Pelo que me lembro, Shawn sempre quis ser famoso e rico. Se isso ainda for verdade, vai ser uma parada dura convencê-lo a não divulgar as descobertas. Obrigá-lo a mudar de ideia vai ser quase impossível. Esse é o tipo de fato histórico que vai afastá-lo dos maçantes periódicos arqueológicos e promover o seu nome através da *Newsweek*, da *Time* e da *People*.

— Sei que é difícil, mas precisamos tentar.

Embora Jack não acreditasse ser possível fazer com que Shawn, um sujeito muito inflexível, mudasse de ideia, não tinha a menor ideia a respeito de Sana.

— Tem mais uma coisa — acrescentou James. — Esteja você disposto a ajudar ou não, tenho que pedir que mantenha isto no mais estrito sigilo. Não pode contar nada a ninguém, nem mesmo à sua mulher. No momento, as únicas pessoas que sabem sobre o suposto conteúdo do ossário são os Daughtry, eu e você, e vamos parar por aí. Pode me dar a sua palavra?

— Claro — disse Jack, embora soubesse que seria difícil não contar para Laurie. Era uma história verdadeiramente fascinante.

— Ah, meu bom Deus! — falou James, depois de olhar para o relógio. — Preciso sair agora mesmo para a Mansão Gracie.

Levantaram-se, e James deu um rápido abraço em Jack. Ao retribuí-lo, Jack percebeu como seu amigo havia engordado. Jurou censurá-lo por isso num momento mais oportuno. Pôde também ouvir um ligeiro chiado na respiração de James.

— Então você vai ajudar mesmo nesse infeliz episódio? — perguntou James, enquanto pegava às pressas o solidéu que havia deixado em cima da cadeira à sua direita, voltando a colocá-lo na cabeça.

— Claro — disse Jack —, mas será que me dá permissão de contar à minha mulher? Ela é a discrição em pessoa.

James parou abruptamente.

— Absolutamente não — respondeu, olhando bem nos olhos de Jack. — Não conheço sua mulher, embora espere poder conhecê-la. Porém tenho certeza de que tem uma amiga em quem confia tanto quanto você confia nela. Devo insistir para que não deixe escapar uma palavra sobre isto para ela nem para nenhuma outra pessoa. Pode me prometer isso?

— Tem a minha palavra — respondeu Jack rapidamente. Sentia-se vencido pelo olhar penetrante de James.

— Ótimo — respondeu James. Virando-se, ele saiu da sala.

Como num passe de mágica, o padre Maloney apareceu perto do vestíbulo e entregou à Sua Eminência o casaco e um bloco com mensagens de telefonemas. Enquanto James vestia o casaco, Jack mencionou que sua jaqueta de couro estava no escritório. Sem dizer uma palavra, o padre desapareceu rapidamente.

— Posso contar com sua resposta em breve? — perguntou James a Jack.

— Vou falar com o chefe assim que voltar ao IML — assegurou Jack.

— Excelente! Aqui estão os números de meu celular e da minha linha particular aqui da residência — disse James, dando a Jack seus cartões de visita. — Me mande um e-mail ou telefone logo que tiver a resposta do Dr. Bingham. Terei prazer em falar com ele diretamente, se for preciso. — Agarrou o antebraço de Jack e lhe deu o que pareceu ser uma tentativa de apertão.

O padre Maloney voltou com a jaqueta de Jack, curvando-se quando ele agradeceu.

No instante seguinte haviam saído. Na rua, uma reluzente limusine preta já estava de motor ligado, o motorista uniformizado segurando a porta traseira aberta. O arcebispo entrou, e a porta se fechou atrás dele. O carro se afastou, entrando no tráfego que se dirigia à parte norte da cidade.

A próxima coisa que Jack ouviu, não obstante o barulho do tráfego, foi o bater da enorme porta da residência e o clique final da fechadura de bronze. Olhou para trás. O padre Maloney tinha desaparecido. Voltou a olhar para a limusine que desaparecia rapidamente e ficou imaginando como seria a vida de arcebispo, com um bando de assistentes para suprir todas as suas necessidades. A princípio parecia tentador, porque certamente tornaria a vida mais eficiente, mas depois Jack chegou à conclusão de que ele não gostaria de se sentir responsável pelo bem-estar emocional e espiritual de milhões de pessoas, uma vez que já tinha bastante dificuldade de cuidar de apenas uma.

17

13H36, SEXTA-FEIRA, 5 DE DEZEMBRO DE 2008
CIDADE DE NOVA YORK

Jack destrancou a bicicleta e tentou chegar ao centro da cidade antes da chuva. Quase conseguiu, mas logo antes de entrar em uma das garagens de carga do IML caiu um aguaceiro que o deixou pingando.

Ele pendurou a jaqueta molhada na sua sala e desceu ao primeiro andar para se colocar de pé como um penitente diante da mesa da Sra. Sanford. Quando os empregados apareciam sem terem sido convidados, ela em geral fingia não os ver, como se estivesse tão ocupada que nem podia vislumbrá-los. Jack imaginava que essa era sua maneira de exigir respeito, que achava que ela merecia, pois já estava ali tomando conta da porta de Bingham desde antes do dilúvio. Não fazia sentido tentar brigar com a mulher. Ela só avisava a Bingham que a pessoa estava ali para falar com ele quando bem entendia.

Depois de vários minutos, ela finalmente olhou de relance para Jack e então fingiu não ter visto direito e olhou de novo.

— Preciso falar com o chefe — disse Jack, sem se deixar enganar nem um pouco.

— Sobre o quê?

— É um assunto particular — disse Jack, com um leve sorriso de satisfação. Não ia se deixar intimidar pela curiosidade dela. — O chefe está?

— Está, mas está falando ao telefone e há outra pessoa aguardando na linha — disse ela, toda satisfeita. Inclinou a cabeça para o telefone, onde uma luzinha piscava insistentemente. — Vou avisá-lo que está aguardando.

— É só o que posso pedir — disse Jack, continuando o jogo. Ele se sentou em um banco diretamente na frente da mesa da Sra. Sanford. Isso o fez lembrar todas as vezes que havia precisado esperar para falar com o diretor no ginásio. Ele tinha fama de tagarela.

Enquanto esperava, Jack refletia sobre a conversa inesperada com James e percebia que estava profundamente curioso a respeito do conteúdo do ossário e se havia ossos e algum tipo de documento nele, e também para saber qual seria o desenlace daquela história. Muito embora ele, a princípio, tivesse certeza de que James não seria capaz de convencer Shawn a não publicar suas descobertas, Jack se lembrou de que já havia julgado James equivocadamente antes. E Shawn tinha sido criado como católico por pais muito devotos, ambos membros de sociedades leigas e que até tinham tentando convencê-lo a ser padre. Embora não fosse mais praticante, Shawn sabia muito sobre a Igreja Católica, e talvez procedesse com mais respeito com relação a coisas que pudessem lesar o conceito de infalibilidade do papa e, até certo ponto, a reputação da própria Virgem Maria. Ele certamente sabia mais do que Jack sobre esses assuntos. Por isso, ele não tinha mais certeza de como tudo aquilo ia acabar.

— O Dr. Bingham está pronto para recebê-lo agora — avisou a Sra. Sanford, interrompendo a reflexão de Jack.

— Já mudou de ideia sobre o afastamento? — indagou Bingham, quando Jack entrou na sua sala, antes mesmo de ele abrir a boca. Espiou Jack por cima dos seus óculos de armação fina de metal. — Se for o caso, a resposta é sim. Por favor, vá cuidar do seu filho! Ando preocupado demais desde que nos contou o que está acontecendo.

— Obrigado pela preocupação. Mas ele está em excelentes mãos com Laurie no comando, posso garantir. Comparado a ela, eu sou um imprestável.

— Não sei por quê, mas acho difícil crer nisso. Porém, vou aceitar sua palavra.

Está totalmente errado, pensou Jack. Mas disse em voz alta:

— Sei que está ocupado, mas o arcebispo precisa de um favor seu.

Bingham se recostou na cadeira, olhando para Jack, surpreso.

— Você foi mesmo almoçar com o arcebispo?

— Sim, por que não? — perguntou Jack. Depois de conhecer o homem há tanto tempo, visitá-lo não parecia nada de mais.

— Por que não? — perguntou Bingham. — Ele é uma das pessoas mais poderosas e importantes da cidade. Por que diabo ia convidar você para almoçar? Foi por causa do seu filho?

— De jeito nenhum, ora!

— E por que foi, então, se não se importa que pergunte? Suponho que não seja da minha conta.

— Não me importo, não — disse Jack. — Eu e ele, nós somos velhos conhecidos. Frequentamos a mesma faculdade, e somos muito amigos. Nós nos formamos juntos, com um outro cara que também mora aqui na cidade.

— Coisa extraordinária — admirou-se Bingham. De repente, sentiu-se encabulado por causa da sua reação à celebridade, mas como pessoa politicamente orientada já estava pensando se haveria um meio de tirar vantagem da amizade entre Jack e o arcebispo. — Você e Sua Eminência se encontram com frequência?

Jack sorriu.

— Se chama 31 anos de frequente, sim, nós nos encontramos com frequência.

— Ah, então é assim — disse Bingham, ligeiramente decepcionado. — Ainda é surpreendente pensar que vocês dois se conheceram faz tempo. Está falando sério quando diz que quer me pedir um favor? Desculpe o trocadilho, mas posso saber o que é, em nome de Deus?

— Ele humildemente solicita permissão para usar um laboratório do prédio de Genética Forense do IML.

— Ah, mas que pedido mais estranho esse, vindo do prelado mais poderoso do país.

— Na verdade não é ele que vai usar o laboratório, mas sim nosso colega de faculdade e amigo mútuo, embora ele considere sua permissão, se concedida, um favor pessoal.

— Ora, temos mesmo muito espaço no laboratório, e eu certamente não consigo encontrar nenhum motivo para não oferecer ajuda ao arcebispo. Mas quem é esse amigo de vocês? Por acaso ele é um laboratorista competente? Não podemos permitir que qualquer um trabalhe aqui, conheça ele o arcebispo ou não.

— Não sei se ele é laboratorista — admitiu Jack —, mas sua esposa é perita em DNA do Faculdade de Medicina e Cirurgia da Universidade de Columbia.

— Ah, isso é que é ser perito — disse Bingham. — Eu também teria que ter alguma ideia do que vão fazer e de quanto tempo vão precisar.

— O arcebispo calcula que cerca de dois meses.

— E o que exatamente pretendem fazer?

— O marido, cujo nome, aliás, é Shawn Daughtry, é doutor em arqueologia do Oriente Próximo e estudos bíblicos. Ele descobriu o que se chama *ossário*. Sabe o que é isso?

— Claro que sei o que é um ossário — retrucou Bingham, de maus modos, com sua impaciência de costume.

— Eu não sabia — admitiu Jack. — É incomum por estar lacrado, e eles esperam ser capazes de extrair tecido onde se possa identificar DNA antigo. O motivo pelo qual desejam usar nosso laboratório é que querem manter o projeto secreto até terminarem de analisar todo o conteúdo do ossário, que irá supostamente incluir um documento ou dois além dos ossos.

— Nunca ouvi falar que existisse documento em nenhum ossário de nenhum tipo.

— Mas foi essa história que me contaram — replicou Jack.

— Muito bem — disse Bingham. — Considerando-se que estamos prestando um favor ao arcebispo, vou permitir, contanto que Naomi Grossman, chefe do departamento de genética forense, não apresente nenhuma objeção.

— Faz sentido — falou Jack. — Eu agradeço em nome dos meus amigos.

Então Jack se voltou para a porta, mas, antes de sair, Bingham ainda disse:

— Aliás, como vai o caso onde o investigador médico-forense da excursão se esqueceu de ensacar as mãos?

— Bem — disse Jack. — Aquela bala não podia de jeito nenhum ter sido disparada pela vítima. Foi definitivamente um homicídio. As mãos não tinham qualquer resíduo de pólvora.

— Ótimo — disse Bingham. — Mande o relatório o mais rápido possível para minha mesa! A família vai gostar de saber.

Jack estava para sair pela segunda vez quando se deteve e se voltou de novo para Bingham.

— Chefe — começou —, posso fazer uma pergunta pessoal?

Sem erguer o olhar, Bingham respondeu:

— Só se for bem rápido.

— Vai ao quiroprático de vez em quando?

— Sim, e não tente me convencer a não ir mais. Eu já sei o que pensa.

— Entendi — disse Jack. Depois, virou-se e saiu da sala.

Apesar do golpe final de Bingham em sua campanha contra a medicina alternativa, o que significava que Jack não podia esperar apoio da chefia, ele se sentiu satisfeito ao subir para sua sala para pegar a jaqueta. Agora tinha outro projeto com o qual se distrair. Depois que Bingham havia permitido que os Daughtry usassem o laboratório, ele achava que Naomi Grossman não recusaria o pedido, principalmente porque já estava permitindo que três ou quatro outros grupos de pesquisa usassem as instalações.

Apanhou a jaqueta e um guarda-chuva, louco para falar logo com Naomi e conseguir reservar o laboratório. Perdido em pensamentos, literalmente bateu contra Chet, que vinha saindo do elevador.

— Ei, qual é a pressa? — indagou Chet, quase deixando cair a bandeja de lâminas de microscópio que trazia.

— Eu devia fazer a mesma pergunta — respondeu Jack.

— Eu estava indo para a sua sala. Tenho mais alguns nomes e números de acesso para aqueles casos antigos de dissecção arterial vertebral.

— Pode parar de procurar casos de DAV — disse Jack — Não estou mais interessado nisso.

— Como assim?

— Digamos que obtive exatamente a mesma reação que obteve quando pesquisou o assunto. Desconfio que o público reage à medicina alternativa como se fosse algo quase religioso. As pessoas acreditam na medicina alternativa porque querem acreditar. Vão desprezar qualquer prova de que ela não funciona ou pode ser perigosa.

— Ok — disse Chet. — Faça como quiser. Se mudar de ideia, me avise.

— Obrigado, amigo — disse Jack, entrando no elevador.

Jack saiu à rua debaixo do temporal que havia quase conseguido driblar ao voltar da reunião com James. Usando apenas um guarda-chuva dobrável, já estava com as calças ensopadas do joelho para baixo quando chegou ao prédio de análises de DNA.

A sala de Naomi Grossman era em um dos andares mais altos. Quando Jack se aproximou da secretária dela, ficou preocupado, achando que devia ter telefonado primeiro. Naomi era diretora do maior departamento do IML. A ciência da análise de DNA tinha passado a ser praticamente independente graças às enormes contribuições que havia dado à segurança pública e à identificação de pessoas.

— A Dra. Grossman está disponível? — indagou Jack.

— Está sim — disse a secretária. — E o senhor, quem é?

— Dr. Jack Stapleton — disse ele, aliviado por Naomi estar livre.

— Prazer em conhecê-lo — disse a secretária, estendendo a mão. — Sou Melanie Stack. — Era jovem e simpática, especialmente comparada às secretárias antiquíssimas do escritório de Bingham. Em vez de criar caso, ela era amistosa e estava disposta a ajudar as pessoas. Vestia roupas jovens e atraentes, e seus cabelos compridos e lustrosos estavam presos com uma fivela, deixando à mostra todo o seu rosto saudável e sorridente.

Para Jack, Melanie era uma representante típica do edifício de DNA do IML. A maioria dos que trabalhavam ali eram jovens e enérgicos, e pareciam satisfeitos e gratos por seus empregos. O estudo de DNA era uma ciência nova de imenso potencial, e era mais do que justo estar concentrado em um edifício bem-iluminado e novo em folha. Jack chegava a lamentar não estar trabalhando ali com eles.

— Um momento, vou avisar à Dra. Grossman — disse Melanie, afastando a cadeira da mesa.

Depois que ela desapareceu, Jack olhou as demais secretárias. Todas retribuíram o sorriso com um sorriso também. Para Jack, aquele escritório era uma lufada de ar fresco e otimismo apesar da chuva que batia nas vidraças.

— A Dra. Grossman pode recebê-lo agora — disse Melanie, reaparecendo num piscar de olhos.

Jack entrou na sala de canto do andar com uma vista magnífica do East River. Naomi estava a uma escrivaninha de mogno grande com uma bandeja de entrada que fez Jack se lembrar da sua. Como todos os outros funcionários daquele prédio, Naomi era relativamente jovem, talvez perto dos 30 e poucos anos. Tinha um rosto oval, emoldurado por um halo de cabelos notavelmente encaracolados. Seus olhos castanho-escuros eram vivos e, com sua mente obviamente afiada, ela sempre duvidava um pouco do que lhe diziam.

— Que surpresa agradável! — disse Naomi, quando Jack se aproximou de sua mesa. — A que devemos essa honra?

— "Honra"? — indagou Jack, rindo de leve. — Eu gostaria de ter sua facilidade de fazer as pessoas se sentirem bem.

— Mas é uma honra, sim. Estamos aqui para ajudar aos senhores, os peritos-legistas. Somos apenas assistentes do seu processo.

Jack voltou a rir de leve.

— Não exagere. Com os avanços rápidos da ciência genética, acho que em breve vamos trabalhar para vocês. Mas dessa vez estou aqui para pedir um favor.

— Pode pedir.

Jack repetiu o discurso persuasivo que tinha usado com Bingham, mencionando o arcebispo, o ossário e o suposto conteúdo, mas nada dizendo sobre a Virgem Maria.

— Mas isso é muito fascinante — exclamou Naomi quando Jack terminou. — Pode me dizer quem é a esposa?

— Sana Daughtry.

— Já ouvi falar dela — disse Naomi. — Está ficando famosa no campo da genética mitocondrial. Eu certamente não me incomodaria de deixá-la trabalhar aqui durante algum tempo, e o projeto em si parece interessante, principalmente se descobrirem que há documentos que possam provar a identidade do corpo. Mas por que não fazem esse trabalho lá em Columbia mesmo? Pode ser que não tenham laboratórios tão novos quanto os nossos, mas tenho certeza de que são igualmente satisfatórios.

— Para manter o projeto em sigilo. Eles querem algum tempo, suponho, para terminar os estudos antes de alguém ouvir sobre a descoberta. E você entende como são as coisas no mundo acadêmico: todos sabem o que todos os outros estão fazendo.

— É a mais pura verdade. Eles não vão precisar se preocupar com vazamento de informações se trabalharem aqui. Já falou com o Dr. Bingham?

— Eu acabei de vir da sala dele, e ele concorda, contanto que você não tenha objeções. E, embora não tenha dito isso diretamente, tenho certeza de que aprecia a ideia de que a arquidiocese deva favores ao IML.

Naomi riu de um jeito contagiante o suficiente para fazer Jack sorrir.

— Eis aí uma coisa de que ele seria capaz, sendo o cara político que é. Mas eu não devia difamá-lo. Se não fosse ele, eu não estaria trabalhando neste prédio imponente.

— Então concorda? — indagou Jack.

— Mas sem dúvida.

— E quando eles podem começar? — perguntou Jack. — Preciso confessar que, a partir do instante em que me contaram essa história, até eu fiquei morrendo de curiosidade para saber o que contém aquele ossário.

— É mesmo tentador — disse Naomi. — Os Daughtry é que decidem. Qualquer data para mim está bem. Ainda temos muito espaço ocioso nos laboratórios.

— Que tal amanhã? O laboratório fica aberto nos finais de semana?

— Claro que sim, embora só com o pessoal absolutamente indispensável. Mas temos inúmeros projetos que precisamos examinar diariamente; portanto, o laboratório funciona ininterruptamente.

— Eu aviso a eles. Nem mesmo sei se querem começar logo e talvez esteja projetando minha impaciência neles. Mas, se quiserem começar amanhã, como é que traremos o ossário para dentro do prédio?

— Eles podem passar pela portaria da frente amanhã, se quiserem. Qual é o tamanho da caixa, você sabe?

— Não sei, mas eu diria que deve ter uns 60 centímetros de comprimento por 30 de largura e altura.

— Passa pela porta da frente sem problema, mas também temos uma entrada de carga na rua 26, por onde se faz a maioria das entregas. Como amanhã é sábado, teremos que avisar com antecedência.

— Tudo bem, eles entram pela frente mesmo — concordou Jack. — Depende deles. Enquanto isso, poderia me mostrar a parte do laboratório onde eles podem trabalhar? Posso ajudá-los a preparar tudo.

Alguns momentos depois eles já estavam no oitavo andar, que era um dos andares de laboratórios.

— Como é que funciona este prédio? — indagou Jack. Embora ele já tivesse ido ao edifício antes, estava curioso para saber como o departamento lidava com o número de amostras processadas.

— As amostras chegam ao quinto andar — explicou Naomi. — Depois vão subindo de acordo com uma cadeia de custódia. Primeiro as limpamos, preparando-as para a fase de extração de DNA. O DNA isolado, então, sobe até o sexto andar para pré-amplificação. Depois disso, no sétimo andar, fazemos a pós-amplificação e o sequenciamento.

— Então é uma espécie de abordagem tipo linha de montagem.

— Com toda a certeza — respondeu Naomi. — Senão, jamais seríamos capazes de analisar o número de amostras que analisamos.

— Agora estamos no oitavo andar — disse Jack, espiando o laboratório através de portas fechadas, porém envidraçadas, enquanto eles caminhavam, vindo dos elevadores. Através de janelas que iam do chão ao teto, à sua esquerda, ele enxergou o Hospital Bellevue. — O que é que fazem aqui?

— O oitavo andar não pertence à linha de montagem — explicou Naomi. — Esses laboratórios são mais para treinamento. Mas nesta direção, para o lado do rio, ficam os laboratórios especificamente para projetos de pesquisa. O ritmo de crescimento da genética é rápido, e precisamos acompanhá-lo sem deixar a peteca cair. Esse é o laboratório que os Daughtry podem usar.

Naomi destrancou a porta e, depois entregou a chave a Jack.

A sala era revestida de uma camada de plástico branco com intensa iluminação fluorescente em sancas, o que lhe dava uma aparência futurista. Havia uma mesa grande no meio dela, do tamanho de uma mesa de biblioteca. Ao longo da parede do leste havia espaços para escrivaninha com armários acima e abaixo. Na parede oeste ficavam armários do chão ao teto, todos com chaves.

— O que acha? — indagou Naomi.

— É perfeito! — disse Jack. E olhou através de uma porta envidraçada da parede sul, vendo do outro lado um biovestíbulo para colocação e remoção de aventais e evitar contaminação do DNA. Através de outra porta, ele viu o laboratório em si, com todos os instrumentos necessários para extração, amplificação e sequenciamento do DNA. Ficou impressionado. Era um laboratório totalmente autossuficiente.

— Há até armários aqui se eles forem realmente paranoicos — brincou Naomi, apontando para os armários de cima até embaixo. — Mas diga a eles que nossa segurança é muito boa. E, agora me lembrei, vão precisar de documentos de identidade com foto. A segurança lá embaixo pode lhes dar cartões de identificação, contanto que eu os avise hoje. Eles também vão precisar assinar uma isenção ampla de todos os riscos. Se quiserem mesmo começar amanhã, vou deixar uma cópia aqui na mesa e pedir a você que os lembre de assinar.

— Com todo o prazer — concordou Jack.

— Então, já está tudo combinado — disse Naomi. — A menos que tenha mais alguma pergunta a me fazer.

— Acho que não tenho — disse Jack. — Está tudo muito bem-organizado. Shawn pode trabalhar nesta sala com os ossos e talvez os documentos, e Sana pode ficar no laboratório.

Não poderia ser melhor. Obrigado. Se tiver alguns amigos que queiram fazer umas necropsias, me avise. Me sinto na obrigação de retribuir à altura.

Naomi riu.

— Já ouvi falar do seu senso de humor — comentou ela.

Ele voltou a agradecer e saiu do edifício, percebendo de repente que a chuva havia parado. Olhando para cima, até viu uma nesga pequena, porém definitivamente azul, de céu, o que o fez lembrar como o tempo muda rápido em Nova York.

Jack voltou correndo até o IML. Com os dois consentimentos, tanto o de Bingham quanto o de Naomi, os Daughtry podiam tocar o projeto para a frente. Vendo que os elevadores ainda não tinham chegado, Jack subiu pelas escadas, ansioso para dizer a James que tinha conseguido combinar tudo. Sentado à sua mesa, Jack verificou a hora enquanto pegava o cartão que o amigo lhe dera. Já eram mais de quatro horas da tarde. Achando que James provavelmente já tinha saído da recepção na Mansão Gracie havia muito tempo, ele ligou para seu telefone direto em vez do celular.

— Tenho boas notícias — disse Jack quando ouviu a voz de James.

— Um alívio muito bem-vindo, esse — respondeu James. — O Dr. Bingham vai permitir que Shawn e Sana usem suas instalações esplendorosas?

— Vai, sim! — relatou Jack, orgulhoso. — Saiu tudo perfeitamente bem. Trata-se de um dos laboratórios completos, com espaço para Shawn e Sana, e todos os equipamentos de que necessitem. É um local muito discreto e seguro. Eles podem começar amanhã, se quiserem.

— Louvado seja Deus — disse James. — Falei com Shawn não faz ainda uma hora. Eu disse que tinha concordado em intervir em seu nome para conseguir um laboratório e que você iria ligar mais tarde ainda hoje para dar uma notícia.

— Quer que ligue para ele em seu lugar?

— Quero. Acho mais adequado. Sei que ele quer agradecer diretamente pela ajuda. Foi o que disse, mas, cá entre nós, acho que ele quer ter certeza de que eu enfatizei bem o sigilo. Ele está tão paranoico quanto eu, achando que a informação pode vazar.

— Não me incomodo de falar com ele, principalmente porque a notícia é boa.

James deu a Jack o número do escritório do Shawn no museu e o número do telefone da casa dele, depois disse:

— Me avise assim que conversarem! Estou muito nervoso com tudo isso, e, quanto mais informações tiver, melhor, porque quanto mais penso nisso, mais estrago temo que possa causar à Igreja e à minha carreira.

— Eu ligo para você logo depois de falar com ele.

— Muito obrigado — disse James, antes de desligar.

Jack tentou o número do escritório de Shawn, mas estava ocupado. Resolveu então tentar localizar todos os materiais sobre a morte do adolescente no Central Park, onde o investigador do IML tinha se esquecido de cobrir as mãos do garoto com um saco. Jack queria continuar nas boas graças de Bingham, e uma forma de fazer isso seria encerrar aquele caso o mais depressa possível, como ele tinha lhe pedido. Depois que Jack reuniu as informações necessárias, conseguiu terminar a papelada em menos de vinte minutos e enviar um e-mail a Bingham o avisando disso.

Voltando a tentar falar com Shawn, ele conseguiu que a ligação completasse, mas em vez de seu velho amigo, quem atendeu foi a secretária dele. Pelo jeito, Shawn tinha saído, mas voltaria em breve.

Jack decidiu não esperar.

— Pode me dizer a que horas fecha o museu? — indagou ele à secretária. — Acho que vou dar um pulo aí e esperar por ele.

— Às nove horas, mas meu expediente termina às quatro e meia.

— Poderia passar um recado para ele? Diga que o Dr. Jack Stapleton vai aí fazer uma visita. Não posso chegar antes de você sair, mas devo estar aí mais ou menos às quatro e quarenta e cinco.

Depois de desligar, Jack passou alguns minutos organizando sua sala profundamente bagunçada. Enquanto fazia isso, encontrou a papelada e os slides do caso de suicídio que Lou mencionara no seu telefonema. Ele sabia que o promotor iria querer examinar aquilo. Quando terminou, agarrou a jaqueta de aviador úmida pendurada atrás da porta e o capacete de ciclista em cima do arquivo e saiu.

18

16H21, SEXTA-FEIRA, 5 DE DEZEMBRO DE 2008
CIDADE DE NOVA YORK

O céu estava claro e o sol se aproximava do horizonte a oeste quando Jack saiu do IML e dobrou em direção ao norte, rumo à Primeira Avenida. A temperatura havia caído até um nível suportável, e as faces de Jack arderam enquanto ele seguia para o norte, competindo com o trânsito.

Na 81, Jack dobrou para oeste, e logo viu o Metropolitan Museum of Art.

Com sua fachada neoclássica bege brilhantemente iluminada contra o preto carvão do Central Park, o enorme edifício momentaneamente tirou o fôlego de Jack. Como a noite já havia caído, o prédio parecia uma joia em um quadrado de veludo preto.

Jack conferiu as horas no relógio de pulso. Eram exatamente quatro e quarenta e cinco. Avançando apressado e subindo a escadaria, ele entrou no renomado museu, perguntando-se por que não vinha mais ali apreciar aquelas obras-primas. Sentindo-se meio culpado, nem mesmo conseguia se lembrar da última visita que tinha feito ao museu.

O imenso saguão, de vários andares, estava lotado. Jack teve que aguardar junto ao balcão oval de informações no meio do salão para falar com um dos funcionários. Quando perguntou onde era a sala do Dr. Shawn Daughtry, recebeu um mapa com o caminho traçado com uma caneta hidrográfica.

Quando Jack se aproximou do escritório, ficou satisfeito ao notar a porta aberta. Entrando, viu-se em uma antessala com uma escrivaninha de secretária. Do outro lado da escrivaninha, havia uma segunda porta, também entreaberta. Jack foi entrando e, ao chegar à soleira, bateu com força no batente.

— Ahá! — exclamou Shawn, ficando de pé num pulo. — Mas que maravilha ver você. Como tem passado, seu sacana?

Shawn se aproximou de Jack com a mão estendida para ele.

— Recebi seu bilhete — acrescentou ele, com um sorriso de orelha a orelha. — Mas que fantástico você poder vir aqui. E está tão enxuto quanto na última vez em que nos encontramos. Como é que consegue?

— Eu costumo jogar principalmente basquete na rua — disse Jack, estranhando um pouco a exuberância de Shawn.

— Eu devia seguir seu exemplo, amigo — disse Shawn. E aí se recostou, fazendo sua pança já saliente destacar-se e dando uns tapinhas em si mesmo, como se ele se orgulhasse dela.

— Quanto tempo faz?

— Não me lembro bem — admitiu Jack. E olhou de relance em torno de si para a sala espaçosa, cujas janelas davam para a Quinta Avenida. Vários artefatos cristãos primitivos jaziam sobre uma mesa central retangular. Uma parede inteira de estantes se encontrava preenchida para uma coleção impressionante de livros de arte. Contra a parede oposta era visto um imenso sofá de couro verde-escuro.

— Lindo escritório — elogiou Jack, pensando no seu cubículo minúsculo.

— Antes de qualquer coisa — começou Shawn —, quero agradecer por estar disposto a me ajudar nesse negócio. Significa muito para mim, por vários motivos, mas acima de tudo porque acho que essa descoberta extraordinária vai me consagrar como arqueólogo.

— Estou feliz por isso — comentou Jack, imaginando o que Shawn pensaria se soubesse que Jack estava fazendo aquilo tanto por si mesmo quanto por ele. Estar envolvido no projeto de Shawn era cem vezes mais atraente do que investigar medicina alternativa, cujos resultados as pessoas nem queriam questionar.

— E aí, como ficou? Conseguiu perguntar ao seu chefe se eu posso usar o laboratório?

— Perguntei, sim. Não há problema. Você e sua esposa vão precisar assinar uma declaração dizendo que se responsabilizam por qualquer dano, mas só isso. Ninguém nem mesmo falou em cobrar nada.

Shawn bateu palmas alto o suficiente para Jack dar um pulo.

— Que beleza! — gritou ele, antes de unir as palmas das mãos, fechar os olhos e inclinar a cabeça para o teto mais ou menos como se estivesse rezando.

Logo depois, ele se inclinou para a frente e assumiu uma expressão séria.

— Jack — falou —, estou achando uma maravilha essa permissão que conseguiu para trabalharmos no laboratório do IML, mas há uma coisa que preciso dizer. É uma coisa muito importante, e uma que Sua Santidade, exageradamente, disse que já tinha mencionado. Eu só gostaria de frisar o fato de que queremos que todo este projeto fique em total e absoluto sigilo, principalmente no tocante à Virgem Maria. Vai nos ajudar? Se o ossário contiver o que esperamos que contenha, queremos ser capazes de dar essa notícia só depois de termos terminado completamente de analisar o conteúdo. Quero ter certeza absoluta de tudo quando anunciar os resultados.

— James foi muito claro sobre o sigilo. Aliás, provavelmente está mais interessado no sigilo que você. Não sei se sabe disso até o ponto que deveria saber, mas ele quer lançar uma campanha muito séria para te convencer a jamais publicar nada sobre a ligação entre a Virgem Maria e esses ossos. Acho que ele já mencionou a você que está totalmente convencido de que essa é uma falsificação muito bem-feita: uma falsificação do século I, mas uma falsificação, mesmo assim, coisa que ele tem certeza de que você vai descobrir no fim, depois de todas as investigações.

Shawn deu um tapa com ambas as mãos abertas na mesa, jogou a cabeça para trás e soltou uma gargalhada. Quando recuperou o autocontrole, balançou a cabeça, incrédulo.

— Não é típico do James? Passei quatro anos discutindo com ele os abusos da religião organizada, inclusive a infalibilidade papal, e, agora que estou me aproximando de alguma coisa que vai finalmente refutar tudo isso, ele quer me impedir de apresentar as provas. Mas que piada!

— Ele está preocupado com o efeito tremendamente negativo que isso pode exercer para a Igreja, solapando a autoridade dos clérigos e a reputação da Virgem — disse Jack. — Ele também está preocupado de ser considerado um cúmplice porque você o enganou para fazê-lo assinar os documentos que autorizavam a entrada do ossário no país, bem como porque foi ele quem facilitou seu acesso ao túmulo de são Pedro. Acho que James está pensando que vai perder o cargo e ser excomungado.

— Quanto a ser o responsável pelo acesso, foi isso mesmo, mas não vão culpá-lo por isso. Foi há cinco anos, e eu já apresentei o trabalho sobre o túmulo de são Pedro, que foi o motivo pelo qual o acesso permaneceu nos livros. Quanto aos documentos que vieram com o caixote, ele fez isso inteiramente de livre e espontânea vontade. Eu não o enganei. Aliás, desconfio de que ele achou que estava recebendo algum presente, uma decisão tomada inteiramente por ele próprio. Eu nunca disse que o caixote continha um presente.

— Ora, não vou me meter nessa rixa entre vocês dois — disse Jack, sem querer tomar partido. — Vão precisar resolver isso sozinhos. Eu só queria que você soubesse o que ele pensa.

— Obrigado por me alertar — resmungou Shawn.

— Tenho uma pergunta para fazer — disse Jack, querendo mudar de assunto.

— Pode perguntar.

— Quando quer começar?

— Assim que for possível.

— Que tal amanhã mais ou menos às oito? Preciso me encontrar com vocês para orientá-lo sobre alguns detalhes.

— Por mim, tudo bem, mas me deixa ligar para Sana, rapidamente, se não se importar de esperar um pouco.

— De jeito nenhum — disse Jack, sinceramente. Como sempre, estava hesitando em voltar para casa por medo do que descobriria. Naturalmente, não gostava desse sentimento e se achava um covarde por se sentir assim.

Shawn conseguiu falar com Sana, que estava na faculdade de medicina. Ela tinha ido até lá para salvar alguns estudos que seus assistentes da escola de pós-graduação estavam tentando impedir de soçobrar. Parecia que as coisas não tinham corrido bem na sua ausência. Até mesmo Jack conseguiu ouvir os gritos de Sana quando Shawn afastou o aparelho do ouvido. Shawn finalmente conseguiu falar e contou o plano à esposa.

Shawn ouviu a resposta dela com toda a atenção e depois ergueu o polegar para que Jack soubesse que ela concordava.

— Muito bem! — disse Shawn, desligando. — Amanhã às oito horas. Onde nos encontramos com você?

— Na portaria do prédio do IML — disse Jack. — E o ossário?

— Sana e eu vamos passar na residência do cardeal e pegá-lo no caminho para o laboratório.

— Preciso admitir que estou numa curiosidade louca para saber o que há dentro desse ossário — disse Jack. — Acha mesmo que há ossos e documentos nele?

— Tenho toda a certeza — respondeu Shawn. — E se acha que está curioso, não pode nem imaginar como eu estou. Minha esposa precisou literalmente me convencer a não o abrir no momento em que voltamos ao hotel, lá em Roma.

— E a carta? Está com ela aqui?

— Mas claro. Gostaria de vê-la?

— Sim — confirmou Jack.

Shawn tirou um livro enorme da estante e o colocou na mesa de biblioteca no centro da sala.

— Usei este livro de fotos de monumentos egípcios para tirar a carta do Egito. Vou mandar preservar as páginas da carta, mas por enquanto é assim que as estou mantendo abertas.

E aí Shawn mostrou a Jack a primeira página da carta.

— Parece grego — disse Jack, inclinando-se sobre o texto.

— Parece grego porque é grego — disse Shawn, com uma risadinha condescendente.

— Achei que devia ser em aramaico ou latim.

— Mas esse não é o grego que chamamos de ático ou clássico, é o grego *koiné*, que era a língua usada pelos povos mediterrâneos ocidentais nos tempos do Império Romano Antigo.

— É capaz de ler o que está escrito nela?

— Claro que sou — replicou Shawn, meio ofendido. — Mas a carta está bem mal-escrita, o que a torna de difícil tradução. Dá para notar que essa não era a língua nativa de Saturnino.

Jack se ergueu.

— Incrível! É como se fosse uma caça ao tesouro.

— Eu também achei a mesma coisa — disse Shawn —, e esse foi um dos motivos pelos quais resolvi estudar arqueologia. Eu achava que o campo era uma grande caça ao tesouro. Infelizmente, isso é mais romance do que realidade, mas encontrar essa carta e o ossário me fez reviver essa noção romântica. Ironicamente, porém, me sinto verdadeiramente abençoado.

— Pensei que fosse agnóstico.

— Ainda sou, pelo menos em grande parte — disse Shawn. — E você?

— Acho que também sou — disse Jack, pensando em todas as suas provações e em como elas tinham destruído qualquer resquício de religiosidade que ainda restava nele. Para mudar de assunto, ele apontou para a carta e perguntou a Shawn como a havia encontrado.

— Tem tempo para ouvir essa história? — indagou Shawn.

— Claro que sim.

Shawn descreveu toda a aventura, começando com uma explicação de um códice e continuando até sua visita a Antica Abdul.

— Foi pura sorte eu ter parado na loja naquela ocasião — admitiu Shawn. — Rahul estava para vender a carta. Tinha os endereços de e-mail dos curadores dos museus mais famosos do mundo. Mantém contato regular com todos os estudiosos e comerciantes importantes de antiguidades do Oriente Próximo.

— E a loja é só um estabelecimento modesto no meio do bazar do Cairo?

— Isso — concordou Shawn —, com 99 por cento do estoque composto de falsificações modernas. É mais uma loja de lembranças do que uma verdadeira loja de antiguidades, mas obviamente tem algumas relíquias legítimas, como constatei em dois casos.

— Então já tinha estado lá antes?

— Já — admitiu Shawn.

E contou a Jack como tinha sido sua primeira visita anos antes, quando ele dera de cara com o vaso de cerâmica na vitrine.

— Pode imaginar como fiquei admirado — continuou Shawn — quando um de meus colegas do departamento egípcio daqui me convenceu de que não era falsificação. Aliás, está em exibição aí embaixo, em um lugar de destaque na coleção de artefatos egípcios.

— Viu o códice na vitrine, como o vaso, e reconheceu o que era ou o homem só o trouxe para você ver?

— Não estava na vitrine — disse Shawn, com um sorriso —, e ele também não me trouxe o livro. Nós conversamos um pouco, e achei que ele tinha decidido que valia a pena arriscar a me vender um objeto genuíno. É um verdadeiro crime vender uma relíquia dessas no Egito.

— Soube que era genuíno logo de cara?

— Mas sem dúvida.

— Foi caro?

— Paguei até caro demais, mas estava doido para levar o códice para o quarto do hotel e ver que textos conteria.

— A carta era parte de um texto, ou só foi inserida entre as páginas?

— Nenhuma das duas coisas. Estava metida entre as capas de couro, para reforçá-las, junto com outros pedaços de papel.

A princípio me decepcionei, porque descobri que no códice só havia cópias de textos que eu já tinha visto em outros. Depois me lembrei de olhar dentro da capa. E aí, batata, encontrei a carta de Saturnino.

— Então a carta não só explicava que o ossário continha os ossos da Maria, mas também onde localizar o dito-cujo.

— Isso. Não sei se você está a par, mas minha mais recente publicação profissional foi *O complexo funerário de são Pedro e arredores*. Por acaso a leu?

— Não tive chance — disse Jack. — Achei melhor esperar o filme.

— Engraçadinho! — Shawn riu. — Não era para ser um best seller, mas sim a obra definitiva sobre uma estrutura muito complicada que já está em contínua reforma faz dois milênios. Atualmente, creio que sou quem mais sabe sobre as complexidades do sepulcro de são Pedro. Pela carta de Saturnino, fazia uma ideia bastante precisa de onde o ossário estaria situado em relação a um dos túneis cavados durante as últimas escavações do túmulo.

— Então o túnel estava razoavelmente acessível?

— Perfeitamente. Eu sabia que ele não tinha sido preenchido porque tinha trabalhado no sítio. Meu único erro foi achar que o ossário estava na parede e não no teto.

— História impressionante — disse Jack. — Pretende abrir o ossário amanhã?

— Pode apostar sua vida nisso! Graças às providências que você tomou para conseguir para nós o acesso a um laboratório moderno.

— Posso ficar para ver o que vai ser feito depois de ter levado você e sua esposa até o laboratório?

— Lógico que pode. Adoraríamos que estivesse presente. Aliás, se descobrirmos o que esperamos descobrir, vamos precisar comemorar amanhã à noite na minha casa no West Village, e você será convidado. Vamos até pressionar Sua Excelência para vir comemorar conosco. Os Três Mosqueteiros juntos outra vez!

— Se descobrir o que pretende descobrir, não sei se James vai estar a fim de comemorar — disse Jack, apertando a mão de Shawn e se preparando para se retirar.

— Acho que vamos conseguir convencê-lo — disse Shawn, levando Jack até a porta da sala. — Até amanhã, e se prepare para o que pode ser uma revelação formidável!

— Estou ansioso — disse Jack. Lembrando-se de uma pergunta que pretendia fazer antes, acrescentou: — Se houver ossos no ossário, gostaria que o antropólogo do IML os examinasse? Ele é especialista em ossos antigos e provavelmente pode lhe dizer algumas coisas interessantes sobre eles.

— Por que não? Contanto que ninguém mencione a quem podem pertencer os ossos. Quanto mais informações pudermos obter, melhor; esse sempre foi meu lema.

19

17H05, SEXTA-FEIRA, 5 DE DEZEMBRO DE 2008
CIDADE DE NOVA YORK

Jack pegou o elevador para descer ao primeiro andar do museu, já animado na expectativa do que poderia acontecer. Embora a portaria ainda estivesse tão apinhada quanto antes, ele mal notou as pessoas. Em vez disso, pensou em como tinha sido bom rever dois de seus melhores amigos de uma época da sua vida da qual tinha gostado tanto, e como foi ótimo poder pôr os assuntos em dia com eles, enquanto aquela narrativa hipnótica se desenrolava. Jack não conseguia se lembrar de outra ocasião na qual estivera mais ansioso para que o tempo passasse e mistérios fossem resolvidos. O único elemento duvidoso era a tendência de seus dois amigos de entrarem em conflito. Jack tinha a sensação nada agradável de que teria de ser novamente mediador de um conflito grave entre os dois, como fazia na faculdade, cada um deles totalmente convencido da validade da própria posição. Mal sabia Jack como essa sua intuição era profética e fatal.

Por causa do frio, Jack procurou não perder tempo ao voltar para casa. Pedalando o mais rápido que podia para gerar tanto calor corporal quanto possível, ele se afastou do centro da cidade a uma velocidade espantosa. Dentro de 15 minutos, já havia atravessado o parque e chegado à rua 106, seguindo até sua casa, no quarto andar em um prédio sem elevadores, que ele e Laurie haviam reformado recentemente. Diretamente em frente ao prédio ficava a quadra que Jack tinha reformado com as próprias economias. Quando ele parou, examinou a quadra de basquete na qual tinha mandado instalar a iluminação. Estava repleta de poças negras reluzentes de água da chuva, o que significava que não haveria jogo naquela noite.

Erguendo a bicicleta até o ombro, ele subiu os oito degraus da frente até a porta e entrou. Olhou de relance para o consolo sob o espelho da entrada e não viu bilhete algum para avisá-lo se Laurie e o bebê estavam dormindo.

Jack não conseguiu decidir se preferia um bilhete ou não. Quando havia bilhete, ele instantaneamente se sentia sozinho. Quando não havia, tinha que se preparar para ouvir a narrativa dramática de um dia invariavelmente ruim.

— Estamos aqui — gritou Laurie da cozinha.

Jack se sentiu meio aliviado, pois a voz da Laurie estava menos tensa do que o normal. Talvez tivesse sido um bom dia. Quando o dia estava sendo ruim, Jack sempre era capaz de deduzir pelo tom de voz dela.

Depois de guardar a bicicleta em um armário feito sob medida no corredor do vestíbulo e pendurar sua jaqueta de couro, ele tirou os sapatos, calçou os chinelos e subiu as escadas. Como esperava, Laurie e JJ estavam na cozinha. Aparentemente, parecia uma cena doméstica normal. JJ estava deitado de barriga para cima no cercadinho, estendendo a mão para pegar o móbile pendurado acima de si. Se não fossem seus olhos ligeiramente saltados e as olheiras sob eles, pareceria com qualquer outro bebê. Laurie estava à pia, preparando alcachofras para o jantar. Não fosse pela palidez e pelas olheiras, que competiam com as de JJ, ela estaria deslumbrante. Luzes em tom ruivo-escuro reluziam nos seus cabelos castanhos lustrosos.

Notando o olhar de Jack, ela disse:

— JJ me deixou tomar um banho! Tive um dia melhor hoje do que qualquer outro desta semana. Sinto como se estivesse de férias.

— Mas que maravilha — disse Jack.

Laurie enxaguou as mãos e as enxugou no avental ao se aproximar de Jack e abraçá-lo afetuosamente. Durante um minuto inteiro, marido e mulher ficaram abraçados, dizendo um milhão de coisas sem palavras. Laurie foi a primeira a se afastar para estalar um beijo nos lábios de Jack. Depois ela voltou à pia para preparar as alcachofras.

— Como passou o dia? — perguntou ela. — Como vai sua cruzada?

Jack refletiu um momento antes de dizer alguma coisa. O dia tinha sido irritante e emocionante ao mesmo tempo. Ele tinha ido de bater boca com Lou e Vinnie até almoçar com o arcebispo e se encontrar com Shawn no Metropolitan Museum of Art.

— Que foi? O gato comeu sua língua?

— Foi um dia cheio — respondeu Jack, mas não soube mais o que dizer depois disso. Sua promessa a James de que não contaria a Laurie sobre o ossário o deixou num impasse, porque essa era a única coisa que queria lhe contar. Não queria falar do seu comportamento constrangedor com Lou e Vinnie, e, se mencionasse Shawn e o museu, teria que falar do ossário.

— Foi cheio no sentido positivo ou negativo?

— Um pouco de cada.

Laurie pousou as mãos na beira da pia.

— Então acho que não quer comentar sobre o que fez hoje.

— É, mais ou menos isso — disse Jack, evasivo. — Desisti da ideia da cruzada.

— Por quê?

— Ninguém quer ouvir críticas à medicina alternativa, pelo menos ninguém que a use, e há várias pessoas que o fazem. A única maneira pela qual posso influenciar a opinião dessas pessoas é reunindo milhares e milhares de casos, o que não vou conseguir encontrar. Tenho certeza de que há centenas de casos trancafiados nos registros do IML, mas não vou ter acesso a eles. Estou num impasse. O maior problema era que essa campanha não estava evitando que eu me sentisse obcecado por "uma certa pessoa".

— Acho que entendo, mas parecia uma boa ideia quando me falou sobre isso na segunda-feira à noite. Sinto muito.

— O que é isso, não é sua culpa.

— Eu sei, mas mesmo assim sinto muito. Sei que precisa de uma distração. Eu também preciso.

Jack estremeceu ao ouvir esse comentário de Laurie, que exacerbou a culpa onipresente que sentia de não falar do fardo que era a doença de JJ.

— Posso perfeitamente imaginar que precise de distração — disse ele. — Tem certeza de que não quer mesmo contratar uma enfermeira para que você possa voltar ao trabalho, nem que seja meio período?

— De jeito nenhum! — disse Laurie, meio irritada. — Não mencionei esse assunto para colocá-lo na pauta de discussões.

— Está bem, deixa para lá — disse Jack, entendendo a mensagem muito bem.

— Alguém comentou alguma coisa sobre o JJ depois que você falou com Bingham e Calvin ontem?

— Ninguém, a não ser o próprio Bingham.

— Ótimo. Talvez eles cumpram a palavra e respeitem nossa privacidade.

Jack foi até o cercadinho e olhou para o filho. Ansiava por se curvar e pegá-lo no colo, estreitá-lo com força para sentir seu coração batendo, seu calor e seu cheiro adocicado, mas não ousou fazer isso.

Havia também um motivo mais prático para ele estar relutante em pegar o filho. Se o fizesse, provavelmente o bebê iria começar a chorar. Jack achava que os tumores ósseos espalhados pelo corpo de JJ lhe causavam uma dor horrenda, que parecia piorar quando alguém o pegava no colo.

— Ele hoje foi muito corajoso — disse Laurie, observando Jack enquanto ele contemplava o bebê. — Espero que seja o primeiro dia de uma nova tendência, porque esta semana foi de lascar.

— Devo tentar segurá-lo no colo? — indagou Jack, derretendo-se todo ao ver JJ sorrir para ele.

— Bom... — hesitou Laurie. — Talvez seja melhor apenas observá-lo, já que está tão tranquilo assim.

— Era o que eu temia — disse Jack, aliviado.

Sentindo-se culpado, Jack deu as costas a JJ. Foi até onde estava Laurie, parou atrás dela e massageou suas costas. Ela fechou os olhos e se inclinou para trás, entregando-se às mãos do marido.

— Dou meia hora para você parar de fazer isso — ronronou ela.

— Você merece. Vivo espantado com a sua paciência com o JJ. E agradecido também. Não quero chover no molhado, mas acho que eu não seria capaz disso.

— Você está em uma posição diferente da minha. Já perdeu dois filhos.

Jack concordou. Laurie tinha razão, mas ele não quis pensar no assunto.

— Foi uma pena ter chovido tanto hoje — disse Laurie. — Acho que você não vai poder jogar basquete esta noite.

— É a vida — disse Jack, começando a se sentir deprimido. Sempre aguardava com expectativa a distração que eram os jogos de basquete de sexta à noite. Para evitar pensar muito naquela frustração, ele voltou os pensamentos para sua nova distração: o ossário e a ideia de que de manhã ele e os outros descobririam o que havia dentro dele. De repente, então, lembrou-se de que tinha prometido a James que ligaria para ele logo depois de ter falado com Shawn.

Jack deu um aperto final em Laurie para arrematar a massagem.

— Acho que vou tomar um banho. A que horas planeja servir o jantar se não for interrompida, claro?

— Como se eu pudesse planejar alguma coisa — disse Laurie, rindo bem-humorada. — Aproveite bem seu banho e depois desça. Como sempre, vai depender desse molequinho e de quanto tempo durar a minha anistia.

Subindo as escadas, Jack voltou a admirar a coragem de Laurie. Apesar de tudo que tinha passado depois do diagnóstico de JJ e de tudo que estava destinada a suportar, ela ainda era capaz de deixar o problema de lado e fingir que tudo estava normal.

— Se ao menos eu pudesse ser tão generoso assim... — murmurou Jack consigo mesmo.

No banheiro, ainda se sentindo meio culpado, como se estivesse envolvido em alguma conspiração, Jack usou o celular para ligar para James. Não queria falar com ele na frente de Laurie, temendo que isso causasse um interrogatório que ele não seria capaz de responder sem quebrar o juramento.

— Meu salvador! — exclamou James, animado, ao ver o nome de Jack na tela de cristal líquido.

— É uma boa hora para falar?— indagou Jack, baixinho. — Me desculpe por não ter ligado antes. É que voltei para casa de bicicleta e é onde estou agora.

— Estou fazendo minhas preces, mas Ele vai me entender se eu parar um pouquinho, porque você é uma das pessoas por quem estou rezando. Me diga o que houve. Quando Shawn vai abrir o ossário?

— Para dizer a verdade, fui até o museu falar com ele. Fiquei interessado em ver a tal carta de Saturnino.

— Como ela era? Parecia autêntica?

— Bastante — disse Jack, e depois fez uma pausa. De repente tinha ouvido JJ chorar, cada vez mais alto. Apavorado, percebeu que Laurie estava se aproximando depressa. — Só um instante, James! — disse Jack, afastando-se da pia, onde estava apoiado antes. Sentindo-se ainda mais culpado com o celular na mão, abriu a porta justo quando Laurie chegava com o bebê contrariado. JJ estava gritando, com o rosto vermelho como um pimentão.

A expressão de Laurie refletia seu aborrecimento.

— Mudança de planos — disse ela, enquanto balançava o bebê de mansinho. — Estou achando que é melhor pegarmos algo para comer de novo. Vai ter que ir na Columbus Avenue depois do banho procurar alguma coisa.

Jack concordou e percebeu que ela estava de olho no celular, ressabiada. Ele o ergueu.

— Estou ligando para alguém rapidinho para conversar sobre uns planos de trabalho para amanhã.

— Estou vendo — disse Laurie. — No banheiro?

— Logo antes de entrar no chuveiro eu lembrei que tinha que ter ligado para essa pessoa antes de vir para casa.

— Que seja — disse Laurie. — JJ e eu vamos nos deitar lá no quarto. — E ela se afastou, pelo corredor.

— Assim que terminar o banho vou para lá — disse Jack, depois que ela se retirou.

Jack fechou a porta, perguntando-se se teria que se explicar mais. Voltando ao telefone, pediu desculpas a James.

— Não precisa se desculpar — insistiu James. — Estou só arrasado por ter sido reduzido a um simples alguém.

— Desculpe ser tão impessoal. Eu explico da próxima vez em que nos encontrarmos.

— Essa criança parece ser um recém-nascido.

— Quatro meses.

— Não me contou! Parabéns!

— Obrigado. Agora, voltemos a Shawn e à carta. Como eu disse, parecia autêntica porque tinha uma aparência muito antiga, com beiradas tão escuras que quase pareciam queimadas. Claro que não consegui ler nada, porque está escrita em grego.

— Certamente não teria esperado que fosse capaz de lê-la — disse James. — Ele gostou do fato de você ter conseguido permissão para usar o laboratório do edifício de Genética Forense?

— Ficou animadíssimo.

— E quando vão começar?

— Amanhã. Aliás, estou surpreso por Shawn não ter entrado em contato com você. Ele me disse que passaria pela residência para pegar o ossário e depois iria se encontrar comigo em frente ao prédio da Genética, antes das oito.

— É típico de Shawn — disse James. — Pensar nos outros nunca foi seu forte. Vou ligar para ele assim que terminarmos nossa conversa.

— Ele está extremamente empolgado com a descoberta. Acha que vai ser seu caminho para a glória e uma reprimenda merecida para a Igreja. Estou achando que ele pensa que, se a Igreja estiver errada sobre a Virgem Maria, pode ter cometido erros em outras áreas.

— Concordo, mas também tenho confiança no seu profundo senso de ética, apesar da moralidade questionável. Entre outros problemas, ele e eu discutíamos sem parar sobre sexo, que ele acredita que é um presente dado à humanidade em troca do fardo de ter que esperar pela morte. Ele acredita que o sexo deve ser apreciado e fica zangado com a Igreja devido a sua propensão de rotular como pecado todo aspecto que vá além de uma interpretação estreita de seu papel procriador. Mas ele distingue o certo do errado em todos os outros aspectos da vida, e por isso tenho confiança de que vai perceber que não pode provar que os ossos dentro do ossário são da Virgem Maria. A carta de Saturnino certamente insinua isso, mas, como já conversamos, tudo depende de Simão Mago. E será que Simão disse a verdade a Saturnino? Ninguém sabe, nem jamais saberá.

— E o evangelho de Simão que Shawn espera encontrar no ossário?

— O que tem ele? — indagou James, hesitante.

— E se tratar dessa questão especificamente?

— Eu não tinha pensado nisso ainda — confessou James. — Acho que é uma possibilidade. Isso complicaria as coisas. — Fez-se um momento de silêncio. — Você devia estar me ajudando, não causando mais problemas — disse ele, com uma risada nervosa.

— Desculpe. Mas pense só nisso. Saturnino falou que Simão ficou decepcionado porque os ossos não passavam para ele o poder curativo por si próprios. Isso significa que Simão estava convencido de que as relíquias eram autênticas.

— Muito bem, agora já chega! — suplicou James. — A essa altura você só está me fazendo me sentir cada vez mais inseguro da minha convicção. Mesmo se o que está me dizendo for verdade, ainda há a possibilidade de que seja apenas um boato.

— Você, falando assim, mostra que está tentando se agarrar a detalhes insignificantes. O ossário vai ser aberto amanhã. Vamos esperar para ver o que há dentro dele. Pode ser que sejam só ossos de vaca e um pergaminho que é uma pura obra-prima da ficção.

— Tem razão — disse James. — Meu nervosismo está me fazendo imaginar o pior.

— Já perguntei a Shawn se ele se importaria se eu ficasse para observar, e ele falou que não teria problema. Também perguntei se ele gostaria de pedir ajuda ao novo departamento de antropologia do IML e ele disse que pediria, contanto que ninguém soubesse a identidade da pessoa a quem podem pertencer os ossos.

— Isso significa que vai ser possível identificar os ossos como humanos e determinar o sexo logo de cara?

— Se um antropólogo os examinar, sem dúvida que sim.

— Se estiver presente, pode me telefonar na primeira oportunidade?

— Claro! E espero que seja capaz de tranquilizá-lo.

— Ah, maravilha! Vou rezar para que isso aconteça.

Depois de se despedirem conforme o figurino, Jack desligou. Abriu a porta do banheiro e ouviu JJ ainda chorando, de forma mais insistente do que antes. Uma vez mais eles comeriam fast-food e a noite iria se estender, dolorosamente.

20

7H15, SÁBADO, 6 DE DEZEMBRO DE 2008
CIDADE DE NOVA YORK

Quando o sol surgiu acima dos edifícios a leste, parecia que um milhão de diamantes estavam espalhados sobre toda a Sheep Meadow, no Central Park. Mesmo com óculos de ciclista, Jack precisou semicerrar os olhos diante do brilho ofuscante.

Tinha despertado uma hora antes, apesar do fato de ele e Laurie terem passado a maior parte da noite acordados, tomando conta do bebê, muito irrequieto. Durante alguns minutos, Jack tinha observado o movimento das luzes no teto do quarto, obcecado com o problema de como sua família conseguiria passar os meses seguintes, até conseguirem recomeçar o tratamento de JJ. Sem nenhuma resposta válida, ele tinha saído da cama quente, se vestido e comido cereal frio como desjejum. Deixando para Laurie um bilhete onde se lia apenas "saí para trabalhar, ligue para o meu celular quando tiver tempo", Jack partiu exatamente no momento em que a aurora estava raiando.

O ar estava de um frio ártico. Apesar da exaustão, Jack se sentia muitíssimo bem enquanto pedalava rumo ao sul. O mistério do ossário se desfaria subitamente ou evoluiria para um estágio ainda mais fascinante. E, ao contrário do seu amigo arcebispo, Jack esperava que a última hipótese se tornasse realidade.

Jack lamentava que Laurie não tivesse sequer um momento de descanso. O dia dela seria o mesmo desastre emocional do dia anterior e dos que vieram antes. Um bom dia era um dia menos ruim.

Vinte minutos depois, Jack parou em uma das vagas da área de carga e descarga do IML para deixar sua bicicleta onde sabia que ficaria em segurança. Não era lá uma grande inconveniência. Só significava que teria que andar os quatro quarteirões finais na direção sul até o prédio da perícia genética, o que descobriu que era até agradável no ar matinal límpido e revigorante.

Consultou o relógio. Tinha calculado o tempo com precisão quase cirúrgica. Faltavam cinco minutos para as oito horas. Ele verificou com a segurança para ter certeza de que Shawn e Sana não tinham chegado mais cedo do que o combinado. Como presumira, ninguém tinha visto o casal ainda. Quando Jack e Shawn ainda estavam na faculdade, Shawn vivia se atrasando para tudo.

Jack se sentou em um dos bancos estofados sem encosto da portaria e olhou para a Primeira Avenida, onde não passavam ainda muitos veículos, pensando no ossário e ficando cada vez mais animado.

Às oito e vinte, Shawn saiu de um táxi que tinha estacionado na rua 26. Atrás dele veio Sana. O casal foi até a mala do carro, seguido pelo motorista.

Quando Jack voltou a se expor ao ar hibernal, Shawn e o motorista estavam erguendo o ossário para tirá-lo do porta-malas. Jack correu até eles e pegou a extremidade que o motorista segurava.

— Que bom revê-lo, Dr. Stapleton — disse Sana.

Jack ergueu um dos joelhos para apoiar sobre ele uma quina do ossário e estendeu uma das mãos para Sana.

— Um prazer revê-la também — cumprimentou. — Mas pode me chamar de Jack.

— Está bem, Jack — respondeu Sana, feliz. — E, antes de mais nada, gostaria de agradecer por ter providenciado esse laboratório para nós usarmos.

— Foi um prazer — disse Jack, quando ele e Shawn começaram a andar de lado, com o ossário entre ambos. Tendo antes visto apenas a tampa do artefato, protegido pelas placas de isopor, na casa do arcebispo, Jack agora podia apreciar o objeto inteiro. Parecia maior fora do caixote. Também era mais pesado do que ele esperava.

— Teve dificuldade de tirá-lo da residência do arcebispo? — perguntou Jack a Shawn.

— Não, foi moleza — respondeu ele. — Mas acho que Sua Eminência Reverendíssima, o muquirana, não queria me deixar levá-lo. Tentou insinuar que podíamos examiná-lo ali mesmo, naquele seu porão empoeirado. Coisa mais absurda, não é? Esse cara não tem a menor noção do que é ciência.

— Cuidado! — avisou Sana, quando eles passaram pela porta de vidro do edifício. Uma vez dentro do prédio, abaixaram cuidadosamente o ossário, colocando-o no mesmo banco em que Jack tinha se sentado antes.

Jack se voltou para Sana, e eles se cumprimentaram pela segunda vez.

— Não sei se a teria reconhecido — comentou Jack. — Você parece diferente. Deve ser o corte de cabelo.

— Engraçado ter mencionado isso — reclamou Shawn. — Aquele penteado era uma das coisas que melhor caía nela, se quiser saber a minha opinião. Devia gostar dele também, se ainda se lembra.

— Gostava, sim — disse Jack. — Mas também gosto desse.

— Está dizendo isso só para ser diplomático — comentou Shawn, irritado.

— Então este é o famoso ossário — disse Jack, para mudar de assunto. O clima ficara meio pesado, e a última coisa que ele queria era ficar entre dois cônjuges em conflito. Jack podia sentir que havia uma óbvia hostilidade mútua por causa do penteado de Sana.

— O próprio — disse Shawn, recuperando-se e dando um tapinha na caixa de calcário, como se fosse um pai orgulhoso. — Estou animadíssimo. Acho que, assim como a religiosidade, isso vai mudar a visão de mundo de muita gente.

— Contanto que não esteja vazio — acrescentou Jack. Não tinha certeza do poder da oração, mas tinha a impressão de que James estava se dedicando a ela o máximo possível.

— Naturalmente, contanto que não esteja vazio — replicou Shawn, mal-humorado. — Mas não vai estar. Alguém quer apostar?

Nem Jack nem Sana reagiram. Ambos estavam meio intimidados pelo nervosismo na voz de Shawn.

— Ei, o que é que há? Calma, gente! — disse Shawn. — Acho que estamos todos meio tensos.

— Acho que tem razão — concordou Sana.

— Certo, só mais uma coisa — disse Jack. — Vocês têm que obter crachás.

Enquanto Shawn e Sana eram conduzidos até o departamento de segurança para preencher formulários e tirar fotos, Jack se voltou para o ossário. Agora que estava fora do caixote, ele podia examiná-lo com facilidade, principalmente sob a luz natural que passava pelas janelas da frente do prédio.

Os numerais romanos arranhados na tampa estavam bem mais visíveis do que antes, no porão do James. O nome de Maria, supostamente em aramaico, ainda era indecifrável para Jack. Os lados da caixa de calcário eram semelhantes, na aparência, à tampa, mas com menos arranhões. Em uma das extremidades havia um buraquinho raso de furadeira cujo interior era de cor bem mais clara do que o resto da superfície da caixa. Também havia quatro áreas ligeiramente lascadas na mesma extremidade, que eram da mesma cor.

— Muito bem, estamos prontos para começar — gritou Shawn para Jack, quando ele e Sana voltaram com seus crachás recém-impressos pendurados no pescoço.

— Posso perguntar uma coisa? — indagou Jack a Shawn enquanto se preparavam para erguer o ossário.

— Claro.

— Notei um buraquinho de furadeira mais claro aqui embaixo — disse Jack, apontando o local. — E essas áreas lascadas. Parecem recentes. O que são?

— São recentes, sim — admitiu Shawn. — Usei uma furadeira para encontrar o ossário. Sei que está longe de ser uma técnica de arqueologia consagrada, mas não tínhamos muito tempo. Quanto às áreas lascadas, foi o cinzel que precisei usar. Depois que encontrei a caixa, tive que extraí-la da rocha o mais depressa possível por causa de Sana. Devia ter ouvido como ela reclamou de quanto tempo estávamos demorando.

— Acho que, sob aquelas circunstâncias, eu até que me saí bem para caramba — disse Sana, mal-humorada.

— Ainda bem que pensa assim — replicou Shawn, irritado.

— Certo, certo — disse Jack. — Desculpem ter perguntado. — Ele só estava com o casal fazia dez minutos e já podia sentir qual era a razão dos comentários de James sobre o casamento deles.

— Não podia ter feito o que fez sem minha ajuda — continuou Sana —, e é assim que me agradece.

— Ora, o que é que há com vocês? — gritou Jack. — Vamos com calma! Estamos aqui para que todos possam perceber o valor do que fizeram. Vamos ver o que há dentro deste ossário. — Jack, por dentro, estava frustrado. Já estava se preocupando em moderar as relações entre Shawn e James, e não tinha a menor intenção de fazer o mesmo entre Shawn e Sana.

Sana continuou fuzilando o marido com o olhar enquanto ele observava pela janela um instante.

— Tem razão! — disse, de repente. E deu um tapa no ombro de Jack, de brincadeira. — Vamos levar essa coisa para o laboratório e prosseguir! — E colocou ênfase na palavra "prosseguir", falando mais alto e a pronunciando como se fossem três palavras, e não uma só. Depois se abaixou e pegou uma extremidade do ossário enquanto Jack rapidamente erguia a outra. Juntos, eles o levaram pela roleta e chegaram ao elevador.

No oitavo andar, andaram quase todo o comprimento do prédio para chegar ao laboratório. Sana e Shawn adoraram o edifício, desmanchando-se em elogios à construção e à vista magnífica.

— Espero que isso tudo não me suba à cabeça — disse Sana. — Este prédio é o paraíso dos laboratórios.

Parando à porta, Jack pediu a Sana para segurar sua ponta do ossário para ele poder colocar a chave na fechadura.

— É bom saber que podemos trancar a sala — disse Shawn.

— Há também outras trancas por dentro — disse Jack quando eles entraram.

Ele e Shawn colocaram o ossário na mesa central grande.

— Minha nossa — exclamou Sana. E olhou pela porta envidraçada para o interior do biovestíbulo e, pela porta do outro lado, para o interior do laboratório em si. — Dá para ver um Applied Biosystems 3.130 XL novinho em folha daqui. Que espetáculo!

Eles tiraram os casacos e os demais agasalhos, e colocaram tudo nos armários, com exceção da mochila de Shawn. Ele a depositou sobre a mesa, ao lado do ossário.

— Chegou finalmente o momento tão esperado — exclamou Shawn, esfregando as mãos, ansioso, e olhando o ossário com avidez. — Mal acredito que fui capaz de passar quatro dias sem mexer nessa coisa. Tudo sua culpa, minha querida Sana.

— Vai ficar eternamente grato quando pudermos obter DNA mitocondrial — disse Sana. — Isso vai acrescentar uma dimensão totalmente nova a esta descoberta.

Shawn abriu o zíper da mochila e tirou dela uma extensão elétrica e um secador de cabelos, depois um martelinho e um cinzel.

— Que tal vestirmos trajes de isolamento e colocarmos gorros e luvas de látex? — sugeriu Sana. — Não quero que haja a mínima chance de contaminarmos o DNA.

— Por mim tudo bem — disse Shawn, olhando de relance para Jack.

— Sem sombra de dúvida — disse Jack. — Mas primeiro vocês dois precisam assinar o termo de isenção de responsabilidade.

Depois que o marido e a mulher assinaram todos os documentos isentando o IML de qualquer prejuízo sob qualquer aspecto possível e imaginável, os três foram ao vestiário, num clima de expectativa cada vez maior.

— Quando pensei em estudar arqueologia, achava que era rotineiro esse tipo de experiência, o de acrescentar algo significativo à história da humanidade — admitiu Shawn, enquanto se vestia. — Infelizmente, não é; portanto, estou adorando cada segundo desta oportunidade.

— Em biologia molecular, temos experiências como esta o tempo todo — disse Sana, enquanto colocava as luvas.

— É mesmo? — indagou Shawn.

— Estou brincando — disse ela. — Qual é, gente? Vocês dois sabem que a ciência evolui de forma muito vagarosa e laboriosa, com momentos raríssimos de descobertas fenomenais. Devo confessar que nunca me senti assim tão entusiasmada antes na minha carreira, sem comparações.

Quando todos os três já estavam vestidos com trajes de isolamento, luvas, capuzes e máscaras, Shawn voltou à primeira sala. Ligando o secador na temperatura máxima, usou-o como maçarico, direcionando o ar quente à ranhura preenchida com cera cor de caramelo entre a tampa do ossário e a caixa. A cera acabou se derretendo o suficiente para ele inserir o cinzel entre a tampa e o alto da caixa. Depois de bater com o martelo no cinzel algumas vezes, o instrumento atingiu pedra.

— Vai demorar um pouquinho mais do que pensei. A tampa do ossário é chanfrada. Sinto muito, gente.

— Pode levar o tempo que quiser — disse Sana.

— Por mim não precisa se apressar — disse Jack.

Devagar, Shawn foi trabalhando em torno de todo o ossário, primeiro amolecendo a cera com o secador de cabelos, depois metendo o cinzel e batendo com o martelo nele até conseguir chegar ao chanfro. Quando terminou de contornar o artefato, enfiou o instrumento e tentou girá-lo. A tampa nem se mexeu. Empurrando o cinzel na ranhura, ele tentou de novo. Nada. Em outro lugar, também não obteve resultado. Mas no último ponto em que tentou ouviu um barulhinho de algo se rachando.

— Acho que senti a tampa se mexer um bocadinho — disse Shawn. Ficou animado, mas preocupado, achando que, se aplicasse torque demais, poderia partir um pedaço da tampa do ossário. Estava intacto fazia dois milênios, e Shawn queria que ele continuasse assim.

— Não dá para se apressar um pouco mais? — disse Sana, sem conseguir conter a empolgação. Do seu ponto de vista, parecia que Shawn estava demorando de propósito.

Shawn parou e olhou de relance para a sua esposa.

— Você não está me ajudando nem um pouco — reclamou. Voltando a se posicionar, continuou trabalhando com o cinzel. Não havia como dizer quanto tempo aquilo levaria, nem se iria funcionar.

Exatamente quando ele fez uma pausa para parar e refletir sobre a situação, ouviu-se novo barulho de algo se rachando, e o coração de Shawn deu um pulo. Rapidamente, ele removeu o cinzel, esperando ver uma rachadura no calcário, mas não viu nada. Ele passou a mão pela beirada do ossário para ver se podia sentir uma rachadura que por algum motivo seus olhos não percebessem, mas não havia nenhuma descontinuidade na superfície.

Com todo o cuidado, ele voltou a introduzir o cinzel na ranhura da tampa e começou a girá-lo com toda a delicadeza. Para seu alívio, a tampa inteira se ergueu da base. Estava solta! Ele olhou para os outros e balançou a cabeça.

— Pronto — disse ele, agarrando ambas as extremidades da tampa. Erguendo-a ligeiramente, para que toda a espessura entalhada passasse pelas laterais, colocou a tampa na mesa. Depois todos se inclinaram e olharam para o interior do ossário que estava hermeticamente fechado havia 2 mil anos.

21

9H48, SÁBADO, 6 DE DEZEMBRO DE 2008
CIDADE DE NOVA YORK

— Senhor, eu vos suplico — rezou James. — Mostre-me como resolver esse problema do ossário. — Ele estava na requintada capela particular dedicada a são João Evangelista no terceiro andar da residência do arcebispo, ajoelhado em um genuflexório francês antigo, sob uma prateleira de ébano embutida na parede.

Sobre a prateleira estava uma imagem lindamente ornamentada de Nossa Senhora da Assunção. A mãe de Deus estava sobre nuvens com dois querubins, um de cada lado. Engastada na prateleira, via-se uma bacia de água benta de liga de prata. James sempre adorara aquela imagem, e naquela manhã ela possuía uma importância particularmente significativa.

— Nunca questiono a Vossa vontade, mas temo que minha capacidade de desempenhar a tarefa que Vós colocastes nas minhas mãos indignas pode não ser o suficiente. Creio firmemente que os restos que estão naquele ossário não são os de Vossa Virgem Mãe. É meu humilde desejo que não haja possibilidade de que ninguém creia que as relíquias encontradas sejam de mulher. Só assim poderei me sentir capaz de resolver este problema. Também rezo para que meu amigo Shawn Daughtry rejeite qualquer associação que originalmente tenha feito entre ossário e Vossa Mãe Santíssima. — Persignando-se, ele se ergueu, fervoroso. — Que seja feita a Vossa vontade. Amém.

O tormento de James lhe havia tirado o sono, de modo que ele já estava acordado antes das cinco horas. Erguendo-se da sua cama de metal estreita e quente, ele havia recitado uma prece semelhante àquela que tinha acabado de fazer na capela, usando um genuflexório mais simples em seu quarto frio e ascético.

Dali por diante, a manhã fora semelhante a quaisquer outras manhãs de sábado. Ele havia lido o breviário, celebrado missa com seus funcionários e tomado café com seus dois secretários. Depois houve uma interrupção de dez minutos, quando Shawn e Sana chegaram para pegar o ossário. James tinha assistido, levemente transtornado, enquanto Shawn e o padre Maloney traziam a caixa do porão e a colocavam no porta-malas de um táxi sujo. Quando fecharam a tampa, James estremeceu. Muito embora ele tivesse certeza de que a caixa não continha os ossos da Virgem, aquele tratamento rude lhe pareceu sacrílego.

Depois que os Daughtry partiram, James voltou aos aposentos particulares para vestir seus paramentos, porque o dia incluiria uma visita oficial à Igreja de Nossa Senhora do Santo Rosário. Em seguida, já de casula, ele tinha ido à capelinha.

Fazendo certo esforço, James se ergueu. Depois, mergulhando os dedos na água benta, fez o sinal da cruz antes de descer até seu escritório, no andar de baixo. Verificar seu e-mail era uma tarefa que fazia parte da rotina matinal. Exatamente na hora em que o monitor acendeu, o telefone tocou, fazendo seus olhos se desviarem da tela para o visor de cristal líquido com a identidade da pessoa que estava telefonando. Quando viu que era Jack Stapleton, agarrou imediatamente o aparelho. Infelizmente, não conseguiu pegá-lo a tempo. Ouviu o sinal de linha livre em vez da voz de Jack, o que significava que o padre Maloney ou o padre Karlin tinha conseguido atender o telefone antes dele. Impaciente, ele tamborilou com os dedos no mata-borrão. Um momento depois, ouviu-se a campainha do intercomunicador.

— É o Dr. Jack Stapleton — disse o padre Karlin. — Pode falar com ele?

— Sim, obrigado — disse James. Mas não atendeu imediatamente, sabendo que a ligação de Jack significava que o ossário tinha sido aberto. Voltando a recitar mais uma prece rápida, James olhou a luzinha que piscava. De repente, sentiu-se menos confiante, como se soubesse que, de alguma forma, o Senhor Deus quisesse que ele continuasse passando por essa provação.

Suspirando profundamente, James respondeu, baixinho.

— É você, James? — indagou Jack.

— Sim, sou eu — disse James, em tom deprimido, ouvindo risadas ao fundo e conversa animada, o que lhe tirou toda a esperança que tinha de que fosse ouvir uma boa notícia.

— Não sei se vai querer ouvir isso — disse Jack. — Mas...

James percebeu que Jack tinha sido interrompido por Shawn, que estava fora de si de felicidade, e aparentemente querendo tirar o telefone das mãos do amigo. James ouviu claramente quando Shawn disse:

— É Sua Eminência Excelentíssima que espera estar usando o Anel do Pescador em breve? Me deixe falar com esse gorducho imprestável!

James se encolheu e pensou em desligar, mas sua curiosidade o impediu.

— Como vai essa força, meu irmão? — disse Shawn, jovialmente — Encontramos o filão!

— Ah, é? — indagou James, fingindo desinteresse. — E o que achou?

— Não há só um documento, mas três, e o maior diz em grego por fora: EVANGELHO SEGUNDO SIMÃO. Encontramos o evangelho de Simão Mago. Não é um barato?

— E era só isso que o ossário continha? — indagou James, sentindo uma ponta de esperança despontar no horizonte distante.

— Não, não era só isso, mas Jack pode te falar do resto. Até mais.

Um momento depois, Jack voltou à linha.

— Parece que ele é um arqueólogo feliz — explicou Jack. — Tenho certeza de que não foi com a intenção de desrespeitá-lo que disse o que disse antes de tirar o telefone de mim, se é que você ouviu.

— Só me diga logo se havia ossos no ossário — disse James. No momento ele não queria saber de cerimônia.

— Havia, sim — admitiu Jack. — Para mim, parece um esqueleto completo, inclusive um crânio em um estado de conservação razoavelmente bom. Pode ser que haja mais de um esqueleto, mas só um crânio.

— Minha Santa Maria, Mãe de Deus — murmurou James, mais para si mesmo do que para Jack. — Pode me dizer se são restos humanos?

— Acho que sim.

— E o sexo?

— Isso é difícil dizer. A pelve está partida em pedaços, e eu deduziria a partir daí. Mas assim que vi os ossos liguei para Alex Jaszek, chefe do departamento de antropologia do IML, disse a ele o que estávamos fazendo, por alto, e perguntei se gostaria de vir até aqui. Ele já está a caminho.

— Não mencionou a Virgem Maria, mencionou?

— Claro que não. Eu só disse que abrimos um ossário do século I depois de Cristo.

— Ótimo — disse James, tentando pensar no que fazer a seguir. Sentia-se tentado em ir até o prédio de perícia genética em pessoa para ver as relíquias, mas fazer isso exigiria mudar de roupa novamente, e sua visita acabaria sendo divulgada na primeira página do jornal *Times* da manhã seguinte. Como ele precisava estar no almoço ao meio-dia, ainda com as elegantes vestimentas eclesiásticas, decidiu que não tinha tempo suficiente para se trocar, fazer isso e voltar a se vestir.

— James, Shawn quer falar com você de novo. Tudo bem se eu passar o telefone?

— Sim, tudo bem — disse James, preocupado. Presumia que o arqueólogo quisesse lhe dar mais umas alfinetadas antes de ficar satisfeito.

— Oi! — disse Shawn, voltando à linha. — É que acabei de lembrar que é seu aniversário! Feliz aniversário, Vossa Eminência Excelentíssima.

— Obrigado — disse James. Aquilo o pegou de surpresa. Desesperado como estava por causa do ossário e de suas ramificações em potencial, tinha se esquecido completamente do próprio aniversário. Também imaginou por que os funcionários não teriam feito comentário algum, nem mesmo sendo ele alguém que não dava importância a essas coisas. — Meu título é Vossa Eminência ou Vossa Excelência — disse James meio em tom de reprimenda. — Mas preferiria que me chamasse apenas de James.

— Ah, sim, claro — respondeu Shawn, com indiferença. — Tenho uma sugestão. Que tal darmos uma festa esta noite, contanto que não vá jantar com algum chefe de Estado ou outro metido desses. Vamos celebrar seu aniversário e minha descoberta extraordinária juntos. Que tal? A simultaneidade é meio irônica, claro, mas a vida é assim mesmo.

A primeira reação de James foi dizer absolutamente, categoricamente não. Ele não queria ouvir Shawn se gabar de que chocaria o mundo com suas revelações. Mas pensando rapidamente sobre aquele convite, começou a achar que seria ótimo suportar isso. Precisava participar dessa investigação desde o início para poder manter um ceticismo saudável nas mentes de todos os envolvidos e para ter esperança de convencer Shawn a não publicar nada sobre a Virgem Maria. Talvez fosse uma possibilidade distante, mas no momento era a única estratégia que James conseguia imaginar além da oração.

— Estou pensando em pegar uns bifes, umas saladas e um vinho tinto excelente no caminho para casa — prosseguiu Shawn, ao perceber que James não respondia nada. — Podemos fazer um churrasco no alpendre. O que me diz?

O que fez James continuar a hesitar foi a preocupação de que Shawn ficasse insuportável e caçoasse dele a noite inteira. O cardeal duvidava de que pudesse suportar uma noite assim, tendo dormido pouco na véspera.

— Em vez de ficar em casa, podíamos ir a algum lugar — persistiu Shawn, diante do silêncio de James. — É que sempre tive a impressão de que não gostava de comer fora.

— Só com você — disse James. — Sempre discutimos quando jantamos fora. Não estou te culpando, eu também sou culpado, e mesmo que vá à paisana, alguém sempre me reconhece. Não quero esse tipo de publicidade. Me deixe falar de novo com o Jack!

— Ele quer falar com você — disse Shawn, frustrado.

— O que foi? — perguntou Jack, com voz cansada. Tinha uma premonição sobre o que iria acontecer e desconfiava que sua mediação estava apenas começando.

— Jack, Shawn está planejando um jantar de comemoração esta noite na casa dele. Você tem que ir a esse jantar.

— Não me convidaram oficialmente, e, além disso, preciso ficar em casa ajudando Laurie a cuidar do nosso filho, JJ.

— Jack, preciso de sua ajuda, como deixei claro ontem. Se vier a esse jantar improvisado, eu também vou, mas preciso de alguém para me defender de Shawn, principalmente com ele assim todo assanhado como está. Preciso saber mais sobre o que ele descobriu e o que pensa em fazer, mas sabe que vai ser um sofrimento.

— Então vou ter que me fazer de juiz de novo — disse Jack, a contragosto. Nunca apreciara aquele papel.

— Por favor, Jack, sim?

— Tudo bem, se não terminar muito tarde.

— Não vai terminar tarde. Eu preciso celebrar missa na catedral amanhã bem cedo. Além disso, quase não preguei o olho ontem à noite. Acredite em mim, não vamos terminar tarde. Escute, eu levo meu carro e te deixo em casa.

— Tudo bem, eu vou — disse Jack. — Mas vou ter que ligar para Laurie para confirmar.

— Vá lá — concordou James. — Chame Shawn para eu voltar a falar com ele.

James disse a Shawn o que tinha ficado decidido e perguntou a que horas seria o jantar.

Shawn deu de ombros.

— Que tal às sete da noite? Acho que Sana também vai querer começar a trabalhar no laboratório amanhã cedinho. É melhor não terminarmos muito tarde.

— Concordo plenamente.

22

10H40, SÁBADO, 6 DE DEZEMBRO DE 2008
CIDADE DE NOVA YORK

Apenas pouco mais de dez minutos depois da conversa com James, Alex Jaszek, o antropólogo, chegou. Durante esse breve intervalo, Shawn e Sana continuaram a se xingar mutuamente, aos sussurros. Apesar da alegria anterior por causa da descoberta, tinham discutido por causa do planejamento do jantar até que Sana, chateada, havia se retirado para o laboratório para dar uma olhada no equipamento.

Alex parecia jovem para um doutor em antropologia experiente, com um rosto quase imberbe. Seu físico era o do jogador de futebol americano típico, com ombros largos e cintura fina. Usava calças de brim e uma camisa de flanela antiquada.

— Era assim que os ossos estavam quando tiraram a tampa? — indagou Alex, espiando o interior do ossário.

— Exatamente assim — disse Jack. Ele também fitava a ossada. — Esses três documentos estavam dentro do ossário também. Shawn os removeu com todo o cuidado. Talvez o osso da coxa tenha se deslocado ligeiramente quando ele fez isso, mas tiramos fotos suficientes.

— Parece um esqueleto praticamente completo.

— Foi o que pensamos também — disse Shawn.

— Podiam ter retirado os ossos do ossário — disse Alex. — A posição não vai nos dar nenhuma pista, porque era assim, como devem saber, que eles sepultavam os ossos pela segunda vez. Naquela época, deixavam que o corpo se decompusesse primeiro, depois reuniam os ossos e os colocavam em um ossário, sem nenhuma ordem específica. Então vamos retirá-los daí um a um e organizá-los na mesa mais ou menos na posição anatômica onde estavam na pessoa em vida.

Sana apareceu e veio até onde os outros estavam, em torno da mesa. Jack a apresentou a Alex. Sana apertou a mão do antropólogo de maneira um tanto exagerada, expressando uma gratidão excessiva por ele ter sacrificado parte do seu sábado para agraciá-los com sua extraordinária perícia.

Jack pôde sentir que aquele comportamento enfático da Sana era para irritar Shawn, que parecia estar trabalhando. Portanto, enquanto Sana ajudava Alex no vestiário, Jack se inclinou e perguntou em voz baixa:

— Ainda preciso ir à sua casa esta noite ou devíamos marcar para outro dia?

— Mas pode apostar que sim, meu filho! — disse Shawn, mal-humorado. — Não sei o que dá nela às vezes. Seja lá o que for, é melhor passar.

Jack, prudentemente, resolveu se abster de tecer mais comentários, preferindo pegar um osso dentro do ossário e tentar imaginar o que era.

Depois de voltar do vestiário, Sana continuou elogiando Alex durante mais cinco minutos, e ele obviamente se sentiu lisonjeado por sua atenção. Mas vendo que Jack e Shawn estavam tendo problemas para determinar onde os ossos deviam se posicionar, ela e Alex foram ajudá-los. Depois de vários minutos, o antropólogo assumiu completamente a liderança, porque tinha começado a tecer comentários sobre cada osso que tirava do ossário e acrescentava ao esqueleto, que ia ficando cada vez mais completo. Depois de meia hora, terminaram.

Os ossos nos quais Sana estava mais interessada eram os do crânio e do maxilar inferior, porque havia alguns dentes ainda nos alvéolos. Por outro lado, Shawn estava mais interessado na pelve. Enquanto manuseava cada fragmento, Alex tecia comentários informais, afirmando que a mulher tinha tido filhos, muito provavelmente muitos.

— É um esqueleto notavelmente intacto — disse Alex, examinando-o em sua totalidade e ajeitando a posição de alguns ossos. — Notem que até os ossinhos de ambas as mãos estão presentes. Coisa formidável. Em todos os casos de ossário que tive o prazer de investigar, isso jamais aconteceu. Nunca tinha visto todos os ossos dos dedos juntos assim. A pessoa que fez o segundo sepultamento tinha um respeito incrível pelos mortos.

— Disse que é mulher — comentou Shawn, empolgadíssimo. — Tem certeza de que este é um esqueleto de mulher?

— Absoluta! Olha como é delicado o arco superciliar — disse ele, apontando para o crânio. — E observe os ossos delicados dos braços e os ossos longos das pernas. E se eu juntar os ossos púbicos — Alex ergueu os ossos e os segurou juntos, como teriam sido em vida —, vejam só como o arco púbico é amplo, em formato de U! É definitivamente uma mulher. Sem dúvida!

— Principalmente porque falou que teve muitos filhos — disse Shawn, dando uma risadinha de autossatisfação.

— Porém, é uma questão sobre a qual não posso ser dogmático — falou o antropólogo.

O sorriso de Shawn diminuiu um pouco.

— Por que não?

— Esses sulcos pré-auriculares são bastante proeminentes — disse Jack, pegando um ílio e o mostrando a Alex. — Nunca vi maiores que esses.

— O que são sulcos? — indagou Shawn.

Jack apontou para as ranhuras na beirada do osso.

— Os sulcos aparecem depois do nascimento dos filhos. Esses estão entre os mais profundos que já vi. Eu diria que ela teve mais ou menos dez filhos.

Alex ergueu um dedo, discordando com a cabeça.

— A profundidade dos sulcos do ilíaco e os pontos nos ossos das sínfises púbicas não são necessariamente proporcionais ao número de filhos que uma mulher teve.

— Mas em geral são — observou Jack.

— Concordo — disse Alex. — Em geral, são, sim, admito.

— Então essa mulher tem sulcos e pontos, o que pode ser um indício forte de que teve muitos filhos. Mas não prova isso, só é um indício forte. Concorda?

— Sim, Jack, concordo. Mas também diria que pode não ser isso. Têm alguma ideia de quem era essa pessoa e quantos filhos realmente teve? Há algum nome ou data no ossário? E os documentos? Mencionam filhos?

Por um segundo, ninguém se mexeu. Tudo ficou silencioso, a não ser por um compressor de geladeira no fundo. Sentindo um clima meio tenso, Alex acrescentou:

— Falei alguma coisa errada?

— Não, de jeito nenhum! — falou Shawn, mais do que depressa. — Não sabemos de quem é o esqueleto, mas há uma data na tampa do ossário, sim. É 62 depois de Cristo, mas não sabemos se é a data em que a pessoa morreu ou em que foi sepultada pela segunda vez. Esperamos que os pergaminhos possam esclarecer quem ela é, mas ainda não os desenrolamos, e obviamente ainda não os lemos.

— E a idade da mulher? — indagou Sana. — Pode nos dizer qual era?

— Não com muita precisão — disse Alex. — Infelizmente, ossos não são como troncos de árvores, onde se podem contar os anéis. Aliás, durante toda a vida de um indivíduo, o osso está constantemente sendo substituído, e por isso não há como datá-los com precisão, nem mesmo analisando com o método do carbono-14. Talvez queira fazer isso com os ossos para verificar a data do ossário. A amostra necessária para a análise é bem pequena com as técnicas modernas.

— Vamos fazer isso certamente— disse Shawn.

— Se tivesse que calcular a idade dela, o que diria? — indagou Sana.

— Diria que tinha mais de 50 anos para não correr o risco de errar. Mas, se fosse para me arriscar, eu diria uns 80 anos. Desconfio que era idosa, por causa da artrite nos ossos dos dedos e pés. O que diria, Jack?

— Acho que você ganharia a aposta. A única outra coisa que notei é que há um ligeiro indício de tuberculose em umas vértebras, mas fora isso ela gozava de uma saúde relativamente boa.

— Excepcionalmente boa — concordou Alex.

— Estou entusiasmada — disse Sana. — O lacre deve ter impedido que qualquer umidade penetrasse. Eu não tinha tanta certeza de que iríamos encontrar DNA, mas agora tenho. Estando os ossos assim secos e havendo ainda dentes nos alvéolos, certamente vou encontrar algum DNA mitocondrial.

— Não vá se precipitar — alertou Shawn.

— Por que quer encontrar DNA? — indagou Alex. — Tem alguma coisa em mente?

Sana só deu de ombros.

— Acho que seria um desafio interessante. Talvez fosse bom ver de onde ela era, genealogicamente falando. O ossário foi encontrado em Roma, mas isso não significa que fosse de lá ou mesmo da Itália. No século I depois de Cristo havia muita migração por causa da Pax Romana. E uma amostra de uma mulher do século I será um acréscimo interessante à base de dados internacional de DNA mitocondrial.

— Como vai fazer isso? — perguntou Alex. — Que procedimento planeja seguir?

— Primeiro vou tentar extrair o DNA de um dente — explicou Sana. — Se isso não funcionar, vou usar medula dos ossos. Seja lá como for, não será um processo complicado. Vou limpar completamente a parte externa do osso para impedir qualquer contaminação do DNA. Depois, vou cortar a coroa do dente, remover a polpa ressecada da cavidade dele, fazer uma suspensão em detergente para abrir as células, tratá-las com protéases para eliminar as proteínas e depois extrair o DNA. Depois de obter o DNA em solução, vou amplificá-lo com uma reação em cadeia por polimerase, depois quantificá-lo e então sequenciá-lo. Simples, fácil.

— De quanto tempo vai precisar? — quis saber Alex. — Eu estou interessado em saber do resultado, se não se importar.

Sana olhou de relance para Shawn, que quase imperceptivelmente balançou a cabeça, aprovando.

— Depende, até certo ponto, do primeiro passo, que é o mais demorado e vai determinar a velocidade do processo. Aquele em que se verifica se há DNA mitocondrial disponível. Se houver, devo terminar em alguns dias ou até uma semana. Algumas etapas funcionam melhor se deixadas em percolação durante toda a noite.

— Muito bem — disse Alex, levantando-se de sua cadeira e dando um tapinha nas costas de Sana. — Quero agradecer a vocês por me deixarem participar. Foi uma manhã memorável. — Seus olhos se voltaram para os três pergaminhos antigos, quando ele começou a se encaminhar para o vestiário para tirar os trajes de isolamento. Deteve-se e olhou para Shawn. — Fiquei tão encantado com o esqueleto que me esqueci de perguntar sobre os pergaminhos. O que vão fazer com eles?

— Nós os leremos — disse Shawn, com ligeiro ciúme da informalidade do homem com sua esposa. — Mas primeiro vou desenrolá-los, o que por si só é uma etapa do trabalho. Eles estão, desculpe o trocadilho, mais secos que um osso e bem frágeis.

— São feitos de papiro? — indagou o antropólogo. Inclinando-se, examinou cada um dos documentos bem de perto. Não ousou tocá-los.

— São de papiro, sim — confirmou Shawn.

— Será fácil desenrolá-los?

— Assim espero — falou Shawn. — Vai ser um processo vagaroso, feito milímetro a milímetro. Podem se desintegrar em milhares de pedacinhos e, ainda por cima, precisamos ter cuidado.

Todos riram, até mesmo Shawn.

— Que sujeito simpático — disse Sana, depois que Alex saiu, acrescentando baixinho: — Em comparação com o meu marido.

— Ah, você notou isso, é? — disse ele, irônico, em voz alta, depois acrescentou, como que falando consigo mesmo: — Eu sei exatamente o que pretende, e vou fingir que não estou notando. Não vou bancar o ciumento. Não vale a pena ficar irritado e não vou lhe dar essa satisfação.

— Muito bem, gente! — disse Jack, subitamente, batendo palmas para chamar a atenção dos dois. — Vamos voltar ao trabalho! Que tal acelerarmos para vocês poderem fazer o que desejam? Já estou ficando louco de tanta expectativa, querendo saber se vão conseguir identificar positivamente esses ossos. Mas permitam que eu os avise: se continuarem a bater boca um com o outro, saio daqui e também não vou jantar com vocês, e, se eu sair, James também desiste, e isso significa que não vai haver festa!

Por um momento, Shawn e Sana se entreolharam com raiva. Depois de vários minutos, ela jogou a cabeça para trás e riu.

— Meu Deus, mas como somos infantis, nós dois.

— Fale por você mesma — disse Shawn. Ele não estava gostando daquele novo jeito de se comportar de Sana.

— Sim, estou falando *por mim*. Acho que estamos começando a ficar parecidos, como um cachorro se parece com o dono.

E dessa vez foi Shawn quem riu.

— E quem é o cachorro?

— Isso é fácil de responder, do jeito que você vem rosnando ultimamente — provocou Sana, ainda sorrindo. Depois ela se virou para Jack. — Ele sabe que é melhor não convidar ninguém para o jantar sem falar comigo primeiro. Já conversamos sobre isso não apenas uma vez, mas uma dúzia de vezes.

— Sempre precisa ter a última palavra — reclamou Shawn.

Jack se colocou entre o marido e a mulher e fez sinal de quem está pedindo tempo em uma partida de basquete.

— Chega! — disse. — Chega de se provocarem. Que coisa mais ridícula! Se acalmem e vamos trabalhar.

— Vou passar em um Home Depot — disse Shawn, de repente. — Jack, pode me ajudar?

— Pode ser que eu precise de um alicate — disse Sana. — Vamos ver se um dos caninos sai com facilidade. — Ela pegou o crânio e puxou o canino direito, que estava muito bem-conservado. O dente saiu facilmente, com um leve estalido. — Até que foi fácil. Não vou precisar de nenhum alicate.

— O que vai comprar na loja de ferragens? — indagou Jack.

— Umas vidraças — disse Shawn. — E um umidificador sônico que possa acoplar a uma fonte de vapor de água, dirigindo-a para onde eu quero que vá. Já tenho várias pinças de filatelista na mochila. Desenrolar esses pergaminhos não vai ser fácil. O papiro vai se esfarelar, de modo que preciso protegê-lo imediatamente, colocando-o sob uma vidraça. Pelo que sei, como disse a Alex, os papiros podem se despedaçar todinhos, e vou precisar montá-los como se fossem um quebra-cabeça. Não sei o que vai acontecer, para ser sincero.

— Enquanto vocês vão ao Home Depot, eu vou ao laboratório começar minha parte do projeto — disse Sana, mostrando o dente. — Quanto mais rápido eu colocar isso em um limpador ultrassônico com detergente, mais rápido posso remover a coroa para chegar à polpa.

— E sobre hoje à noite? — indagou Jack. — Vocês dois vão se comportar? O jantar ainda vai acontecer? Como vai ser?

— Naturalmente que vai — disse Sana. — Espero que nossa irritação mútua hoje não o faça se sentir muito desconfortável, nem deslocado. Prometemos que vamos nos comportar. Eu só não gosto quando Shawn não fala comigo antes de convidar as pessoas. Não é que não goste de convidar gente, eu gosto. Gosto de cozinhar, juro, e raramente tenho essa chance; portanto, vou apreciar este jantar. Aliás, assim que eu colocar a polpa extraída para secar na incubadora durante a noite, saio daqui para fazer compras e me divertir preparando o que espero que vocês dois e James apreciem. Vai ser divertido, contanto que Shawn e James se comportem.

— Tudo bem, você me tranquilizou — disse Jack. — Mas vou ter que perguntar à minha mulher primeiro se ela se importa que eu vá. Nosso bebê é muito pequeno ainda, e ela é que passa o dia cuidando dele.

— Um recém-nascido, que legal — disse Sana, sem empolgar-se como a maioria das jovens costuma. E não se importando em convidar a mãe e o bebê. — Ela certamente não vai querer impedi-lo de se divertir com dois velhos amigos de faculdade.

— É mais complicado do que pode imaginar — disse Jack, não desejando ser mais específico.

— Se não puder vir, vamos entender — disse Shawn. — Mas espero que possa. O que descobrimos nesse ossário é incrível, e vou gostar muito de cair em cima de Sua Excelência o cardeal James.

— Por favor, não exagere — disse Jack. — Ele está muito transtornado com tudo isso e com as potenciais repercussões.

— Pois devia mesmo.

— Eu não estaria tão despreocupado como você — avisou Jack. — James é casado com a Igreja. E, se não me engano, é um marido terrivelmente fiel.

Depois de cumprida a missão de ambos de ir à loja de ferragens, voltando com o que parecia uma tonelada de vidraças em um porta-malas de táxi, Jack criou coragem de novo para convencer Shawn a não pegar no pé de James naquela noite, recordando-lhe que ainda demoraria muito para provar que tinha descoberto os ossos da Virgem Maria.

— Ainda não provei nada — concordou Shawn. — Mas que estou chegando muito perto, estou, não diria, meu velho?

— Não, não diria — respondeu Jack.

— Vamos dizer o seguinte: se eu levasse essa história, como está hoje, com a carta de Saturnino, mencionando o fato de o ossário estar exatamente onde ele disse que estaria, e que não foi tocado durante 2 mil anos... Se eu levasse essa história, a carta e o ossário até Vegas e perguntasse aos crupiês se era a Virgem Maria que estava na caixa, que tipo de chance acha que eles diriam que eu tinha de estar certo?

— Pare com isso! — gritou Jack, irritado. — É uma suposição ridícula.

— Então é assim? — disse Shawn, de repente. — Você está do lado de James, exatamente como na faculdade. Algumas coisas nunca mudam.

— Não estou do lado de ninguém. Estou do meu lado, bem no meio, sempre tentando fazer as pazes entre vocês dois, cabeças-duras.

— James é que era cabeça-dura, não eu.

— Como disse? Tem razão. Você era o desligado.

— E você era o babaca. Eu me lembro muito bem — disse Shawn. — E, como todo bom babaca, vivia do lado do cabeça-dura, como estou começando a pensar que vai se colocar esta noite. Estou avisando que esta noite vou querer me vingar um pouco. Durante nossos debates com o passar dos anos, sempre chegávamos a um ponto onde James jogava o trunfo na mesa: a fé! Como é possível ir contra isso? Hoje vamos revisitar alguns desses debates, só que agora eu tenho os fatos do meu lado. Vai ser divertido. Tenho certeza de que vai.

De repente, os dois velhos amigos, sentados no banco traseiro do táxi, se entreolharam e sorriram. Depois riram.

— Dá para acreditar na gente? — Shawn riu.

Jack balançou a cabeça.

— Estamos agindo feito adolescentes.

— Como crianças, isso sim — corrigiu Shawn. — Mas estou só desabafando. Não se preocupe, vou tratar Jamezinho com todo o carinho esta noite.

O táxi dos dois parou diante do prédio de genética do IML e Jack entrou correndo para pedir aos guardas que trouxessem um carrinho para a área de carga e descarga. Chegando mais ou menos ao mesmo tempo, Jack e Shawn descarregaram o vidro, empilhando as vidraças no carrinho. Jack deu um tapinha em cima da última pilha, meio sem fôlego.

— Vidro pode não parecer nada quando a gente olha através dele, mas é uma coisa pesada pra burro.

Shawn concordou, ao passar as costas de uma das mãos sobre a testa suada.

— Será que vai conseguir descarregar isso lá em cima? — indagou Jack, com a mão ainda pousada no vidro.

— Não tem problema — disse Shawn, confiante. — A senhorita charmosa lá em cima vai me dar uma mãozinha.

— Eu não me preocuparia com Alex — disse Jack. — Ele é só um desses caras muito amistosos, muito extrovertidos. Gosta de todo mundo e todos gostam dele.

— Não tenho nada contra Alex. Meu problema é Sana estar agindo assim feito uma doidivana, sei lá por quê. Entende? Por exemplo, olha o cabelo dela. Era lindo, comprido, e eu dizia para nunca cortá-lo, e aí ela vai e corta o cabelo. Eu peço para fazer umas coisinhas lá em casa, tipo passar minhas camisas, e ela diz que trabalha tanto quanto eu. Eu digo que removo a neve da saída da garagem e levo o lixo até a calçada, e aí sabe o que ela diz?

— Não faço ideia — respondeu Jack, esperando que seu tom mostrasse a Shawn que ele não sabia nem queria saber.

— Diz que quer trocar comigo. Eu passo e ela leva o lixo para a sarjeta e remove a neve. É mole?

— Sinto muito — disse Jack, vagamente, recusando-se a se envolver em uma discussão de problemas conjugais. — Qual é mesmo seu endereço? — indagou, só para mudar de assunto.

— Número 40, na Morton Street. Se lembra de como se chega lá?

— Vagamente — admitiu Jack. Ele então pegou um bloquinho e anotou o endereço. — Muito bem, a menos que minha esposa tenha outros planos, vou chegar às sete horas. E amanhã? Estão planejando vir trabalhar? Se estiverem, e não se importarem, eu gostaria de dar um pulo aqui para ver como estão indo as coisas.

— Eu informo o que está havendo. Sana talvez queira dormir até mais tarde. Quanto a mim, estou acelerado demais para dormir muito; portanto, vou chegar cedo. Assim que puder, preciso saber o que Simão Mago tinha a dizer e se ele pode se redimir. Eu sempre me perguntei se ele tinha sido só um bode expiatório. A Igreja no século I estava tão bagunçada que precisava pôr a culpa em alguém, e o coitado do Simão Mago estava bem à mão, com aquele seu desejo de curar melhor as pessoas, e, ainda por cima, andava com seus amigos, os gnósticos.

— Tem certeza de que consegue carregar todo esse vidro sozinho? — voltou a perguntar Jack, ao afastar-se. Estava louco para chegar em casa e tentar convencer Laurie a sair um pouco para ele também poder ir jantar com os amigos. Sabia que seria difícil, mas ia tentar mesmo assim.

— Sana e eu nos viramos — disse Shawn, com um aceno de despedida. — Até logo mais.

— Espero que sim — disse Jack, fazendo sinal de positivo com o polegar.

Sentindo-se cada vez mais nervoso e muito culpado, porque já era mais de meio-dia, Jack voltou correndo para o prédio principal do IML, na rua 30 com a Primeira Avenida. Resistindo a voltar à sua sala, simplesmente agarrou sua bicicleta Trek e acenou para a segurança, indo para casa.

Uma vez na bicicleta, sentiu-se melhor, sabendo que chegaria em meia hora, onde pelo menos teria uma ligeira chance de aliviar um pouco da sua culpa, contanto que tirasse Laurie de casa. Naturalmente, se JJ estivesse se sentindo mal naquele dia, isso provavelmente não aconteceria, porque Laurie hesitaria em deixar o coitadinho nas mãos relativamente incapazes de Jack. Acima e além das questões pessoais e emocionais, Jack admitiu que não tinha jeito para tratar de bebês doentes, como demonstraram claramente os seus estágios na pediatria no terceiro ano da faculdade de medicina.

O estado mental de Jack foi melhorando progressivamente à medida que o tempo ficava quase perfeito, com um céu cor de safira transparente como cristal e uma temperatura que tinha subido até se tornar agradável para um mês de dezembro em Nova York. Também havia um clima de festividade no ar, pois a cidade estava movimentada, as pessoas se dirigindo às lojas na esperança de comprar tudo antes que o comércio ficasse entupido de gente.

O caminho de Jack até sua casa passava pelo zoológico do Central Park, lotado de crianças e pais. Jack sentiu um súbito aperto na garganta ao se perguntar se haveria chance de ele sair com JJ. Um pouco mais adiante, aproximando-se de um lindo parquinho com um escorregador construído de granito polido, Jack parou um instante para contemplar as crianças soltando gritinhos de prazer e rindo. A alegria delas era contagiante, e quase fez Jack sorrir, lembrando-se da sua própria infância exuberante. Mas, um momento depois, seus pensamentos se deixaram dominar pelo neuroblastoma de JJ e pela dúvida cruel que era não saber qual iria triunfar: se o poder místico do corpo de JJ de se curar com a ajuda da medicina moderna, se e quando fosse possível continuar a ministrar o medicamento ou o igualmente misterioso poder das células do neuroblastoma, controladas pelo DNA. Uma colisão clássica do certo contra o errado.

Experimentando um novo e pior aperto na garganta, Jack voltou a subir na bicicleta e pedalou furiosamente para clarear a mente. Felizmente, por causa do dia com jeito de primavera, ele rapidamente se viu cercado por uma multidão tal de outros ciclistas, corredores, patinadores, skatistas e meros pedestres que pensar era difícil, pois Jack precisou se concentrar para evitar atropelar ou se chocar contra alguém.

Jack saiu do parque na rua 106. Enquanto pedalava, viu claramente sua casa, que se destacava nitidamente como a única do quarteirão que tinha sido totalmente reformada. Depois ele viu de relance uma coisa que desejou não ter visto: seus vizinhos se aquecendo na quadra externa de basquete. Incapaz de resistir, Jack saltou da rua para o meio-fio e foi deslizando até parar diante da cerca de alambrado.

Assim que Jack parou, um dos jogadores veio até onde ele estava, todo lampeiro. Seu nome era Warren Wilson, e ele era de longe o melhor jogador. Durante os anos em que Jack vivera naquele bairro, ele e Jack tinham se tornado grandes amigos.

— Oi, cara, você vem? Ainda temos lugar para mais um.

— Eu adoraria — disse Jack —, mas Laurie já está presa lá em casa com JJ faz tempo, e eu preciso ir rendê-la. Sabe como é, não é?

— Sei, sim. Então até mais.

Lutando contra sua consciência, Jack viu Warren reunir-se ao grupo. Relutante, voltou à bicicleta e atravessou a rua, erguendo-a na altura do ombro para subir as escadas com ela.

Depois de destrancar a porta, Jack enfiou a cabeça pela fresta e escutou. Não ouviu choro. Carregando a bicicleta para dentro, ele a colocou no armário projetado para este propósito e começou a subir as escadas.

Enquanto subia, Jack ouviu alguns sons reveladores vindos da cozinha. Quando chegou lá, pensava que ia encontrar o bebê no cercadinho e Laurie à pia, como na noite anterior.

— Oi, amor! — cumprimentou ele, vendo Laurie pelo canto do olho ao aproximar-se do cercadinho para dar uma olhada em JJ. E aí ele olhou duas vezes, porque JJ não estava nem ali, nem em outro lugar por perto. — Onde está o menino? — perguntou Jack, meio preocupado, pois aquela situação era inesperada.

— Está dormindo — anunciou Laurie, com prazer. — E como tive uma noite de sono razoavelmente boa, senti vontade de preparar o jantar. É um luxo e tanto.

E que luxo, pensou Jack, mas não disse nada em voz alta. Foi direto até ela, circundou-lhe a cintura com as mãos por trás e a conduziu contra a vontade para fora da cozinha, pelo corredor curto, até a sala de estar. Fez com que ela se sentasse em um dos sofás, estofado com um tecido amarelo vivo e verde-claro. Depois se colocou diante dela.

— Preciso ter uma conversa com você — disse Jack, em tom autoritário.

— Ok — disse Laurie, olhando meio desconfiada para o marido. A situação parecia ligeiramente esquisita, e ela não sabia se devia ou não se preocupar. Laurie não foi capaz de discernir as emoções de Jack, embora pudesse sentir que ele estava diferente do normal. — Está tudo bem no IML?

Jack hesitou um instante, sem saber por onde começar. Não tinha pensado no que queria dizer, especificamente. Infelizmente, cada minuto de silêncio da parte dele aumentava as preocupações da esposa sobre o que Jack estaria com dificuldades para lhe dizer.

— Preciso perguntar uma coisa — disse Jack. — Uma coisa que está me fazendo me sentir um tanto culpado.

Laurie inspirou de repente e sentiu as mãos e os pés ficando frios.

— Espera! — disse ela, ligeiramente desesperada, voltando a lembrar o curioso episódio do celular no banheiro na noite anterior. — Se está para me dizer que está tendo um caso com alguém, não quero ouvir. Não dá para eu sequer pensar numa coisa dessas. Agora estou tão sobrecarregada que às vezes nem sei mesmo se sou capaz mesmo de enfrentar tantos problemas assim de uma vez só. — As palavras saíram num momento de emoção incontida, enquanto Laurie procurava conter as lágrimas. Jack se sentou rapidamente ao lado dela e passou o braço em torno dos seus ombros.

— Não estou tendo caso nenhum — disse Jack, chocado diante da sugestão. — Eu só queria perguntar se teria algo contra eu ir jantar fora esta noite com dois amigos da faculdade. Um você já conhece, Shawn Daughtry.

— O arqueólogo? — perguntou Laurie, aliviada, enquanto as lágrimas brotavam em seus olhos. — O arqueólogo casado com aquela mulher bajuladora?

— Exatamente — disse Jack.

Aturdido pela ideia de Laurie de que ele pudesse estar tendo um caso com alguém, ele se lembrou da sua promessa a James. Tinha jurado não mencionar a possibilidade de que os ossos da Virgem Maria tivessem sido encontrados, não a respeito da existência do ossário em si. Ninguém tinha se preocupado em evitar que Alex Jaszek soubesse da existência daquela relíquia. Jack queria ter algo significativo para contar a Laurie para eliminar totalmente suas preocupações com a possibilidade de ele estar tendo um caso.

— Na noite passada eu contei que ia desistir da minha campanha contra a medicina alternativa, muito embora eu esteja precisando demais de uma distração. E aí, por um acaso extremamente feliz, uma distração veio e caiu bem no meu colo.

— Maravilha — disse Laurie, ainda fazendo força para recuperar a compostura. — Ótimo mesmo. E o que foi?

Jack então lhe contou a história do ossário desde o início, e, como ele tinha pensado que ocorreria, ela cativou e fascinou Laurie por completo, mesmo sem ele ter tocado na possível associação com a Virgem Maria.

— Eu nem mesmo fazia ideia de que você conhecia o arcebispo de Nova York — disse Laurie, verdadeiramente chocada.

— Isso fazia parte da minha vida antiga que eu procuro esquecer — explicou Jack. — Na verdade, fiquei surpreso de Shawn não ter mencionado isso quando jantamos com ele e a esposa.

— É mesmo — disse Laurie. — Mas não importa. Eu simplesmente acho isso espetacular, assim como essa história toda do ossário e dos pergaminhos. Mal posso esperar para ouvir mais.

— Eu também não. Como distração, não podia ter pedido nada mais interessante. Se acreditasse em um Deus misericordioso, eu até acharia que tinha caído do céu. — E Jack sorriu interiormente, percebendo como era verdade.

— Peço desculpas por ter até mesmo pensado que você poderia estar tendo um caso — murmurou Laurie. — Estou fazendo e pensando coisas fora do normal ultimamente.

— Não precisa se desculpar — disse Jack. — Nenhum de nós dois está se comportando de uma forma normal, especialmente eu.

— Claro que pode ir jantar com seus amigos esta noite — falou Laurie. — Com meu pleno consentimento.

— Obrigado — disse Jack. — Mas isso me faz sentir mais culpado do que já me sinto. Dá para entender isso?

— Dá, sim.

— E pode entender que preferiria que viesse comigo — disse Jack, enquanto suprimia a ideia de desejar que não tivessem tido aquele filho, principalmente porque isso exigira fertilização *in vitro*.

— Claro que posso, e sob outras circunstâncias eu adoraria ir, pelo menos para conhecer o arcebispo.

— Vai conhecer o arcebispo — prometeu Jack. — Principalmente porque ele disse que está especialmente ansioso para conhecê-la. E agora que já tratamos do problema do jantar preciso dizer mais uma coisa. O dia lá fora está lindo, e, como o JJ está dormindo, por que não sai e toma um pouco de ar?

Um sorriso enorme surgiu no rosto de Laurie.

— Agradeço sua preocupação, mas estou bem assim, obrigada.

— Ah, o que é isso? Já faz dias que está trancada em casa. O sol saiu, e está bem mais quente.

— E para onde eu iria? — perguntou Laurie, dando de ombros.

— Não importa — incentivou Jack. — Dê um passeio num parque, vá comprar presentes de Natal, visite a sua mãe, sei lá, só para aproveitar sua liberdade.

— JJ vai saber que saí no momento em que eu passar pela porta. Vou me descabelar de tão preocupada.

— Não tem muita confiança em mim, hein?

— Como pediatra? Não tenho, não. Quer saber? Acho uma sorte eu poder ficar em casa com o JJ o dia inteiro. Seria muito pior se eu tivesse que voltar a trabalhar e o confiasse aos cuidados de outra pessoa. Pense nisso desta forma: está tornando possível que eu faça o que eu quero fazer em vez de pensar que estou presa em casa.

— Está falando sério?

— Estou. Não está fácil agora, mas vamos recomeçar o tratamento em breve. E quanto mais esforço eu fizer, mais confiante ficarei com o resultado.

— Muito bem — disse Jack. E ele desejou poder ter esse otimismo dela.

Abraçando-a com força, ele se levantou e foi até a janela. Warren e os outros estavam na metade da primeira partida, correndo para um lado e para outro na quadra de basquete.

— Acho que vou bater uma bola, então.

— Boa ideia, contanto que não se machuque — disse Laurie. — Prefiro não ter que cuidar de dois pacientes.

— Vou tentar não me esquecer disso — respondeu Jack, antes de subir para trocar de roupa.

23

18h30, sábado, 6 de dezembro de 2008
Cidade de Nova York

James e o padre Maloney trouxeram o adorado Range Rover do arcebispo da garagem e o estacionaram temporariamente no lado da rua 51, onde ficava a residência. Um modelo de 1995, o carro não era nem de longe zero quilômetro, mas para James representava a liberdade. No outono e no inverno, ele o usava para ir até Morris County, Nova Jersey, para um laguinho chamado Green Pond, passar fins de semana solitários em seu chalé. Era um refúgio celestial, onde ele se esquecia da sua agenda oficial sempre abarrotada de compromissos.

James se sentou diante do volante, seguiu para oeste, depois para o sul, ao longo do rio Hudson, na West Side Highway.

A viagem era bonita, e ele se permitiu relaxar e pensar em aproveitar o divertimento da noite, que esperava não ser tão horrível como temia antes, principalmente devido à presença de Jack. E aí a mente voltava ao problema principal: como ele iria convencer Shawn a não publicar nada que insinuasse a possibilidade de aqueles ossos pertencerem a Nossa Senhora. James voltou a estremecer diante das consequências, caso fracassasse em sua missão. A imagem da Igreja ainda estava abalada diante do escândalo dos casos de pedofilia. Aquela notícia sobre a Santíssima Virgem seria devastadora para a instituição e esmagadora para ele, pessoalmente, pois acreditava que a Santa Sé seria obrigada a sacrificá-lo como bode expiatório, graças às maquinações de Shawn. Com uma profunda tristeza, James se viu recordando sua jornada para atingir a posição que ocupava no momento e as esperanças de subir ainda mais na hierarquia.

James suspirou enquanto se lembrava melancolicamente de todos os altos e baixos na sua carreira e pensava no seu possível fim nas mãos de um amigo. Aquela lhe pareceu a traição derradeira, uma ideia que, de repente, lhe lembrou uma coisa. Ele percebeu que o ângulo pessoal provavelmente seria o que mais influenciaria a decisão de Shawn de divulgar sua descoberta. James sabia muito bem que Shawn não encarava com simpatia a religião organizada, de maneira que, se tentasse usar esse argumento, certamente entraria por um ouvido e sairia pelo outro. James também tinha certeza de que Shawn não era uma pessoa particularmente moralista, mas definitivamente era um amigo dedicado. Com um otimismo renovado, James decidiu que abordaria o assunto enfatizando o lado pessoal. Ia alertar Shawn de que o que ele pretendia fazer iria prejudicá-lo, James, sem se estender muito nas consequências que o anúncio da descoberta poderia ter para a Igreja em geral e para os leigos.

James saiu da estrada e entrou no West Village, indo até a Morton Street, estacionando na primeira vaga que encontrou. Levou bem uns dez minutos para encaixar o Rover na vaga, pois tinha dificuldade para estacionar em vaga em paralelo, e, embora o carro tivesse terminado a pelo menos meio metro de distância do meio-fio, James considerou a manobra bem-sucedida.

Cinco minutos depois, James entrou no caminho que levava à casa de madeira dos Daughtry e parou. Ele já havia ido àquele lugar antes, mas se esquecera de como era encantador. Nada nele era reto ou aprumado, em nenhum dos quatro andares. Todos os batentes eram ligeiramente inclinados para a direita, o que levava a crer que, se alguém fechasse a porta com força sem querer, poderia fazer o prédio inteiro desmoronar para o lado direito contra o edifício vizinho, que parecia mais sólido, feito de tijolos. O revestimento externo das paredes, feito de tábuas, era cinza-claro com arremates amarelo. O telhado, embora difícil de ser visto, com exceção das quinas das águas-furtadas do quarto andar, era de placas de ardósia cinza médio. A porta da frente, com diversas janelinhas redondas tipo fundo de garrafa, era verde-escuro, quase da mesma cor do Range Rover de James. No meio da porta, via-se uma aldrava de metal no formato de uma mão segurando uma bola. Logo à esquerda da porta estava uma placa que dizia: RESIDÊNCIA DO CAPITÃO HORATIO FROBER, 1784.

James percebeu que sorria por dentro. Reconheceu que aquela residência era o tipo de casa fora de série que Shawn escolheria. Não havia dúvida de que o amigo gostava de se destacar da multidão, uma ideia que levou James a outra. Talvez ele pudesse dar algum prêmio a Shawn se ele prometesse não publicar nada sobre as relíquias da Virgem Maria, algo como ser admitido em uma Ordem dos Cavaleiros de Malta moderna.

Com a sensação consoladora de ter bolado alguma espécie de plano, mesmo que de eficácia duvidosa, James esticou o braço e usou a aldrava para se anunciar com algumas batidas fortes contra a base de latão. Depois disso, o arcebispo se encolheu, lembrando-se de que a casa inteira estava inclinada precariamente para a direita.

Dentro de segundos, Shawn abriu a porta, eufórico, com um copo de uísque escocês com gelo na outra mão e um sorriso radiante no rosto.

— Chegou o convidado de honra! — gritou ele para dentro de casa, de onde estava vindo um delicioso aroma de carne assando na brasa. Ouvia-se um concerto de piano de Beethoven como música de fundo. Sana e Jack surgiram do fundo esfumaçado e iluminado a velas, colocando-se dos dois lados de Shawn. Todos fizeram uma algazarra, acompanhada por abraços e tapas nas costas, quando receberam James na sala de estar. A lareira de pedras rústicas aquecia o recinto, com pequenas labaredas estalejantes, atrás de um biombo de metal de tamanho proporcional a ela.

— Eu juro — disse James, levando uma das mãos ao peito, como quem está impressionado. — Tinha me esquecido de como sua casa é aconchegante. Ainda mais do que meu refúgio à margem do lago em Nova Jersey, e isso é um elogio e tanto da minha parte.

— Então, sente e fique à vontade, aniversariante! — convidou Shawn, levando James delicadamente pelo cotovelo até uma poltrona com banquinho para apoiar os pés, logo ao lado da lareira. A luz tanto da lareira quanto das velas fazia suas bochechas cronicamente vermelhas parecerem quase feridas. — Qual é sua preferência? Temos um Pétrus de boa safra, maravilhoso, que já está respirando faz algumas horas, ou seu preferido, escocês de malte de cevada.

— Nossa — repetiu James, surpreso. Tal extravagância imediatamente lhe causou preocupação, visto que traía uma possível vitória na investigação do ossário. — Pétrus! Mas isso é uma comemoração e tanto!

— Pode apostar que sim! — confirmou Shawn. — O que prefere?

— Pétrus é um raro prazer, e, contanto que eu não esteja consumindo o vinho que vai servir no jantar, adoraria uma taça.

— Sem problema, velho amigo — disse Shawn, seguindo Sana até a cozinha.

Na súbita calmaria depois do maremoto da recepção, James e Jack se entreolharam.

— Obrigado por ter vindo — disse James, bem baixinho. — Embora eu realmente precisasse vir para começar minha campanha, não sei se conseguiria me obrigar a vir sem a sua presença.

— Até que estou satisfeito por ter vindo — respondeu Jack, igualmente baixinho, embora fosse difícil serem ouvidos da cozinha, por causa da música. — Só que me sinto na obrigação de dizer que Shawn está decidido a publicar essa descoberta da Virgem Maria a qualquer preço. Já tentei ajudar, como me pediu, mas tenho cada vez menos esperança de que ele deixe de publicar o trabalho, e por um motivo meio assustador. Quer dizer, dois motivos assustadores, um mais do que o outro.

— E quais são? — perguntou James, sentindo um vazio se formando no estômago.

— Acho que ele está começando a crer que haja um componente religioso nisso tudo. Ele já aludiu várias vezes à possibilidade de ter sido escolhido por forças transcendentais para divulgar esse conhecimento ao mundo.

Os olhos de James se arregalaram.

— Então ele está começando a acreditar que está agindo como uma espécie de enviado do Senhor? — E James exalou pelos lábios entreabertos. Para ele, isso soava como blasfêmia, senão doença mental. Já havia visto certos fanáticos agirem assim antes, mas não considerava Shawn um deles. Fosse lá como fosse, James não considerava isso um sinal positivo, nem mesmo saudável. — Qual é o outro motivo?

— Só o que já mencionamos, que ele vê toda essa investigação dele como uma contribuição à arqueologia, e acredita firmemente que isso vai torná-lo famoso. Essa sempre foi sua primeira meta, embora até agora ele tenha se conformado com o fato de que, como arqueólogo, nasceu cem anos depois da época de obter um *status* desses.

— Néctar dos deuses — anunciou Shawn, em voz alta, ao voltar da cozinha com uma taça de cristal quase cheia de vinho tinto clarete, vermelho como um rubi. — Para Vossa Eminência — disse, com uma reverência, entregando o copo a James.

— Quanta cortesia — comentou James, pegando o vinho. Depois ergueu a taça, como que fazendo um brinde aos amigos, e girou o cálice, aspirando o aroma encorpado do vinho, e depois provando. — É mesmo o néctar dos deuses.

Naquela altura, os três estavam sentados de modo a formar um triângulo equilátero, estando James e Shawn em lados opostos da lareira e Jack no sofá, diretamente em frente a eles.

— E Sana, não vem? — indagou James.

— Acho que vem depois de terminar de preparar o jantar. Ou talvez só nos chame quando terminar.

— James — disse Jack. — É ótimo vê-lo assim vestido à paisana. Eu estava pensando que você fica melhor de jeans, camisa normal e suéter em vez de se vestir com esses trajes de príncipe da Renascença. São intimidadores demais.

— Concordo! — disse Shawn, e erguendo o uísque como para fazer um brinde.

— Se me deixassem escolher, eu me vestiria assim todos os dias, pelo menos durante a maior parte do tempo! — respondeu James, recostando-se na poltrona e apoiando os pés no banquinho, fingindo estar tranquilo, em vez de tenso como realmente estava. — Então, me conte sobre como está indo o estudo do conteúdo do ossário.

— Está cada vez melhor — disse Shawn, olhando para os dois amigos. — Eu nem mesmo contei para você ainda, Jack, mas consegui abrir com grande dificuldade duas páginas do primeiro papiro, que é o evangelho de Simão, e é espetacular. Infelizmente, nesse ritmo, vou levar mais de um mês para abrir e traduzir os três.

— E como isso pode ser espetacular? — indagou James, olhando para suas cutículas, como se não estivesse particularmente interessado no assunto.

Shawn se inclinou para a frente, e a luz da lareira se refletiu na superfície de seus olhos.

— Foi como ser misticamente transportado para o século I como testemunha das dissensões da Igreja cristã.

— Seria mais eficaz usar o livro de Henry Chadwick, *The Early Church,* e com bem mais confiança na precisão do material — disse James, sorvendo o vinho.

— Não, mas nem de longe — disse Shawn. — Eu li o testemunho direto de um homem que estava presente e acreditava estar intimamente envolvido nos acontecimentos.

— Como assim? Tentando subornar Pedro para adquirir os poderes de cura do Espírito Santo? — James riu.

— James, eu já conheço sua opinião a respeito do ossário e de seu conteúdo — ralhou Shawn, brandamente. — Mas acho que devia me deixar dizer uma outra coisa. Não vai me fazer mudar de ideia zombando do que descobri até agora, antes de ter pelo menos escutado o que tenho a dizer.

— Acho que meu papel é manter você com os pés no chão — retorquiu James. — Estou percebendo que você é que gosta de tirar conclusões precipitadas.

— Talvez eu precise cair na real, quando for o caso, mas certamente não antes de você entender o que já descobrimos e o que vamos ainda descobrir no estudo desses papiros e dos ossos.

— Tem razão — concordou James. — Diga o que supostamente descobriu até agora.

— O evangelho começa com o que chamo de revelação chocante — disse Shawn. — Simão se descreve como Simão de Samaria para ter certeza de que o leitor vai perceber a diferença entre ele e outra figura relativamente contemporânea, Jesus de Nazaré.

Apesar de ter momentos antes se resignado a ser educado enquanto Shawn falava, James desatou em risadas.

— Está querendo me dizer que Simão, de certa forma, no seu próprio evangelho, está se colocando como igual ou melhor do que Jesus de Nazaré?

— Estou, sim — respondeu Shawn. — Simão, com óbvia reverência, dá a Jesus de Nazaré total crédito por ser o *logos*, ou a palavra, e por ter sido o redentor em relação ao pecado, particularmente o original. Mas também diz que ele, Simão, é a gnose, ou conhecimento, o grande poder, que chegou para trazer o conhecimento da verdade e, dessa maneira, ele suplanta Jesus, assim como acreditava que Jesus suplantava o Templo e as Leis de Moisés.

— Então Simão está dizendo que é divino? — indagou James, com um sorriso sarcástico de descrença ainda no rosto.

— Não no mesmo sentido que Jesus de Nazaré — continuou Shawn. — Preciso deixá-lo olhar o texto com calma e ver por si mesmo quando estiver completamente desenrolado e protegido debaixo de uma vidraça. Simão acreditava, como outros gnósticos, que tinha uma centelha divina em si porque tinha sido abençoado com a gnose, ou o conhecimento especial.

— É gnosticismo da época do cristianismo primitivo — disse o cardeal, a título de esclarecimento para Jack.

— Sem sombra de dúvida — declarou Shawn, agora sorrindo também. — Parece que Simão havia sido talvez o primeiro gnóstico cristão, motivo pelo qual Basílides estava tão ávido por saber de Saturnino quem era o seu mestre. Simão prossegue dizendo que o violento deus judeu que havia criado o mundo não era o mesmo deus que era pai de Jesus de Nazaré, o verdadeiro Deus, o Deus perfeito que nada tinha a ver com o mundo físico imensamente imperfeito e perigoso.

— Então Simão era um discípulo de Platão por rejeitar suas raízes judaicas.

— Exato — disse Shawn, ainda sorrindo. — Simão era mais Paulo do que Pedro, sendo que alguns pensavam que ele tinha mais em comum com Pedro quando era jovem, pelo que sabemos, uma vez que ele cresceu em uma área pouco próspera da Samaria, enquanto Pedro crescia na vizinha Galileia. De qualquer modo, estou achando tudo isso fascinante, e já desenrolei duas páginas do pergaminho. O que me fascina mesmo é a ideia de Simão de que ele é um complemento da missão de Jesus Cristo, dando a Jesus crédito de ter redimido a humanidade dos pecados, ao passo que ele, Simão, assumia a parte do conhecimento. O que estou me perguntando é se Simão, no seu evangelho, quando eu tiver desenrolado e traduzido totalmente os papiros, vai se redimir de ter sido um bode expiatório até os dias de hoje.

— Sinceramente, duvido muito — disse James. A última coisa que queria naquela altura era que Simão Mago se redimisse. — A sua traição é canônica e imutável, e certamente nada disso vai mudar por causa de um texto que ele mesmo escreveu.

— O jantar está pronto, gente — disse Sana, saindo da cozinha e provando um pouco de vinho.

Os homens ficaram de pé na mesma hora, e, enquanto Shawn jogava mais duas achas de lenha na lareira para manter o fogo ardendo, James e Jack seguiam Sana até os fundos da casa, onde havia uma mesa de jantar em uma estrutura anexa que parecia uma estufa.

— Essa história do ossário está piorando cada vez mais — murmurou James para Jack enquanto se sentavam, após ele se certificar de que o casal não podia ouvi-lo.

Jack concordou, mas do seu ponto de vista era o contrário, embora ele não tivesse dito isso a James, que, segundo podia ver, estava claramente mais nervoso agora do que ao chegar.

Alguns minutos depois, eles já estavam todos sentados, e Shawn pediu a James que desse graças pela refeição, o que ele fez com todo o prazer. O cenário era agradável, e tanto James quanto Jack comentaram que ninguém diria que estavam em pleno West Village em Nova York, tal era o silêncio. Não se ouvia uma única sirene a distância. Shawn tinha ligado um conjunto de refletores que iluminava o seu jardim japonês cuidadosamente planejado e encantadoramente sereno, margeado por uma cerca de troncos rústicos de cedro. Não se via, nem sequer vagamente, nada que lembrasse a enormidade de Nova York.

— Um brinde à nossa anfitriã! — disse Jack, erguendo seu cálice de vinho e fazendo um sinal com a cabeça para Sana, sentada à extremidade direita da mesa. Shawn estava à cabeceira da esquerda, e James, diretamente em frente a ele. Diante de cada um, havia um prato com carne grelhada e um molho curiosamente cor de laranja, de aroma pungente, cuscuz com amêndoas fatiadas e alcachofra com molho vinagrete.

— Vamos comer lombo de carneiro com temperos indianos — anunciou Sana. — Infelizmente, o carneiro ficou marinando durante um pouco menos de duas horas, enquanto o mínimo é de duas horas inteiras, mas aproveitei o melhor que pude o tempo que tive depois de levar minhas amostras à incubadora para secagem durante a noite.

— Presumo que conseguiram extrair DNA dos ossos do ossário, então? — quis saber James. Com a ideia de que os ossos pudessem ser da Virgem Maria, embora houvesse uma chance reduzidíssima de que fossem, James se sentia mal ao pensar que estavam querendo isolar o DNA, sem nem mesmo saber por que se sentia assim. Considerava isso um assunto particular de uma pessoa que ele considerava extremamente querida.

— Isso mesmo — respondeu Sana. — Mas, por enquanto, estamos retirando a amostra de um dente e não dos ossos.

— Vai demorar muito? — indagou James.

— Se tivermos sorte, não. Deve levar só alguns dias, embora talvez haja a possibilidade de nos tomar uma semana. Prefiro ser cuidadosa a me apressar. Há muitas oportunidades para contaminação do DNA que pretendo evitar.

— E os ossos? — perguntou James. — O que descobriram depois que o antropólogo os examinou? São humanos? São de mulher? É mais de uma pessoa?

— Sim, sim e não — respondeu Shawn. — Definitivamente humanos, sem dúvida do sexo feminino e só uma pessoa.

— E há indícios de que essa mulher tenha dado à luz muitas vezes — acrescentou Jack. — Aliás, inúmeras vezes... mais de cinco, talvez até uma dúzia de filhos.

James sentiu suas têmporas latejarem com a pulsação acelerada, e por um momento sentiu muito calor, pensando até em tirar o suéter. Depois de tomar um gole de vinho para aliviar a garganta subitamente seca, perguntou:

— E a idade da pessoa, qual era?

— Difícil garantir, mas o antropólogo imagina que tivesse mais de 50, provavelmente uns 80 e tantos.

— Entendo. — Foi tudo que James disse. Fazendo um rápido cálculo mental, percebeu, ainda mais alarmado, que, tendo morrido com essa idade, aquela pessoa podia perfeitamente ser a Virgem Maria, considerando-se que Jesus nasceu por volta de 4 a.C. e que a mulher do ossário tinha morrido em 62 d.C. Ela teria uns 80 e tantos anos.

James sentiu o nervosismo aumentar mais ainda. Embora soubesse que tudo que estava ouvindo era apenas circunstancial, temia que esses indícios não pudessem deixar de solidificar a posição de Shawn, tornando a tarefa do arcebispo muito mais difícil. Também estava começando a achar que não podia mais esperar. Tinha que se pronunciar a favor ou contra; senão precisaria apelar para o plano B. Naturalmente, o grande problema do plano B era que não havia plano B.

Com a mão trêmula, que tentou disfarçar, James tomou um bom gole de vinho, saboreando-o, pois era absolutamente celestial. Engoliu a bebida devagar, pouco a pouco. Depois, sentando-se bem ereto na poltrona, começou a falar, a princípio agradecendo à anfitriã.

— Este é o melhor jantar que como faz tempo — disse James, olhando para sua esquerda e se dirigindo a Sana —, me permitiu experimentar sabores e aromas requintados, e uma carne bastante saborosa, preparada de modo perfeito. Eu a saúdo, minha jovem senhora. — James ergueu a taça, e Shawn e Jack o imitaram. Depois, virando-se para Shawn, ele ergueu de novo a taça. — Este soberbo vinho realmente realçou este jantar magnífico, que rezo para que não tenha exigido que vocês hipotecassem a casa.

Shawn se balançou para a frente e para trás, casquinando diante desse elogio.

— Valeu cada centavo que pagamos para comemorar seu aniversário, que, quando estávamos na faculdade, sempre parecia chegar na hora mais oportuna, como desculpa para farrear em vez de estudar, e hoje também, para comemorar nosso ossário favorito e a promessa que ele encerra. Saúde!

Todos tomaram um gole do vinho extraordinário.

— Só que agora preciso falar sobre um assunto mais sério — disse James, olhando para a direita e encarando Shawn de frente. — Percebo perfeitamente como está empolgado com o conteúdo do ossário, mas preciso, infelizmente, arrefecer consideravelmente seu entusiasmo, pois vai acabar percebendo, como já mencionei na residência, que todo esse assunto é uma mentira bastante elaborada, aparentemente promulgada por esse misterioso Saturnino. Depois de pensar muito no assunto, e orar bastante, ainda tenho mais certeza de que é isso que está havendo. Por que esse sujeito fez o que fez, eu não faço a menor ideia nem quero saber, pois é obra do próprio Satã. Talvez ele tivesse alguma rusga com a Igreja nascente, mais provavelmente porque a Igreja condenava a heresia gnóstica, que entendo pela sua carta que ele apoiava. Ao mesmo tempo me parece que ele estava ciente do futuro papel de Maria como o símbolo supremo da espiritualidade e da fé católica, e do fato de que um número imenso de católicos pediria sua intervenção como auxiliadora extraordinária e na busca da santidade pessoal dela. Os papas sempre assinalaram a conexão íntima entre Maria e a total aquiescência de Jesus de Nazaré como Filho de Deus. A Igreja é o povo de Deus, e ela é o Corpo de Cristo. E, para as mulheres em geral, Maria é a redentora dos pecados de Eva. Tanto quanto Eva se afastou de Deus, Maria aceitou seus desejos sem questioná-los, e seu ventre conteve o Seu Filho em perpétua virgindade.

— Como é que pode dizer que o que descobrimos é uma mentira nessa altura da pesquisa? — gritou Shawn, depois de dar um soco na mesa forte o suficiente para fazer os pratos e as travessas pularem, ruidosamente.

— Fé, meu filho — disse James, com segurança, erguendo uma das mãos como um policial parando o trânsito. — Pela ação do Espírito Santo, tanto através do corpo da Igreja como por *sensus fidelium* e pela hierarquia, especialmente o papa, através do sagrado magistério.

Shawn ergueu as mãos bem alto e olhou de relance para Jack enquanto revirava os olhos, zombeteiro.

— Está ouvindo só? Agora ele está querendo falar em latim para confundir a gente e me impressionar, de modo a começar um debate. Voltamos à faculdade. E sabe onde ele quer chegar com isso? Vai usar o argumento da infalibilidade, o mesmo que usava na faculdade. Certas coisas são sempre as mesmas.

Shawn voltou a dirigir a atenção para James, que ainda estava de mão erguida, como um guarda de trânsito.

— Estou certo, gorducho? Não está para começar nosso velho debate sobre infalibilidade papal, mencionando que, quando ele fala *ex cathedra*, ou seja, na sua posição oficial de bispo de Roma e chefe da Igreja, sobre matérias de fé ou moral, ele é infalível? Não é isso que está querendo insinuar?

— Me deixe terminar a expor meu ponto de vista principal antes de começarmos a falar de outra coisa completamente diferente — disse James, esforçando-se para ficar calmo, diante da impertinência de Shawn. — O caso é o seguinte: qualquer publicação sobre o conteúdo desse ossário, ligando-o a Maria Santíssima, Mãe da Igreja, Mãe de Deus, segundo o patriarca Cirilo de Alexandria, fundador do estudo da mariologia, e Mediadora da Salvação, segundo Bernardo de Claraval, causará dano irreparável à Igreja nesta era lamentável em que a autoridade clerical diminuiu com os escândalos relacionados a abusos sexuais contra crianças. A fé de centenas de milhares de pessoas irá sofrer um abalo sem motivo. O celibato, que já está sendo questionado, vai ser mais questionado ainda; o número de sacerdotes vai passar a ser ainda menor do que é hoje. Tenho mais de dez paróquias sem pastor sob minha autoridade na Arquidiocese de Nova York. Se não tenho padres suficientes agora, que dirá depois disso!

— Não é problema meu — retrucou Shawn. — É culpa da Igreja. Ela precisa sair da Idade Média e parar de meter os pés pelas mãos por causa desse negócio da infalibilidade em vez de encarar a realidade. É como se Galileu estivesse sendo julgado de novo.

— Esse julgamento não teve nada a ver com infalibilidade papal.

— Bem, sabe que você quase me convenceu? Galileu foi julgado por heresia, porque com seu telescópio provou que a teoria da heliocentricidade de Copérnico estava certa, ao passo que o dogma da Igreja rezava que a Terra era o centro.

— Foi uma questão de magistério eclesiástico e *sensus fidelium*, mas não de infalibilidade papal.

— Tanto faz — replicou Shawn. — Foi uma indesculpável falta de reconhecimento da verdade e dos fatos.

— É sua opinião.

— Claro que é minha opinião!

— Episódios como os de Galileu precisam ser encarados segundo o contexto da época em que ocorreram.

— Não creio que os fatos e a verdade dependam de época — declarou Shawn, interrompendo James. Estava começando a falar mais devagar por causa do uísque e do vinho, pois tinha começado a beber antes de Jack e James chegarem. — Alguém mais aqui, além de James, acredita numa coisa dessas?

Oscilando ligeiramente, Shawn olhou de relance tanto para Sana quanto para Jack, mas nenhum dos dois respondeu. Eles não queriam escolher um lado em uma discussão que claramente ainda não tinha terminado nem ferir os sentimentos de nenhum dos dois homens participando assim.

— Poderia, por favor, me deixar acabar? — exigiu James, falando com Shawn.

Shawn abriu bem as mãos, espalmando-as enfaticamente e dando a James permissão de dizer o que bem entendesse.

— Publicar um artigo dizendo que os ossos do ossário são da Virgem Maria e, portanto, contradizendo diretamente a declaração infalível da encíclica *Munificentissimus Deus*, do papa Pio XII, de 1950, sobre a Assunção de Maria, não só teria efeito devastador na Igreja, solapando tanto a reputação da Virgem Maria quanto a autoridade clerical, como também creio firmemente que terá um efeito equivalente na minha carreira. Enquanto essa questão estiver sendo investigada, como sem dúvida será, logo vão descobrir minha intervenção junto à Pontifícia Comissão de Arqueologia Sacra para permitir que você, Shawn, tivesse acesso à necrópole, tornando possível que roubasse o ossário, que foi o que você fez.

— Prefiro pensar que o *peguei emprestado* — disse Shawn, com um sorriso malicioso.

— Para alguém que gosta de falar a verdade e expor fatos, como você diz que gosta, *roubar* é um termo muito melhor do que *pegar emprestado*. Logo, logo vão descobrir que o arcebispo de Nova York tornou possível ao ladrão levar o ossário sem conhecimento da Comissão, nem de nenhum de seus arqueólogos, e depois organizou o roubo removendo ilegalmente o importante artefato do Vaticano e da Itália e mandando transportá-lo para Nova York, onde foi violado sem o conhecimento de seu legítimo dono. Quando for divulgado esse envolvimento, acho que o Santo Padre, dentro de uma semana, no máximo, vai me convocar para Roma e depois me mandar para algum mosteiro nas selvas do Peru ou nos desertos da Mongólia Exterior.

Depois que James terminou, caiu um silêncio sobre o grupo de convivas, tão completo que o único som que se ouvia vinha do gato de Daughtry arranhando a caixa de areia no corredor. Ninguém disse nada. Ninguém nem mesmo se entreolhou. A sensação de traição ficou suspensa no ar como um miasma.

De repente, Sana empurrou a cadeira e ficou de pé.

— Por que não vão para a sala de estar? Deixem que eu levo a sobremesa até lá. Shawn, você cuida do conhaque.

Sana levou seu prato e o de James para a cozinha enquanto os outros se levantavam. Mesmo assim, nenhum dos homens disse nada. Em vez disso, todos levaram seus pratos ou outros objetos da mesa até onde a Sana tinha ido.

— É mais fácil todos irem para a sala de estar como eu sugeri, em vez de fazer isso — disse Sana, quando os homens colocaram o que traziam na pia, tentando em vão ajeitar as coisas na lava-louça, mas dando encontrões uns nos outros enquanto tentavam.

— Quem quer conhaque e quem quer continuar tomando vinho? — indagou Shawn, animado. Ele apanhou a segunda garrafa quase cheia de Pétrus e começou a dirigir-se à sala de estar, cambaleando precariamente. — Se quiserem vinho, tragam suas taças — acrescentou ele, pegando bruscamente a própria de cima do balcão.

Na sala de estar, cada um foi para seu lugar original. Antes de sentar, Shawn depositou a garrafa na mesa de centro, depois pegou várias outras achas de lenha para colocar sobre os carvões em brasa, que eram tudo o que havia restado das achas originais. Depois, entregou a James o conhaque que o amigo havia pedido, encheu o copo de vinho de Jack e por último o próprio.

— Que felicidade! — disse Shawn, depois de finalmente se sentar. Ele olhou fixamente o fogo da lareira, que agora estalava de mansinho. Estava satisfeito, mas sabia que a batata agora estava em sua mão, e precisava responder aos comentários de James. Graças ao aviso de Jack, Shawn pensara no assunto e decidira que o caso do ossário era importante demais para ser adiado, mesmo se houvesse a pequena possibilidade de a Igreja ser tola o suficiente para se prejudicar, castigando um de seus melhores e mais brilhantes membros por algo que claramente não tinha sido culpa dele. Shawn tinha resolvido não se permitir ser enganado pelas súplicas de James.

— James — disse ele, tomando um golinho da bebida. — Acredita mesmo que o papa pode punir você por uma coisa que claramente não foi sua culpa? Quer dizer, vou assumir total responsabilidade pelo que fiz e pelo que vou fazer.

— Acho que há uma chance definitivamente grande de que eu seja punido.

— Ah — suspirou Shawn, satisfeito ao perceber que, em cinco minutos, o suposto banimento de James tinha passado de inevitável a uma chance, que é uma mudança de probabilidade considerável. — Creio que a Igreja tome umas decisões estranhas, como não permitir camisinhas na África subsaariana para evitar mortes em massa e sofrimento por causa da Aids, mas não creio que sejam burros o suficiente para encerrar sua carreira por causa das minhas transgressões.

— Creio que sei mais sobre o funcionamento da Igreja do que você.

— Pode ser, mas é minha opinião. Além do mais, não vai conseguir me convencer a abandonar um projeto que considero de uma importância fenomenal. Do meu ponto de vista, é uma coisa positiva, não negativa, apresentar um argumento contra a infalibilidade papal, especialmente porque ela se estende à arena da moralidade. Inspirações místicas do Espírito Santo à parte, me parece loucura deixar que um celibatário confesso dite o que é moral no casamento e no sexo e declarar que é infalível. É contrário à intuição e à cognição humana, e, além disso, apesar de você ter citado o *sensus fidelium*, já que tocou no assunto, a Igreja, através do papa, e o laicato católico já se desentendem por causa da questão sexual faz anos, talvez há várias gerações.

— E eu imagino que você pense que é melhor árbitro em matéria de questões de moral sexual, certo? — indagou James, desdenhoso. Ele sabia que o velho amigo estava bêbado.

— Eu seria mais popular do que os árbitros atuais — disse Shawn. — Por que é que a Igreja Católica, especialmente a americana, é tão conservadora em matéria de sexo?

— A Igreja Cristã, desde o início, sempre acreditou que o sexo e o casamento impediam uma verdadeira união com Jesus Cristo, o que certamente foi o que inspirou a ideia de exigir que os sacerdotes fossem celibatários. Certamente é o motivo pelo qual eu já sou celibatário há tantos anos. O sacrifício me fez sentir decididamente mais próximo de Deus, sem sombra de dúvida.

— Legal você achar isso, mas não me surpreende, porque você é maluco. Afinal, tinha a Virginia Sorenson na palma da sua mão e a deixou escapar. E que bunda era aquela, hein, Jack?

— Era definitivamente bonita — disse Jack, que estava igualmente ciente do estado mental de Shawn. — E ela era também uma pessoa muito inteligente e afetuosa.

— Nunca nos contou o que houve entre você e Virginia — continuou Shawn, falando com a voz cada vez mais pastosa. — Você trepou com ela no fim de semana dos ex-alunos, hein, James? Eis a sua chance de finalmente contar a verdade aos seus amigos do peito. Afinal de contas, estávamos todos torcendo por você e sumimos de propósito para te dar espaço e privacidade.

— Eu me recuso a falar de algo que possa ser desrespeitoso para com Virginia — disse James, resoluto. — Vamos voltar a nossa discussão. Como foi que começamos a falar de infalibilidade papal e acabamos falando de sexo?

— Porque são duas coisas que estão ligadas — respondeu Shawn, olhando de relance para Jack, cujo silêncio ele sentia que não era normal.

— Como podem estar ligadas? — indagou James. — Nos tempos modernos, o poder da infalibilidade papal foi usado apenas duas vezes, e nenhuma delas envolvendo questões de moral ou sexo. Aliás, ironicamente, ambas as vezes em que foi usado, a primeira em 1854 e a segunda em 1950, envolveu dogmas associados à Virgem Santíssima. Em 1854, o papa Pio IX proclamou a Imaculada Conceição um dogma *ex cathedra*, o que, ao contrário da crença de muita gente, não diz respeito à concepção de Jesus Cristo, o filho de Maria, mas à da própria Maria; portanto ela, como seu filho, estaria livre do pecado original antes mesmo de nascer. Naturalmente, a segunda proclamação foi a *Munificentissimus Deus* de Pio XII, como já mencionei, que trata da Assunção de Maria em corpo e alma aos céus. Onde é que o sexo entra nisso?

— Não foram esses dois episódios de infalibilidade papal que causaram o problema atual. Entre a maioria dos papas que se sucederam através dos séculos, houve esse diálogo papal cada vez mais elaborado, afirmando que o sexo é ruim. Creio que o papa Gregório, o Grande, foi o primeiro que proclamou um absurdo, dizendo que todo desejo sexual é pecaminoso em si e por si mesmo. Agora, por causa da declaração moderna de infalibilidade papal, essas antigas crenças receberam uma nova legitimidade, pelo menos do ponto de vista do papa. Um papa moderno não pode desdizer o que um papa antigo disse sem ir contra sua própria legitimidade. E na arena das atitudes em relação ao sexo, esse problema é peculiar, porque uma boa parte do laicato agora tem uma visão nova e mais moderna de sexo, não como pecado, mas como sinal da própria divindade. O sacramento do matrimônio, que proporciona uma união sexual no amor, é agora mais sagrado aos olhos de muita gente. E, longe de ser ruim, é ao mesmo tempo uma afirmação e um dom de Deus. Creio que a Igreja precisa desistir desse reflexo que tem contra o sexo como pecado e afirmar que o prazer é divino e a mutualidade sexual é algo que se deve buscar. É uma coisa que faz total sentido. Por que um Deus Todo-Poderoso criaria o prazer do sexo e depois insistiria para que seus filhos não desfrutassem dele?

— Me parece que está justificando uma teologia bastante individualista — disse James.

— Talvez. Mas afirmo que faz mais sentido para mim como indivíduo do que a posição da Igreja, e é melhor ela reconhecer que a maior parte do seu laicato concorda comigo.

— Esse é um salto que infelizmente não vou poder aceitar.

— E essa falta de aceitação prejudica você e sua Igreja. Um bom exemplo é a questão do laicato. Tornando o celibato uma decisão pessoal em vez de da Igreja, seriam resolvidos o problema da molestação e o do recrutamento de padres, os dois ao mesmo tempo. É só tomar uma decisão pessoal para poderem existir padres doidos como você e padres normais que estarão em posição muito melhor para dar conselhos a seus rebanhos sobre casamento e criação de filhos, as questões centrais da maioria das vidas das pessoas.

— Shawn! — disse James. — Você está bêbado ou muito próximo disso, e me recuso a me ofender, seja lá do que queira me chamar ou o que diga. Mas me permita ser claro. Se publicar qualquer artigo dizendo que encontrou os ossos da Virgem

Maria no ossário que roubou do Vaticano, não só vai me prejudicar, que sou seu amigo, como também vai prejudicar centenas de outras pessoas, especialmente gente pobre, como no interior da América do Sul, cuja propriedade mais preciosa é a fé, e que costuma se concentrar na Virgem Maria, que veem como o modelo absoluto de crença e espiritualidade. Shawn, não faça isso, principalmente porque é acima de tudo com o objetivo de se vangloriar e se projetar.

— Objetivo de me vangloriar? — gritou Shawn. — Então acha que é o único que tem um objetivo sério na vida? Bem, vá se ferrar! Este ossário caiu do céu nas minhas mãos. Como sei que não foi o Senhor que interveio, sabendo que eu era alguém que instantaneamente detectaria o poder de sua verdade e seria capaz de usá-lo construtivamente?

— Não sabe se essa é a verdade — contradisse James. — Aí é que está!

— E é por isso que estou pesquisando — disse Shawn. — Quando terminar de abrir e traduzir os documentos...

— Em que língua foram escritos?

— Aramaico — respondeu Shawn.

James sentiu o coração quase parar. Tinha tido uma esperança súbita de que os pergaminhos de Simão tivessem sido redigidos em uma língua inadequada, para que isso o ajudasse a desacreditá-los, mas o aramaico devia justamente ser a língua nativa de Simão.

— Quando terminar de traduzir os documentos e Sana terminar o trabalho dela...

— Como é que o trabalho da Sana vai ajudar a provar ou negar a autenticidade dos ossos? — interveio James, irritado.

— Não faço a menor ideia — disse Shawn. — Não entendo inteiramente o que ela faz, mas indica nosso desejo de investigar de forma adequada o conteúdo do ossário até onde formos capazes.

— Sem pensar em quem vai prejudicar com isso?

— Vejo a coisa mais em termos de a quem isso pode ajudar, e incluo nisso a Igreja em si.

— Acredita de verdade que pode ter sido escolhido por Jesus Cristo para ajudar a conduzir sua Igreja? É isso mesmo que está me dizendo?

Shawn abriu as mãos como que se expondo.

— É possível — falou, mas a palavra saiu como "ossível", porque ele não era mais capaz de pronunciar o P.

James deixou a cabeça pender sobre o peito, até o queixo se encostar nele.

— A coisa é pior do que eu imaginava.

— Como assim? — indagou Shawn. Não estava bêbado a ponto de não notar uma mudança genuína no comportamento do amigo.

— Estou começando a temer pela salvação eterna da sua alma — disse James. — Ou isso, ou pela sua sanidade mental.

— Epa, agora está exagerando — retorquiu Shawn. — Estou me sentindo bem. Perfeitamente bem. Nunca me senti melhor na minha vida. Este ossário e seu conteúdo são o assunto mais fascinante que jamais abordei na minha carreira.

Sana de repente voltou da cozinha com um bolo de chocolate sobre o qual ela havia colocado velas, cantando "Parabéns pra você". Shawn e Jack cantaram também, enquanto Sana colocava o bolo na mesa de canto ao lado da poltrona de James. Quando terminaram de cantar, os três bateram palmas.

James, constrangido, se levantou da poltrona, fazendo as manchas rosadas em suas faces, semelhantes a contusões, ficarem mais escuras. Enchendo os pulmões de ar vagarosamente, soprou todas as velas, soltando o ar com força, durante alguns segundos, enquanto os outros aplaudiam.

Como sempre, ele não disse o que tinha desejado, se é que havia desejado alguma coisa; mas, se tinha, Jack fazia ideia do que havia sido.

24

21H23, SÁBADO, 6 DE DEZEMBRO DE 2008
CIDADE DE NOVA YORK

— Chama isso de estacionar? — indagou Jack, parando no meio-fio com as mãos nos quadris e contemplando a distância de mais de meio metro entre o Range Rover de James e o ponto onde ele se encontrava.

— Foi o melhor que consegui fazer — disse James. — Não me censure! Eu garanto que posso te dar uma carona com segurança.

Ambos entraram no carro. Jack fez questão de afivelar o cinto. Se era assim que James estacionava, seu amigo estava um tanto preocupado com o resto.

— Não tomou vinho demais, tomou?

— Aceso como estou, nem mesmo sinto que tomei vinho.

— É melhor eu dirigir — ofereceu-se Jack. — Bebi pouquíssimo.

— Estou bem — respondeu James, enquanto manobrava para sair da vaga apertada.

Eles atravessaram o West Village em silêncio, cada qual refletindo sobre a conversa tensa durante o jantar.

— Shawn é impossível — disse James, de repente, enquanto esperavam um sinal de trânsito ficar verde antes de entrarem na West Side Highway. — Naturalmente, ele sempre foi impossível.

— Ele sempre foi autêntico.

James olhou de relance na direção de Jack, distinguindo o perfil anguloso do rosto do amigo contra as luzes da rua.

— Não foi lá uma resposta muito solidária.

Jack olhou para o amigo, e o olhar de ambos se encontrou um momento antes de o sinal mudar e James voltar a dirigir.

— Desculpe — respondeu Jack. — E eu provavelmente não devia dizer nada para não piorar as coisas para você. Posso certamente perceber que está se sentindo nervoso, mas, do meu humilde ponto de vista, ele tem certa razão.

— Está do lado dele, então? — reclamou James, com um misto de surpresa e desânimo.

— Não estou do lado de ninguém — disse Jack. — Mas da última vez em que ele me convidou para jantar, como contei, e estávamos sozinhos, lavando os pratos, conversamos sobre você e seus êxitos impressionantes na hierarquia da Igreja. Isso o estimulou a me contar umas coisas que eu não sabia. Quando entramos em contato na faculdade, ele já era ex-católico, mas eu nunca soube por quê.

James lançou outro olhar rápido para Jack antes de voltar a atenção para a estrada.

— Não me diga! Ele não foi abusado por alguém, foi?

— Não, nada tão dramático quanto isso, mas quase.

— Isso é novidade — disse James. — Como assim "quase"?

— Porque eu não tive experiência com religião. Tendo sido criado em um lar ateísta, sinto-me meio sem graça contando esta história, mas vou tentar. Pelo jeito, no início da adolescência, ele adorava a Igreja e seus pais também.

— Sei disso — respondeu James.

— Então sabe que seus pais eram muito ativos na paróquia deles.

— Também sei disso.

— Bom, quando ele chegou à puberdade, não tinha muita preparação, talvez nenhuma. Ele conta isso de um jeito que é no mínimo muito engraçado. Pelo jeito, ele se masturbou pela primeira vez por acidente e para ele foi uma verdadeira surpresa. Estava tomando uma chuveirada e lavando os órgãos sexuais de um jeito que, quanto mais limpos ficavam, melhor ele se sentia, até ele ter um orgasmo, que descreveu como um prazer divino. Por motivos óbvios, esse episódio o inspirou a tomar muitos banhos, até três por dia, o que o fazia se sentir mais próximo de Deus e de todos os santos do que nunca antes.

James percebeu que estava rindo, apesar de se sentir constrangido. Podia claramente ver Shawn narrando um episódio desses, pois era um contador de histórias consumado. Um momento depois se calou, pois temia o desfecho da narrativa.

— Pelo jeito — continuou Jack —, passaram-se várias semanas de felicidade até ele descobrir o ensinamento do papa que mencionou esta noite.

— Está se referindo ao papa Gregório, o Grande? — perguntou James.

— Acho que foi esse — disse Jack. — Ele era mesmo assim tão negativo como Shawn insinuou?

— Era, sim.

— Bom, acontece que Shawn descreveu a colisão com o dogma antimasturbação da Igreja e sua própria experiência do divino como cataclísmica, principalmente quando ele descobriu que para receber a Eucaristia teria que confessar cada episódio de autogratificação e todo pensamento impuro, tal como as fantasias que tinha sobre a bunda de Elaine Smith.

— Essa bunda de Elaine Smith era tão inspiradora assim?

— De acordo com Shawn e com o número de vezes em que teve que confessar as fantasias de dar uma boa olhada nela, sim.

— Sei que essa história, apesar de engraçada, deve ter acabado mal; portanto, me conte logo.

— Shawn disse que travou essa batalha épica durante uns seis meses, tentando voltar a sua vida casta de antes para estar de acordo com o dogma da Igreja. E fazer isso o obrigou a confessar suas transgressões semana após semana, tanto que, para se lembrar do que tinha feito, ele começou a manter um diário muito preciso dos seus episódios de masturbação, que passaram a acontecer fora do chuveiro porque, como ele explicou, sua pele começou a ficar muito seca. Quanto a seus pensamentos impuros, eles haviam se expandido para outras partes da anatomia supostamente encantadora de Elaine Smith.

— Você está enrolando — disse James.

— Está bem — concordou Jack. — Desculpe. Como eu disse, esta batalha continuou durante meses, e Shawn estava fazendo o máximo para se lembrar de tudo que fazia e confessar toda sexta-feira, nos mínimos detalhes.

— E depois? — indagou James, impaciente.

— Shawn começou a notar que os dois padres que normalmente ouviam suas confissões começaram a ficar progressivamente interessados no que ele dizia.

— Ai, meu Deus, não!

— Não fique transtornado — avisou Jack. — Nada aconteceu, pelo menos concretamente.

— Graças a Deus!

— Só que, por mais detalhes que Shawn desse no confessionário, nunca era o suficiente. Acabou que toda semana os padres faziam cada vez mais perguntas, tanto que até ele, mesmo sendo um simples adolescente na puberdade, acabou percebendo que havia algo errado. A gota de água foi quando um dos padres ofereceu no confessionário para se encontrar com ele em algum lugar discreto e ajudá-lo a superar esse hábito que estava pondo sua alma em perigo.

— Eles se encontraram?

— Não, segundo Shawn. Em vez disso, quando a coisa chegou nesse ponto, para consternação de seus pais, Shawn resolveu que ele e a Igreja iriam romper relações, supostamente em caráter temporário, só que ele nunca mais voltou.

— Episódio mais infeliz esse — concordou James. — Foi uma pena ele não ter padres mais instruídos para ajudar num momento tão crucial.

— Mas não é essa uma das alegações do Shawn? Os padres celibatários provavelmente não são os melhores para aconselhar os jovens durante os conturbados momentos da puberdade, assim como não são os melhores orientadores para os jovens que vão formar uma família. Ter filhos é sempre bem mais problemático do que as pessoas imaginam, mesmo nas melhores circunstâncias. — E Jack não pôde deixar de se lembrar de sua situação atual.

— Não posso contestar isso, e é uma questão que rezarei para se resolver, só que agora preciso me concentrar no problema que tenho nas mãos.

— Está se referindo a sua esperança de convencer o Shawn a não publicar a descoberta?

— Exato.

— Eis o que penso: essa batalha vai ser dificílima de vencer. A menos que Shawn e a esposa apresentem alguma prova cabal de que os ossos não podem ser da Virgem Maria, ele vai publicar seu artigo afirmando que são, mesmo se não puder provar isso. Você não vai conseguir convencê-lo do contrário. Aquela sua estratégia de não mencionar o mal que ele vai causar à Igreja e afirmar que vai prejudicar você, pessoalmente, foi astuta, mas mesmo isso não o demoveu, principalmente depois que ele o obrigou a admitir que você mesmo não acreditava que era inevitável que fosse punido por seus erros.

— Infelizmente, acho que está com a razão — disse James, resignado. — Sou a última pessoa que devia estar tentando convencê-lo a não fazer uma coisa que ele genuinamente sente vontade de fazer, e se convenceu de que deve fazer, se pensa que é um emissário divino. Quando ouvi isso, percebi que não ia chegar a lugar nenhum. Graças a Deus que ele não está se considerando tão messiânico como eu temia quando ouvi isso a princípio.

— Por que pensa que é a última pessoa que devia estar tentando influenciá-lo? — indagou Jack. — Acho que é a pessoa perfeita para isso. Ele o conhece, confia em você, e você provavelmente tem a maior credibilidade eclesiástica de todos os sacerdotes deste país.

— Somos amigos demais — explicou James, ao sair da West Side Highway na altura da rua 96. — Sei que ele estava muito bêbado, mas mesmo assim se sente confortável me chamando de gordo, o que costumava fazer na faculdade quando estava zangado, e sabe que detesto, provavelmente porque é a pura verdade. Mas essa familiaridade me deixa numa posição claramente desvantajosa.

— Se não for você, quem vai fazer isso? — questionou Jack. — Espero que não esteja pensando em mim, porque, assim como a sua, minha argumentação também não surtiu efeito. Aliás, não surtiu efeito absolutamente nenhum. Até porque, comparado a vocês dois, não sei nada sobre a Igreja Católica.

— Onde é que você mora, mesmo? — perguntou James, depois de tranquilizar Jack, garantindo que não pretendia sobrecarregá-lo com esse problema a respeito de Shawn e Sana. Jack lhe deu a rua e o número da casa.

— Se não for eu, quem será? — persistiu Jack.

— Esse é que é o problema — disse James, ao se aproximar da casa de James. — Eu não tenho a mínima ideia, embora esteja começando a ter noção das qualidades que eu gostaria que essa pessoa tivesse.

— Como assim?

— Poder de persuasão, naturalmente, mas o mais importante seria que essa pessoa fosse absoluta e inteiramente devota da Santíssima Virgem. O que estou pretendendo encontrar é um jovem ou uma jovem que tenha dedicado sua vida totalmente ao estudo e veneração da Virgem Maria.

— É uma boa ideia — reconheceu Jack, endireitando-se no assento de repente. — Uma jovem atraente! Ou então poderíamos encontrar aquela velha amiga dele, Elaine Smith, principalmente se ela continua enxuta e se tornou especialista em mariologia.

— Sei que está tentando me descontrair com essa brincadeira, mas estou falando sério. Preciso encontrar imediatamente alguém que seja incrivelmente persuasivo e dedicado, contar essa história a ele ou a ela e obrigar Shawn a aturar essa pessoa durante alguns dias. É minha última esperança. Eu não tinha pensado ainda em fazer isso, porque estava torcendo para não precisar contar a ninguém essa história, pois queria evitar que mais gente soubesse da descoberta. Obviamente, decidi que é um risco que precisamos correr.

James parou no acostamento do lado diretamente em frente às escadas da varandinha na entrada da casa de Jack.

— Obrigado por ter vindo esta noite. Agradeço de coração por isso. E, por favor, agradeça por mim à sua esposa por permitir que você fosse. Diga a ela que estou ansioso para conhecê-la.

Depois de apertar a mão de James, Jack pôs a mão na maçaneta, depois olhou para o amigo.

— Como vai encontrar essa pessoa que me descreveu a tempo? Acho que nunca conheci ninguém que chegue nem perto de corresponder a esses requisitos tão rigorosos.

— Na verdade, acho que não vai ser tão difícil assim. O cristianismo nunca deixou de ter certa quantidade de fanáticos e zelotes. Felizmente, os primeiros bispos reconheceram essas pessoas e as apoiaram, gerando durante esse processo o conceito de monasticismo, segundo o qual as pessoas podiam se dedicar inteiramente a Deus ou, depois, à Virgem Maria. O monasticismo prosperou, como ainda hoje prospera. Só na minha arquidiocese há provavelmente cem ou mais dessas casas, sendo que de algumas delas a administração nem mesmo sabe, e que tentaríamos fechar se soubéssemos de sua existência. Vou começar a fazer uma rápida busca nessas instituições e encontrar a pessoa perfeita.

— Boa sorte! — desejou Jack, descendo do Range Rover e fechando a porta do carro. Depois, permaneceu parado na rua alguns minutos, acenando para James e vendo os faróis traseiros do seu carro irem diminuindo até chegarem à Columbus Avenue e desaparecerem quando o carro dobrou à esquerda. Subindo os degraus da casa de dois em dois, Jack se sentiu revigorado. Ele se sentia como se participasse de uma espécie de filme de suspense que estivesse se desenrolando na vida real, cujo desenlace lhe desafiava a criatividade e que ele sequer podia imaginar qual seria. A única coisa de que desconfiava era que Shawn não ia recuar facilmente.

* * *

James se sentia melhor do que se sentira o dia inteiro, especificamente, melhor do que durante o jantar inteiro. O plano B tinha surgido do nada, e ele se censurava ligeiramente por não ter pensado naquilo antes. Como os primeiros monges ajudaram a estabilizar a Igreja primitiva, especialmente depois de Constantino ter legalizado o cristianismo e deixado que as massas aderissem a ele, os monges de hoje em dia acudiriam a Igreja. James tinha certeza disso, e também de que iria encontrar a pessoa certa para cuidar do caso.

Suprimindo deliberadamente a vontade de correr demais para chegar logo em casa, onde tencionava colocar o plano B em ação imediatamente, James percorreu a Central Park West até o Columbus Circle. Dali pegou a Central Park South para atravessar até o East Side e deixar o veículo na garagem. Depois andou depressa até a residência, procurando fazer barulho de propósito ao passar pela porta da frente.

Logo ficou óbvio que não tinha feito barulho suficiente, pois nem o padre Maloney nem o padre Karlin apareceram. Presumindo que já tivessem se recolhido, nos seus quartinhos na água-furtada, no quarto andar, James subiu pelo elevadorzinho da residência, que raramente usava, até o último andar, rapidamente. Ao sair do elevador e pisar no corredor apertado, James bateu impiedosamente às duas portas, gritando que queria falar com os dois secretários no seu escritório assim que fosse possível.

Depois de fazer esse anúncio surpreendente e sem esperar resposta, James voltou ao elevador e desceu dois andares. Uma vez no seu escritório, acendeu as luzes e depois se sentou à escrivaninha para aguardar os secretários surpresos. Nunca antes James os havia perturbado depois de eles terem se recolhido à noite.

O padre Maloney foi o primeiro a chegar. Tinha apenas vestido o roupão xadrez sobre o pijama, que lembrava a James um espantalho por causa da altura, da magreza e do rosto encovado do pároco. Até mesmo seus cabelos ruivos, curtos e espetados semelhantes à palha, contribuíam para essa impressão.

— Onde está o padre Karlin? — exigiu James, sem dar nenhuma explicação para uma reunião assim, no meio da noite.

— Ele me disse, sem abrir a porta, que estaria aqui assim que pudesse... — respondeu o padre Maloney. Sua voz sumiu, como se estivesse esperando o arcebispo explicar o que tinha em mente, mas não recebeu explicação nenhuma.

James tamborilou com os dedos na escrivaninha, impaciente, mas, no momento em que ia pegar o telefone e ligar para o quarto do padre Karlin, o homem entrou no escritório. Ao contrário do padre Maloney, ele pensara o pior — ou seja, que ia ter que fazer serão — e tinha procurado se vestir dos pés à cabeça, colocando o colarinho eclesiástico e tudo o mais.

— Desculpe ter interrompido suas orações — disse James, para começar. Depois fez sinal para que ambos os secretários se sentassem. — Temos o que eu considero uma emergência. Não vou contar exatamente o porquê, mas vocês dois vão encontrar imediatamente para mim uma pessoa que seja carismática, persuasiva e encantadora sob certo aspecto. Mas, acima de tudo, ele ou ela deve ser fanaticamente apaixonado e zeloso quanto à Santíssima Virgem Maria. Quanto mais, melhor, e totalmente dedicado à Igreja, encarando sua vida como uma missão.

Os dois padres se entreolharam, cada qual esperando que o outro tivesse entendido o que o arcebispo estava lhes pedindo e como proceder melhor do que o outro. Como secretário principal, o padre Maloney falou:

— Onde encontraríamos uma pessoa assim?

James estava tão empolgado que não tinha paciência para aturar o que interpretou como pessimismo da parte dos secretários. Revirou os olhos diante daquela pergunta ridícula do padre Maloney.

— Eu que pergunto — disse James, com uma frustração indisfarçada. — Onde é que se podem encontrar seguidores superdevotos de Maria, a mãe de Deus?

— Suponho que em um dos movimentos e associações marianas da Igreja Católica.

— Muito bem, padre Maloney — respondeu James, com ligeiro sarcasmo, agindo como se estivesse dando uma aula de catecismo a pré-adolescentes. — Começando ao raiar da aurora, quero que comece a ligar para essas instituições e a falar com os abades, madres superioras ou diretores delas para dizer que decretei uma emergência arquidiocesana para encontrar a pessoa certa. Diga a eles que é um assunto grave, pois essa pessoa irá trabalhar sob minha orientação durante uma semana ou mais, desempenhando uma missão da mais alta importância, ligada à Virgem Maria e à Igreja em geral. E deixem claro que isso não é um prêmio pelas tribulações passadas de ninguém. É para o aqui e agora. Não estou procurando nenhum estudioso de mariologia, velho e ilustre. Estou, na verdade, procurando uma pessoa jovem, cheia de zelo juvenil, misticamente capaz de expressar esse zelo aos outros. Entenderam bem?

Tanto o padre Maloney quanto o padre Karlin confirmaram, rapidamente. Nunca tinham visto seu patrão, em geral muito autocontrolado, falar daquele jeito, com tanto fervor.

— Eu mesmo participaria dessa busca, mas preciso celebrar a missa de manhã e pregar a homilia, que ainda nem redigi. Preciso ter certeza de que vocês dois não vão me deixar na mão. Quando eu voltar aqui para a residência, por volta de meio-dia, quero que haja pelo menos um ou, segundo espero, mais de um candidato para eu entrevistar. Como o tempo deve ser bom hoje, pode ser que vocês precisem usar um helicóptero. Uma vez mais pergunto: vocês dois entenderam ou não?

— Não nos contou o que essa pessoa vai fazer, exatamente — respondeu o padre Maloney — e disse especificamente que não contaria. Mas tenho certeza de que os abades, madres superioras e diretores vão me fazer essa pergunta. O que devemos responder?

— Responda que é meu julgamento que ninguém além do indivíduo selecionado deve ter conhecimento desse problema que a arquidiocese enfrenta.

— Pois bem — disse o padre Maloney, levantando-se e apertando o roupão ainda com mais força em torno do corpo magricela. O padre Karlin também se levantou.

— Isso é tudo — disse James. — E rezo para que sejam bem-sucedidos.

— Obrigado, Vossa Eminência — falou o padre Maloney, fazendo uma ligeira reverência antes de recuar até a porta, seguindo o outro padre.

Enquanto os dois subiam as escadas do segundo para o terceiro andar, o padre Karlin, que estava na frente, disse ao outro, que começava a subir naquele instante:

— Essa é sem dúvida a mais esquisita missão que já recebi desde minha chegada aqui há cinco anos.

— Acho que sou obrigado a concordar.

Ao pé do lance de escadas que levava ao quarto andar, o padre Karlin hesitou e esperou seu colega.

— Como vamos conseguir os telefones dessas associações marianas?

— Há muitas formas — respondeu o padre Maloney. — Principalmente agora, com a internet. Além do mais, estava claro que o cardeal quer uma pessoa especialmente extremista. Para isso, precisamos entrar em contato com a organização católica mais radical que há. Talvez, se tivermos sorte, com uma ligação só resolvemos esse problema.

— Sabe qual é a organização mais fanática?

— Acho que sei — disse o padre Maloney. — Um amigo da minha família entrou em contato comigo há muitos anos para tentar tirar o filho dessa organização, a Irmandade dos Escravos de Maria. Nunca tinha ouvido falar dela, e não fica assim tão longe, literalmente no alto da serra das Catskill Mountains, embora figurativamente seja em outro planeta. Parece que é uma recriação de uma associação mariana fanática do século XVII, cujas práticas o papa Clemente X se sentiu na obrigação de proibir.

— Nossa — disse o padre Karlin. — E que tipo de práticas eram?

— Usar correntes e outros instrumentos como penitência pelos pecados da humanidade.

— Meu Deus do céu — acrescentou o padre Karlin. — Você conseguiu tirar o filho do homem de lá?

— Não. Fiz uma infinidade de ligações e até fui lá para uma visita. Ele obviamente adorava aquele lugar, como se fosse tudo de que precisava na vida. Não sei se ainda está lá ou não. Faz algum tempo que não tenho contato com essa família, porque eles acharam que não me esforcei o suficiente.

— Ainda tem os telefones de contato?

— Tenho. É essa a primeira instituição com a qual vou entrar em contato. Naturalmente, se o cardeal soubesse da existência dessa sociedade e a visitasse, ele provavelmente mandaria fechá-la.

— É uma ironia, principalmente se encontrarmos alguém lá que corresponda às necessidades do nosso cardeal.

25

12H04, DOMINGO, 7 DE DEZEMBRO DE 2008
CIDADE DE NOVA YORK

James se sentia inebriado ao sair da catedral perfumada pelo incenso e voltar para sua residência. O local estava lotado para a missa solene, sendo que havia pessoas de pé nos corredores e nem mesmo um lugar disponível na nave inteira. O coral tinha cantado sem um erro sequer, e seu sermão havia sido perfeito e bem-recebido pela congregação. Na noite anterior, depois que os secretários saíram do seu escritório para dormir nas suas águas-furtadas, James havia decidido concentrar a homilia daquela manhã no papel de Maria na Igreja moderna, tanto porque era um tema apropriado para a festividade do dia seguinte, como também porque fazia já diversos dias que este tema não saía da sua cabeça.

Agora, que o estresse da missa solene tinha passado, James estava ansioso para voltar a Shawn, Sana e o problema do ossário. Sabia que a semana seguinte seria crítica e rezava para que seus secretários tivessem feito algum progresso. Ao subir as escadas, a primeira coisa que viu foi que no banco de madeira logo ao lado da porta do seu escritório havia o que lhe pareceu um jovem louro de 15 ou 16 anos, de rosto belíssimo, sorriso beatífico e cabelos dourados lustrosos até os ombros. James, depois de desviar os olhos, tornou a olhar, como se pensasse ter tido uma visão do arcanjo Gabriel. O rapaz estava com um hábito preto, com capuz, cingido por um cordão azul-médio.

Procurando se conter com certa dificuldade, James desviou os olhos do menino e entrou no seu escritório. Rapidamente, sentou-se à sua escrivaninha de carvalho enorme para recuperar o fôlego, sabendo que o padre Maloney apareceria em breve, sem dúvida. A pergunta que surgiu na cabeça de James era se o menino teria ou não sido escolhido como o possível intervencionista. Se fosse o caso, o impacto imediato do garoto em James tinha sido incrível, coisa com a qual ele estava contando. Mesmo assim, por mais promissor que o rapaz lhe parecesse, era muito jovem, um adolescente, e James se perguntou se poderia confiar em alguém tão imaturo para uma tarefa tão importante assim.

Enquanto o cardeal esperava, a porta se abriu depois de uma batida forte, e o secretário entrou. O padre Maloney rapidamente se aproximou da mesa de James e lhe entregou a pasta que trazia consigo.

— O nome dele é Luke Hester, e sim, ele definitivamente foi batizado com esse nome por causa do evangelista Lucas.

— Ele é impressionante — disse James. — Preciso reconhecer que você escolheu bem, mas não seria jovem demais para uma emergência teológica? Ele vai ter que usar um pouco de psicologia inata.

— Se verificar o resumo da biografia que consegui fazer, verá que ele é mais velho e, portanto, possivelmente mais sábio do que essa aparência angelical e jovem dele sugere. Ele tem 25 anos e vai fazer 26 daqui a apenas alguns meses.

— Nossa — exclamou James. Ele colocou a pasta sobre a mesa e abriu a capa, olhando a data de nascimento do rapaz. — Eu nunca teria adivinhado.

— Houve uma espécie de problema hormonal leve que nunca foi investigado a fundo — disse o padre Maloney. — Mas esse problema já foi resolvido, e os hormônios dele agora estão normais. Os irmãos do lugar onde ele mora mandaram avaliá-lo e ele foi submetido a tratamento há alguns anos, aqui na cidade.

— Entendo — disse James, lendo superficialmente a biografia do rapaz e descobrindo que Luke era filho único de uma mãe católica extremamente devota e de um pai católico não praticante. O menino tinha fugido de casa para ir morar em uma sociedade mariana chamada Irmandade dos Escravos de Maria quando completou 18 anos.

— Falou com ele?

— Falei. Acho que ele é quem vai se aproximar mais do indivíduo que me descreveu ontem à noite, pelo menos se aproxima mais do que qualquer um que eu tenha conhecido. *Carismático* é pouco para descrevê-lo. Ele também é irresistivelmente inteligente.

— Ele é devoto de Maria?

— Totalmente, de todo o seu coração e de toda a sua alma. É uma homilia ambulante e falante sobre a Virgem Maria.

— Obrigado, padre Maloney. Peça a ele para entrar, por favor.

Meia hora depois, James estava tão convencido quanto o padre Maloney. Do ponto de vista de James, se Luke tivesse sido enviado por um caçador de talentos, não poderia ser mais adequado. Sua vida relativamente curta não tinha sido fácil, pressionado por um pai violento e alcoólatra e uma mãe vitimizada e excessivamente indulgente, e dois sacerdotes suburbanos que o haviam decepcionado. James detestou ouvir a história dos padres, principalmente depois de ter escutado uma semelhante na noite anterior sobre Shawn. Mas o que gostou mesmo de ouvir foi como Luke havia descoberto a Virgem Maria e como ela o salvara, e o fizera voltar a confiar na Igreja em si.

Depois que James se convenceu de que Luke era um bom candidato ao salvador de que necessitava, o arcebispo mudou de assunto e passou a falar do problema que representavam Shawn e sua esposa e o ossário, mas primeiro extraiu de Luke um juramento solene de segredo com base em seu amor pela Santíssima Virgem.

— O problema de que estou falando envolve a mãe de Deus, por coincidência — disse James, assim que Luke deu a palavra de que não divulgaria o segredo. James lhe contou toda a história da descoberta do ossário, sua certeza de que era falso, o transporte ilegal do ossário para os Estados Unidos, e a recente abertura dele. Depois descreveu como Shawn estava disposto a lesar a reputação da Virgem insinuando que os ossos do ossário eram dela, e, portanto, desacreditando a infalibilidade do papa. — Será uma reprovação devastadora tanto para Maria quanto para a Igreja. E só você poderá se colocar entre o Dr. Daughtry e essa abominação.

— Será que sou digno? — indagou Luke, em uma voz mais grossa do que se esperaria, diante de sua aparência jovem.

— Como arcebispo, creio que você é digno e qualificado de maneira especial por sua veneração da Santíssima Virgem. Embora não vá ser uma tarefa fácil, pois creio que seu oponente tem ajuda e a atenção de Satã, é preciso que seja bem-sucedido a qualquer custo.

— Como poderei cumprir esta missão? — indagou Luke, em um tom que não correspondia à aparência juvenil.

James se recostou no espaldar da cadeira e refletiu por um momento. Na verdade, não tinha pensado no que seria feito depois que ele encontrasse a pessoa perfeita, mas, agora que achava que tinha encontrado essa pessoa, tentou planejar os detalhes. Primeiro, é claro, era preciso manter Luke e Shawn em contato durante um bom tempo. Só então Luke teria oportunidade de transmitir a Shawn a devastação que ele pessoalmente sofreria caso o arqueólogo levasse adiante seus planos de publicação.

— O que vou fazer é convidá-lo para passar uns tempos como hóspede dos Daughtry, morando com eles no Village. Isso lhe dará acesso e tempo. Disse que ficaria aqui na cidade durante uma semana ou mais, certo?

— Correto, mas não me sinto disposto a ficar tanto tempo, Vossa Eminência. Não me permiti até hoje ter ocasião de pecado desde que me mudei para a comunidade dos irmãos.

— Vai estar ocupado demais para se preocupar em ser tentado — garantiu James. — Como eu já disse, essa não vai ser uma tarefa fácil. Aliás, pode nem funcionar, mas é preciso que faça o máximo possível. Eu tentei, mas falhei. Tenho inteira confiança, porém, de que no fundo, bem no fundo do coração, o Dr. Daughtry é um católico fervoroso. Ele só precisa voltar a entrar em contato com esse lado de si mesmo.

— E se o Dr. Daughtry e a esposa me repudiarem?

— É um risco que temos que correr — respondeu James. — Eu ainda gozo de certa influência com o meu amigo, que tentarei usar a meu favor para evitar que ele o rejeite. Além do mais, vou ser inteiramente franco com ele e lhe dizer exatamente por que você vai passar uma temporada lá para evitar surpresas. Deus o escolheu para ser o salvador da reputação da Virgem Maria e de sua posição na Igreja, como criatura isenta de pecado e, portanto, digna de subir aos céus em corpo e alma.

— Quando posso começar essa missão? — indagou Luke, sôfrego para iniciar.

— Acho que pode ser ainda hoje, mais tarde — disse James. — Eis o plano. Eu vou mandar um dos meus secretários levá-lo à catedral, onde gostaria que orasse para obter orientação do Senhor para desempenhar este papel em defesa de Maria e da Igreja. Enquanto estiver lá, vou sair e preparar sua recepção. Podia fazer isso por telefone, mas acho que em pessoa será melhor. Se não tiver sucesso em conseguir que seja convidado para passar a noite e uma boa parte da semana na casa dos Daughtry, conforme espero, então ficará aqui conosco no nosso quarto de hóspedes. Concorda?

— Estou agradecido pela oportunidade, Vossa Eminência.

— Eu é que agradeço — disse James, pegando o telefone e chamando o padre Maloney.

Embora ainda não tivesse certeza de que o plano B funcionaria, James se sentiu melhor do que havia se sentido desde a chegada do ossário. Pelo menos tinha um plano e estava fazendo alguma coisa. Voltando a seu apartamento particular, James tornou a se vestir à paisana, como estava na noite anterior na casa dos Daughtry. Ele até conseguiu reconhecer no seu suéter um cheiro que o fez recordar o fogo de lenha na lareira da noite anterior. Era um aroma agradável, que o fez se lembrar de seu retiro no Green Pond.

Sem dar nenhuma explicação ao padre Karlin, que estava sentado em frente ao escritório, James saiu, desceu até o primeiro andar e usou o corredor entre sua residência e a catedral pela terceira vez naquele dia. Quando estava frio daquela maneira, era um luxo bem-vindo. No meio do caminho, encontrou-se com o padre Maloney, que disse que tinha deixado Luke na nave central.

— Foi uma descoberta magnífica, esse rapaz — comentou James. — Se o que estou tentando fazer realmente der certo, todos ficaremos em dívida para com ele. Ele é exatamente o que eu tinha em mente.

— Estou feliz por ter sido útil, Vossa Eminência — disse o padre Maloney. E, erguendo bem a cabeça para ficar ligeiramente mais alto, ele saiu andando confiante para a residência.

Enquanto James passava pela catedral, fez questão de dar uma olhada rápida no seu novo monge guerreiro. Ele estava, conforme o arcebispo havia instruído, ajoelhado, rezando, os olhos azuis fechados, mas com o mesmo sorriso beatífico no rosto. Como se atraído, tal qual moscas pelo mel, um grupo de pessoas estava reunido em torno dele, o que fez James imaginar se ele é que as atraía ou se elas o atraíam.

Saindo incógnito pela porta da frente da catedral, diretamente na Quinta Avenida, James fez sinal para um táxi. Entrando no veículo, ele pediu para ir até a junção da 26 com a Primeira Avenida. Ficou aliviado por não ter sido reconhecido ao sair da própria igreja.

Como o trânsito estava tranquilo, o motorista chegou rápido. Durante a viagem, James tirou o celular do bolso e ligou para Jack. Como se tivesse pulado para atender a ligação, Jack atendeu antes que o telefone terminasse de tocar a primeira vez.

— Puxa, você atendeu rápido — disse James. — Estava esperando minha ligação?

— Pensei que fosse minha esposa, Laurie.

— Desculpe decepcioná-lo.

— Não, de jeito nenhum. Aliás, estou até aliviado. Quando saí de casa, esta manhã, nosso bebê estava infeliz. Eu fiquei preocupado, achando que ele tinha piorado. Como vai você?

— Onde você está agora?

— Com Sana e Shawn aqui no prédio de genética do IML.

— Estava torcendo para estar aí.

— Por quê?

— Simplesmente porque estou indo exatamente para aí. Pergunte a Shawn se ele se importa e se serei bem-vindo.

Jack se afastou do telefone e James o ouviu fazendo o pedido a Shawn e ouviu quando o arqueólogo concordou, entusiasmado.

— Escutou isso? — indagou Jack, voltando a falar.

— Escutei.

— Quando vai chegar? Vou ter que descer para pedir à segurança para deixá-lo entrar.

— Bem depressa — disse James. — Estou em um táxi na Park Avenue, passando pela 36 neste exato momento.

— Vou começar a descer agora mesmo — disse Jack.

Em cinco minutos, o táxi de James descia a 26. James mandou o motorista atravessar a Primeira Avenida e deixá-lo no acostamento. Jack estava esperando logo depois da porta giratória do edifício.

— Muito obrigado por me dar uma carona até minha casa ontem à noite — disse Jack.

— Foi um prazer — respondeu James.

Depois que Jack garantiu que James era de confiança, conseguindo que passassem facilmente pela segurança, os dois subiram pelo elevador.

— Encontrei meu zelote para convencer Shawn — anunciou James, quando eles saíram, no oitavo andar.

— É mesmo? — comentou Jack. Estava surpreso. — Que rapidez! Quando descreveu o tipo de pessoa que estava procurando, eu só consegui pensar “boa sorte”. Achei que levaria meses.

— Tenho secretários competentes.

— Você precisa ter.

Eles chegaram à porta do laboratório em que Sana e Shawn estavam trabalhando, e Jack bateu. Shawn, que estava sentado à mesa central, de costas para a porta, pulou do banco e veio abri-la.

James entrou, um tanto preocupado com o que poderia encontrar ali dentro, e seus temores foram rapidamente confirmados. Diante de si estavam os ossos do ossário, distribuídos na mesa em posições anatômicas. Mesmo tendo certeza, no fundo do coração, de que não eram os ossos da Virgem Maria, vê-los dispostos assim de forma tão irreverente lhe pareceu um sacrilégio semelhante ao modo como ele se sentira vendo Shawn e Sana depositarem o ossário no porta-malas sujo do táxi. James percebeu que estava trêmulo.

— Qual é o problema, hein? — perguntou Shawn, percebendo o constrangimento do amigo.

— Esses ossos — disse James, com esforço. — Me parece um desrespeito. É como olhar para alguém despido.

— Seria melhor que eu os cobrisse com uns aventais enquanto você estiver aqui? — perguntou Shawn.

— Não é necessário — insistiu James. — Foi só o choque inicial.

Em vez de olhar os ossos, James dirigiu sua atenção para a área de trabalho de Shawn na extremidade da mesa, onde viu o primeiro dos três pergaminhos imobilizado, e a geringonça de umidificação a frio disposta ao lado de uma pilha de vidraças. Era óbvio que aquele processo de desenrolar os pergaminhos estava prosseguindo a passo de lesma.

— Está tendo problemas? — indagou James, curvando-se para olhar a escrita em várias páginas que já haviam sido desenroladas.

— É um processo muito delicado — concordou Shawn.

— É um lindo manuscrito em aramaico — comentou James. — Descobriu mais alguma coisa?

— Depois das duas muito esclarecedoras páginas, o texto passou a ser uma autobiografia falando da infância de Simão e de como se tornou aprendiz de magia. Parece que já era bem-sucedido desde o início.

— Como Sana está indo no trabalho com o DNA mitocondrial? — quis saber James. Ele olhou pela porta de vidro, através do vestiário, e depois através de outra porta envidraçada, para o laboratório em si. James podia ver Sana passando apressada de um lado para outro com uma expressão decidida no rosto.

— Se quiser entrar, vai ter que se vestir e colocar luvas e um capuz. Ela está sendo muito cuidadosa para evitar contaminação. Não faço a menor ideia de como vai a análise. Quando chegamos, esta manhã, ela foi direto para lá depois de vestir o uniforme cirúrgico. Desconfio que ela está se saindo muito bem. Senão, tenho certeza de que já teria vindo aqui reclamar. Graças a Jack, ela conseguiu um laboratório magnífico onde trabalhar, com equipamentos de ponta.

James bateu ruidosamente na porta do vestiário na esperança de atrair a atenção de Sana. Percebeu que tinha conseguido, porque ela de repente parou de andar e ergueu a cabeça como se prestasse atenção. James voltou a bater no vidro e acenou. Ela retribuiu o aceno. Depois ele sinalizou para que viesse para a sala externa, o que ela fez.

— Bom dia, James — disse Sana, ao meter a cabeça coberta por um gorro no escritório. — Ou já é de tarde?

— Agora é de tarde — falou o cardeal. — E se importaria se eu pedisse para conversarmos por uns minutos? Eu tenho uma proposta a fazer a vocês dois.

Sana hesitou, percebendo que ia ter que tirar o traje de isolamento se tivesse que ir para a outra sala. Decidindo que não seria lá tão inconveniente assim fazer isso, ela passou além da porta que estava mantendo entreaberta e a deixou fechar-se atrás de si.

— Que tipo de proposta? — perguntou Shawn, ressabiado.

— É, o que você tem em mente? — indagou Sana, retirando o gorro.

— Primeiro me deixe perguntar a vocês: como vai a pesquisa? — quis saber James. — Percebi que Shawn está progredindo, embora não tão rápido quanto gostaria.

— Estou indo extremamente bem — informou Sana. — O laboratório é moderno, equipado com aparelhos modernos e convenientemente planejado para maximizar a produtividade. Esta tarde mesmo já vou poder fazer a extração com as centrífugas. Neste exato momento, minha amostra de polpa está imersa em solventes com detergente para abrir as células e protéases para desnaturar as proteínas. Nessa velocidade, eu poderei proceder à reação em cadeia pela polimerase amanhã.

— Não é preciso me dar todos os detalhes — disse James. — Para mim isso é tudo grego!

Todos riram, até James.

— Em segundo lugar, gostaria de agradecer pela maravilhosa noite de ontem e dizer que a comida estava sensacional!

— Obrigado, padre — respondeu Sana, corando um pouco.

— Desejaria que pudesse dizer o mesmo da companhia — acrescentou James, com uma risadinha para indicar que era só brincadeira. — Naturalmente, estou brincando, mas fiquei decepcionado quando descobri que meu desejo de excluir a Santíssima Virgem de toda esta pesquisa não vai se realizar. Pelo menos, não desta vez. Estou certo em dizer isso, Shawn?

— Certíssimo. E não sei como poderia ser mais claro. Ontem à noite confesso que fiquei de porre, e não consigo me lembrar de jeito nenhum de tudo que disse. Peço desculpas por isso, mas creio que deixei bem claras minhas intenções em relação ao ossário e seu conteúdo.

— Foi muito claro, realmente — falou James. — Claro o suficiente para que eu passasse uma boa parte do meu tempo pensando no assunto e rezando depois de sair da sua casa ontem à noite para que Deus me orientasse sobre o que fazer para tentar convencê-lo a não seguir com seus planos. Antes de tudo, desisti de tentar convencer eu mesmo. Nós nos conhecemos bem demais, como você mostrou ao me chamar de gorducho.

— Meu Deus! — gritou Shawn, dando um tapa na testa. — Não me diga que te chamei de gorducho. Que falta de respeito da minha parte! Mil perdões, meu caro amigo.

— Mas infelizmente você me chamou disso, sim — respondeu James. — Só que o perdoo, pois não fiz praticamente nada para evitar que você me chamasse disso; aliás, apropriadamente. Bom, mas vamos adiante. Decidi permitir que vocês dois continuem estudando o conteúdo do ossário, só que com uma condição.

Um sorrisinho zombeteiro surgiu no rosto de Shawn.

— O que o faz pensar que está *permitindo* que nós façamos o nosso trabalho? Do meu ponto de vista, seus desejos são relativamente irrelevantes, embora, sendo realista, uma ligação sua para o patrão de Jack talvez fosse suficiente para que nos pusessem no olho da rua. Mas, se isso acontecer, nós simplesmente iremos trabalhar em outro lugar.

— Às vezes me surpreendo com sua ingenuidade, juro que sim — disse James. — Antes de tudo, ainda não reconheceu que a prova de que esses ossos pertenciam à Virgem Maria depende da palavra de Simão Mago ao seu assistente, Saturnino, afirmando que eram. De um ponto de vista teológico, que é no que se resume tudo isto, você baseia sua argumentação na pior fonte possível. Se Simão só queria trocar os ossos pelos poderes de cura de Pedro, não haveria necessidade de fazer o esforço extra de conseguir os ossos verdadeiros. Quaisquer ossos de mulher serviriam, de modo que acredito que estes sejam um embuste. São ossos de uma mulher qualquer do século I, não da Virgem Maria.

— Eu contra-argumento com a afirmação de Saturnino sobre a decepção de Simão quando os ossos em si não lhe concederam poder de cura. Se não fossem comprovadamente da Virgem esses ossos, ele não teria desconfiado nem esperado que os próprios transmitissem o poder de curar.

— Eu desisto de continuar argumentando com você — disse James, erguendo uma das mãos. — Como já disse antes, desisti de tentar fazer você mudar de ideia eu mesmo. Mas, quanto ao meu poder de detê-lo, pense só no seguinte: a menos que aceite a minha condição, estou planejando apelar para as autoridades hoje mesmo. Pode parecer o último recurso de alguém desesperado, mas estou desesperado pela Igreja e por mim. Vou declarar que o ossário é falso e que você é um ladrão. Portanto, em vez de ser considerado um cúmplice, mais provavelmente serei transformado em herói por me arriscar a expor esse ataque de um herege à Igreja.

— Não seria capaz de fazer isso — respondeu Shawn, mas sem muita confiança. Afinal, se estivesse em uma armadilha como essa em que James estava, talvez fizesse exatamente o mesmo. Não havia como ele sair perdendo na história do ossário, mas James não tinha nada a ganhar, e tudo a perder.

— Vou entrar em contato com a Pontifícia Comissão de Arqueologia Sacra hoje mesmo, comunicar que você abusou da cortesia inicial que foi concedida e deixá-los entrar em contato com seus ramos nos governos da Itália e do Egito, que não irão levar na brincadeira essas suas fanfarronices e exigirão que vocês dois sejam presos, você e Sana. Se vai haver extradição, não sei, mas o que sei é que o ossário e tudo que ele contém vão ser imediatamente devolvidos, assim como o códice e a carta de Saturnino.

— Isso é extorsão! — gritou Shawn.

— E como você chamaria o que vem fazendo comigo?

— Isso é um ultraje — prosseguiu Shawn.

— Qual é a condição que mencionou? — perguntou Sana.

— Felizmente um de vocês dois, conspiradores, é uma pessoa sensata — disse James. — A condição é muito simples e inócua. Encontrei um encantador, até mesmo radiante, jovem que dedicou sua vida a Maria e mora em um mosteiro mariano há oito anos. Quero que o escutem e sintam sua paixão pela Virgem e que façam isso não só de passagem, numa entrevista, o que faria com que dessem seus ouvidos a ele protegendo o seu coração. Quero que passem algum tempo a seu lado. Para ser realista, de quanto tempo mais acham que vão precisar para estudar o conteúdo do ossário?

Shawn olhou para Sana, que respondeu:

— Minha parte do estudo, conforme já falei, está indo extremamente bem. Se não houver surpresas, mais ou menos uma semana, no máximo.

— É mais difícil prever no meu caso — admitiu Shawn. — Depende de quanto tempo vou levar para desenrolar os pergaminhos. Meus cálculos e esperanças são de que, depois de mais um ou dois ciclos de 360 graus, ele se torne cem por cento mais fácil. Segundo a minha experiência, o grau original de umidade causou mais problema no caso das páginas mais próximas da superfície do pergaminho. Com essa variável em mente, eu diria que posso levar de uma semana a dois meses, não há como determinar ao certo.

— Muito bem, então — disse James. — Vou aceitar que vocês convidem Luke Hester para passar uma semana em sua casa. Mas precisam realmente se sentar para conversar com ele, com calma. Precisam investir nele e se interessar pela história de sua vida, que não foi das mais fáceis. O homem já sofreu muito, mas, com a ajuda da Santíssima Virgem, superou suas provações e tormentos. Em outras palavras, precisam ser hospitaleiros com ele e tratá-lo como um genuíno hóspede, como o filho de um de seus mais íntimos amigos.

— O que é ser hospitaleiro? — perguntou Shawn, preocupado. De certa forma, aquela condição lhe parecia fácil demais. Em outros aspectos, ele já estava achando que ia levá-lo à loucura. Shawn nunca tinha sido bom para bater papo, a não ser com mulheres atraentes em bares com o auxílio de uma dose de lubrificante alcoólico.

— Acho que isso é intuitivo — disse James.

— Qual é a idade desse homem? — indagou Sana.

— Vou deixar que descubram — respondeu James. — A idade dele não condiz com a aparência. Achei muito fácil conversar com ele, e ele é, como eu já disse, cativante e inteligente. Naturalmente, ele deve ter algumas cicatrizes psicológicas por causa de sua infância atribulada, mas não as percebi ao entrevistá-lo.

— Espero que não esteja nos impingindo algum cristão renascido jovem com mania de tentar converter os outros — falou Shawn. — Não sei se iria aguentar uma semana de catecismo.

— Já mencionei que ele é cativante — disse James. — E falo sério. Já contei a ele toda a história do ossário; portanto, vão ter muitas coisas em comum sobre as quais conversarem. E agora, o que eu gostaria de saber é se nós todos entendemos bem qual é o trato. Vou lhe dar um celular para ele poder ligar para mim. Se ele me ligar reclamando que um de vocês dois não está falando com ele como deve, vou ter que cancelar nosso acordo. Compreendem? — E James olhou para Shawn e Sana, cada um de uma vez, para certificar-se de que tinha a plena concordância de ambos. A última coisa que queria era que um deles, depois do fato, reclamasse de que não havia entendido o trato. O problema das ameaças era que, para que elas funcionassem, era preciso estar disposto a cumpri-las.

— Quando é que essa semana com o hóspede vai começar? — perguntou Sana.

— A que horas vão chegar em casa hoje à noite? — indagou James.

— Mais ou menos às cinco da tarde — disse Sana.

— Ele vai aguardar à sua porta.

— Espere um segundo — disse Shawn. E olhou para Sana. — Estamos planejando sair para jantar esta noite, pois Sana trabalhou muito na cozinha ontem.

— Não tem problema — disse James. — Ele tem muito boa aparência. Será uma boa forma de se familiarizarem com ele em terreno neutro.

— Vamos ter que levar um estranho para jantar conosco? — reclamou Shawn.

— Por que não? É uma boa maneira de iniciar o relacionamento. Imagino que se passou um bom tempo desde que alguém o tenha levado para jantar fora, se é que ele já fez isso alguma vez. Pense em como vão acrescentar uma nova experiência à vida desse homem.

— E quem vai pagar a refeição dele? — indagou Shawn.

— Não acredito que esteja me perguntando isso — disse James. — Mas eu devia acreditar. Você ainda é tão mão de vaca quanto nos tempos de faculdade.

— Mas com certeza — disse Jack, expressando sua opinião pela primeira vez naquela tarde.

— Sou obrigado a aturar esse cara, mas isso não significa que preciso pagar as despesas dele — falou Shawn em sua defesa.

— A arquidiocese vai pagar a refeição do Sr. Hester esta noite, mas não a sua, filho pródigo. Guarde os recibos e anote o que gastar, se espera receber reembolso.

— Não tem problema — disse Shawn. — Agora, com licença, mas tenho que voltar ao meu trabalho.

26

17H05, DOMINGO, 7 DE DEZEMBRO DE 2008
CIDADE DE NOVA YORK

Luke Hester nunca tinha se sentido tão vulnerável quanto de pé diante da casa de madeira dos Daughtry sob o cone de luz de um refletor apontado para baixo. Ele tinha acabado de usar a aldrava para anunciar sua presença, e o ruído alto e intenso o havia surpreendido e atiçado as labaredas do seu nervosismo. Virando-se, ele observou o veículo no qual o levaram até o Village, com o arcebispo sentado ao volante. Encabulado, Luke acenou. O arcebispo retribuiu o gesto e fez um sinal de positivo com o polegar. Luke retribuiu com o mesmo gesto, desejando sentir pelo menos a metade da confiança que o arcebispo parecia sentir de que ele, Luke, seria bem-sucedido na conversa com o casal de cientistas para convencê-los a deixar de publicar artigos que iriam prejudicar a imagem da Virgem Maria e a Igreja. O que o deixava mais hesitante era o fato de o cardeal ter afirmado que o Dr. Daughtry tinha a atenção e a ajuda de Satã. Como consequência disso, Luke estava apavorado diante da perspectiva de enfrentar quem aparecesse para abrir aquela porta.

Talvez o maior motivo pelo qual Luke não havia se permitido sair do mosteiro sozinho desde que fugira para lá, oito anos antes, fosse o medo de ter que se confrontar com Satã, e, no entanto, estava ali para fazer exatamente isso. E embora tivesse sido forçado durante a adolescência a enfrentar Satã diariamente, através do seu pai ímpio, Luke reconhecia que ainda era provavelmente a pessoa menos capaz de enfrentar o Príncipe das Trevas, fosse lá em que nível fosse.

Além dessa sensação de incômodo e vulnerabilidade, havia ainda a questão de suas roupas. Havia sido ideia de James lhe dar outras, porque achava que usar o hábito da Irmandade dos Escravos de Maria seria demais para Shawn, de modo que os padres Maloney e Karlin tinham, os dois, contribuído para compor um guarda-roupas de jeans e camisas para Luke, algumas peças que ele estava usando naquele momento, e o resto havia metido em uma malinha com rodas que agora estava a seu lado. A mala também continha artigos de higiene que os dois padres tinham ido comprar para Luke, pois o rapaz não trouxera nada disso consigo do mosteiro. Além de roupas, pasta e escova de dente, havia na mala um celular, dinheiro e um terço novo abençoado pelo Santo Padre em pessoa, como presente especial para o cardeal. Se precisasse de alguma coisa, Luke devia ligar para o padre Maloney ou para Sua Eminência.

De repente, a porta dos Daughtry se escancarou, e Sana e Luke se confrontaram. Os dois gelaram de surpresa pura, como se nenhum deles tivesse nem de longe correspondido às expectativas do outro. Sana sentiu a maior surpresa, ficando instantaneamente paralisada, como James tinha se sentido antes, pela aparência juvenil e angelical de Luke, e sua aura de virtuosidade, mas principalmente pelos seus olhos suaves e suplicantes, que lhe pareceram piscinas de um azul-cristal sem fundo, e por seus lábios protuberantes e vulneráveis. De sua parte, Luke tinha esperado um homem feio e ameaçador, como uma imagem alegórica do diabo em uma pintura medieval.

— Você é o Luke? — indagou Sana, como se estivesse tendo uma visão.

— Sra. Daughtry? — perguntou Luke, como se talvez tivesse se enganado e batido na porta da casa dela por engano.

Sana olhou atrás do corpo magro, porém bem-formado de Luke e enxergou James, que estava com a luz interna do veículo acesa. Acenou para comunicar que Luke estava a salvo. James retribuiu com um aceno também e depois apagou a luz do veículo, preparando-se para partir.

— Entre, por favor! — disse Sana, hesitante. Estava com as pernas bambas, assombrada com a luminosidade de Luke, especialmente com a cor e o brilho dos seus cabelos louro-esbranquiçados que iam até os ombros e a perfeição de sua pele, quando ele passou por ela. — Shawn! — gritou ela. — Nosso hóspede chegou.

Shawn surgiu da cozinha segurando um copo de uísque escocês com gelo na mão direita. Com uma reação de surpresa semelhante à da esposa, ele parou de repente e contemplou Luke, boquiaberto.

— Meu Deus do céu, rapaz, qual é a sua idade?

— Tenho 25 anos, senhor — disse Luke. — Quase 26. — E ficou aliviado, até certo ponto. Shawn não lhe parecia tão formidável ou diabólico quanto ele temia.

— Parece ser muito mais jovem do que isso — comentou Shawn. O rapaz tinha uma pele invejavelmente perfeita e dentes tão brancos quanto neve recém-caída.

— Muita gente diria o mesmo — respondeu Luke.

— Vai ser nosso hóspede durante uma semana, conforme o combinado — continuou Shawn. — Seja bem-vindo.

— Obrigado, senhor — respondeu Luke. — Me disseram que foram abertamente informados a respeito da razão de minha presença aqui.

— Escolheram você para me convencer a não publicar minha pesquisa.

— Só se prejudicar a Santíssima Virgem Maria, Mãe da Igreja, Mãe de Cristo, Mãe de Deus, minha salvadora pessoal, que me levou a Cristo, Maria da Imaculada Conceição, Maria Rainha do Céu, Rainha da Paz, Estrela do Mar e Nossa Senhora das Dores. É dela que sou devoto e para ela já comecei a orar para que não manche sua reputação insinuando que ela não subiu ao céu para lá residir com Deus, o Pai, o Filho e o Espírito Santo.

— Caramba — comentou Shawn, meio intimidado por aquele jovem, que ele já estava achando incompreensível. — Mas que ladainha impressionante, essa. Me diga, você mora em um mosteiro, certo?

— Exato. Eu sou noviço da Irmandade dos Escravos de Maria.

— É verdade que já está lá, sem sair para nada, há oito anos?

— Quase oito, pelo menos não sozinho. Aliás, já saí antes para vir à cidade com alguns irmãos meus para fazer exames médicos há alguns anos atrás, mas esta é a primeira vez que saio sozinho.

Shawn balançou a cabeça.

— É difícil acreditar que um jovem como você renunciaria a sua própria liberdade assim.

— Minha liberdade eu sacrifico com alegria à Santa Mãe. Estar entre as paredes do mosteiro me dá mais tempo para rezar por sua intervenção e pela paz que ela me traz.

— Intervenção para quê?

— Para me afastar do pecado. Me manter próximo a Cristo. Ajudar meus irmãos em sua missão.

— Venha! — disse Sana a Luke. — Vamos até o quarto de hóspedes.

Luke analisou o rosto de Shawn um momento, depois seguiu Sana, subindo o lance de escadas até os andares superiores. Passaram pelo segundo andar, onde ela disse que Shawn dormiria, e o terceiro, onde ela dormia, e foram até o quarto andar. Era um recinto com janelas de dormitório na fachada do prédio.

— É aqui que você vai ficar — disse Sana, afastando-se para um lado, e deixando Luke entrar no quarto, onde havia uma cama de casal de quatro pilares. — Parece com seu quarto do mosteiro?

— É muito diferente — respondeu Luke, espiando o banheiro que se comunicava com o outro quarto de hóspedes, no mesmo andar. Depois ele voltou até a mala e a abriu. A primeira coisa que tirou foi uma imagem de plástico da Virgem Maria, que colocou na mesinha de cabeceira. A segunda foi uma estatueta pequena, parecida com uma boneca, do menino Jesus, vestindo uma túnica bordada, com uma coroa na cabeça. Com todo o cuidado e amor, ele colocou o menino ao lado da Virgem.

— O que é isso? — perguntou Sana.

— Uma imagem do Menino Jesus de Praga — explicou Lucas. — Era uma das coisas que minha mãe mais prezava antes de morrer.

Depois, tirou da mala seu hábito preto e o pendurou no armário.

— É o que você costuma usar? — indagou Sana.

— É — respondeu Luke. — Mas o cardeal sugeriu que seria melhor que eu usasse roupas comuns, dos secretários dele. Felizmente, o manequim de um deles é igual ao meu.

— Vista o que preferir. Vamos sair para jantar em meia hora. Tem tempo para tomar um banho se quiser. Eu mesma vou tomar um agora. Senão, nos encontramos lá embaixo, na sala de estar.

Shawn, Sana e Luke voltaram à casa dos Daughtry em um táxi, pouco antes das nove e meia. O jantar no Cipriani Downtown tinha corrido bem o suficiente até Luke tentar dominar a conversa falando de sua missão. Shawn, com quase tanto álcool na cabeça quanto na noite anterior, aproveitara para informar Luke que seria impossível, e quanto mais cedo ele encarasse a realidade, melhor seria para todos. Quando Luke insistiu, porém, Shawn se zangou e depois o clima foi piorando até o arqueólogo se recusar a falar com Luke, a que ficou chamando o tempo todo de "garoto" para humilhá-lo.

— Vai se recolher agora? — perguntou Shawn a Sana, evitando falar com Luke.

— Acho que vou ficar conversando com Luke mais um pouco — murmurou Sana. — Não quero que ele conte a James que não está sendo bem-recebido aqui.

— Boa ideia — disse Shawn, estendendo o braço para se apoiar no corrimão das escadas da frente. — A que horas você quer sair para ir ao prédio do IML?

— Que tal às nove? — falou Sana. — Isso me dará tempo para preparar o café da manhã para nosso hóspede, para ele poder dizer que está sendo bem-tratado.

— Outra boa ideia — disse Shawn, com a fala arrastada. — Até amanhã.

Assim que Shawn terminou de subir vagarosamente e desapareceu, Sana se virou para Luke.

— Que tal nos sentarmos perto da lareira? Vou acendê-la.

Luke deu de ombros. Não conseguia se lembrar da última vez em que havia se sentado perto de uma lareira para se aquecer confortavelmente. De certa forma, tinha medo de se divertir demais depois daquela noite decepcionante, pois estava desanimado, achando que não teria mesmo muita chance de convencer Shawn.

— Ora, vamos! — insistiu Sana. — Venha me ajudar a acender o fogo.

Quinze minutos depois, os dois estavam sentados no sofá, hipnotizados pelo fogo crepitante que começava a se espalhar para cima, das brasas da pilha de lenha. Sana estava com um copo de vinho na mão, e Luke tomava Coca-Cola. Foi Sana quem rompeu o silêncio:

— O arcebispo nos disse que sua vida não foi fácil. Se importa de me contar sua história?

— Não, de jeito nenhum — respondeu Luke. — Não é segredo. Eu a conto a todos que estejam dispostos a ouvir, em honra da Virgem Maria.

— Nos contaram que você fugiu de casa aos 18 anos para ir para o mosteiro. Posso perguntar por quê?

— A causa imediata foi a morte da minha mãe — explicou Luke. — Mas a causa de longo prazo foi uma infância muito difícil, dominada por um pai ímpio. Minha mãe, ao contrário dele, que era um alcoólatra e batia na esposa, era uma pessoa muito religiosa que sinceramente acreditava ser culpada pelo comportamento do meu pai, e não ele próprio. Ela acreditava, como Eva, que tinha abandonado Deus para se casar com meu pai, e era uma pecadora, tanto que havia me convencido de que eu tinha nascido em pecado. Estava tão convencida disso que me dizia que, para salvar minha alma eterna, eu precisava rezar para a Virgem e consagrar minha vida a ela, a Cristo e à Igreja.

— Meu Deus! — respondeu Sana, sentindo uma intensa compaixão pela história de Luke. Embora não tivesse passado pelo mesmo, sempre se sentira mal com a morte prematura do pai, quando ela tinha apenas 8 anos. Isso chegou a ponto de agora se perguntar se um dos motivos pelos quais havia se casado com Shawn era o fato de ele ser, quando ela o conhecera, uma figura paternal, um pai de que ela sempre sentira falta. — E sua ligação com a Igreja o ajudou?

Luke soltou uma risada curta de desprezo.

— Não me ajudou em nada — falou. — Um dos padres claramente me considerava uma criança problemática, e, sendo ele mesmo um sujeito meio transtornado, resolveu abusar de mim durante um ano.

— Ai, meu bom Deus, não me diga! — respondeu Sana, sentindo ainda mais compaixão por Luke. Ficou tão espantada que precisou suprimir a vontade de abraçá-lo por medo da reação que ele poderia ter. Ele podia entender mal o gesto dela, pensando que era mais do que simples solidariedade. Afinal de contas, não era uma criança, mas um homem. E, além do mais, a narrativa dele tinha sido destituída de qualquer emoção.

— A princípio, achei que aquele comportamento era relativamente normal — disse Luke, melancólico —, porque eu pensava que amava o homem. Mas quando fui crescendo percebi que era uma perversão. Sem saber o que fazer, porque o padre era muito popular na paróquia, reuni coragem e fui contar a minha mãe.

— E ela foi compreensiva? — perguntou Sana, preocupada com qual seria o fim da história, considerando o que Luke já havia dito sobre a mãe.

— Não, foi totalmente o oposto. Exatamente como ela, que acreditava ser culpada pela violência do meu pai, insistiu que eu tinha seduzido o padre, em vez do contrário, principalmente porque, ao me perguntar por que aquilo vinha acontecendo há tanto tempo, eu tinha admitido que havia gostado, pelo menos no início. Foi apenas recentemente que os irmãos do mosteiro me convenceram finalmente do que tinha realmente acontecido e que eu não era responsável, nem pelo relacionamento impróprio com o padre, nem pelo suicídio da minha mãe.

— Meu Pai do céu! — disse Sana, sentindo uma compaixão irresistível que lhe diminuiu a resistência e dissolveu qualquer dúvida de que aquela história de Luke era apenas uma narrativa decorada, como um roteiro.

Sem se conter, ela deu um abraço de solidariedade em Luke, pelo menos até perceber que ele tinha ficado rígido, ponto no qual ela rapidamente o soltou.

— Que tragédia a sua vida — acrescentou ela, com uma profunda compaixão. Ficou contemplando-o, com ternura, desejando que pudesse, de alguma forma, suavizar o fardo que ela imaginava que ele tinha carregado nos ombros por causa da mãe, por mais que ele tivesse dito que seus irmãos do mosteiro o haviam ajudado. Sana também sentiu um inconfundível rancor pela Igreja, por ter abusado daquele garoto, e isso subitamente a fez entender melhor por que Shawn tinha se revoltado.

27

17H15, TERÇA-FEIRA, 9 DE DEZEMBRO DE 2008
CIDADE DE NOVA YORK

Segunda e terça-feira transcorreram normalmente para todos, a não ser para James, que precisou responder a telefonemas de Luke em ambas as manhãs, nenhum dos quais contendo notícias particularmente animadoras. Depois de Shawn e Sana terem saído para trabalhar, Luke informara ao cardeal que o diabo estava resistindo à sua tentativa de convencê-lo. Em vez disso, Luke precisou contar ao cardeal que Shawn não estava nem querendo discutir o assunto. James reagiu, incentivando-o a orar mais e a não desistir, e dizendo que ele e a Igreja Católica contavam com Luke para vencer aquela batalha. James explicou que era fundamental ter paciência.

— Já explicou a Shawn o quanto esta dúvida que ele quer lançar sobre a Assunção de Maria vai prejudicar você? — perguntara James, tentando ajudar e incentivar o rapaz, porque não havia um plano C.

— Se ele me permitir, vou dizer isso a ele — reagira Luke. — Mas agora ele fala de outra coisa sempre que eu toco nesse assunto. Até ameaçou me pedir para ir embora.

— E a esposa dele?

— Ela é que tem me tratado melhor — dissera Luke. — Ela compensou o modo como ele vem me tratando, e até demais. Estou certo de que, se eu conseguir convencê-lo, ela vai concordar. Não é tão teimosa quanto ele.

— Por favor, continue tentando — tinha dito James. — Ainda temos uma boa parte da semana pela frente.

Fora ter sido obrigado a ligar duas vezes para James e ter pouca sorte com Shawn, Luke havia se divertido muitíssimo, apesar do contínuo incômodo de estar fora do convento, exposto ao pecado. Em ambas as manhãs, Sana tinha acordado cedo e preparado um café da manhã suntuoso para Luke, explicando a ele que adorava cozinhar e vivia decepcionada porque, para Shawn, tanto fazia se eles tivessem comida fina ou de lanchonete. Luke tinha confessado que, ao contrário de Shawn e de seus irmãos de mosteiro, ele adorava apreciar comidas finas. Então, tinha sido recompensado com um jantar maravilhoso na noite anterior, estando na expectativa de outra refeição espetacular na noite seguinte.

Mais do que as refeições, Luke havia gostado do fato de Sana ter voltado do trabalho mais cedo no dia anterior, dizendo que fizera um progresso sensacional nos seus testes de DNA e que conseguira preparar as amostras de polpa até o estágio de reação em cadeia da polimerase, o que Luke não entendera de modo algum. Mas isso não importava, pois Sana tinha aproveitado o tempo livre para levar Luke para fazer compras, adquirindo roupas do tamanho adequado, em vez de ser obrigado a vestir as do padre Karlin, que não serviam nele.

Para Luke, fazer compras tinha sido uma experiência fantástica, pois ele nunca havia feito isso, que se lembrasse, e gostara das opiniões que Sana ia expressando enquanto ele experimentava as peças e procurava decidir o que levar. Ele também tinha apreciado o clima festivo nas ruas, pois o Natal seria dali a duas semanas. Para encerrar o dia, os dois tinham ficado acordados depois do jantar, diante do fogo, e Sana tinha contado a história de sua vida, e até falado um pouco sobre os problemas atuais. Luke fora compreensivo ao confirmar sua impressão de que Shawn não a tratava mais da mesma forma que o fazia quando eles haviam se casado, especialmente na cama, pois o visitante sabia que Shawn dormia em um quarto de hóspedes no segundo andar, ao passo que Sana dormia no quarto do casal no terceiro. Embora Luke não fingisse entender tudo que Sana dizia, ele havia lhe prometido rezar por ela, opinando que não podia entender a razão para Shawn não querer dormir com ela, já que a considerava uma mulher bonita.

— Obrigada pelas suas palavras e pelas orações — dissera Sana. — Mas para dizer a verdade, a esta altura, prefiro não dormir mais com ele.

Assim como Sana, Shawn tinha progredido muito no seu trabalho, em comparação com os dois dias anteriores. Ele tinha atingido o ponto onde queria chegar, em que se desenrolar do primeiro pergaminho estava sendo bem mais rápido. Na segunda-feira, ele havia terminado apenas uma página, mas naquele dia, terça, ele tinha feito mais do que duas. Lendo com calma a parte desenrolada, também percebia que Simão não era o bicho-papão que pensavam. Muito embora o arqueólogo reconhecesse que Simão estava falando de si mesmo naquele documento, achou que, quanto mais favorável fosse a imagem de Simão, melhor testemunha ele seria em relação à identidade dos ossos.

— Luke! — chamou Sana, lá de baixo. Ela e Shawn tinham acabado de chegar em casa. Quando ela ouviu Luke responder de longe, presumiu que ele estava fazendo suas orações vespertinas. — Já chegamos! — Ela então seguiu Shawn até a cozinha, onde tirou dos sacos do supermercado as coisas que tinham acabado de comprar. Enquanto ela fazia isso, Shawn se serviu de um pouco de uísque como seu primeiro coquetel da noite. Alguns dias antes, Sana tinha se perturbado ao notar como Shawn bebia cada vez mais, mas não se preocupou naquela noite. Aliás, até queria que ele bebesse o quanto quisesse, porque assim ia dormir mais cedo. Como nas duas noites anteriores, ela estava ansiosa para passar algum tempo sozinha com Luke, sem a interferência de Shawn e sem Luke tentar tocar naquela questão progressivamente incendiária da Virgem Maria, que vivia trazendo à baila, sem se intimidar, apesar da reação cada vez mais negativa do arqueólogo.

Já haviam se passado dois dias tranquilos para Jack também, principalmente porque foram bons para JJ e Laurie. Quando Jack voltara para casa, na noite de segunda, Laurie tinha lhe contado que JJ havia passado o dia melhor do que em vários meses, sem chorar nenhuma vez. Jack esperava uma história semelhante naquela noite, porque a esposa tinha ligado para ele por volta das três horas da tarde para lhe dizer que tudo tinha corrido bem o dia inteiro.

Subindo dois ou três degraus de cada vez, Jack meteu a cabeça pela porta da cozinha. Como presumia, Laurie estava preparando o jantar e JJ brincava tranquilamente no cercadinho. Jack foi rapidamente até onde estava a esposa, beijou-a no rosto, rapidamente, e olhou para JJ. Para alegria de Jack, o bebê sorriu.

— Acho que ele vai nos permitir jantar como gente hoje — disse Laurie.

— Fabuloso — replicou Jack. — Vai dar o jantar a ele e depois levar para o berço?

— É o que planejo fazer.

— E, estando ele assim calminho, eu gostaria de jogar um pouco de basquete durante uma hora, pelo menos.

— Boa ideia — disse Laurie. Depois, com uma piscadela, ela acrescentou: — Mas não se canse demais, hein?

Jack gostou de imaginar o que ela estaria planejando fazer à noite com ele, pois não perdeu tempo e vestiu seu uniforme de basquete, descendo as escadas. Se JJ estava se sentindo mesmo tão bem como parecia estar durante os dois últimos dias, Jack tentaria conter a animação para evitar decepções maiores no futuro. Mas tudo estava correndo tão bem que chegava a ser difícil se conter. Na manhã anterior, ele tinha voltado a falar com Bingham e pedido umas férias, não do trabalho no escritório, só das necropsias. Como ele tinha insinuado que faria, Bingham concordara imediatamente, embora tivesse pedido que Jack, em retribuição, pelo menos assinasse o caso de assassinato onde o investigador tinha se esquecido de colocar o saco nas mãos do morto para que não pensassem mais naquilo. Jack lhe informou, satisfeito, que já tinha providenciado isso.

Sem mais nenhuma necropsia para fazer, Jack tinha conseguido passar mais tempo em ambos os dias com Shawn e Sana, para os quais tudo também corria bem e rápido. Sana esperava fazer o sequenciamento mitocondrial no dia seguinte, e Jack e James estavam esperando que isso lhes informasse qual era a origem do indivíduo a quem pertenciam os ossos. A dúvida era se os ossos tinham vindo do Oriente Médio, caso no qual ainda haveria possibilidade de serem da Virgem Maria, ou de Roma, onde tinham sido sepultados, significando, portanto, que não pertenciam à santa. Quando Jack atravessou a rua e entrou na quadra de basquete, pensou que era uma ironia o JJ estar se sentindo melhor do que durante mais de um mês justamente quando ele encontrara a distração perfeita. Jack imaginou se não seria adequado, já que o bebê tinha mudado de comportamento, fazer um exame de laboratório para verificar o nível de anticorpos de camundongo e ver se seria possível recomeçar o tratamento.

Na opinião de Luke, o jantar tinha sido tão delicioso como na noite anterior, e tão diferente do que estava acostumado que ele nem sequer podia descrevê-lo. Infelizmente, o comportamento de Shawn tinha permanecido o mesmo. Ele havia se recusado terminantemente a conversar sobre o tema Virgem Maria e ossário, e, bêbado por causa da dose de uísque antes do jantar e do vinho, Shawn tinha subido para o seu quarto, supostamente para tirar uma soneca. Pouco depois das nove horas, quando Sana e Luke terminaram de lavar os pratos e voltaram à sala de jantar para atiçar o fogo da lareira e tomar vinho e Coca-Cola, Shawn continuava no quarto.

— Acho que vou ver se Shawn está bem — disse Sana, deixando o vinho de lado, antes de se permitir um descanso.

— Ele deve estar bem — protestou Luke, preferindo não ver o frustrante homem bêbado outra vez naquela noite.

— Estou pensando mais em nós do que nele — disse Sana, com um sorriso, ao dirigir-se até a escada.

Luke sentou no sofá e prestou atenção, ouvindo os passos dela nas escadas e o ranger das vigas de madeira do teto quando ela entrou no quarto de Shawn. Luke refletiu sobre o comentário dela. Não sabia bem o que ela estava querendo dizer com aquilo; portanto, quando ela voltou, perguntou o significado.

— Eu quis dizer que queria subir até lá agora, antes de me sentar para descansar — respondeu Sana, acomodando-se com os pés sobre a mesa de centro — e antes de batermos um papo gostoso. — Estava ansiosa para ouvir mais um pouco da história dele do que a versão abreviada dos fatos que lhe contara.

— Ele está bem? — perguntou Luke. Não conseguia deixar de se lembrar do próprio pai e da violência que o álcool podia causar.

— Está desmaiado na cama, se essa for sua definição de estar bem.

— Desde que conversamos, ontem à noite, ainda não sei por que ele parou de dormir com você.

— É mais simples agora do que há seis meses, quando a ideia foi mais dele do que minha. Nós nos distanciamos, pouco a pouco. Já notou como ele quase não me toca? Estou falando de pequenas coisas, como passar o braço ao redor dos ombros, assim. — E Sana, que estava sentada à direita de Luke, ergueu o braço esquerdo e o passou por trás do pescoço de Luke, deixando-o descansar sobre os ombros do rapaz. Depois recolheu o braço e o descansou sobre a perna dele, a mão no joelho. — Ou até mesmo sentar perto dele com o braço apoiado em seu joelho. Quando nos casamos, nós dois nos tocávamos de um jeito que expressava a necessidade de comunicar um ao outro a vontade de estarmos juntos, e que gostávamos disso, como estou fazendo agora, com você. Mas tudo isso passou, e, como eu disse, a princípio, partiu dele, mas agora nenhum de nós faz mais essas coisas. A princípio achei que era por causa da grande diferença de idade, mas agora não sei mais qual é a causa. Tenho medo de que seja mais do que isso.

Luke sentiu um calor subindo pela sua perna na direção da virilha. Estava infinitamente consciente do braço de Sana contra sua coxa, e da mão dela, com os dedos levemente ao redor do seu joelho. Era como se seus dedos estivessem em chamas.

Sana não percebeu a avalanche emocional que tinha começado na mente de Luke, com aquela sua sobrecarga hormonal contida. Ela havia colocado o braço e a mão perto dele de uma forma que tinha considerado platônica, mas também como um lembrete do quanto se sentia próxima dele fisicamente, e presumia que ele se sentia da mesma forma em relação a ela, pois ambos trocaram pensamentos e sentimentos extremamente íntimos desde que ele havia chegado. Aliás, Luke tinha sido a primeira pessoa a quem Sana havia verbalizado os problemas progressivamente maiores na sua relação cada vez mais complicada com Shawn. A consequência direta disso havia sido ela sentir que Luke compreendia uma parte de sua vida oculta, o que formara um vínculo entre eles, nascendo uma relação como irmãos, e agora ele ocupava um lugar especial na vida dela. E, muito embora parecesse um jovenzinho inexperiente e misterioso, Luke projetava a percepção emocional de alguém mais velho do que a sua idade aparente. Afinal de contas, raciocinava Sana, Luke tinha percebido sozinho algumas coisas na relação entre ela e Shawn, e feito comentários sobre elas, sendo apenas pouco mais de três anos mais jovem do que ela.

Mas Luke, naquele momento, não pensava nada. Estava sentindo coisas. O calor da mão de Sana ainda ardia contra o seu joelho, e agora todo o braço dela transmitia a mesma sensação, até o extremo do quadril dele. Luke podia sentir cada batida do seu coração pulsando no seu pênis cada vez mais ereto, enquanto seus testículos se contraíam, causando uma dor imensa. Ele precisava se aliviar. Precisava se mexer, o que fez os músculos de suas pernas e de sua virilha começarem a se contrair em espasmos rítmicos.

Sentindo as contrações musculares de Luke, Sana se assustou. Estava sentada bem junto dele e se virou de repente para encará-lo, arrastando a mão esquerda inocentemente pela coxa do homem. Vendo suor brotar na testa de Luke e sua expressão de espanto, a primeira coisa que Sana sentiu foi pavor, pensando que o menino podia estar tendo um infarto. Ficou de pé na mesma hora e tentou empurrá-lo para que se deitasse. Mas ele a empurrou também, com uma força impressionante. Tanta que o combate não durou muito.

— Chega! — disse ela. — Está me machucando! — Ele tinha agarrado ambos os pulsos da moça e os apertava a ponto de impedir que o sangue chegasse às suas mãos.

Como que despertando de uma espécie de convulsão ou pelo menos um momento de inconsciência, Luke soltou Sana, que imediatamente recolheu os punhos, passando a esfregá-los, para recobrar a circulação.

— Meu Deus, você me machucou! — reclamou ela, ainda massageando seus pulsos.

Como em um estado pós-coito, Luke ficou apenas olhando para Sana, sem reagir. Nem tentou falar, só ficou olhando para ela, com uma expressão de trauma e exaustão no rosto.

— Está se sentindo bem? — indagou Sana.

Até mesmo os olhos dele pareciam vidrados. Estava com a boca mole, os lábios entreabertos. Embora o fogo da lareira tornasse difícil confirmar isso, Sana notou que sua pele estava mais pálida do que antes.

— Luke! Você está bem? — repetiu Sana. E, estendendo os braços, fez menção de agarrar seus ombros e sacudi-lo de leve. — Fale comigo, Luke, preciso saber se está se sentindo bem.

Inclinando-se para a frente, Sana examinou o rosto do rapaz. Seus olhos, que recentemente estavam concentrados nos lábios dela, agora se erguiam vagarosamente. Ela podia ver que ele estava voltando ao presente, do lugar para onde tinha ido, fosse lá qual fosse, mas o presente era perturbador. Em vez de estar bem-humorado, como entes, ele estava furioso, reprovador. Antes que Luke falasse, o que Sana percebeu que estava para fazer, ela subitamente entendeu o que tinha ocorrido. Ela não pôde deixar de sorrir, principalmente porque agora que pensava no caso, não podia entender por que havia demorado tanto a compreender.

— Você teve um orgasmo, não teve? — indagou ela, aliviada e até achando graça. — Não precisa ficar envergonhado por minha causa. Acho isso fantástico. Parabéns. Eu até encaro como um elogio. É tranquilizador saber que alguém me considera sexualmente atraente, mesmo que meu marido discorde.

Sana tinha dito isso na tentativa de evitar que Luke se sentisse constrangido, acreditando que ele nunca tivera relações sexuais com uma mulher. Não que o que tinham feito fosse relação sexual, mas porque a reação dele tinha a ver com sexo, sem sombra de dúvida. Ela sentiu esperança de que, apesar dos traumas pelos quais ele havia passado desde a puberdade, houvesse ainda chance de poder viver uma vida normal.

— Prostituta! — berrou Luke, de repente.

— O que foi que disse? — respondeu Sana. Tinha ouvido, mas não queria ouvir uma besteira daquelas, certamente não vinda de Luke, seu amigo especial.

— Satanás! — acusou ele.

— Ah, é mesmo? — respondeu Sana, em tom de desprezo. — Então é como na época da sua mãe e do seu pai, não é? A vítima é que é a culpada. Só que dessa vez tudo aconteceu só na sua cabeça, meu amigo — acrescentou Sana, enquanto estendia o indicador para tocar a testa de Luke.

Luke deu um tapa violento na mão de Sana, fazendo-a soltar um grito de dor.

— Sua prostituta diabólica! — exclamou ele, irritado, no tom mais agressivo que conseguiu emitir.

— Quer saber? Já chega — disse Sana, segurando a mão machucada. — Pensei que você não era um religioso fanático, mas acho que estava esperando demais. Preciso avisar que estou pensando em expulsá-lo daqui depois dessa. Quanto a mim, vou para a cama e trancarei minha porta para você nem pensar em vir ao meu quarto me pedir desculpas. Nem preciso dizer que acho que seria melhor ir me pedindo logo, senão a situação vai ficar feia. Boa noite!

Sana avançou para as escadas, enquanto percebia que seu minissermão não tinha surtido o menor efeito, pois Luke tornou a gritar enquanto ela subia as escadas velhas, produzindo rangidos.

— Satã, que arda no inferno por toda a eternidade!

28

9h43, quarta-feira, 10 de dezembro de 2008
Cidade de Nova York

Às nove e quarenta e três, James já estava no escritório despachando correspondências e respondendo e-mails. Ficava impressionado diante da quantidade de assuntos da arquidiocese que ele conseguia resolver por e-mail, e regularmente atribuía a maior parte de seu aumento de trinta por cento na produtividade à sua adaptação a essa nova tecnologia. O que o meio eletrônico fazia de maneira magnífica era apressar a distribuição de informações e eliminar muitas ligações telefônicas que teriam tomado um tempo muito mais longo. Para James, esse último efeito era fundamental.

Ele já estava de pé desde bem antes das seis da manhã; já tinha lido seu breviário, tomado banho e se barbeado enquanto escutava o noticiário. Tinha celebrado a missa com seus funcionários e tomado café lendo o *Times* antes de se retirar para o escritório, onde agora estava sentado à escrivaninha. Às dez horas, ele devia ir até a sala de "orientação espiritual", onde se encontraria com o chanceler e o vigário-geral, e seria a situação na qual pensava em tocar no assunto do ossário pela primeira vez, quando o telefone tocou. Verificando a tela de cristal líquido, ele agarrou imediatamente o receptor, porque dizia Arquidiocese, o que significava que devia ser Luke Hester.

— Bom dia, Vossa Eminência — disse Luke no momento em que James atendeu. — Creio que tenho uma boa notícia para o senhor.

James se inclinou para a frente na sua cadeira, sua pulsação ligeiramente acelerada. Estava imaginando o arcanjo Gabriel do outro lado da linha.

— Ele mudou de ideia? — perguntou James, animado. Pelas conversas com Luke nos dois dias anteriores, o arcebispo tinha basicamente desistido do plano B e estava preocupado com o fato de que não havia um plano C.

— Ainda não, mas tenho certeza de que vai.

— Isso é música celestial para os meus ouvidos.

— Espero que sempre me considere uma pessoa digna da mais alta estima por isso — falou Luke. — Não tem sido fácil.

— Nunca imaginei que seria — admitiu James. — Aliás, estou um tanto surpreso, considerando como ele estava decidido antes. No entanto, sempre acreditei que as pessoas, uma vez católicas fervorosas, sempre serão católicas fervorosas, e sempre acreditei que Shawn Daughtry era assim, apesar daquela atitude anticlerical. Devo ligar para ele e dar os parabéns?

— Só amanhã, ou o plano será arruinado.

— Então esperarei até amanhã de manhã com todo o prazer. Que argumento escolheu afinal?

— A solução está menos no argumento, e mais na tática.

— Estou impressionado. Vai me contar depois?

— Certamente saberá de todos os detalhes.

James sorriu. O jovem costumava falar como se seu único contato com o mundo exterior fosse através da Bíblia.

— A solução dependia da compreensão total do que eu enfrentava.

— Eu diria que um aforismo desses corresponde à verdade em vários enigmas.

— O que precisei compreender era que Satã não está tentando apenas o marido, mas também a esposa.

— Bom, eles estão trabalhando no mesmo projeto — observou James.

— Então eu estava enganado — disse Luke. — Achei que os dois eram diferentes, mas ambos sucumbiram ao pecado.

— Obrigado por me ligar para informar as novidades — falou James. — Devo confessar que já estava a ponto de me desesperar.

— Fico feliz por ter recebido a oportunidade de servir à Igreja e, acima de tudo, à Santíssima Virgem.

Luke desligou o telefone. Estava na cozinha, preparando algo simples para comer. Sana não tinha se levantado cedo para preparar o café da manhã, nem ele queria que ela o fizesse. Não queria confrontá-la naquela manhã, agora que sabia o que ela realmente era.

Satisfeito com sua torrada com leite, Luke voltou ao seu quarto. Uma vez lá, foi até a mala e tirou dela o dinheiro que o arcebispo havia lhe dado. Eram 400 dólares, uma fortuna para ele, e muito mais do que necessitava. Afinal, não ia demorar muito para comprar aquilo de que precisava, porque a casa em si já era perfeita para o seu objetivo.

A temperatura lá fora estava agradável, o que era bom, uma vez que ele não tinha um casaco quente. No mosteiro, seu trabalho não exigia que tivesse que sair, e assim, durante o inverno,

Luke raramente saía. Naquela manhã, o maior problema de Luke foi encontrar uma loja de ferragens de bom tamanho, onde pudesse achar uma tranca boa. Pretendia acrescentar mais uma às três que já existiam na porta da frente.

Levou apenas alguns quarteirões para chegar a uma das muitas áreas comerciais do Village, e logo perguntou onde podia achar uma loja de ferragens. Quinze minutos depois, entrou em um bom e grande estabelecimento da Sexta Avenida, não muito longe da Bleecker Street. Eles tinham muitas trancas externas para portas, de modo que pôde escolher com certa tranquilidade. Luke escolheu aquela que o balconista da loja disse que seria mais fácil de instalar.

No caminho de volta à casa, Luke parou em duas outras lojas para comprar as duas últimas coisas de que estavam na sua lista. Foram mais fáceis de adquirir do que a tranca, pois precisava apenas escolher a marca, que não importava. Com tudo de que precisava nas mãos, ele voltou à casa dos Daughtry antes do meio-dia.

Sana estava se divertindo. O dia progredia tão bem quanto os dois anteriores. Naquela manhã, antes do que esperava, ela havia terminado as fases da reação em cadeia da polimerase e tinha passado para o sistema analisador genético 3.130XL. Agora que já estava no meio da tarde, ela esperava não só obter a sequência mitocondrial total do DNA do indivíduo do ossário, como também as sequências de uma variedade de áreas de teste, usadas para estudar as raízes genealógicas da pessoa.

Depois que o sequenciador automático começou a fazer o que devia, Sana saiu do laboratório e foi até Columbia comprovar se seus experimentos eram devidamente acompanhados. Ficou satisfeita ao constatar que tudo estava em ordem. Todos os seus quatro estudantes de pós-graduação trabalhavam de maneira responsável para compensar a falta de cuidado da época em que Sana viajara à conferência no Egito.

Quando saiu do táxi depois de voltar do laboratório, no campus da faculdade de medicina, ela pensou em Luke, de passagem. Pensara nele no momento em que tinha acordado, mas resolveu não tomar nenhuma decisão apressada sobre o que havia ocorrido na noite anterior, como contar a Shawn. Ela sabia que, se contasse a ele, o marido poria o garoto no olho da rua e pegaria o telefone para ligar para o arcebispo e reclamar que ele havia escolhido o emissário errado. Como isso vingaria as ameaças do arcebispo de acabar com a vida deles, Sana queria deixar aquele episódio pairando na sua cabeça durante algum tempo por três motivos principais. O primeiro era que, depois de pensar no assunto, ela se culpava indiretamente pelo ocorrido. Gostava da companhia de Luke e, reconhecendo suas próprias necessidades, admitia que ela mesma ficara ligeiramente excitada. O segundo motivo era que, embora Luke a tivesse agredido, para ela aquilo tinha sido noventa por cento para se defender. O motivo final era que ela tinha certeza de que Luke ia pedir desculpas depois que tivesse refletido sobre o episódio, muito embora não tivesse feito isso naquela manhã.

Depois de pagar o táxi, Sana entrou no prédio, mostrou a identidade ao segurança, que agora a conhecia, e subiu pelo elevador. Na sala anterior ao laboratório, ela encontrou Jack trabalhando com Shawn na tradução do primeiro pergaminho. Shawn estava encantado, pois tinha terminado de desenrolá-lo naquela manhã. À medida que a tradução prosseguia, Shawn tinha certeza de que Simão estava para se reabilitar até certo ponto como teólogo ele mesmo. Shawn garantira aos outros que Simão definitivamente era, senão o primeiro, um dos primeiros gnósticos cristãos, combinando a história de Jesus de

Nazaré com ideias básicas do gnosticismo, tais como o maior papel de Jesus como professor de filosofia do que como redentor dos pecados do mundo.

— Encontraram alguma coisa particularmente interessante enquanto estive fora? — perguntou Sana ao pendurar seu casaco em um dos armários para esse fim.

— Estamos para começar a traduzir o segundo pergaminho — respondeu Jack. — Torcemos para que mencionem os ossos nesse ou no terceiro.

— Boa sorte — respondeu Sana. — Vou entrar no laboratório e ver o que encontrei no DNA mitocondrial. Talvez tenhamos mais algumas informações nos próximos minutos.

— Seria ótimo, não? — disse Shawn, concentrado no que estava fazendo.

Sana entrou no vestiário e rapidamente mudou de roupa. Muito embora o sequenciador tivesse completado o processo, ela não queria nenhuma contaminação na sala, pois podia ser necessário reanalisar algumas amostras ou até uma amostra totalmente nova, dependendo do que encontrasse. Depois de colocar as luvas, pôr o traje de isolamento, o capuz e as botas, Sana entrou no laboratório e foi até a máquina. Pegando o maço de páginas na impressora, procurou as que realmente eram importantes para ela. Levou apenas alguns minutos para fazer isso. Descobriu que eram só três, e, quando finalmente as separou, as olhou de relance e depois tornou a olhá-las, incrédula. Mal podia crer, mas não ia se sentar e comparar todos os 16.484 pares de bases em todas as três páginas. Sentindo-se subitamente zonza, Sana se sentou mesmo assim. Não tentou comparar nada sozinha. Os computadores serviam para essas coisas. Em vez disso, sentou para pensar no que aqueles resultados queriam dizer, algo que Sana, por sua experiência, achava que era impossível.

O problema era o seguinte, e Sana voltou para verificar que se tratava disso mesmo: a sequência de DNA mitocondrial da polpa do dente que ela havia retirado do crânio do ossário coincidia exatamente — par de bases por par de bases, todos os 16.484 deles — com os de uma mulher contemporânea. Sana tinha pedido para o computador verificar isso depois de ter estabelecido a sequência usando a biblioteca mitocondrial internacional novinha em folha chamada CODIS 6.0.

Embora encontrar uma sequência absolutamente igual no mundo moderno não fosse tão anormal assim, porque isso acontecia com os gêmeos idênticos, o problema, naquele caso, era que a mulher do ossário tinha morrido havia mais de 2 mil anos! Por mais excepcional que fosse essa coincidência, a segunda era ainda mais fantástica, e francamente inexplicável para Sana. Ela olhou para o papel e meneou a cabeça.

— Não é possível — disse ela, em voz alta. — Simplesmente não é possível.

De repente, ela ficou de pé num pulo, e correndo para fora do laboratório, passando pelo vestiário, saiu na outra sala, meio ofegante. Tanto Shawn quanto Jack ficaram muito assustados. Sana não se importou. Em vez disso, falou, arquejante:

— O impossível aconteceu!

Jack, que a perdoou mais rápido do que Shawn pelo susto que lhe dera, foi para perto dela e pegou a página que ela estendia. Estava louco para obter uma explicação.

— Essa é a sequência do DNA mitocondrial da mulher do ossário — explicou Sana, esbaforida, batendo na página que Jack segurava com o dorso da mão. — E esta aqui é a mesma sequência, sem tirar nem pôr, em uma mulher palestina contemporânea — continuou Sana, entregando a segunda página a Jack. — E esta sequência, que também é a mesma, é a sequência mitocondrial de

Eva! — E ela entregou a Jack a última página. Sana estava sem fôlego de tão alvoroçada.

Jack a olhou, espantado.

— Como assim "a sequência de Eva"?

— É uma sequência que foi determinada por um supercomputador que passou semanas processando informações para determinar qual seria o ancestral matrilinear comum mais recente ou MRCA — explicou Sana. — Em outras palavras, é a sequência da primeira ancestral do sexo feminino, levando em conta todas as permutações humanas dos 16 mil e tantos pares de bases da sequência de DNA mitocondrial humano.

— A chance de isso acontecer é de uma em um milhão — disse Jack.

— Exato. É por isso que é impossível.

— Sobre o que vocês dois estão murmurando aí? — quis saber Shawn, aproximando-se pelas costas dos dois.

Sana deu a Shawn a mesma explicação que dera a Jack. Shawn também achou que devia ser algum erro.

— O sistema deve ter calculado errado — sugeriu ele.

— Não creio — disse Sana. — Já fiz centenas, senão milhares dessas sequências de DNA mitocondrial. Nada nunca deu errado antes. Por que daria agora?

— Tem mais alguma amostra da reação em cadeia da polimerase? — indagou Jack.

— Tenho — disse Sana.

— Por que não faz outro sequenciamento e análise?

— Boa ideia — concordou Sana.

— Espera aí um segundo — disse Shawn, erguendo a mão. — Me deixa perguntar uma coisa a vocês dois, depois podem me dizer se estou maluco e aí eu me calo de vez. Certo?

— Certo — disseram Sana e Jack ao mesmo tempo.

— Certo — repetiu Shawn. — Eis aqui o único jeito de essa situação estatisticamente impossível ter ocorrido... — hesitou Shawn, olhando ora para Sana, ora para Jack.

— Anda logo, diz para a gente! — protestou Sana. Sua pulsação estava a mil.

— Somos todos ouvidos — concordou Jack. — Fala logo!

— Tem certeza de que estão preparados para ouvir o que tenho a dizer? — provocou Shawn, para dar mais suspense.

— Vou voltar ao laboratório e processar mais uma amostra — disse Sana, afastando-se do balcão onde estava encostada.

— Espera! — disse Shawn, agarrando o seu braço. — Eu vou falar, juro!

— Vou te dar cinco segundos para começar, senão vou para o laboratório — disse Sana. Já estava cheia. Não ia mais fazer o jogo do Shawn. Estava entusiasmada demais.

— Por um segundo, esqueça a mulher da Palestina. Temos duas amostras idênticas: a Eva matrilinear e a mulher do ossário. À parte o fato de terem o mesmo DNA mitocondrial, o que as aproxima?

Sana olhou de relance para Jack, que lhe retribuiu o olhar de dúvida.

— Elas não eram contemporâneas, se é isso que está insinuando — disse Sana. — A Eva matrilinear foi projetada há muitas centenas de milhares de anos no passado.

— Não, não — disse Shawn. — Não é nisso que são idênticas. Me deixa explicar de outra forma. Acredito, graças à carta de Saturnino, que os ossos deste ossário são de Maria, mãe de Jesus de Nazaré. Vamos presumir por um momento que sejam mesmo, o que os tornaria relíquias extraordinariamente sagradas para muita, mas muita gente mesmo. Estão me acompanhando até agora?

— Claro — disse Sana, impaciente.

— Ora, se tivéssemos alguns ossos da Eva matrilinear aqui também, como seria possível serem semelhantes, com a mesma sequência de DNA mitocondrial?

— Talvez por terem também a mesma sequência de DNA nuclear? — sugeriu Jack.

— Talvez, mas não é isso que quero ouvir — insistiu Shawn, tão impaciente quanto Sana. — Pensem do ponto de vista teológico!

Jack balançou a cabeça e depois olhou para Sana. Ela também balançou a cabeça.

— Vai ter que nos dizer o que quer ouvir.

— Teologicamente, ambas foram diretamente criadas por Deus Pai. Se lembra da festa católica que James mencionou a nós que celebrou este domingo? Era a Festa da Imaculada Conceição, sobre a criação sem pecado de Maria para ser mãe sem pecado de Cristo. Ora, a Eva também foi criada sem pecado. Como primeira pessoa do sexo feminino, não havia ninguém mais para criá-la a não ser o próprio Deus. Quantas receitas acham que Deus podia ter para fazer seres humanos? Acho que só uma, e, em termos de sequência de DNA mitocondrial, acho que encontramos *justamente essa.* Ele usou a mesma receita tanto para Maria quanto para Eva, o que é interessante, porque, sendo gêmeas, uma saiu inteiramente diferente da outra.

Durante alguns momentos ninguém falou. Todos ficaram perdidos em seus próprios pensamentos, até Jack romper o silêncio.

— Se o que diz é verdade, vocês dois, embora inadvertidamente, corroboraram cientificamente a existência do divino.

Tanto Sana quanto Shawn riram, eufóricos, e depois se abraçaram, apesar do traje de isolamento completo da Sana.

— Nossos artigos nos periódicos especializados vão ser clássicos antes mesmo de sua publicação — disse Shawn, sem pensar. Depois ele se afastou de Sana. — Preciso voltar ao trabalho! Não sei se serei capaz de esperar até desenrolar esses três pergaminhos. Nunca estive mais entusiasmado na minha vida por causa de duas páginas de papel.

— Vou analisar várias outras amostras só para ter certeza absoluta dos resultados — anunciou Sana.

— E, enquanto vocês fazem isso — disse Jack, levantando-se —, vou para casa mais cedo insistir para minha mulher tirar uma folga.

Na verdade, Jack tinha algo mais específico em mente. Havia ligado naquela manhã para o pediatra oncologista que estava a cargo do protocolo de neuroblastoma no Memorial perguntando se devia levar o filho lá para fazer exame de sangue e verificar seu nível de anticorpos de camundongo, visto que JJ já se sentia bem havia vários dias.

— Parabéns — gritou Jack ao abrir a porta que dava para o corredor. Tanto Shawn quanto Sana retribuíram com um aceno. Sana estava naquele momento voltando ao vestiário para colocar um novo traje de isolamento. Shawn tinha voltado ao seu meticuloso trabalho de desenrolar os papiros. — A que horas amanhã? — gritou Jack.

— Vamos marcar às dez horas — respondeu Shawn. — Pode ser que saiamos para comemorar esta noite.

— Por falar nisso — berrou Jack —, só vou contar a James sobre o DNA mitocondrial quando tudo isso se confirmar.

— A alternativa mais piedosa — concordou Shawn.

Jack estava para sair, quando se lembrou de outra coisa. Como berrar da porta seria potencialmente perturbador para outras pessoas no laboratório, voltou à sala onde Shawn estava e se aproximou dele. De onde estava, Jack podia ver Sana no vestiário, colocando outro traje.

— Esqueci a mulher palestina que também tinha a mesma sequência de DNA — disse Jack. — O que diabo isso quer dizer?

— Boa pergunta — respondeu Shawn, empurrando a cadeira com rodinhas para trás. E depois meteu a cabeça no vestiário, pedindo a opinião de Sana sobre o assunto.

— Ela deve ser descendente matrilinear direta da mulher que está no ossário. É possível, porque a meia-vida de uma única mutação de nucleotídeo para o DNA mitocondrial é de 2 mil anos. Essa seria minha hipótese — disse Sana, depois de terminar de se vestir.

— Ouviu isso? — perguntou Shawn a Jack, deixando a porta do vestiário se fechar.

— Ouvi — disse Jack. — É curioso pensar nisso. Imagino se ela faz alguma ideia ou se alguém fazia ideia disso antes. Até mesmo me pergunto se ela é cristã ou muçulmana.

— Talvez um de nós devesse ir até lá visitá-la um dia — falou Shawn. — Muito embora eu tenha a impressão de que, quanto menos se disser a ela, melhor.

— É uma ideia curiosa — disse Jack.

Depois, ele saiu pela segunda vez. Quando descia pelo elevador, outro pensamento associado passou por sua mente. Um aspecto da medicina alternativa que ele nem mesmo tinha pensado em explorar era a cura pela fé, porque ele achava que isso seria ainda menos eficaz do que alguns dos outros métodos. Algumas vezes antes, enquanto mudava os canais da televisão a esmo, ele tinha assistido a algumas cenas de programas religiosos onde pastores protestantes impunham as mãos em cabeças de supostos pacientes e essas pessoas caíam para trás, inconscientes, porém curadas. Mas, se alguém tinha o mesmo DNA da mãe de Jesus de

Nazaré, Jack não podia deixar de se perguntar se ela não poderia curar os outros.

O elevador chegou ao primeiro andar, e Jack saiu dele. Quase imediatamente, os pensamentos sobre fé se evaporaram de sua mente, substituídos por outros relativos aos níveis de anticorpos de JJ.

29

16H44, QUARTA-FEIRA, 10 DE DEZEMBRO DE 2008
CIDADE DE NOVA YORK

Embora a última coisa que Shawn quisesse fazer fosse parar no supermercado para comprar comida para o jantar, principalmente se significava pagar por algo que Luke ia consumir, ele parou assim mesmo. Estava bem-humorado a esse ponto. Não só havia feito o maior progresso em um único dia desde que tinha começado a desenrolar os papiros, como também Sana havia analisado um segundo sequenciamento do DNA mitocondrial da polpa dentária e a sequência fora exatamente igual à primeira. Dessa forma, somando-se todos os resultados, aquele tinha sido o dia mais bem-sucedido na pesquisa do conteúdo do ossário, e esse progresso o fazia prever que num futuro não tão distante Sana e ele escreveriam artigos para periódicos especializados.

— Tive uma ideia — disse Sana, assim que ela e Shawn colocaram as compras no porta-malas do táxi.

— É mesmo? — indagou Shawn, irônico. — Mas que novidade!

Sana ergueu o braço, preparando-se para dar um golpe, e bateu em Shawn de brincadeira com um pacote de toalhas de papel.

E brincando assim um com o outro, chegaram em casa. Enquanto Shawn pagava o taxista, Sana foi até a traseira do carro pegar as compras. Ao erguê-las e colocá-las no meio-fio, ela pensou em Luke e se perguntou como ele reagiria. Não fazia a menor ideia, e seus pensamentos oscilaram entre raiva em um extremo e humor no outro. Quanto ao modo como ele havia agido logo depois do episódio, ela tinha certeza de que ele estaria constrangido e esperava que Luke estivesse planejando pedir desculpas, como ela havia sugerido com bastante veemência, de forma que o incidente pudesse ser esquecido. Depois de ter pensado na reação dele várias vezes durante o dia, Sana ainda a considerava absolutamente imprópria e exagerada.

— Prostituta diabólica — murmurava ela, bem baixinho. Essa linguagem, vinda de uma pessoa de aparência angelical, lhe parecia chocante.

— Já pegou todas as compras? — perguntou Shawn. Ele já havia terminado de pagar a corrida.

— Que tal vir me ajudar? — gritou Sana.

Shawn surgiu depois de contornar o táxi e pegou os dois sacos que Sana já havia retirado do porta-malas. Ela agarrou o terceiro e último e fechou a tampa com o cotovelo.

Quando os dois se aproximaram da porta de entrada, Sana tirou o chaveiro da bolsa.

— Boa hora para pensar nisso... — comentou Shawn. — Acho que terminamos de beber a última garrafa de vinho na noite passada.

— Se quiser, pode ir até a Sexta Avenida mais tarde e comprar mais umas garrafas para esta noite — sugeriu Sana. — Nossa comemoração, aquela que comentou com Jack, vai ser meio sem graça sem vinho.

— Talvez eu convide Luke — disse Shawn. — Vai ser bom para ele sair de casa.

— Muita gentileza sua — disse Sana, sinceramente. Ao mesmo tempo, ela imaginava o que Shawn diria se ela lhe contasse que Luke a havia chamado de "prostituta diabólica" na noite anterior. Quando Shawn estava zangado, falava como um marinheiro desbocado.

Sana abriu as três trancas normais com as respectivas chaves, mas notou que havia uma quarta, que ela tinha certeza de que era nova. Estava para perguntar a Shawn porque a tranca havia sido instalada, quando resolveu empurrar a porta para ver se abriria. Como a porta se abriu sem problemas, ela não pensou mais no assunto. Em vez disso, afastou-se da entrada para que Shawn passasse primeiro, pois estava levando a maior parte das compras.

— Olá, Luke. — Sana ouviu Shawn dizer, enquanto ela fechava a porta atrás de si com o pé. Depois, ela esticou o braço e fechou os três ferrolhos. Quando voltou a se virar, Shawn estava conversando com Luke, mas a conversa não era lá muito amistosa. Shawn dizia ao rapaz com muita veemência que não podia fumar na casa.

— É só um cigarro — respondeu Luke. Seu tom não foi defensivo nem o de quem se desculpa. Foi mais um tom de desafio, como se ele é que determinasse quais eram as regras da casa.

— Estou avisando que não pode fumar aqui dentro desta casa — repetiu Shawn, devagar, porém em tom decidido.

— Tudo bem, então — respondeu Luke, despreocupadamente. E, levantando-se da cadeira onde estava sentado, foi até a porta da frente, mas, em vez de abri-la, a trancou ainda mais com uma chave, que pôs no bolso, indo depois até as escadas.

— Onde você vai? — perguntou Shawn, pensando que Luke ia subir. — Não me faça repetir o que já disse!

Luke passou pela entrada que levava às escadas, batendo com as juntas dos dedos alegremente no pilar de corrimão. Parecia estranhamente alienado, sem dar a mínima atenção aos seus anfitriões, que tinham acabado de voltar para casa.

Shawn olhou para Sana, como se esperasse que ela lhe desse uma explicação para esse comportamento tão bizarro. O homem estava com um cigarro aceso na mão, mas não estava fumando nem parecia que ia jogá-lo fora. Parecia que estava dando um passeio pela casa até chegar à porta do porão, que ficava sob as escadas da frente. Ali ele parou, e depois que pôs a mão na maçaneta se virou para olhar diretamente para Shawn e Sana. Então, parecendo tão despreocupado como estava alguns momentos antes, recitou uma Ave-Maria, depois da qual escancarou a porta do porão, jogou o cigarro aceso lá embaixo e fechou a porta.

— Que diabo! — berrou Shawn, a plenos pulmões. Sem hesitar nem um instante, ele jogou as compras que estava segurando no sofá e correu para a porta do porão. Se sentiu ou ouviu o *bum!* que saiu do porão, ninguém sabe. Sana o sentiu mais do que o ouviu, quando ele fez os badulaques sobre o consolo da lareira chocalharem. Ela chamou Shawn, aos gritos, mas ele não se deixou deter. Seu objetivo era pegar o cigarro assim que pudesse e apagá-lo, reduzindo-o a cinzas inócuas. Assim que chegou à porta, Shawn jogou Luke para um lado, agarrou a maçaneta, abriu a porta de qualquer maneira e começou a descer, tudo ao mesmo tempo. Infelizmente, uma imensa bola de vapor de gasolina buscando uma pressão menor subiu como um foguete pelas escadas e imediatamente lhe queimou as pestanas, as sobrancelhas e a maior parte dos cabelos. Dentro de segundos, a velha casa de madeira, com suas centenas e mais centenas de bolsões de ar nas paredes centenárias, já estava sendo consumida pelas chamas, transformada em um verdadeiro inferno, e o fato de o único isolamento do edifício consistir de jornais velhos amassados fez o fogo se espalhar ainda mais depressa. Segundos depois, o fluxo de calor se ergueu acima do ponto de fulgor da madeira, de 300°C, de modo que tudo dentro do prédio, inclusive as pessoas, entrou em combustão espontânea. Sana e Shawn, embora em chamas, ainda conseguiram alcançar a porta da frente, mas descobriam que era impossível abri-la.

Quinze minutos depois, um vizinho, notando brilho de fogo na rua, olhou pela janela e logo ligou para a emergência, desesperado. Onze minutos depois, os primeiros carros de bombeiros surgiram, mas a essa altura a única coisa que eles talvez pudessem salvar era a chaminé.

Epílogo

7H49, QUINTA-FEIRA, 11 DE DEZEMBRO DE 2008
CIDADE DE NOVA YORK

Como Jack não faria nenhuma necropsia naquela semana, não estava chegando ao IML muito cedo. Naquele dia, chegou às sete e quarenta e nove. Em situações normais, ele certamente já teria separado os casos que considerava melhores àquela hora e já teria descido para a sala de necropsia com Vinnie Amendola, enchendo a paciência do assistente ou sendo azucrinado por ele. Em vez disso, Jack se contentou em trancar a bicicleta do lado de uma das garagens da entrada principal, bem na cara da segurança. Quando terminou, acenou para o pessoal da segurança, certo de que eles ficariam de olho na bicicleta.

Como Shawn e Sana só iriam chegar às dez horas ou depois disso, Jack decidiu terminar a papelada de todos os seus casos que ainda estavam pendentes, se possível, para que, quando voltasse a fazer necropsias, começasse do zero, algo que não acontecia havia 13 anos, desde que ele começara a trabalhar ali. Querendo buscar uma xícara de café bem como ver o que estava acontecendo no necrotério naquela manhã, Jack foi até a sala de identificação, onde sabia que uma das melhores médicas-legistas do IML estava trabalhando naquela semana, Dra. Riva Mehta. Ela tinha sido colega de consultório de Laurie durante muitos anos e era bem mais dedicada, inteligente e trabalhadora do que vários outros profissionais do quadro funcional, na opinião de Jack.

Jack sentiu o cheiro do café antes mesmo de entrar na sala. Embora criticasse Vinnie impiedosamente sob todos os demais aspectos, nunca implicava com o café que ele fazia. Vinnie o preparava com uma precisão científica, e, como nunca variava a técnica, o café não só era melhor do que aquele de um escritório convencional, como também era sempre tinha o mesmo gosto. Depois de meia hora de bicicleta, aquela bebida caía muitíssimo bem.

— Alguma coisa particularmente interessante hoje? — perguntou Jack, espremendo-se para passar atrás da cadeira de Riva, que estava sentada à sua escrivaninha, e olhando por cima do ombro da colega, antes de voltar a atenção para o seu café.

— Já era hora de você aparecer, seu preguiçoso — anunciou uma voz áspera.

Jack olhou e viu que era o seu amigo, o tenente-detetive Lou Soldano, que jogou o *Daily News* de Vinnie para um lado e ficou de pé, com esforço. Como sempre, quando Lou aparecia assim, tão cedo, parecia que ele tinha passado a noite em claro, o que, aliás, tinha acontecido de fato, com a gravata frouxa, o botão de cima da camisa aberto, e as faces largas e o pescoço cobertos de barba por fazer. Para completar o quadro, as olheiras sob os olhos pendiam como as de um perdigueiro, encontrando-se com as rugas de seu sorriso cansado, e os cabelos bem curtos, nunca exatamente penteados, espetados em um topete rebelde. Parecia que ele tinha passado uma semana fora de casa, não apenas uma noite.

— Lou, meu velho — disse Jack, com genuína afeição. — Exatamente o homem que eu queria ver.

— Ah, é, e por quê? — indagou Lou, desconfiado, ao acompanhar Jack jovialmente até a cafeteria. Eles apertaram as mãos, rapidamente.

— Eu não te pedi desculpas ainda por aquela conversa ridícula que obriguei você a ter comigo. Lembra? Sobre quiropraxia.

— Mas claro que me lembro. Por que pensa que precisa me pedir desculpas?

— Eu estava numa minicruzada e acho que exagerei na dose com umas pessoas, inclusive você.

— Ora, que bobagem, mas, se quiser me pedir desculpas, tudo bem. Eu te perdoo. Agora peça desculpas por ter chegado tão tarde ao trabalho. Já estou aqui há 45 minutos, esperando você passar pela porta a qualquer segundo.

— Não estou fazendo necropsias esta semana.

— Meu Deus! Mas que surpresa! Que tal me avisar da próxima vez?

— Eu teria avisado desta, se achasse que isso era importante para você. O que houve?

— A noite passada foi movimentada, fora do normal. Alguém incendiou uma casa no West Village. Três pessoas morreram carbonizadas, duas das quais o arcebispo me informou que você conhecia.

— Quem? — indagou Jack, assustado, embora ele tivesse a dolorosa premonição de que já sabia quem eram, principalmente por ser no West Village e pelo fato de o arcebispo estar no meio da história. — Foi na Morton Street?

— Foi, sim. Número 40 da Morton. Até que ponto conhecia aquelas pessoas?

— Conhecia uma delas melhor do que a outra — disse Jack, prendendo a respiração. Sentia as pernas bambas de repente.

— Meu Deus do céu — acrescentou, balançando a cabeça. — O que houve?

— Ainda estamos montando o quebra-cabeça. Como foi que os conheceu?

Jack entregou a Lou o café que estava segurando e depois se serviu.

— Acho melhor nos sentarmos — disse ele. E depois contou a Lou a história de Shawn e Sana Daughtry, que havia conhecido Shawn e o arcebispo na faculdade. Até ele saber mais sobre o que Lou diria, não mencionaria o ossário. — Fui convidado para um jantar no número 40 da Morton na semana passada.

— Sorte sua não estar lá na noite passada — disse Lou. — Foi um incêndio típico de incendiário. O acelerador foi gasolina, que estava espalhada no porão, mas o cara não precisou ajudar muito. A casa era uma verdadeira armadilha de madeira do século XVIII, podia pegar fogo facilmente.

— Identificou as três vítimas?

— Razoavelmente, mas estamos esperando a confirmação do IML. Temos certeza de que duas delas eram os proprietários da casa, mas precisamos confirmar essa hipótese. Todas as vítimas ficaram completamente carbonizadas. A terceira foi mais difícil de identificar. Terminamos encontrando alguns dos seus pertences, e ele agora é o maior suspeito de ter começado o incêndio. O nome dele é, segundo me lembro, Luke Hester, e era um desses fanáticos religiosos que mora no norte, em um mosteiro de reputação duvidosa, dedicado à Virgem Maria. Entramos em contato com o mosteiro e descobrimos que ele estava cumprindo algum tipo de missão religiosa da qual o arcebispo de Nova York o havia incumbido, motivo pelo qual nós também o acordamos de manhã cedo com um telefonema. Foi o arcebispo que nos esclareceu tudo. Pelo jeito, essa terceira vítima, que realmente deve ser algum tipo de fanático religioso, estava passando alguns dias na casa dos Daughtry. O arcebispo teme que o religioso tenha se suicidado e matado o casal para evitar que publicassem algo negativo sobre a Santíssima Virgem, Mãe de Deus. Inacreditável, não? Isso só acontece na cidade de Nova York, cara, vou te contar.

— Como o arcebispo reagiu quando falou com ele? — perguntou Jack. Mal podia imaginar o que James estaria pensando. Jack tinha certeza de que ele devia estar arrasado.

— Não ficou nada satisfeito — admitiu Lou. — Aliás, ficou muito chocado — acrescentou, como que lendo os pensamentos mais íntimos de Jack. — Logo depois que contei o que houve, passou vários minutos calado.

Jack não reagiu, apenas balançando a cabeça.

— Ora, vim aqui para ver você trabalhar — disse Lou. — Só para o caso de alguma informação inesperada surgir, o que, aliás, você tem fama de descobrir.

— Quem vai fazer a necropsia das três vítimas carbonizadas? — indagou Jack a Riva.

— Eu — respondeu Riva. — Mas, se quiser uma, ou duas ou todas elas, é só me avisar.

— Não, obrigado! — respondeu Jack. Ele já havia decidido ajudar James em vez de Lou, reunindo todos os indícios do caso do ossário e o colocando nas mãos do arcebispo. — Pronto, Lou — disse Jack a seu amigo detetive. — A Dra. Mehta é uma das melhores que temos. Tenho certeza de que vai descobrir que ela é bem mais encantadora do que eu e trabalha um pouco mais rápido.

— Quando planeja começar, querida? — perguntou Lou a Riva.

Jack se encolheu. Riva não gostava que policiais metidos a machão a chamassem de "querida", e prova disso foi que ela nem se incomodou a responder à pergunta. Com as costas voltadas para Riva, Jack se colocou entre ela e Lou e fez sinal com o dedo sob o queixo, como se cortasse a garganta.

— Não a chame de *querida*, nem de *amor*, nem de nada disso — murmurou Jack.

— Saquei! — respondeu Lou, compreendendo imediatamente. E ele voltou a fazer a mesma pergunta sem o "querida", obtendo uma resposta imediata: dentro de 15 minutos.

— Um último conselho — disse Jack. — Não perca muito tempo investigando este caso. Não passa de uma tragédia triste e lamentável, na qual todos estavam fazendo o que pensavam que deviam.

— Eu tive essa impressão ao falar com o arcebispo — respondeu Lou. — O monge não tinha antecedentes criminais. O aspecto mais curioso, porém, foi como ele planejou esse crime como um incendiário profissional, a não ser no final, terminando por se deixar queimar também. Nossos investigadores da divisão de incêndios criminosos ficaram impressionados. Não só usou um acelerador, gasolina, como sabia como vaporizá-lo ao máximo e também como deixar trilhas de combustível no porão para levar o fogo a todas as áreas dele o mais rápido possível. Até mesmo abriu com um machado alguns orifícios de ventilação, para ter certeza de que o fogo subiria pela casa mais rápido do que teria subido de outra maneira. Era um incendiário nato.

— Estou com meu celular — falou Jack, apertando a mão de Lou outra vez. — Vou até a casa do arcebispo agora para confortá-lo. Ele provavelmente está se culpando, pois foi ele que apresentou o incendiário às vítimas. Não consigo entender por que ele ainda não ligou para mim.

— Tem razão, ele está mesmo se culpando — disse Lou.— Foi o que ele me disse. Tenho certeza de que vai gostar de falar com você.

— Por mais tempo que eu gostaria — admitiu Jack.

Confiante por ter deixado Lou nas mãos certas, Jack mudou de direção e voltou para o porão, a caminho do escritório da frota. Embora estivesse ligeiramente preocupado por ter irritado Calvin depois do fato, Jack tinha em mente pedir emprestado um furgão branco da equipe de transporte de médicos-legistas, com um motorista, durante meia hora a quarenta minutos. Quando entrou no escritório da frota, deixou de se preocupar. Todos os cinco motoristas estavam ali, sentados tomando café. Cinco minutos depois, Jack já estava ao lado de Pete Molina. Pete fora um dos motoristas noturnos que Jack conhecia, mas que tinha recentemente passado para o turno diurno.

Eles foram rapidamente até o prédio de Genética Forense do IML, onde Jack pediu a Pete que parasse na área de carga e descarga e o aguardasse. Correndo para dentro do prédio, Jack pediu à segurança que abrisse o laboratório onde os Daughtry estavam trabalhando. Trancando a porta atrás de si, ele não perdeu tempo, pois temia que a equipe de Lou descobrisse aquele lugar antes de Jack poder remover as relíquias. De repente, sentia que era urgente devolver tudo a seu legítimo dono, algo que James provavelmente faria melhor do que ele.

Tudo voltou a ser colocado dentro do ossário: ossos, pergaminhos, até o restante das amostras que Sana estava analisando no laboratório em si. Quando todas as coisas estavam guardadas, Jack acrescentou mais dois objetos: o códice e a carta de Saturnino que Shawn tinha trazido do escritório dois dias antes. Ele então colocou o ossário no carrinho que o arqueólogo tinha usado para trazer as vidraças para o laboratório.

Depois de conferir pela segunda vez para ter certeza de que estava devolvendo tudo, Jack empurrou o carrinho de volta ao elevador de serviço e seguiu até a área de carga e descarga. Felizmente, Pete estava ainda exatamente onde Jack o havia deixado. Se algum caminhão de entrega tivesse chegado, ele teria que sair. Depois de mostrar a identidade a outro segurança, Jack colocou o ossário dentro do furgão da equipe de transporte e verificou se estava bem preso.

— Muito bem — disse Pete, dando partida no motor. — E agora, aonde vamos?

— Para a residência do arcebispo de Nova York — disse Jack.

Pete olhou-o, intrigado.

— E eu lá tenho obrigação de saber onde é isso?

— Esquina da 51 com a Madison. Pode dobrar à esquerda na 51 saindo da Madison e parar perto do meio-fio. É só me deixar lá, nem precisa me esperar. — Jack não explicou mais nada por dois motivos. Primeiro, não queria que ninguém fora ele e o motorista soubessem o que tinha feito; e segundo, já refletia profundamente sobre o que ia dizer a James. Jack sabia que, se os papéis fossem invertidos, ele estaria em estado cataléptico.

Depois que Pete conseguiu passar pelo trânsito que atravessava a cidade e dobrou na Madison, a viagem até a Catedral de São Patrício foi vagarosa, porém contínua. Eles levaram pouco menos de trinta minutos para estacionar o furgão junto ao meio-fio próximo à residência. Assim que pararam, Jack saltou, abriu a porta corrediça do furgão e puxou o ossário até a beirada, erguendo-o em seguida. Pete, que já tinha contornado o furgão, fechou a porta.

— Muito obrigado, Pete — disse Jack, olhando para trás.

— De nada — respondeu Pete, olhando curioso para a residência austera e cinzenta de pedra.

Jack puxou o ossário até os degraus de pedra da frente da casa, apoiando-o em um joelho dobrado, e puxou o cordão da campainha com bastante força. Ouviu-a tocar dentro da residência. Sempre preocupado com possíveis desastres, Jack podia de repente se ver deixando o ossário cair pelos degraus, onde certamente se espatifaria e espalharia os ossos, os pergaminhos, as vidraças, o códice e a carta do Saturnino pelo concreto. Por conseguinte, Jack agarrou o ossário de pedra com mais força ainda e estava pensando mais seriamente em deixá-lo no chão, quando o mesmo padre que o havia recebido no dia em que tinha ido almoçar com o arcebispo escancarou a porta.

— Dr. Stapleton — comentou o padre Maloney. — O que posso fazer pelo senhor?

— Seria muita gentileza se me convidasse para entrar — sugeriu Jack, em tom ligeiramente irônico.

— Sim, é claro, entre — disse o padre Maloney, recuando para deixar Jack passar. — O cardeal está aguardando o senhor?

— Pode ser que sim, pois ele entende melhor o que está acontecendo do que eu, mas não sei. Posso esperar aqui onde esperei semana passada?

— Excelente ideia. O arcebispo está em uma reunião com o vigário-geral, mas eu o informarei de que o senhor está aqui.

— Ótimo — disse Jack.

Já havia começado a percorrer o corredor lembrando-se claramente de onde era o escritório particular do cardeal. O padre Maloney correu e abriu a porta quando ele chegou à sala. A primeira coisa que Jack fez foi colocar o ossário no chão. Foi cuidadoso para não causar arranhões na superfície impecável.

— Há alguma coisa que possa lhe trazer enquanto espera?

— Se sentir que vai demorar um pouco, um jornal seria bom.

— O *Times*? É o suficiente?

— Seria ótimo.

O padre Maloney fechou a porta depois de sair. Jack olhou a sala ascética em torno de si, reparando nos mesmos detalhes que havia notado na visita anterior, inclusive o cheiro forte, porém não excessivo, de fluido de limpeza e cera de assoalho. Já começando a se sentir aquecido, ele tirou a jaqueta de couro e a jogou na poltrona pequena. Depois, sentou-se no minissofá exatamente como tinha feito quando viera almoçar com o arcebispo, o que o fez reconhecer que ele era mesmo muito metódico.

Ao contrário de sua preocupação, não precisou esperar muito. Em apenas alguns instantes, após a saída do padre Maloney, a porta se abriu de repente. Vestido com trajes eclesiásticos de simples sacerdote, James entrou na antessala. Depois de fechar a porta, veio correndo até onde Jack estava e repetiu o cumprimento da semana anterior, abraçando-o fraternalmente.

— Obrigado, obrigado por ter vindo imediatamente — conseguiu dizer James, com esforço. Foi aí que viu o ossário. Como um colegial, soltou Jack e bateu palmas, maravilhado. — Já trouxe o ossário contigo! Muito, muito obrigado! Atendeu a uma oração de que o ossário voltasse às mãos da Igreja. Me diga... tudo está aí dentro de novo? — perguntou James, com as palmas das mãos unidas, como em prece.

— Tudo está dentro dele — confirmou Jack. — Ossos, amostras, todos os pergaminhos, até a carta de Saturnino e o códice dentro da qual ela estava. Depois de tudo o que aconteceu, eu queria trazer esse ossário de volta a você o mais rápido possível.

— O que achou desta tragédia?

— Fiquei chocadíssimo — disse Jack. — Soube dela há apenas uma hora e pouco, mais ou menos. Um amigo meu, o tenente-detetive Lou Soldano, me contou.

— Eu o conheci ontem à noite — falou James. — Ele passou aqui na residência.

— Ele me contou — disse Jack. — É um bom homem.

— Percebi isso.

— Por que não ligou para mim assim que descobriu o que houve?

— Não sei. Pensei em ligar, mas estou muito confuso. Jack, eu não sei se sou culpado ou não.

Jack olhou para James de soslaio.

— Do que está falando? Do que pensa que é culpado?

— Assassinato — respondeu James. Incapaz de encarar Jack, desviou o olhar. — Não sei se não desconfiava bem lá no fundo de que havia uma chance de isso acontecer. Quando alguém brinca com fogo, perdoe-me o trocadilho, pode se queimar. Eu sabia que a pessoa que eu queria encontrar era desequilibrada, talvez a ponto de sentir que poderia usar o pecado para combater o que considerasse um pecado maior. Luke me ligou ontem de manhã para dizer que Shawn estava para mudar de ideia e desistir de publicar suas descobertas. Luke disse que tinha certeza de que ia ser bem-sucedido, e mais devido à tática do que a argumentos. Eu devia ter desconfiado de que aconteceria alguma tragédia, mas, em vez disso, gostei tanto de saber do sucesso do meu plano B que nem questionei a tática que Luke pretendia usar. Obviamente, agora sei que ele estava se referindo a um martírio pavoroso.

— James, olha para mim! — exigiu Jack, segurando os ombros de James e os sacudindo de leve. — Olha para mim!

O rosto de James estava transtornado, os olhos injetados e úmidos, a pele flácida. Devagar, ele ergueu os seus lacrimosos olhos azuis e encontrou os de Jack.

— Eu participei desse drama todo praticamente desde o início — continuou Jack. — Você nunca exprimiu desejos de causar lesão corporal, muito menos de matar Shawn nem Sana. Nunca! Só queria encontrar alguém impetuoso e persuasivo para defender a Virgem Maria, e encontrou. Ir além disso e planejar a morte de alguém é uma coisa que você não teria coragem de fazer, nem eu. Só depois do fato é que somos capazes de analisar as coisas. Por favor, não aumente a tragédia tentando assumir a responsabilidade por ela. A responsabilidade estava na cabeça do perpetrador, que nunca entenderemos. Alguma coisa o desequilibrou de vez. Nós provavelmente nunca saberemos o que foi.

— Acredita mesmo no que está dizendo ou está só tentando me tranquilizar?

— Acredito no que estou dizendo cem por cento.

— Obrigado pelo seu apoio. Suas reflexões são muito importantes para mim. Me incentivou a tirar algum tempo de folga para pensar e orar sobre este assunto. Vou perguntar ao Santo Padre se posso passar um mês, mais ou menos, em um mosteiro, que me permita fazer contemplação e rezar.

— Me parece um plano bom e saudável.

— Mas, antes de tudo, precisamos eliminar os indícios desse episódio lamentável — disse James. E olhou para o rosto de Jack, ansioso. — Infelizmente preciso pedir mais uma coisa, um favor consideravelmente grande, meu amigo.

— E o que pode ser?

— É o ossário! — disse James. — Preciso que me ajude a devolvê-lo.

— Devolvê-lo a quem? — perguntou Jack, embora já estivesse adivinhando. Adivinhou o que era porque também achava que essa seria a melhor solução para todo aquele episódio trágico. O ossário devia voltar para o lugar onde Shawn e Sana o haviam encontrado, sob o túmulo de são Pedro. — Está querendo me dizer que preciso levá-lo de volta a Roma? — continuou Jack, sua voz sumindo ao dizer isso.

— Eu sabia que ia entender — falou James, deixando de estar completamente melancólico e parecendo recuperar-se um pouco. — Você e eu somos os únicos que sabemos o que houve, e eu não conseguiria fazer isso sozinho. Precisa me ajudar, e quanto mais cedo, melhor.

Jack imediatamente pensou em Laurie, principalmente se lembrando da necessidade de levarem JJ para fazer um exame de sangue e verificar o nível de anticorpos para ver se seria possível recomeçar o tratamento com proteína de camundongos.

— Infelizmente, nossa agenda está cheia esta semana — respondeu Jack. — Quando estava pensando em fazer isso?

— Esta noite — disse James, com a maior calma. — Já fiz reservas para nós num voo que parte à noitinha. Espero que não se sinta irritado por eu ter presumido que concordaria. O ossário vem conosco, no mesmo voo. Vamos chegar a Roma de manhã e amanhã à noite providenciarei para que o ossário volte ao lugar de onde veio. Então, se quiser, pode voltar a Nova York no sábado. Vou precisar levar você até Roma comigo, mas só vão ser duas noites. Não me faça implorar, Jack, por favor.

Jack subitamente pensou que voar até a Europa lhe parecia mais interessante até do que recolocar o ossário no seu nicho. Isso porque ele estabeleceu uma ligação entre a viagem e uma das três folhas impressas do computador que ele tinha no bolso interno da jaqueta ao recolocar todas as relíquias no ossário, ainda no laboratório. Em vez de colocá-las no ossário junto com as relíquias, como elas tinham vindo do laboratório, ele havia decidido guardar os resultados da análise genética com a ideia de refletir sobre ela depois. Uma das páginas tinha o nome e o endereço de uma paciente que tinha sido atendida no campus Ein Kerem do Centro Médico de Hadassah.

— Eu já sei — disse Jack. — Vou vir aqui esta noite e ajudá-lo a repor o ossário no lugar sob duas condições. Número um: minha mulher, Laurie, e meu filho de 4 meses vêm conosco, contanto que eu possa convencê-la a ir, e número dois: eu poder contar a minha mulher toda a história do ossário.

— Ai, Jack — reclamou James. — O motivo pelo qual necessito que especificamente você me ajude é evitar que qualquer outra pessoa saiba.

— Desculpe, James, mas essa é minha oferta. Posso garantir que ela é tão boa quanto eu, ou melhor, para guardar segredos. Não ser capaz de contar a ela vem sendo um fardo para mim e, francamente, não vou me sentir bem se não disser a ela que vou até Roma. Resumindo, se quiser que eu vá com você esta noite, precisa aceitar essas duas condições minhas.

James refletiu alguns instantes, e rapidamente decidiu que, se tinha que se arriscar a contar a alguma outra pessoa, a esposa de Jack provavelmente seria a melhor escolha.

— Muito bem — concordou James, relutante. — A que horas pode me ligar, dizendo se ela concorda?

— Se tudo der certo, dentro de uma hora. Devemos nos encontrar aqui ou no aeroporto?

— Aqui. Vou pedir que o padre Maloney nos leve até o Kennedy no Range Rover.

Saindo da residência, Jack voltou ao IML de táxi e correu para falar com Bingham. Infelizmente, ele estava na prefeitura para uma reunião com o prefeito. Em vez de falar com o chefe, Jack subiu correndo até o terceiro andar, e entrou na sala de Calvin Washington. Por sorte o ex-diretor estava lá, e Jack só lhe informou que ia precisar de um final de semana prolongado. Como Jack já estava fora dos turnos de necropsia, não faria tanta diferença assim se ele tirasse um dia fora ou não. Mesmo assim, sentia-se melhor avisando os mandachuvas de que ele definitivamente não estaria por perto. Jack desceu depois, destrancou os cadeados de sua bicicleta e foi para casa. Sabia que teria que se esforçar muito para convencer Laurie.

Enquanto Jack levava a bicicleta para dentro, pensava na viagem, animado. Tinha adorado Roma nas quatro ou cinco vezes em que tinha ido lá, e nunca fora a Jerusalém. Guardando a bicicleta no armário, ele subiu as escadas, correndo. Já passava de meio-dia, o que significava que só tinham três ou quatro horas para fazer as malas. James queria que todos os que fossem estivessem na residência às três horas.

— Laurie! — gritou Jack ao chegar à cozinha, mas Laurie não estava lá.

Passando pela cozinha, Jack percorreu o corredor até a sala de estar e a da televisão. Exatamente quando estava para gritar de novo, quase bateu de frente com a esposa, que vinha da sala de TV com um livro sobre educação de filhos na mão. Também estava com o indicador de uma das mãos sobre os lábios.

— Ele está dormindo — murmurou. Jack encolheu o pescoço, como uma tartaruga, sentindo-se culpado por ter gritado. Sabia que era melhor não fazer isso antes de saber como estava JJ. Pediu mil desculpas, explicando que estava empolgado.

— Por que você chegou em casa tão cedo? — perguntou Laurie. — Algum problema?

— Não, tudo bem! — disse Jack, pronunciando a palavra "bem" com ênfase. — Aliás, eu tenho uma proposta para fazer.

— A mim? — indagou Laurie, com um sorriso.

Ela se abaixou para entrar na sala de TV de novo e voltou a sentar-se no sofá com os pés na mesa de centro. Estava com uma xícara de chá com mel na mesa ao lado do sofá.

— Nada mau, hein? Estou de folga! JJ está passando bem de novo hoje. Esta foi a soneca mais longa que ele já tirou.

— Perfeito — disse Jack. E se sentou na mesa de centro para estar perto da mulher ao conversar com ela. — Primeiro, preciso fazer uma miniconfissão. Eu não contei toda a história do ossário que meu amigo arqueólogo e a esposa dele descobriram e no qual estavam trabalhando. Devo dizer que é fascinante. O motivo para não ter contado foi porque meu amigo arcebispo me suplicou que não fizesse isso. Mas, como esse problema não existe mais, estou ansioso para narrar a história toda.

— Por que essa mudança?

— Essa, em si, já é uma outra história. Meu amigo arqueólogo, Shawn, e a esposa morreram ontem num incêndio na sua residência, portanto, o exame do ossário terminou por aí.

— Ai, mas que horror! Sinto muitíssimo — disse Laurie, com sinceridade. — Era a casa onde nós os visitamos?

— Era sim. Uma dessas casas antigas que, quando pegam fogo, sai de baixo. Elas praticamente explodem quando se incendeiam.

— Que tragédia pavorosa — disse Laurie. — E pensar que vocês haviam se reencontrado fazia pouco tempo... Isso significa que perdeu outra distração?

— Não exatamente.

— Não? Acabou de dizer que as mortes detiveram o exame do ossário.

— É verdade, mas o ossário precisa ser devolvido ao local de onde veio. Desconfio que o meu amigo arqueólogo e a esposa tenham realmente roubado essa relíquia, literalmente do subsolo da Basílica de São Pedro. Estava enterrada junto a são Pedro durante quase 2 mil anos e prometi ao arcebispo que o ajudaria a levar o ossário de volta e recolocá-lo onde estava para ninguém mais saber de sua existência. O arcebispo e você serão os únicos, além de mim, a saber que ele existe, e você vai ter que me prometer que não vai contar a ninguém, nunca, se quiser ouvir os detalhes.

"E agora, vamos ao trato: nós três, eu, você e o JJ, vamos pegar um avião esta noite para Roma. Amanhã à noite, vou ajudar James a recolocar o ossário no seu devido lugar. Depois, no sábado, você, JJ e eu vamos a Jerusalém nos encontrar com uma pessoa. No domingo voltamos para casa. O que acha?"

— Acho que ficou doido — respondeu Laurie, sem nem pensar no caso. — Espera que eu passe a noite toda num voo hoje mesmo levando comigo um bebê doente de 4 meses para uma cidade estrangeira, fique lá nem mesmo um dia inteiro, e depois vá para outra cidade, depois volte para casa? Quanto tempo vamos levar para ir para Jerusalém e para voltar para Nova York, hein?

— Não sei bem. Provavelmente vai demorar à beça. Mas não é isso que me importa. Eu sei que parece loucura, e vai ser muito difícil, provavelmente mais difícil do que posso imaginar, mas sinto que é importante para mim. Vou ajudar você a tomar conta do JJ. Vou segurá-lo no colo mais do que metade de todo esse tempo. Em Roma, podemos contratar uma enfermeira para você ter um pouco de tempo livre, e o mesmo em Jerusalém. Além disso, ele andou se sentindo melhor durante os últimos três ou quatro dias... até já perdi a conta.

— Faz três dias que melhorou — esclareceu Laurie.

— Tudo bem, três dias! Podemos fazer isso e voltar dentro de quatro dias. Eu vou te ajudar mesmo, prometo. Até daria de mamar, se pudesse.

— É claro que sim — zombou Laurie. — Dizer é mais fácil que fazer. E, no avião, vai segurá-lo quando ficar irrequieto e nervoso?

— Vou sim. Durante o voo inteiro, se quiser. É só concordar. Vai entender melhor quando eu contar toda a história do ossário, o que pretendo fazer no avião, esta noite. Concorda, vai!

— Para que eu até mesmo reflita sobre uma maluquice dessas, de voar até Roma e depois para Jerusalém com um bebê doente, vai ter que me contar toda a história do ossário neste exato momento.

— Isso vai tomar muito tempo.

— Vai me desculpar, meu filho, mas só vou se fizer isso. Pelo menos me faz um resumo.

Tão depressa quanto pôde, Jack resumiu os eventos que haviam se passado durante os dias anteriores, começando com a surpresa que teve no almoço com James na sua residência e com a primeira vez que viu o ossário.

Embora a princípio duvidasse de que fosse achar a história interessante o suficiente para justificar o que Jack estava exigindo dela, Laurie ficou sinceramente fascinada.

— Ah, tudo bem, eu concordo, droga — disse Laurie, de repente, antes mesmo de Jack ter terminado de narrar o resumo. — Provavelmente vou me esquecer de como foi que me convenceu a ter esse momento de insanidade, mas concordo em ir, embora não precise segurá-lo no colo o voo inteiro, só durante uma parte dele, e não só quando ele estiver dormindo. Vai segurá-lo quando estiver inquieto e também quando estiver quietinho. Entendeu?

— Perfeitamente — disse Jack, radiante, ficando de pé num pulo. — Agora, preciso fazer alguns preparativos e dar uns telefonemas. Temos que estar na residência do arcebispo às três.

— Acha que só você tem preparativos a fazer? — resmungou Laurie, deixando o livro de lado. — Espero que não nos arrependamos disso.

De certa forma, Roma foi um tanto desapontadora para Jack. Em suas outras viagens, que tinham sido todas na primavera ou no verão, e no início do outono, o tempo estava ensolarado, claro e quente. Naquela ocasião, porém, em dezembro, Roma estava nublada, tenebrosa e úmida, com chuvas esparsas. Ainda por cima, Jack tinha previsto que seria preciso alguma espécie de tramoia para entrar com o ossário no Vaticano e também depois para levá-lo do hotel até a necrópole. Em vez disso, descobriu que o Vaticano era governado como um clube gigantesco cujos sócios eram os cardeais. Aos cardeais tudo era permitido.

Como James usou a mesma caixa de papelão em que o ossário tinha chegado para levá-lo de volta, naturalmente a alfândega presumiu que o conteúdo fossem pertences pessoais dele. Ninguém sequer tentou sugerir que a caixa fosse aberta no aeroporto, nem na partida nem na chegada, nem quando entraram no Vaticano. Como James tinha providenciado para que todos se hospedassem no Vaticano mesmo, na Casa di Santa Marta, que era assim chamada por causa do padroeiro dos hoteleiros, são Martinho, o ossário e a bagagem de todos estavam esperando por eles quando chegaram. Depois de as malas terem chegado ao aeroporto, um furgão do Vaticano as levou, antes deles, enquanto James e seu cortejo entravam na cidade pelo que o clérigo chamou de "caminho com a vista mais bonita".

A Casa di Santa Marta fora construída para hospedar os cardeais reunidos em um conclave no qual deviam se concentrar em eleger um novo papa; portanto, a decoração era propositalmente ascética, outra leve decepção para Jack. Quando James lhes disse que iam ficar todos dentro do Vaticano, Jack havia se permitido imaginar uma decoração renascentista.

O voo noturno no qual tinham vindo e JJ é que tinham sido o ponto alto da viagem. Não só o filho tinha dormido bastante naquela tarde, como também durante a maior parte da noite no avião, primeiro nos braços de Laurie, depois nos de Jack. Jack tivera bastante tempo para contar a Laurie em detalhes a história do ossário que tinha resumido à tarde.

— Vou poder vê-lo? — perguntou Laurie.

— Não há motivo para não vê-lo — disse Jack.

Para eliminar qualquer possibilidade de confusão durante a noite, James providenciou uma visita à necrópole naquela tarde com um dos arqueólogos da Pontifícia Comissão de Arqueologia Sacra. Quando chegou a hora da excursão, JJ estava outra vez convenientemente adormecido, e isso incentivou Laurie a dizer:

— Ele está tirando a diferença dos últimos dois meses.

Embora Laurie hesitasse, permitiu que James a convencesse a visitar a necrópole depois que ele encontrou várias freiras para tomar conta do JJ, uma das quais viria avisar Laurie caso o bebê acordasse.

A visita fora bastante útil. A princípio eles não conseguiam descobrir onde Shawn e Sana tinham encontrado o ossário até o arqueólogo residente lhes explicar que, para chegar ao túnel que dava no túmulo de são Pedro, era preciso erguer uma das vidraças da plataforma dos turistas e, assim, descer à parte mais recente da escavação.

Embora Jack estivesse se sentindo um pouco tenso e nervoso antes de ele e James partirem naquela noite, depois das dez horas da noite, ele levando o ossário e James um molho de chaves imenso, essa sensação se dissipou rapidamente. Jack tinha achado que eles iriam ter que entrar escondido, mas não foi o caso. James tinha ido visitar o arcipreste, também cardeal, que atualmente administrava a Basílica, e lhe disse que desejava visitar a Capela Clementina e o túmulo de são Pedro naquela noite, e então recebeu o molho de chaves e a garantia de que todas as luzes estariam acesas.

A caminhada da Casa di Santa Marta até a entrada da abside noroeste da Basílica de São Pedro foi felizmente curto, menos do que um quarteirão nova-iorquino. Depois que James destrancou a porta, Jack entrou na basílica silenciosa e escura pelo que depois soube que se chamava Porta della Preghiera. Para ele, entrar na basílica foi o único momento memorável daquela noite. Mais ou menos meia hora antes disso, as nuvens se esgarçaram, pelo menos temporariamente, e uma lua minguante surgiu, quase toda à mostra, aparentemente para ajudar Jack, despejando raios de luar pelas janelas na base da cúpula de Michelangelo. O luar enfatizou a vastidão do interior do edifício.

— Lindo, não? — perguntou James, atrás de Jack.

— É o suficiente para me fazer sentir religioso — disse Jack, brincando apenas em parte.

James foi à frente, atravessando o transepto, e indo até a coluna de santo André, uma das quatro que sustenta a imensa cúpula, onde destrancou outra porta que levava até o subsolo e à cripta.

Eles levaram mais vinte minutos para descer até o nível mais baixo da escavação e para chegar à exata localização na parede do túnel que leva ao túmulo de são Pedro, onde o ossário havia sido encontrado. O lugar estava marcado por uma abertura retangular nitidamente definida na parede. Como a terra estava solta, Jack conseguiu removê-la com facilidade e rapidamente descobriu todas as lanternas, baldes e outros equipamentos que Shawn e Sana tinham usado e depois enterrado.

— Vamos ter que levar essas coisas todas lá para fora — disse Jack. — Mas vai ser fácil. Podemos usar os baldes. Primeiro, pode me arranjar um pouco de água? Posso fazer lama e lacrar isso aqui bem-lacrado.

— Boa ideia — falou James. — Vi uma torneira perto daqui, lá atrás.

Enquanto James procurava água, Jack encaixou o ossário de novo dentro da parede e começou a compactar terra, pedras e cascalho em torno dele. Quando James voltou, ele estava pronto para cobrir a parte mais externa, agora pressionando terra molhada contra a extremidade do ossário. Quando terminou, era quase impossível ver onde a abertura estava antes. Enquanto ele compactava o último punhado de terra, pensou no legado infeliz deixado para trás ao enterrar aquele ossário de novo. A humanidade precisaria se esquecer do evangelho de Simão. Jack se sentiu mal ao pensar nisso, e, embora nunca tivesse se interessado muito pela história do cristianismo, agora se importava, e sempre iria se perguntar como teria sido na verdade Simão Mago. Seria ele o malvado que sempre tinham dito que era ou uma pessoa completamente diferente?

Ao contrário de Roma, chuvosa, cinzenta e lúgubre, o céu de Israel estava límpido como um cristal, um azul de deserto, e deslumbrantemente, até luminosamente, brilhante. Jack, Laurie e JJ entraram no país num voo Roma-Tel Aviv de meio-dia, e Jack estava com o nariz comprimido contra o vidro da janela. Uma vez mais, JJ superou qualquer previsão otimista que Laurie pudesse fazer. Assim que o avião chegou à altitude de cruzeiro, ele caiu no sono, e ainda estava dormindo quando as rodas do avião tocaram a pista, com um solavanco e um guincho, ao aterrissar.

Esperando por eles no portão estava um representante de uma empresa de turismo chamado Mabat, que os ajudou a passar pela imigração e a pegar suas malas, e depois os colocou em um carro com motorista, que devia levá-los até Jerusalém. Jack tinha conseguido o nome da empresa de turismo com um viajante experiente, porque queria maximizar o pouco tempo que planejavam passar no país. O motorista, de sua parte, os levou direto para o King David Hotel, onde os deixou nas mãos de um americano do Meio-Oeste, um guia de turismo muito experiente chamado Hillel Kestler.

— Pelo que sei, desejam ir primeiro para a aldeia palestina de Tsur Baher — falou Hillel, com um sorriso. — Sempre recebo vários pedidos pessoais, mas esta é a primeira vez que me pedem para ir a Tsur Baher. Posso perguntar por quê? Não há quase nada para se ver por lá, devo alertá-los disso.

— Quero visitar uma mulher — disse Jack, entregando o nome e o endereço que tinham saído do computador que havia sido alimentado com o sistema de indexação combinado do DNA CODIS 6.0, interligado ao analisador genético 3.130XL.

— Jamilla Mohammod — leu Hillel. — Você a conhece?

— Ainda não — disse Jack. — Mas gostaria de pedir um favor pelo qual estou disposto a pagar. Pode nos ajudar a fazer isso? Fala árabe?

— Não muito bem — admitiu Hillel. — Mas provavelmente o suficiente. Quando gostariam de ir até lá?

— Só temos hoje e amanhã, a menos que decidamos ficar mais tempo — disse Jack. — Se não se importar, é melhor irmos logo. Presumo que tenha um veículo para nós.

— Mas, como não? Tenho uma Kombi.

— Perfeito. Vamos, Laurie.

— Tem certeza disso? — perguntou Laurie, sem estar muito convencida. Ela tinha ouvido a história do ossário e os resultados do DNA mitocondrial, mas ainda se encontrava receosa.

— Agora já estamos aqui, depois de termos feito essa viagem longa. Quanto tempo demora para chegarmos à aldeia, Hillel?

— Vamos levar mais ou menos uns vinte minutos — respondeu o guia.

— Vinte minutos, só isso — disse Jack. E estendendo os braços, pegou JJ no colo, tirando-o dos braços de Laurie. — Vamos tentar. Não temos nada a perder.

— Está bem — disse Laurie, afinal.

Exatamente 18 minutos depois, Hillel saiu da estrada e entrou em uma aldeia por uma rua de terra batida com um punhado de casas parecidas com cubos, de concreto, e vergalhões saindo das paredes, para futura expansão. Havia algumas lojas, inclusive uma de fumo, um pequeno armazém e uma loja de especiarias. Também havia uma escola, com várias crianças uniformizadas.

— A forma mais fácil de fazermos isso é visitar o *mukhtar* — disse Hillel, falando alto, por causa das crianças.

— O que é *mukhtar*? — indagou Jack.

— Significa "escolhido", em árabe — disse Hillel. E aí fechou as janelas do veículo para não precisar gritar. — É o chefe da aldeia. Ele deve conhecer Jamilla Mohammod, com toda a certeza.

— Conhece o *mukhtar* daqui de Tsur Baher? — indagou Jack. Ele estava sentado no banco dianteiro da Kombi. Laurie estava atrás, com JJ na cadeirinha.

— Não o conheço, não. Mas não tem importância.

Hillel estacionou o veículo, depois correu para o armazém. Enquanto isso, vários alunos da escola vieram se aproximando da Kombi e ficaram olhando para Jack, atentamente. Ele sorriu e acenou para elas. Algumas crianças retribuíram o aceno, encabuladas. Então um homem saiu da loja e fez sinal para as crianças se afastarem.

Pouco depois, Hillel reapareceu. Foi até o lado do carro onde Jack estava sentado. Jack abaixou o vidro.

— Há um lugar para se sentar na loja — explicou Hillel. — É o ponto de encontro local, e, convenientemente, o *mukhtar* está lá. Perguntei se ele conhece Jamilla e mandou buscá-la. Se quiser falar com ela, pode entrar.

— Ótimo — disse Jack. E, saindo do carro, abriu a porta corrediça para Laurie e JJ.

O interior da loja estava cheio de várias pilhas de mercadorias, do chão ao teto, de alimentos até brinquedos, de ferragens a papel para impressora. O canto onde era possível sentar-se era nos fundos, com uma única janela que dava para um quintal estéril, onde algumas galinhas magricelas ciscavam.

O *mukhtar* era idoso, com roupas árabes e pele bem morena e curtida. Estava fumando um narguilé, muito satisfeito. Claramente, apreciava companhia e mandou pedir chá para todos. Também tinha gostado de saber que os Stapleton eram de Nova York, porque possuía parentes na cidade e os visitara duas vezes. Enquanto estava ocupado explicando que partes do Brooklyn tinha visitado, Jamilla Mohammod entrou. Como o *mukhtar*, ela também estava vestida à maneira árabe. Não estava inteiramente coberta, mas seu vestido era preto, assim como o véu que ela havia amarrado. Sua pele exposta nas mãos e no rosto também era mais ou menos da mesma cor e consistência que a do *mukhtar*. A vida para eles era dura, dava para se notar nitidamente.

Infelizmente, Jamilla não falava inglês, mas, como o *mukhtar* falava um pouco, Jack fez uso de sua gentil intervenção. Primeiro lhe perguntou se tinha experiência como curandeira. A resposta dela foi que tinha um pouco, mas que curava principalmente seus filhos, que eram oito: cinco meninos e três meninas.

Ele lhe perguntou se alguma vez tinha ficado doente. Ela respondeu que não, mas que no ano anterior tinha sido atropelada por um carro em Jerusalém e sido internada no hospital de Hadassah por uma semana, porque tinha quebrado alguns ossos e perdido sangue. Jack então lhe perguntou se ela poderia tentar curar seu filho colocando a mão na cabeça dele e declarando que estava curado do seu câncer. Jack tirou várias centenas de dólares da carteira e as colocou na mesa baixa. Disse que era um pagamento em consideração pelo esforço dela. Depois Jack tirou JJ do colo de Laurie e se aproximou da mulher.

Por enquanto, JJ estava aparentemente gostando de ser o centro das atenções. Soltou um "gu-gu" satisfeito quando Jamilla fez o que lhe pediram. O *mukhtar* traduzia enquanto Jamilla dizia que queria que toda doença deixasse o corpo daquela criança daquele momento em diante. Era óbvio que estava encabulada, desacostumada a desempenhar tal papel.

Laurie assistia a tudo, também se sentindo meio sem jeito. Jack tinha dito a ela o que planejara fazer, e, embora ela achasse que era meio constrangedor, também não viu mal em tentar. Se Jack queria ir até o fim, ela não iria impedi-lo. Agora, enquanto a moça estava efetivamente orando pela saúde do seu filho, ela não sabia exatamente o que pensar. Jack, porém, tinha sentido exatamente o oposto. Quando pensara em fazer aquilo, quisera ir até o fim, sem deixar nada a desejar. Havia algo de místico naquele ossário, e ele sentia que devia tirar vantagem da aura mística. Agora que Jamilla tentava a cura pela fé, porém, ele se sentia meio bobo, como se estivesse se agarrando às últimas esperanças. Bem, ele estava mesmo.

— Pronto! — disse Jack quando a coisa já estava se prolongando demais, tirando JJ do alcance de Jamilla. — Muito obrigado, viu? Formidável!

Ele pegou o dinheiro, entregou-o a Jamilla e se dirigiu à porta. De repente tinha sentido vontade de sair dali, esquecer aquela situação. Sabia que suas ações eram motivadas pelo desespero, exatamente como as de outros pacientes desesperados que haviam sido obrigados a se tratar com médicos alternativos. Mas o real motivo pelo qual Jack queria voltar depressa para o carro era o medo de começar a chorar.

— Muito bem — disse o Dr. Urit Effron, da equipe regular do Hospital da Universidade Hadassah, em Ein Keram,

Jerusalém. — Aqui estão as imagens da E-Cam Siemens, e vamos ter uma ideia melhor do motivo pelo qual a urina do seu filho ontem apresentou nível normal de metabólitos de catecolamina.

Jack e Laurie se inclinaram para a frente. Estavam ambos interessados. No dia anterior, ao sair da cidade de Tsur Baher, eles haviam voltado para Jerusalém, onde tinham decidido ir à emergência do hospital Hadassah. O episódio da curandeira os tinha feito começar a falar sobre JJ, principalmente porque ele andava agindo de maneira tão normal recentemente. O que tinham decidido fazer era ver se podiam conseguir um exame de nível de anticorpos de proteínas de camundongo enquanto estavam viajando mesmo, para poderem recomeçar o tratamento logo assim que voltassem para casa.

O que descobriram foi que precisariam voltar ao Memorial em Nova York para fazer esse exame, mas o pediatra oncologista residente que os atendeu se ofereceu para fazer todos os exames de sangue disponíveis para ver como estavam os tumores de JJ, em virtude do fato de ele estar se comportando tão bem. Para assombro de todos, principalmente de seus pais, os resultados foram normais. Por isso, o residente se ofereceu para repetir o exame definitivo para detecção de neuroblastoma, chamado de cintilografia com MIBG.

Depois de ter aprendido bastante sobre esse exame e seus riscos e vantagens quando JJ tinha sido diagnosticado, tanto Jack quanto Laurie estavam ansiosos para repeti-lo. Queriam saber como estava o câncer depois da primeira rodada de tratamento no Memorial. Depois da injeção de iodo de meia-vida radioativa curta no dia anterior, eles haviam voltado para fazer o exame em si. Naquele momento, as primeiras imagens estavam saindo da máquina.

— Olha só que maravilha — disse o Dr. Effron. — O ácido homovanílico e o vanililmandélico estavam normais porque os tumores desapareceram.

Jack e Laurie se arriscaram a se entreolhar de relance. Nenhum dos dois quis falar nada, para o transe em que se encontravam não se interromper e eles serem forçados a encarar de novo a realidade. Parecia que JJ estava mesmo curado!

— Excelente notícia, essa, não? — disse o Dr. Effron, tirando os olhos da tela e olhando para os pais do bebê para ter certeza de que tinham escutado. — Três vivas para o Memorial. Seu filho é um dos pacientes de sorte.

— O que está tentando nos dizer? — disse Laurie, a contragosto.

— Os neuroblastomas, especialmente em pacientes assim tão jovens, como seu filho, são imprevisíveis. Podem subitamente desaparecer, como direi, curar-se sozinhos. Ou podem responder a um tratamento como este. O caso do seu filho era de tumores muito espalhados ou disseminados?

— Muito disseminados — disse Laurie, começando a se permitir aceitar o que estava vendo, que não havia mais tumores, e o que estava ouvindo, que JJ estava curado. Teriam os tumores se curado espontaneamente, desaparecido por causa dos anticorpos de camundongo do Memorial ou por causa da imposição de mãos da Jamilla? Laurie não fazia ideia, mas, para dizer a verdade, naquele momento ela nem queria saber.

Bibliografia

Durante a pesquisa para escrever *Intervenção*, eu estava fascinado pela história interessantíssima do cristianismo primitivo e pela realidade sobre a questão da medicina alternativa. Para aqueles que talvez queiram ler mais a respeito de ambos os assuntos, recomendo os seguintes livros:

BAUSELL, R. Barker. *Snake Oil Science*. Oxford, 2007.

CHADWICK, Henry. *The Early Church*. Penguin, Revised Edition, 1993.

MATKIN, J. Michael. *The Complete Idiot's Guide to the Gnostic Gospels*. Alpha, 2005.

MATKIN, J. Michael. *The Complete Idiot's Guide to Early Christianity*. Alpha, 2008.

PAGELS, Elaine. *The Gnostic Gospels*. Vintage, 1979.

SINGH, Simon; ERNST, Edzard. *Truque ou tratamento*. Best Seller, 2013.

WALSH, John Evangelist. *The Bones of Saint Peter*. Doubleday, 1982.

Com relação ao sexo e à Igreja Católica moderna, eu recomendaria o curto, mas instigante artigo:

CARROLL, James. From Celibacy to Godliness. *The Boston Globe*, p. A19, 9 de abril de 2002.

Este livro foi composto na tipologia Adobe Garamond Pro,
em corpo 11,5/15,4, e impresso em papel off-set 75g/m^2 no
Sistema Cameron da Divisão Gráfica da Distribuidora Record.